Newton Compton Editores

Título original: *The Designer*

© 2017, Marius Gabriel. Publicada gracias al acuerdo con Amazon Publishing, www.apub.com, en colaboración con Sandra Bruna Agencia Literaria.
© 2025, de la traducción por Begoña Prat Rojo
© 2025, de esta edición por Antonio Vallardi Editore S.u.r.l., Milán

Todos los derechos reservados

Primera edición: junio de 2025

Newton Compton Editores es un sello de Antonio Vallardi Editore S.u.r.l.
Pl. Urquinaona, 11, 3.° 1.ª izq. Barcelona, 08010 (España)
www.newtoncomptoneditores.com

Gruppo editoriale Mauri Spagnol S.p.A.
www.maurispagnol.it

ISBN: 978-84-10359-76-5
Código IBIC: FA
DL: B 3.870-2025

Diseño de interiores:
David Pablo

Composición:
Sergi Godia

Impreso en junio de 2025 en Puntoweb s.r.l., Ariccia (Roma), en Italia.

Marius Gabriel

El sastre de París

Traducción de Begoña Prat Rojo

Newton Compton Editores

Barcelona, 2025

A Mervat

Capítulo 1

Aunque Copper llevaba solo dieciocho meses casada y no se consideraba una experta en relaciones matrimoniales, sí se creía capaz de percibir cuándo un matrimonio estaba en crisis, y ese era su caso.

Mientras escuchaba a su marido entrevistar al partisano francés, pensó en los consejos que había sacado de las revistas femeninas, que, en ausencia de una madre o de amigas disponibles, se habían convertido en su principal fuente de información. Copper no era de las que «daban la lata, incordiaban o se quejaban» y, con toda certeza, no «pedía constantemente vestidos nuevos», a pesar de lo cual se las apañaba para no «tener un aspecto desaliñado y descuidado». En cuanto a no servir «comidas poco apetitosas, con la vajilla sucia y el mantel manchado», hacía todo lo posible, teniendo en cuenta las restricciones propias de la guerra en París.

Sin embargo, el hecho de no haber cometido ninguno de aquellos pecados no significaba que supiera dónde había estado su marido hasta las dos de la madrugada, de quién era el pintalabios que le había manchado el cuello del uniforme o por qué él había empezado a tratarla como si formara parte del mobiliario.

—¿Hay algo para comer? —preguntó Amory Heathcote, lanzándole una hoja llena de garabatos.

Como ayudante suya, le correspondía a Copper pasar a máquina sus notas manuscritas para que la agencia de noticias pudiera mandarlas a Estados Unidos y, en tanto que su esposa, también le proporcionaba un hogar trasladable y lo rodeaba de comodidades al tiempo que atendía todas sus necesidades y lo aislaba en la medida de lo posible de los engorros de la vida cotidiana.

–Hay vino, pan y queso.

A su marido no pareció agradarle su respuesta.

–¿Nada más?

–Le preguntaré a la casera.

Los ciudadanos del París recién liberado mostraban una conmovedora generosidad en sus regalos a los estadounidenses, aunque lo cierto era que los franceses pasaban tanta hambre que resultaba difícil encontrar provisiones.

Copper fue a ver a la casera y regresó con un botín consistente: medio salchichón francés y cuatro huevos duros. Amory y François Giroux estaban fumando en el balconcito que daba a la Rue de Rivoli, que todavía lucía las cicatrices de las luchas callejeras del reciente levantamiento parisino. Ambos hombres contemplaban a una patrulla de cuatro soldados estadounidenses que coqueteaba con un grupo de muchachas francesas, cuya risa se elevaba por el aire.

–¿Sabe cómo llamamos a los soldados americanos? –dijo Giroux–. Soldados chicle.

–No es un apelativo muy considerado –señaló Copper.

Giroux miró con el ceño fruncido la escena que se desarrollaba en la calle.

–Se pasean por París repartiendo caramelos, pero no somos niños.

–Solo intentan ser amables.

–Señora, soy francés y comunista. Prefiero no estar sometido a nadie, sea alemán o estadounidense.

–Me pregunto si algún día nos perdonarán por haberlos liberado –comentó Copper.

Después de años de humillaciones y sufrimientos bajo la ocupación nazi, el orgullo francés era como un erizo: pinchaba por fuera, pero por debajo era extremadamente sensible.

–Antes nuestras calles estaban llenas de gris de campaña; ahora están llenas de caqui. –Giroux se había pasado la última hora agasajándolos con historias, unas más fantasiosas que otras, sobre su heroica participación en la liberación de París. Al percibir que el interés de sus interlocutores decaía, añadió–: A lo mejor les apetece ver algo extraordinario esta tarde.

–¿A qué se refiere con «extraordinario»? –preguntó Amory.

Giroux apagó con los dedos el cigarrillo Camel que estaba fumando.

–Los colaboracionistas creen que pueden esconderse, pero sabemos muy bien dónde encontrarlos. Por eso les damos caza a uno tras otro y hacemos justicia.

–¿La *épuration sauvage*?

–Así la llamamos. Hoy vamos a castigar a alguien.

Amory aguzó el oído.

–Me encantaría presenciarlo, por supuesto. Vamos a esperar a Fritchley-Bound; seguro que quiere venir. –Se volvió hacia Cooper–. ¿Dónde está?

–¿A ti qué te parece?

Tras la liberación de la ciudad y la partida de los alemanes, París se había entregado a una fiesta de padre y muy señor mío, y George Fritchley-Bound, también conocido como el Granuja de Órdago, jamás había dicho que no a una fiesta. Era un periodista británico que se les había acoplado varias semanas atrás, un exalumno de Eton que se pasaba la mayor parte del tiempo borracho, pero al que habían cogido cariño.

Cuando la comida estuvo sobre la mesa, el Granuja de Órdago seguía sin aparecer, así que empezaron sin él. El pan estaba más duro que el salchichón y el vino era peleón, pero todos tenían mucha hambre.

–¿Quién es el traidor? –le preguntó Amory a Giroux.

El francés estaba serrando el salchichón con su navaja.

—Alguien que le hizo mucho daño a Francia —contestó—. Ya lo verá.

—¿Lo van a matar?

—Tal vez.

Copper se estremeció. Habían presenciado ya los numerosos horrores que había dejado tras de sí la invasión aliada, una inmensa oleada de hombres y maquinaria que arrasaba Europa en dirección a Berlín. París todavía se tambaleaba tras su paso. A Amory no parecía afectarle la visión de los que habían quedado terriblemente lisiados o de los recién fallecidos, aunque, claro, él era corresponsal de guerra y se había vuelto inmune a ese tipo de cosas. Y, a pesar de que Copper lo amaba, era el hombre más frío que había conocido.

Al cabo de cinco minutos llegó el Granuja de Órdago. Reapareció, sin embargo, más en cuerpo que en espíritu, pues estaba borracho como una cuba y lo llevaban a rastras dos soldados estadounidenses.

—No es mal tipo para ser inglés —resolló uno de ellos. Fritchley-Bound era un hombre corpulento y había que subir varios tramos de escalera para llegar al apartamento—. Aunque no sabe cuándo parar. ¿Dónde lo dejamos?

Tras recogerlo de las manos de sus compañeros de correrías, lo dejaron caer en la cama y Copper, escarmentada por experiencias previas, lo colocó de lado y dejó una bacinilla a su alcance. De improviso, Fritchley-Bound abrió un ojo inyectado en sangre y se los quedó mirando.

—¿Me he puesto en evidencia?

—No más de lo habitual —contestó Amory—. Pero te vas a perder una oportunidad única: Giroux nos va a llevar a ver cómo la Resistencia aplica la ley del salvaje Oeste.

—Mierda. A los del periódico les encantaría. —Trató de incorporarse, pero enseguida se agarró el pecho al tiempo que su cara, una máscara de cuero carmesí, palidecía. Tuvieron que sujetarlo para evitar que se escurriera sobre el suelo y él le dedicó una mirada suplicante a Copper–. Copper, por favor.

–No, George. No quiero ver cómo matan a alguien.

–Por favor. Hazlo por mí.

–No.

–Podría ser la salvación del viejo George. Doble página. Editor feliz. Carrera salvada. –La agarró del brazo–. Cámara en el armario, allí. Deben de quedar fotos en carrete.

–Maldita sea, George –dijo ella, enfadada–. No puedes seguir así.

Él hizo un gesto amplio con la mano inerte –Copper no supo si para darle la razón o para quitarle importancia a sus protestas– y se derrumbó de nuevo sobre el sofá, con el rostro como el de un cadáver.

Amory la miró con una ceja arqueada.

–Es el último deseo de un hombre moribundo. ¿Te vas a negar?

–Poco me costaría. –Copper se acercó al armario pisando fuerte–. No voy a volver a cargar la cámara; si se ha acabado el carrete, que le den. –Examinó el reverso de la maltrecha Rolleiflex (irónicamente, Fritchley-Bound insistía en conservar su cámara alemana de antes de la guerra) y vio que todavía había media docena de fotos–. ¡Maldita sea!

–Si quieres, puedes quedarte en casa –ofreció Amory.

Fritchley-Bound se despertó con el ruido de sus propios ronquidos.

–No, no. Chica valiente. Salva al viejo Granuja de Órdago. Eternamente agradecido.

–¿Cuántas veces van con esta? –preguntó ella, colgándose la cámara al hombro–. Todos os aprovecháis de mí y estoy harta. Venga, vamos.

Había perdido la cuenta de las veces que había tenido que sustituir a Fritchley-Bound porque él estaba demasiado borracho para trabajar. Había sacado fotos por él y hasta había escrito artículos en su nombre mientras él se limitaba a hacer unas cuantas correcciones a lápiz con mano trémula y enviaba la pieza como si fuera suya. Lo único que había obtenido Copper a cambio era la gratitud de Fritchley-Bound y la certeza de haber salvado su carrera de manera literal. Aquel hombre era una bomba de relojería a punto de estallar; cualquier día en su periódico descubrirían qué clase de persona era y ahí terminaría todo.

Mientras rebotaba en el duro asiento del Jeep, Copper vio pasar París ante sus ojos. En el aire flotaba un penetrante olor a caballos y sus excrementos. Privada de gasolina, la ciudad había regresado al siglo XIX y las calesas y los carruajes de caballos traqueteaban por los bulevares. Los únicos automóviles eran varios taxis y Jeeps como el suyo, llenos de soldados, periodistas y turistas de guerra.

El levantamiento de la ciudad había dejado aquí y allá marcas en las fachadas de los edificios y, al cruzar el jardín de las Tullerías, Copper vio varios camiones calcinados y un tanque alemán desvencijado, aunque en general París tenía un aspecto majestuoso. Sin duda, comparada con Londres, donde habían estado a comienzos de ese mismo año, París era una ciudad alegre, cubierta de oro y forrada de verde, con la orgullosa silueta de la Torre Eiffel alzándose sobre los árboles y los tejados, recortada sobre el cielo de un azul cerúleo. La bandera tricolor ondeaba por todas partes y las calles estaban llenas de chicas en bicicleta.

—Nadie diría que ha habido una guerra —comentó Copper.

—No la ha habido —repuso Amory con ironía—. Rendirse es mucho más fácil que presentar batalla.

Giroux le lanzó una mirada asesina.

—Y usted, *monsieur*, ¿se puede saber por qué no está luchando? —preguntó sin rodeos.

Amory se rio, sin inmutarse ante la provocación –no era un hombre que se alterase ante muchas cosas–, pero Copper salió en su defensa:

–Mi marido está exento del servicio militar. Padece del corazón.

–¿Del corazón? –repitió Giroux, observando el cuerpo larguirucho de Amory, que medía metro ochenta.

–De niño tuvo fiebre reumática.

Giroux sonrió. Copper había visto en numerosas ocasiones aquella sonrisa de incredulidad. A decir verdad, tener un padre que trabajaba en la banca había contribuido a mantener a Amory alejado del ejército en mayor medida que la fiebre reumática de su infancia. Amory era el vástago de una familia acomodada de Nueva Inglaterra y se había graduado en la Universidad de Cornell, lo que hacía que diera por sentada su propia superioridad. Copper, que provenía de un entorno muy distinto y que solo había acudido a la academia de mecanografía, era más sensible a los desaires.

Había dejado que él, su primer amor, la sedujera una tarde de verano en Long Island y, no sin cierta sorpresa, seis meses después se casaron.

Ninguna de las dos familias se había alegrado del enlace. Los Heathcote se habían quedado consternados al ver que Amory no escogía a una de las jóvenes mariposillas casaderas que debutaban cada año en el baile. El padre de Copper, un obrero irlandés viudo, consideraba a Amory el descendiente holgazán de aquellos que oprimían a los trabajadores y, tal como había señalado con crudeza uno de los hermanos de Copper, creía que lo más probable era que fuese un cabrón con las mujeres.

Amory, sin embargo, había asegurado admirar la lucha de su familia contra los males del capitalismo. Como muchos intelectuales de clase alta, jugueteaba con la idea de ser más de izquierdas que de derechas. Tal vez su romance hubiera obedecido a aquella regla que decía que los polos opuestos se atraen, además de que, seguramente, ella se había mostrado más abierta en lo referente al sexo que las chicas de buena familia.

A Copper la había atraído su aspecto de estrella de cine. Amory tenía una mata de pelo rubio y ojos azul eléctrico, casi violeta, un color que ella nunca había visto en nadie más. También se comportaba con una sofisticación innata y una relajada familiaridad en un mundo que ella desconocía, pero al que aspiraba en secreto.

Él había acudido a Europa como corresponsal de guerra y ella se había negado a quedarse atrás, así que Amory había echado mano de los contactos de su familia para conseguir acreditaciones para ambos y se la había traído con él. Aquella iba a ser su gran aventura. Él decía que todo el mundo tenía derecho a recibir algo de la guerra; en su caso, un Premio Pulitzer. Estaba escribiendo una novela que iba a ser el fenómeno más importante desde Hemingway (a quién había buscado en cuanto llegaron a París). Por muchos defectos que tuviera, en opinión de Copper, su genialidad estaba fuera de toda duda.

De hecho, su genialidad era la principal razón por la que seguía aguantando dieciocho meses después de su boda cuando la mayor parte de sus ilusiones sobre Amory se habían esfumado, en particular su esperanza de que le fuera fiel. Su hermano tenía razón: en lo referente a las mujeres, su marido era un cabrón.

Una noche que estaba muy borracho, le había confesado que su padre le había sido infiel a su madre durante todo su matrimonio y que su madre había «aprendido a aceptarlo», dando a entender que ella debía hacer lo mismo.

Copper echó la cabeza hacia atrás y dejó que el viento le despeinara el pelo largo, abundante y cobrizo, color que le había valido su apodo[1], al que a aquellas alturas, con veintiséis años,

---

[1] *Copper* significa 'cobre' en inglés *(N. de la T.)*.

estaba más acostumbrada que a su verdadero nombre, Oona. La melena le hacía juego con la piel pálida y los ojos verde grisáceo, que revelaban su linaje celta. Se deleitó con la sensación que le provocaba la brisa que agitaba su pelo.

En comparación con las mujeres estadounidenses, las parisinas que veía por la calle iban muy arregladas. Se contoneaban encaramadas a sus zapatos de cuña, tenían hombros anchos, llevaban sombreros extravagantes y montaban en sus bicicletas con un inmenso aplomo, con sus faldas cortas que dejaban al descubierto las pantorrillas. ¿Cómo lo conseguían? Tanto en Estados Unidos como en Gran Bretaña, los últimos cuatro años de racionamiento habían implicado que todo el mundo vistiera ropa apagada y gris. ¿Cómo era posible que las francesas, sometidas a privaciones mucho más estrictas, tuvieran un aspecto tan elegante? Tenía que existir algún tipo de secreto galo y, de pronto, Copper sintió la imperiosa necesidad de averiguarlo. A la porra lo de «no pedir vestidos nuevos». Se inclinó hacia delante y gritó por encima del ruido del viento:

—Quiero un vestido parisino.

Amory volvió a medias la cabeza, ofreciéndole su mejor perfil griego.

—¿Qué?

—Un vestido parisino. Quiero un vestido parisino.

—No te tomaba por una loca de los trapos —repuso él en tono despectivo.

—Bueno, pues quiero ropa nueva —insistió Copper—. Estoy harta del caqui.

Y era cierto: estaba cansada de los monos verde oliva y los uniformes feos que constituían su único vestuario. Tenía la sensación de ser una afrenta a aquella hermosa ciudad, el hazmerreír de las altivas parisinas.

—¿Tú qué opinas, Giroux? —preguntó Amory.

Giroux se volvió a mirar a Copper por encima del hombro con una expresión especialmente avinagrada.

–Mujeres; son todas iguales. Tengo a alguien que puede ayudarla, *madame*, pero el trabajo es lo primero. El placer vendrá después.

–Pare aquí –ordenó Giroux.

Amory aparcó el Jeep donde le había indicado el francés, junto a un corrillo de hombres jóvenes que holgazaneaban en la esquina de una calle de Montmartre. Llevaban ropa raída y demasiado fina para el frío que hacía.

–¿Son miembros de la Resistencia? –le preguntó Copper a Amory.

–Lo parecen.

Copper los miró a través del visor de la cámara y los hombres posaron alegremente para la foto, sacando pecho y agitando las gorras al tiempo que silbaban. En ese momento, alguien los llamó a gritos desde algún lugar calle abajo y ellos giraron por la esquina haciendo resonar las alpargatas sobre los adoquines. Con un gesto brusco de la cabeza, Giroux les indicó a Copper y Amory que lo siguieran.

–Ahora verán lo que les pasa a los colaboracionistas –dijo.

Echaron a correr tras la pequeña banda y llegaron a una calle bordeada de casas con un aspecto de lo más corriente. El grupo de hombres había arrinconado a su presa, una joven madre que acababa de salir de una de las casas empujando un cochecito de bebé y que ahora trataba desesperadamente de abrir la puerta y entrar de nuevo, pero ellos la arrastraron a ella y su cochecito por la escalera.

–Es una mujer –exclamó Copper.

La refriega ganó intensidad. Copper estaba horrorizada por el bebé, cuyo llanto se escuchaba por encima de los gritos y chillidos. Amory la sujetó por el brazo para impedirle que se acercara.

–No te metas.

A la joven le arrancaron el abrigo y la boina que llevaba y

los arrojaron al arroyo. El pelo rubio y rizado se le desparramó alrededor del rostro, petrificado en una expresión de puro terror, y Copper se dio cuenta de que no tendría más de diecinueve o veinte años. Uno sacó al bebé del cochecito de un tirón y la mujer suplicó con los brazos extendidos hacia el niño, pero alguien le cruzó la boca, derribándola sobre el suelo. Los hombres la levantaron y empezaron a arrancarle la ropa.

Copper tenía el corazón en un puño.

–¿Qué es lo que ha hecho? –preguntó.

–Era amante de un miembro de la Gestapo –contestó Giroux, quien, aunque no participaba en el ataque, lo contemplaba con actitud taimada, con un nuevo cigarrillo en la boca y los ojos entornados para protegerse del humo–. El niño es de él.

–¿Qué le van a hacer?

–Mira lo gorda que está, la muy cerda –continuó Giroux con amargura–. Se ponía ciega a mantequilla mientras nosotros nos moríamos de hambre.

La mujer, que ya estaba casi desnuda, se agarraba los pechos al tiempo que trataba de ocultar el rostro. En su piel blanca y tersa se distinguían ya las marcas rojas de las manos de los hombres. Una repentina multitud se había arremolinado en la calle, prácticamente vacía al principio del incidente. La gente salía de su casa para sumarse a la turba o bien gritaba desde las ventanas. La oleada de odio era como una ráfaga de viento cálido. Un hombre sostenía en alto al bebé gimoteador como si fuera a estamparlo sobre los adoquines. Desesperada y sangrando por la boca y la nariz, la madre trató de coger a su hijo, pero los atacantes siguieron zarandeándola, y cada uno aprovechaba para golpearla o tirarle del pelo cuando les caía encima.

De pronto, los gritos se convirtieron en un rugido ensordecedor. Alguien había sacado una vieja silla de cocina y una soga.

—Ay, no —jadeó Copper, que se liberó de la mano de Amory y echó a correr.

—¡Copper, ven aquí! —gritó él.

De alguna manera, Copper consiguió abrirse camino a codazos entre la violenta y agitada turba, como si fuera un jugador de fútbol americano, y recorrió los pocos metros que la separaban de la mujer, quien no paraba de gritar. La rodeó con los brazos y trató de protegerla, pero decenas de manos se lo impidieron, la separaron a la fuerza de la víctima y la arrojaron al suelo.

—¿Te has vuelto loca? —exclamó Amory, cogiendo a su mujer y ayudándola a levantarse—. Podrían haberte matado.

—La van a linchar. ¡Haz algo!

—No podemos hacer nada.

Magullada y sin aliento, Copper se volvió hacia Giroux.

—¡Dígales que paren!

Giroux le dio una calada a lo poco que quedaba de su cigarrillo.

—Es usted valiente, *madame*, pero estúpida.

La muchedumbre arrastró a la mujer hasta una farola. Sin dejar de llorar, ella extendió los brazos hacia su bebé en un último gesto desesperado. Copper era incapaz de cerrar los ojos para bloquear aquella imagen.

Empujaron a la víctima a la silla de cocina y ella se encogió, con la soga alrededor del cuello, mientras las lágrimas le corrían por las mejillas. En ese momento, la multitud se separó para dejar paso a un hombrecillo de rostro acartonado e impávido que llevaba un delantal blanco y unas tijeras de cocina.

—Ese es Le Blanc, el pastelero —indicó Giroux—. La Gestapo mató a sus dos hijos.

El viejo agarró un puñado de pelo de la mujer y empezó a cortárselo metódicamente con las tijeras entre los cánticos del gentío.

—*Collaboratrice! Putain!*

Al principio, la mujer reaccionó a gritos ante los cortes, pero luego se quedó callada, como si aceptara su destino, mientras el viejo tiraba de su cabeza adelante y atrás y seguía con sus tijeretazos.

Trabajaba a buen ritmo y, cuando el último mechón dorado se deslizó hacia la acera, la gente se puso a vitorear. El viejo, sin embargo, no quedó satisfecho y se puso a cortar los copetes restantes hasta que el cráneo quedó desnudo casi por completo, como el de una muñeca. A continuación, le escupió intencionadamente a la cara y atravesó de nuevo el gentío para regresar a su tienda entre manos que se alargaban para darle palmaditas en la espalda. Copper rezó para que aquello terminara así y no le hicieran nada peor a la joven.

—Devolvedle a su hijo —gritó al grupillo de hombres.

Entre risas, estos le devolvieron el niño a la víctima, que lo estrujó contra su cuello. El bebé parecía ileso, pero gritaba a pleno pulmón de puro terror y tenía el rostro descompuesto y granate. La madre se lo colocó sobre el pecho y él se puso a mamar con urgencia mientras su cuerpecito se convulsionaba con sollozos intermitentes. Giroux empujó a Copper hacia la mujer.

—Vamos, Juana de Arco. Saca tu foto.

Copper avanzó, con la cámara a la altura de la cintura y la vista fija en la mujer, que parecía aturdida por la conmoción. Toda su belleza había desaparecido.

—Lo siento —dijo Copper.

La joven la miró con los ojos inyectados en sangre y una expresión indescifrable y Copper le sacó dos fotos. Ahora que el espectáculo había terminado, la multitud comenzó a dispersarse, aunque varias personas se quedaron a contemplar cómo la mujer medio desnuda amamantaba a su hijo, como una Virgen degradada. La puerta de su casa seguía cerrada y Copper se fijó en que todas las ventanas tenían las cortinas corridas. La joven se quedaría sentada en la calle, para que todo el mundo proyectara en ella su odio, hasta que su familia reuniera el valor para dejarla entrar de nuevo. Su ropa estaba desparramada por la calle y el elegante cochecito de bebé había quedado aplastado.

—Se acabó el paseo —sentenció Giroux en tono lacónico.

Copper recogió la blusa desgarrada de la mujer y se la puso por encima lo mejor que pudo para cubrir su desnudez. Amory tiró de ella y se la llevó de allí.

—Te has comportado como una puñetera idiota. ¿Cómo se te ocurre?

—¿Y cómo has podido tú quedarte mirando sin hacer nada?

—Sí que hacía algo: tomar notas para informar. Y tú has venido a hacer las fotos para Fritchley-Bound, no a enfrentarte a una muchedumbre dispuesta a linchar a alguien.

—He hecho las fotos —repuso ella, malhumorada—. Y, si él está demasiado resacoso para escribir el artículo, supongo que también me encargaré yo.

—Eres demasiado impulsiva; nunca piensas antes de hacer las cosas. Se suponía que solo venías a acompañarme. ¿Cuántas veces tengo que decirte que no te involucres?

—Lo que acabamos de presenciar ha sido repugnante.

—Tiene suerte de que no se hayan cargado al cabroncete —dijo Giroux con calma—. ¿Sabe lo que hacía la Gestapo con sus prisioneros?

—Lo único que ha hecho esa mujer es enamorarse y tener un hijo.

Él resopló.

—Lógica femenina, ¿eh? —se burló.

—A mí me educaron para aborrecer el fascismo —replicó ella—. Bravucones como estos apalizaron a mi padre y mis hermanos y los metieron en la cárcel. Esos supuestos partisanos no son mejores que los matones de Hitler.

Giroux le dedicó una mirada especulativa y luego arrojó la colilla al suelo.

–Muy bien. Vamos a comprar su vestido parisino.

–Ya no quiero un vestido parisino –espetó Copper mientras Giroux los llevaba de vuelta al Jeep.

–¿Por qué? ¿Porque le han rapado la cabeza a esa zorra? Se merecía algo peor.

–Creo que este hombre no tiene nada que ver con la Resistencia –le susurró Copper a Amory–. No lo soporto.

–Es posible amar París y, al mismo tiempo, detestar a los franceses –fue la ecuánime respuesta de Amory.

Se pusieron en marcha en dirección al centro de la ciudad. Copper dedicó las fotos que quedaban en el carrete de Fritchley-Bound a capturar detalles curiosos que le llamaron la atención: ramos de flores dispuestos en la calle allí donde había muerto alguien; gente que bebía café y disfrutaba del sol delante de restaurantes con las ventanas resquebrajadas por agujeros de bala; hombres subidos a una escalera que retiraban un cartel alemán en un cine para soldados. Poco a poco, empezó a recobrar la calma.

Veinte minutos después, se pararon delante de un sobrio escaparate en una elegante calle cerca de los Champs-Élysées. Al ver el nombre LELONG, Copper se animó. Lucien Lelong era la esencia de todo aquello que buscaba: polvos de maquillaje, perfumes y trajes, ropa que hacía frufrú y artículos que desprendían un olor dulzón.

–¿Conoce a Lelong? –preguntó Giroux al ver su expresión.

–Claro que lo conozco –contestó Copper, casi dispuesta a perdonarlo por aquel repulsivo episodio con la *collaboratrice*. Tener algo, cualquier cosa, que llevara la etiqueta «Lelong», símbolo de la moda francesa más clásica, era un sueño. Sin embargo, sus esperanzas se disiparon enseguida–. Pero no puedo permitirme un vestido suyo.

–No se preocupe por eso. Soy aficionado al *jiujitsu*.

–¿*Jiujitsu*?

Él se dio un golpecito en la nariz.

—Quiero decir que sé aplicar presión en los sitios adecuados.

El salón era todo lo que Copper había esperado: pintado en tonos perlados, decorado con seda gris e iluminado con relucientes arañas.

—Es precioso —dijo con un suspiro.

Era como si la guerra, con su ropa deprimente y utilitaria, ya hubiera terminado. Allí había expuestos sutiles vestidos largos y conjuntos sofisticados, con sombreros y accesorios a juego. Hasta el aire estaba perfumado y, a través de un altavoz oculto, sonaba música bajita. Varias *vendeuses* permanecían de pie y en silencio detrás de los mostradores. No había más clientes. Copper pasó un dedo por una chaqueta exquisita y la *vendeuse* más cercana le dedicó una sonrisa sin vida.

—¿La puedo ayudar, *mademoiselle*?

—Hemos venido a ver a *monsieur* Christian —dijo Giroux con brusquedad, y los llevó a la escalera que había al fondo del salón.

Subieron al segundo piso, donde se encontraba el atelier, una estancia alargada y bien iluminada con una hilera de ventanas que estaba desierta y silenciosa. Una docena de conjuntos hilvanados colgaba a medio acabar sobre maniquíes de madera, pero no había costureras y sus utensilios estaban desperdigados por los bancos de trabajo, como si las hubieran interrumpido en medio de su tarea y se hubieran visto obligadas a huir.

Giroux abrió una puerta y los tres entraron en un saloncito. Las cortinas eran de crepé de China, las paredes estaban revestidas de madera pintada de blanco perla y unos apliques de bronce fijados en las paredes alumbraban la estancia. Había varios espejos grandes para que las clientas admiraran su reflejo, pero esta habitación también estaba vacía, salvo por un hombre que miraba por la ventana. Llevaba un traje de raya diplomática y quedaba medio oculto por las cortinas. Volvió hacia ellos un rostro pálido con una expresión aprensiva.

–Les presento a *monsieur* Christian –anunció Giroux–. Le he traído una clienta, *mon vieux*.

Monsieur Christian, que estaba quedándose calvo y había entrado ya en la mediana edad, salió de detrás de las cortinas con la actitud de un animal tímido al que habían sacado de su refugio.

–Encantado.

Cogió la mano de Copper con la suya, suave y cálida, y se la besó con gesto cortés.

–Es un placer conocerlo –dijo Copper, incómoda–. Lamento mucho haber irrumpido así en su santuario privado.

Él hizo un ademán con la mano para restarle importancia.

–Es más que bienvenida, *madame*...

–Heathcote.

–*Madame Eat-Cot* –dijo él, con evidentes dificultades para pronunciar las sílabas anglosajonas. La miró de arriba abajo con la cabeza ladeada–. ¿Y en qué estaba pensando?

–Un conjunto –intervino Giroux sin darle tiempo a contestar–. Con sombrero y accesorios.

–Ah, no. No creo que pueda permitirme todo eso –replicó Copper con una risa nerviosa–. Yo solo quería un vestido, quizá...

–Será un placer para Lucien Lelong regalarle un conjunto entero –la interrumpió Giroux–. ¿Verdad que sí?

Monsieur Christian dio un respingo.

–¿Regalar?

–De ninguna manera podría aceptarlo –dijo Copper, muerta de vergüenza.

Giroux la ignoró.

–¿Dónde están todas sus clientas? –le preguntó al modisto con desdén, mostrándole sus dientes afilados–. Su tienda está desierta. Tal vez se deba a que todas sus clientas eran nazis, colaboracionistas y reinas del mercado negro y tal vez sea más sabio que ahora esa clase de personas se quede en casa.

A *monsieur* Christian se le tiñeron las mejillas de rojo y se succionó el labio inferior como un niño avergonzado. Copper se dirigió de nuevo a Giroux.

—Esto no es lo que yo quería, *monsieur* Giroux. No espero que me den nada gratis. Solo dígame cuánto costará.

—No costará nada —insistió Giroux—. La casa Lelong colaboró con los nazis durante cuatro años; ahora le toca expiar sus pecados.

—La casa Lelong mantuvo a raya a los alemanes durante cuatro años —replicó *monsieur* Christian en voz baja, con el rostro aún más rojo—. Si sigue habiendo industria de la moda en París, es gracias a Lelong.

—¿A quién le importa la industria de la moda? —preguntó Giroux—. Usted, Chanel y el resto de los parásitos burgueses se dedican a complacer a los ricos y decadentes, hablen el idioma que hablen. Son todos unos traidores.

—Permítame discrepar, *monsieur* —dijo el modisto, en un tono aún más bajo. Aunque saltaba a la vista que no era un hombre que disfrutara con los enfrentamientos, desprendía un aire de dignidad sosegada—. Nosotros tenemos nuestra opinión al respecto, pero es irrelevante y será un placer complacer a *madame*.

—No puedo aceptarlo —dijo Copper, fulminando a Giroux con la mirada.

—Le garantizo, *mademoiselle*, que después de pasarme días aquí de pie, sin clientas, agradeceré el cambio —contestó *monsieur* Christian con una sutil ironía—. Si los caballeros salen de la habitación, le tomaré las medidas.

—¿Por qué tengo que salir de la habitación? —refunfuñó Giroux.

Monsieur Christian puso los ojos en blanco.

—No es posible tomar medidas con caballeros delante.

—¿Qué? ¿Ni siquiera el marido? —preguntó Amory.

–En especial el marido.

–Maldita sea, es mi mujer.

A modo de respuesta, *monsieur* Christian señaló la puerta con los ojos cerrados. Era evidente que no iba a moverse, ni a abrir los ojos, hasta que los hombres salieran. Había algo imponente en su inmovilidad y Copper observó, divertida, cómo Amory y Giroux abandonaban la estancia hechos un basilisco y daban un portazo a su espalda. *Monsieur* Christian abrió los ojos con un suspiro.

–Está bien –dijo–. Si *madame* es tan amable de dejar la cámara y quedarse en ropa interior...

Tras decidir que abordaría el tema del pago más adelante, Copper se desprendió de la pesada Rolleiflex que llevaba colgada del cuello y se quitó el pantalón de peto. *Monsieur* Christian dobló su aburrida ropa con tanto esmero como si fueran las vestimentas de una reina y luego contempló el espectáculo de Copper en ropa interior al tiempo que se pellizcaba la rolliza barbilla con el índice y el pulgar.

–Una pena –dijo.

–¿El qué? –quiso saber Copper.

Por extraño que pareciera, estar allí plantada semidesnuda delante del modisto mientras él la evaluaba no le producía vergüenza alguna.

–Sus proporciones. –Él rodeó su busto con una cinta métrica y se succionó el labio–. Aunque tiene fácil arreglo. –Cogió una caja de cartón y, al abrir la tapa, dejó a la vista dos objetos generosamente redondeados–. Siempre se los recomiendo a las clientas que no han sido bendecidas por la naturaleza.

–¿Postizos?

–De gomaespuma, de antes de la guerra. Ahora son muy difíciles de encontrar.

–No, gracias. Me quedo con lo que tengo.

Él lo guardó.

–Tal vez tenga razón. Pero no parece usted francesa, *madame*.

–¿Eso es bueno o malo?

–Normalmente, la falta de curvas sería un inconveniente que trataríamos de corregir con relleno.

–Nada de relleno, por favor.

–Pero, en su caso, con esas piernas tan largas, la cintura alta, la altura, el vigor… –Dio un paso atrás para estudiarla, cogiéndose un codo al tiempo que se acariciaba la mejilla con la otra mano–. Salta a la vista que está usted en forma.

–Detesto el deporte, pero las chicas estadounidenses somos bastante activas, sí.

–No me cabe duda. Tiene usted cierto aire a *garçon*. Entiéndame, no lo digo como algo malo. De hecho… –Se lo veía cada vez más emocionado mientras paseaba alrededor de ella–. De hecho, es estimulante; un reto. El pelo es pasable, y la cara también, por supuesto. Las piernas, impecables.

–Me alegro de contar con su aprobación en algo.

–Recuerdo la época en que enseñar los tobillos se consideraba el colmo de la obscenidad, y ahora queremos toda la pierna. En fin, vamos a ello.

Se puso manos a la obra. Mientras dejaba que le tomara medidas, Copper lo estudió como había hecho él. Tenía la nariz larga y aguileña y la boca suave y delicada. Se fijó en sus relucientes zapatos negros y en los puños almidonados de su camisa, así como en el discreto aroma a colonia que desprendía.

La puerta se abrió y una de las *vendeuses* asomó la cabeza con actitud nerviosa.

–Disculpe, *monsieur* Christian, pero ese hombre, Giroux, está robando a manos llenas. Ya no le cabe nada más en los bolsillos.

–Deja que se lleve lo que quiera –replicó el modisto con impaciencia–. Anda, vete.

La puerta volvió a cerrarse y *monsieur* Christian anotó un montón de cifras en una libreta.

–¿Me permite preguntarle qué hace una mujer estadounidense en París en tiempos de guerra?

–Mi marido es corresponsal de guerra y movió algunos hilos para conseguirme una acreditación para que pudiera acompañarlo.

–No muchas mujeres desearían una acreditación de esa índole.

–Ah, es que yo siempre estoy dispuesta a embarcarme en una aventura. Desde pequeña me he apuntado a todo lo que hacían mi padre y mis hermanos. Hasta me dieron mi propio cartel.

–¿Un cartel?

–Decía: «Un sueldo razonable por un día de trabajo razonable».

–Muy encomiable.

–Supongo que era didáctico.

–Y su marido es un joven muy apuesto –señaló *monsieur* Christian–. Lo digo de verdad; es uno de los hombres más atractivos que he conocido.

–Sí, está de buen ver, aunque tampoco me cuesta apartar la mirada de él de vez en cuando. Lo que no soportaba era la idea de quedarme en casa mientras él disfrutaba de toda la diversión. Además, sin mí es un cero a la izquierda.

–¿Diversión? –Él arqueó las cejas–. Debo confesarle que es usted mi primera clienta estadounidense, *madame Eat-Cot*, pero, si son todas como usted, el mundo se va a llevar una sorpresa.

–No le quepa duda –confirmó ella.

–Yerga la espalda, por favor. Apoye la mano en la cadera y vuelva la cabeza hacia un lado. Así. Tiene usted el porte; eso siempre ayuda. Las mujeres europeas se matan de hambre para estar delgadas y eso les da lo que yo llamaría un aspecto demacrado, aparte de que muchas veces se quedan fofas. Lo suyo es distinto; es su musculatura lo que la hace esbelta y, aun así, no es masculina. Es una idea de lo más novedosa.

–En Nueva York hay muchas más como yo –observó Copper con ironía–. Allí las mujeres corren de un lado a otro, créame.

–¿Y puedo preguntarle qué ocurrirá cuando se canse usted de «acompañar» a alguien?

—¿Se refiere a si me entra miedo?

—Me refiero a cuando quiera algo solo para usted.

—Bueno, siempre están las tareas del hogar y la cocina. Aspirar no es tan fácil como parece, hay muchos trucos que aprender. Además, desde pequeña he soñado con perfeccionar la tarta de manzana y tener seis bebés lozanos, igual que mi madre.

—Me toma el pelo.

—Así es —reconoció ella—. Perdone. Por el momento me lo estoy pasando bien, *monsieur* Christian. No dedico mucho tiempo a pensar en el futuro.

—Extraordinario. Ahora voy a hacer unos bocetos y, si le parece, puede venir en un par de días.

—Gracias.

—No hay de qué. Ya puede vestirse.

Al despedirse, él le besó galantemente la mano y Copper casi pudo ver su propio reflejo en su coronilla calva. Era evidente que el modisto la encontraba divertida y ella se alegraba de ello. Aquel hombre le transmitía una sensación de dulzura y cautela y no de altivez y arrogancia, como habría esperado de un modisto parisino. Él la acompañó hasta la escalera y se quedó mirando cómo ella la bajaba. Copper vio un último atisbo de sus ojos color avellana, que seguían sus pasos.

—Menudo bochorno —le dijo a Giroux con dureza al llegar al pie de la escalera—. ¡Mira que pedirle a ese hombrecillo que me llene el armario!

—Ese «hombrecillo» vestía a las mujeres de los nazis.

—Supongo que no le quedó otro remedio.

—Todo el mundo pudo elegir, *mademoiselle*. Y Dior tomó su decisión.

—¿Dior?

—Así se llama: Christian Dior. Es uno de los mejores hombres de Lelong. El otro es Pierre Balmain, pero dicen que Dior es mejor.

Copper se fijó en que Giroux tenía los bolsillos abultados con su botín: de uno de ellos sobresalían unas tijeras dentadas y del otro caían unas cintas de seda. Pensó con frialdad que aquel hombre acaba de darle un nuevo significado a la Liberación de París.

Capítulo 2

Tal y como había previsto Copper, el Granuja de Órdago se encontraba demasiado mal para escribir el artículo, así que lo hizo ella, aporreando el teclado de la Underwood portátil del inglés hasta que le dolieron los dedos. En su día, George había sido un buen periodista y ella sabía cómo imitar su estilo lacónico, así que el texto quedó bien. Las fotografías reveladas también tenían un punto dramático. Aunque de tono mordaz, la pieza en conjunto era buena, además de un antídoto para los habituales artículos efusivos que llenaban las páginas de los periódicos. En cuanto George consiguió levantarse de la cama, se puso a beber de nuevo, de modo que Copper tuvo que encargarse también de empaquetar el artículo y las fotos para enviarlas al editor. La única contribución de él fue la firma trémula al pie de la carta adjunta. Copper dejó el paquete encima de la mesa para que lo mandara él. Sin duda, podía ocuparse al menos de eso.

Él se mostró patéticamente agradecido y volvió de su siguiente juerga con un regalo para ella: algo envuelto en un pedazo grasiento de papel marrón, atado con un cordel de carnicero.

–¿Qué es? –preguntó ella, recelosa.

–*Foie gras*. Hígado de oca. Un manjar para los franceses. –Le dio una palmadita en el hombro–. No sabes cómo te lo agradezco, querida. No me cansaré de decírtelo.

Copper no había probado nunca el *foie gras* y no le gustó mucho su aspecto. Sin embargo, tuvo una idea repentina y, cuando volvió a Lelong al día siguiente, se llevó el regalo.

Esta vez fue sola; Amory se quedó en el piso, trabajando con su máquina de escribir. Al entrar en el salón, Copper se encontró con el mismo ambiente silencioso del día anterior. Las *vendeuses* estaban reunidas en grupitos, hablando en susurros, y, mientras ella se dirigía a la escalera, la siguieron con la mirada con sus ojos delineados con khol, como gacelas observando a un leopardo.

En el atelier, en cambio, había más actividad: tres mujeres trabajaban juntas, inclinadas sobre lo que a todas luces era un vestido de boda. Su pelo encrespado y sus brazos fuertes contrastaban con el raso blanco en el que estaban cosiendo lentejuelas con presteza. Las tres la miraron sin sonreír y Copper pensó que toda aquella escena parecía sacada de una película surrealista. Encontró a Christian Dior en el saloncito, mirando por la ventana en la misma actitud que el día anterior, y él volvió la cabeza de larga nariz con expresión aprensiva.

–¿Sí?

–Buenos, días, *monsieur* Christian.

Al verla, a Dior se le iluminó el rostro.

–Ah, *madame Eat-Cot*. Tengo un diseño para usted.

–Por favor, todo el mundo me llama Copper.

–¿Copper? –repitió él, sorprendido.

–Es gracias a mis hermanos. –Se señaló el pelo–. Por esto. Mi verdadero nombre es Oona, pero nadie me llama así.

–Pues yo prefiero Oona, sin duda. Copper es un nombre espantoso para una mujer tan bella –dijo él con franqueza.

Ella la tendió el paquete.

–Le he traído esto. Espero que le guste.

Le dio vergüenza entregar un paquete tan grasiento en aquel lugar impoluto, pero, después de desenvolverlo, él abrió los ojos de par en par.

–Un *foie gras* entero –dijo con voz entrecortada.

–¿Le gusta? Me han dicho que es bueno.

–¿Es para mí?

—Si es tan amable de aceptarlo…

Al ver que a él se le humedecían los ojos, se quedó consternada.

—Discúlpeme —dijo Dior, y salió apresuradamente de la habitación con el paquete.

En su ausencia, Copper se acercó a la ventana delante de la cual él había estado parado y contempló la elegante calle, en la que reinaba la calma. Se pasaba el día ahí plantado, mirando, esperando… ¿el qué, exactamente?

Él regresó sin el *foie gras*. Tenía las mejillas encendidas y los ojos hinchados.

—Espero no haberlo disgustado —dijo ella, nerviosa.

—Solo estaba un poco abrumado. Es usted muy amable. Las cartas decían que hoy me harían un regalo, pero no tenía ni idea de que me lo traería usted. Hace mucho tiempo que no tomo *foie gras*; es mi plato preferido.

—Ay, no sabe cuánto me alegro.

—¿Dónde está su marido?

—Hoy no ha venido.

—Quizá sea mejor. La relación entre el modisto y la clienta es parecida a la que se establece en el confesionario. Las almas se desnudan y cada uno acerca al otro a Dios. —Dejó escapar una risita.

—Antes que nada, hay algo que me gustaría aclarar: no voy a permitir que trabaje a cambio de nada. Eso fue idea de Giroux, no mía. Estaré encantada de pagarle.

Él separó las manos.

—Y yo estaré encantado de hacerle un regalo.

—Ni hablar. La manera en que Giroux se dirigió a usted fue bochornosa.

De pronto, a los ojos de él asomó una expresión triste.

—Querida, si desea encontrar a los que no colaboraron con los alemanes, la invito a visitar los cementerios de París. No le quepa duda de que todos aquellos que todavía tienen piernas para caminar y pulmones con los que respirar colaboraron con ellos. Mi jefe, Lucien Lelong, se enfrentó a los nazis cuando estos decidieron trasladar a todos los diseñadores y a todas nuestras trabajadoras a Berlín. Se negó y le podrían haber pegado un tiro por ello.

—No lo sabía.

—A uno le podían pegar un tiro por cualquier cosa. ¿Se imagina cómo se enfurecían los alemanes al ver a los parisinos bien vestidos y sonrientes? Decían: «¿Cómo podéis estar tan contentos si habéis perdido la guerra?», y nosotros les contestábamos: «¿Cómo podéis estar tan tristes si habéis ganado la guerra?». Esa era nuestra Resistencia. El mero hecho de vestir con estilo a las mujeres de los oficiales nazis era un acto de resistencia, pues demostraba que los franceses tenemos mucho mejor gusto que ellos.

—En ese caso, sin duda es usted un héroe de la Resistencia —aportó Copper con una sonrisa.

—Giroux es un matón, igual que sus hombres.

—¿Están boicoteando sus ventas?

—De una manera muy efectiva, sí. Admiran a Stalin y detestan todo lo que es hermoso. No se preocupe, el trabajo recuperará su ritmo y nosotros recuperaremos la vida que teníamos antes.

—¿Y el vestido cuánto…? —preguntó ella con más delicadeza.

Él se succionó el labio inferior.

—En circunstancias normales… digamos que unos cinco mil francos. Pero olvidémonos de eso. —Le enseñó el dibujo que había hecho—. ¿Qué le parece?

Ella estudió el boceto mientras trataba de calcular a cuántos dólares equivalían cinco mil francos. Aun con la devaluación del franco, era muchísimo dinero. Pero ¡qué vestido! La dejó sin aliento. Aquel hombre dibujaba sin esfuerzo alguno, con líneas fluidas y elegantes que delineaban un traje deslumbrante.

–Es absolutamente precioso.

–¿De verdad? El problema estriba en encontrar seda suficiente. Los alemanes la confiscaron toda para fabricar paracaídas. Por suerte, tenemos tafetán para la enagua.

–La verdad es que no necesito que sea de seda.

–Querida, debe permitirme que materialice la visión que tengo de usted –observó él con severidad–. Me refiero a la mujer que hay dentro –abarcó con un expresivo ademán de los dedos sus pantalones caquis y su blusa raída– de esto.

–Pero costará mucho dinero.

Él continuó enfrascado en su dibujo, como si no la hubiera oído.

–Me encantan las faldas con vuelo; no hay nada más romántico. La cintura es ceñida, ¿y ha visto las curvas del busto y los hombros?

–Ahora entiendo por qué quería que me pusiera relleno.

–El busto es el atributo más hermoso del cuerpo femenino –sentenció él, y dedicó una mirada pesarosa al escaso pecho de Copper–. En la medida en la que la naturaleza se lo proporciona a cada mujer, por supuesto.

–*Monsieur* Christian, diría que tiene usted complejo de Edipo –dijo ella con seriedad.

Él parpadeó y luego sonrió. Cuando lo hacía, las comisuras de sus labios se curvaban hacia arriba, pero su mirada seguía reflejando tristeza.

–A mi madre le encantaba la ropa bonita, por supuesto, pero lo que más recuerdo de ella es su perfume. –Cerró los ojos–. Allí donde iba, la acompañaba el olor a flores.

–Seguro que era muy guapa.

–Me gustaría vestir a todas las mujeres con flores. ¿Recuerda los lirios del campo que salen en la Biblia? Ni los ropajes de Salomón en toda su gloria estaban a la altura de una de esas flores.

–Qué ambición más interesante.

Él levantó el índice.

–Voy más allá: mi ambición es salvar a las mujeres de sí mismas.

–Santo cielo. ¿Tanto peligro corremos?

–Entre Chanel y sus jerseicitos negros y los brutos que diseñan los uniformes militares, sí. Por no hablar de las *zazous* y sus manías, o de los dictados de Utility, con sus dos bolsillos, sus cinco botones y sus seis costuras[2]. Se encuentran ustedes en una situación extremadamente peligrosa.

–Todo se hace en nombre de la eficiencia.

Él se estremeció.

–Esa palabra… Por favor, no vuelva a pronunciarla en mi presencia.

Copper se rio.

–No lo haré.

–Bien. Me pondré entonces con este diseño.

–Si es lo que de verdad quiere…

Copper había pensado en algo sencillo de lo que pudiera presumir en Nueva York, pero, si *monsieur* Dior quería transformarla en la ilustración de una revista de moda, sería de mala educación llevarle la contraria. Y, aunque cinco mil francos era un precio astronómico para un vestido cuando en Sears podía comprarse uno por cinco dólares, jamás volvería a tener la oportunidad de poseer un traje parisino.

–La decisión está tomada –afirmó él. A pesar de su gentileza, no cabía duda de que aquel hombre poseía una fortaleza de acero–. Va a costar un poco conseguir la tela; necesitaré por lo menos seis metros de seda, pero creo que sé dónde encontrarla. –Mientras la acompañaba a la salida, añadió–: Es usted una mujer fascinante. Su marido tiene mucha suerte.

---

[2] El Utility Clothing Scheme fue un programa introducido en Reino Unido durante la Segunda Guerra Mundial para estandarizar la producción, compra y venta de ropa en tiempo de guerra *(N. de la T.)*.

Copper sonrió.

—A mí también me lo parece. Ahora mismo voy a ir a casa a decírselo.

Al regresar al piso, Copper se encontró con un penetrante aroma a Chanel n.º 5, el perfume de la temporada. Coco Chanel les había regalado litros y litros a los soldados estadounidenses con la intención de borrar su historial como colaboradora de los nazis durante la guerra; los soldados, a su vez, habían intercambiado el perfume por sexo y ahora todas las *putes* de París lo llevaban.

—¿Ha venido alguien a verte? —le preguntó Copper a Amory, que martillaba la máquina de escribir trabajando en su novela.

—No, ¿por qué?

—Aquí apesta a Chanel.

—Ah, sí. Ha venido un hombrecillo mugriento intentando vender unas cuantas botellas y lo ha echado por todas partes para demostrar que era auténtico.

—Sin duda, a ti te lo ha echado por encima.

Esquivó el intento de él de darle un abrazo y se dirigió al dormitorio. Su cama estaba hecha de cualquier manera, no como ella la había dejado, y las almohadas se encontraban hundidas y manchadas de polvos de maquillaje. Se quedó mirándola, esforzándose por no llorar, y Amory entró tras ella.

—No significa nada, ya lo sabes.

—Ah, ¿no?

—Tú eres la única que me importa, Copper.

Ella se dio la vuelta.

—Pero, por lo visto, no soy suficiente.

—Bueno, ahora mismo nuestra vida sexual no es lo que se dice trepidante. Parece que ya nunca quieres hacer el amor.

Copper hizo una mueca ante aquella dolorosa acusación.

—¿Y es culpa mía?

Él se frotó la barbilla.

–Supongo que últimamente no me he portado muy bien. Demasiado alcohol, demasiado sexo, demasiadas fiestas… demasiado de todo, en realidad. He estado trabajando mucho en mi novela y eso me vuelve promiscuo.

–Siempre has sido promiscuo.

–Bueno, yo soy así. Ya lo sabes.

Ella se echó a llorar.

–Ay, Amory. ¡En nuestra cama!

–Podría prometerte que me voy a enmendar, pero sería como prometerte que voy a cambiar el color de mis ojos: no serviría de nada. Y sabes muy bien cómo se me tiran encima las mujeres. –Hablaba con la seguridad despreocupada de un hombre que sabía lo guapo que era.

Las lacerantes lágrimas empezaron a correr por las mejillas de Copper, quien se las secó.

–Creo que no podré soportarlo mucho más tiempo.

–Solo ha sido un beso y un achuchón, de verdad. No ha pasado nada más.

–No te creo, aunque tampoco importa.

Él se encogió de hombros y volvió a su máquina de escribir. Copper deshizo la cama mientras intentaba reprimir el llanto. Aquella no era la primera vez, ni la segunda, ni siquiera la tercera. Se había engañado a sí misma con las infidelidades de Amory y había aceptado sus mentiras indolentes diciéndose que no importaba o que no le preocupaba mientras él la amara. Pero sí que importaba y aquella era la primera vez que él había metido a otra mujer en su cama. Eso le dolía mucho, pues demostraba que a Amory le eran totalmente indiferentes sus sentimientos.

En otra época, Copper había sido muy aguerrida. Era la pequeña de cinco hermanos y había crecido sin madre en un piso abarrotado. Había sido la niña pelirroja que atravesaba los piquetes con su padre y sus hermanos en días en los que hacía un frío gélido. En la escuela, las marginadas la habían escogido para que se enfrentara a las abusonas en el patio. Era la chica revoltosa a la que habían expulsado del Saint Columba por darle un puñetazo a la hermana Bridget (nadie le había devuelto nunca los golpes). Amory se había casado con ella, o eso decía, por lo apasionada que era.

Pero, poco a poco, sin prisa pero sin pausa, la vida con Amory había ido apagando su fuego. Con su actitud fría y calmada, él la había congelado de manera sistemática. Sintió deseos de enfurecerse y chillar, pero no pudo, y el grito se quedó atrapado en su interior. Era capaz de enfrentarse a una multitud agresiva, pero no a su propio marido.

Gritarle a Amory no solo se incluía en la categoría de «dar la lata, incordiar o quejarse» que una buena esposa debía evitar, sino que, además, solo conseguiría hacer que él se retirara a su fortaleza de hielo. No era un hombre que tolerara las muestras de emoción y el miedo de que se cansara de ella estaba siempre presente. Si un matrimonio tenía problemas, se suponía que había que solucionarlos, no huir; eso era lo que decían los expertos.

Copper fue a la cocina.

—¿Quieres café? —le preguntó a Amory en el tono más natural que fue capaz de adoptar.

Vio cómo a él se le relajaban las facciones al darse cuenta de que no le iba a montar una escena ni a continuar discutiendo.

—Claro. ¿Qué tal con Dior?

—Me ha diseñado un vestido —contestó ella en tono forzado, tratando de aparentar normalidad mientras armaba la cafetera a ciegas—. Yo he insistido en pagarle; quiere cinco mil francos.

—Te daré el dinero.

No iba a comprarla con tanta facilidad.

—No, gracias —repuso con amargura—. Tengo mi propio dinero.

–Si te lo quieres gastar en eso… La moda ha muerto, todo el mundo lo sabe.

–¿Qué vas a saber tú?

–No la tomes conmigo.

–Pues no digas tonterías.

Él tecleó otra frase en la máquina de escribir con sus ágiles y largos dedos.

–¿Por qué no salimos esta noche?

–¿Adónde?

–A La Vie Parisienne. Dicen que es el bar más decadente de París.

–Creo que ya he tenido suficiente decadencia por un día.

–Venga, mi niña; estamos en París. A ninguno de los dos nos sentará bien quedarnos en casa fregando.

Si no iba con él, no se enteraría de sus correrías, aunque la idea de tener que controlar a su marido le resultaba repugnante. No era una decisión fácil, pero quedarse en casa preguntándose de qué color sería esta vez la marca de pintalabios del cuello de su camisa era ligeramente peor.

–Vale –aceptó en tono ausente–. Iré contigo.

La Vie Parisienne resultó ser exactamente el tipo de local que le gustaba a Amory. En todas las ciudades en las que habían estado, había encontrado antros como aquel, en los que podía relajarse y pasárselo bien observando, tomando notas y emborrachándose.

Estaba situado en una calle estrecha cerca de su piso. La entrada parecía la de una gruta y delante había varias mujeres escandalosas vestidas con ropa llamativa que daban la sensación de pelearse por un tema de dinero. Cuando Amory pasó entre ellas, se lo comieron con los ojos.

En el interior, la sensación cavernosa era aún más pronunciada. Las salas eran oscuras y estaban abarrotadas y llenas de humo. De las paredes colgaban cientos de retratos y, en el extremo más alejado, había un piano en el que una mujer gorda, vestida con un traje de hombre y un bombín, tocaba *jazz*. Había varias parejas bailando y todas las mesas parecían ocupadas. Mientras que a Copper le desagradó el ambiente que reinaba, Amory se animó de inmediato.

–Esto es otra cosa. Vamos a pedir algo de beber.

En la barra no cabía ni una aguja y la gente los miraba con una hostilidad evidente. De pronto, una figura impecable se acercó a ellos como flotando: era Christian Dior, vestido de etiqueta y con las suaves mejillas rosadas.

–Qué sorpresa verlos aquí.

Copper se alegró al ver una cara conocida y amistosa.

–¡*Monsieur* Dior!

Él los cogió del brazo.

–Vengan a nuestra mesa. Está en la esquina y desde allí se puede observar a todo el mundo, que es nuestro pasatiempo favorito.

Mientras se abrían camino hacia la esquina más alejada del local, pasaron por delante de una mesa donde un hombre con una mata de pelo y rostro aguileño le estaba soltando una perorata a un círculo de ávidos oyentes.

—Ese es Cocteau –les indicó Dior–. No se calla ni debajo del agua. Les presento a mi querido amigo Francis Poulenc, el compositor. Francis, esta es la belleza estadounidense de la que te he hablado y él es su marido.

Poulenc era un hombre agradablemente feo con el pelo cortado *en brosse*. Los saludó con cortesía mientras ellos se hacían un hueco en la mesa atestada. Copper, que no era muy aficionada a la música, no había oído hablar de él, pero saltaba a la vista que Amory sí.

–*Monsieur* Poulenc, me encantaría entrevistarlo. Soy corresponsal de guerra.

–Bueno, no soy el general De Gaulle, aunque he sido un humilde soldado de infantería.

–¿Estuvo en el ejército?

–A Poulenc y a mí nos llamaron a filas juntos –explicó Dior–. Llevamos a cabo la única tarea gloriosa de una campaña sin gloria: desenterrar cebollas. Calzados con unos *sabots* de madera atroces. Cada uno pesaba dos kilos, se lo aseguro.

–Tres, al menos –intervino Poulenc–. Si quiere entender el significado del término *saboteur*, solo le hace falta fijarse en el *sabot* francés en toda su inmensa e indestructible majestuosidad: un zapato diseñado para hacer descarrilar un tren o partir hasta un cráneo alemán.

–El alma de Francia –convino Dior–. Firme hasta el final. ¿Qué quieren tomar?

–Algo francés –contestó Copper. Por primera vez desde aquella mañana, empezaba a sentirse de buen humor–. No, algo parisino.

–Déjemelo a mí –dijo Dior, que se sumergió de nuevo en la multitud.

–Christian me ha estado describiendo cómo era usted –le comentó Poulenc a Copper.

–Ah, ¿sí?

–Está impresionado. Dice que es una nueva raza de mujer y que el mundo se va a llevar una sorpresa.

–No estoy segura de que eso sea precisamente bueno.

–A Christian le cuesta hacer amigos; es muy tímido.

–Pero le gusta salirse con la suya.

–Ah, veo que ya se ha dado cuenta –dijo Poulenc con solemnidad–. Déjeme decirle que regalarle un *foie gras* entero fue un buen comienzo. Una buena manera de empezar una amistad.

–Solo se lo llevé porque no tenía otra cosa que darle.

–Pues no podría haber elegido mejor. Es glotón como un niño; no le quepa duda de que ya se lo ha comido todo.

–Está demasiado gordo –espetó Amory desde detrás de su cuaderno.

—Sí, ¿no cree que con ese esmoquin parece un pingüino? ¿Y yo una foca?

—Parece que las cosas le han ido bien bajo el mandato alemán —señaló Amory.

—La Gestapo detuvo a su hermana, Catherine —musitó Poulenc con un hilillo de voz—. Justo unas semanas antes de la invasión. Formaba parte de la Resistencia y la mandaron a Ravensbrück, un campo de concentración en Alemania.

—Vaya, es terrible —exclamó Copper—. ¿Ha tenido noticias suyas?

—Solo a través de las videntes a las que consulta a diario. Es muy supersticioso. Ellas le aseguran que está viva, pero... —Se encogió de hombros.

Dior había vuelto con un camarero que llevaba una bandeja con las bebidas.

—Kir Royale —anunció—. Hecho con Dom Pérignon, por supuesto. Adoro el Dom Pérignon. —Todos alzaron los vasos para brindar—. ¿Le gusta el sitio? —le preguntó a Copper con la cabeza ladeada.

Ella pensó que su actitud era sutilmente distinta de la que tenía en el atelier, más relajada y desinhibida.

—Es interesante —contestó con diplomacia—. Pero dígame una cosa: ¿esas mujeres de aspecto raro que hay fuera son prostitutas?

Dior arqueó las cejas, sorprendido, y pareció quedarse sin palabras. Amory le dedicó una sonrisa a su mujer.

—Estoy seguro de que es así a medias, cariño.

—¿Qué quieres decir?

Nadie le contestó y una segunda ronda de cócteles de champán siguió a la primera. En el bar había cada vez más ruido y más gente. En medio de una salva de aplausos, una atractiva y escultural mujer rubia se dirigió al piano y empezó a cantar con una rica voz de contralto.

—Es Suzy Solidor —le explicó Poulenc a Copper—, la dueña

del bar. Cocteau puso el dinero; es muy astuto, se están haciendo de oro. ¿Ve todos esos retratos de las paredes? Son todos de Suzy.

Al mirar más de cerca, Copper vio que Poulenc tenía razón.

—Hay muchísimos. Aunque unos son mejores que otros.

Él señaló uno.

—Ese es el mejor; lo pintó De Lempicka. Ahí hay un Picasso y, a su lado, un Braque. Suzy está decidida a convertirse en la mujer más pintada de la historia. Nadie sabe con certeza si tiene una vanidad descomunal o es un genio.

—A mí me parece maravillosa —admitió Copper, cautivada con el impresionante rostro de la cantante, su melena corta rubio platino y su voz vibrante.

—Ah, ¿sí? —dijo Poulenc, mirándola—. Si quiere, se la puedo presentar. Por su cuenta y riesgo.

—Vaya, me encantaría.

—Cómo no —repuso él con una media sonrisa.

Una vez más, ella tuvo la impresión de que no acababa de entender algo que era evidente para todos los demás. La pianista atacó los primeros acordes de «Lili Marlène», un tema que, aunque era popular entre los soldados aliados y esa noche se cantaba en francés, no dejaba de ser una canción alemana. A Copper le sorprendió escucharla allí en aquel momento y, en efecto, no tardaron en escucharse abucheos y silbidos entre el público. Miss Solidor, sin embargo, la interpretó con una actitud desafiante.

—Es su tema insignia —explicó Poulenc—; se lo cantaba cada noche a los oficiales nazis. Los de la Resistencia la odian, pero ella lo interpreta para demostrar que ya no les tiene miedo.

—Suzy es valiente, pero no muy lista —comentó Dior.

Copper lo miró con sorna.

—Qué curioso. Alguien me dijo eso mismo hace poco.

Poulenc se inclinó hacia ella.

—Durante la ocupación, Cocteau y ella cenaban cada semana

con Coco Chanel en el Ritz –murmuró–. Los únicos a los que se les permitía alojarse allí era a los amigos íntimos de los alemanes y Chanel tenía una *suite*. Había un sector de la sociedad que simpatizaba con los nazis, ¿lo entiende?

Un grupo de tres jóvenes guapas y bien vestidas se sentó en la mesa de al lado.

–Son maniquíes de Schiaparelli –señaló Dior–. La envidia de todos los modistos de París. ¿No le parecen maravillosas?

Copper miró a las chicas, deslumbrantes con sus trajes de raso. Eran tan hermosas que ni siquiera se avergonzó de su propio aspecto desaliñado. La ropa que llevaban era impresionante. Se pusiera lo que se pusiese, Copper jamás sería tan rutilante como una de aquellas mujeres.

Alrededor de la mesa, los rumores corrían desatados, salpicados con estallidos de risas histéricas. Los Aliados habían llegado al Marne. Se había descubierto que Coco Chanel era una espía nazi y ella se había escapado en avión a Suiza con su amante alemán. Los maquis le habían pegado un tiro a Maurice Chevalier por colaboracionista y estaban buscando a Mistinguett. Habían asesinado a Marshal Pétain y habían clavado su cabeza a una estaca. La cantidad de habladurías que se compartían era mareante.

Y el champán también. Hacía mucho tiempo que Copper no bebía tanto y, al cabo de un rato, empezó a darle vueltas la cabeza. Sin embargo, eso no le impidió ver que Amory estaba hablando con una mujer joven de pelo rizado cuyo vestido dejaba al descubierto un escote espectacular, al que él prestaba toda su atención. La mujer echó la cabeza hacia atrás para reír alegremente por algo que él había dicho.

Copper se volvió hacia Poulenc y Dior, que estaban sentados juntos como niños tímidos en una fiesta de adultos.

–Todo el mundo merece que lo amen –dijo, arrastrando las palabras.

–Francis y yo somos demasiado feos para tener pareja –comentó Dior, vaciando su copa–. Creo que nos hace falta otra bebida.

–Tiene un concepto muy bajo de sí mismo –le comentó Copper a Poulenc cuando Dior se hubo marchado.

–Muy bajo y muy alto.

–Se pasa el día plantado delante de la ventana, mirando la calle como si esperase a alguien.

–Ah, sí. Todos nos preguntábamos qué haría a continuación nuestro pequeño *monsieur* Dior. Verá, ese hombre es un genio. Tuvo un desengaño espantoso; su padre se quedó sin un franco y Christian se vio obligado a cerrar su galería de arte y vender a precio de saldo todos sus cuadros, obras maestras de Dufy, Miró, Dalí y demás. Ahora diseña vestidos de mujer.

–Amory dice que la moda ha muerto.

–A mí me dijeron que la música había muerto, que se habían agotado todas las combinaciones de notas posibles y que era imposible escribir melodías nuevas. Y, aun así, me congratulo de haber logrado componer varias tonadas nuevas que nadie había escuchado antes. Tal vez sean sencillas, pero son agradables, frescas y fáciles de recordar. Me sorprendería mucho que Dior no fuera capaz de una proeza similar.

–Entonces, es posible que se haga rico y famoso.

–En cualquier caso, tiene amigos que lo quieren. Y también buena suerte. En el caso de Dior, siempre se pueden dar tres cosas por hechas: su suerte, su talento y su amistad.

El talentoso *monsieur* Dior regresó con otra ronda de bebidas. La compañera de Amory seguía riendo a carcajadas, con los ojos azules brillantes y los rizos castaños bailando alrededor de su rostro mientras coqueteaba con su marido. Copper se dio cuenta de que era inglesa y hablaba con un provocativo acento del este de Londres.

–¿Quién es esa mujer? –le preguntó a Dior.

–Una londinense que dice que es modelo.

–Se está camelando a mi marido.

Poulenc meneó su cabeza rapada.

—Esa se camela a todo hombre que se le ponga delante.

La gente estaba juntando las sillas para hacer hueco a los recién llegados: Jean Cocteau, Suzy Solidor y varias personas más. Poulenc le hizo señas a la cantante rubia para que se sentara junto a Copper.

—Suzy, te presento a Copper. Tenía muchas ganas de conocerte. Es la última musa de Christian.

La cantante no era tan joven como había pensado Copper en un primer momento; tendría cuarenta y tantos años, pero era una mujer guapa cuyo rostro tenía una cualidad como de máscara. Estudió a Copper con los ojos castaños entornados bajo el pelo platino.

—Christian siempre ha tenido un gusto excelente —dijo con su voz ronca.

—Estoy segura de que no soy en absoluto la musa de *monsieur* Dior —observó Copper, avergonzada.

La cantante cubrió suavemente la mano de Copper con la suya.

—Eres un soplo de aire fresco —susurró—. Juventud, energía, lozanía: eso es lo que anhelamos. Estamos hartos de las cosas grises. Cuéntame algo de ti.

—No hay nada que contar, *madame*.

—Llámame Suzy, por favor. Serás la musa perfecta para Christian. Las mujeres estadounidenses guapas son más bellas que todas las demás. Y ahora cuéntamelo todo. —Sonrió, dejando al descubierto unos dientes sanos y bonitos, como todo en ella.

Por muy halagadora que fuera la atención que le prestaba la cantante, tenía un cariz apasionado que hizo que Copper empezara a sentir calores y, con la lengua suelta debido al alcohol, acabó parloteando sobre su infancia, la muerte de su madre y su arrollador romance con Amory. La *chanteuse* la escuchaba con la barbilla apoyada en las manos ahuecadas, la mirada soñadora clavada en Copper y las narinas arqueadas, como si estuvieran aspirando un incienso exótico. Mientras la cháchara de Copper se iba apagando, Suzy se inclinó hacia Dior.

—Qué descubrimiento, Christian. Es una criatura exquisita.

Dior asintió.

—Claro que lo es.

—Tengo intención de robártela.

—No te lo permitiré.

Aunque sabía que solo se burlaban de ella, Copper se sintió incómoda y trató de huir del foco de atención. Miss Solidor no le soltó la mano, un gesto que seguramente trataba de reconfortarla, pero que, en cierto sentido, hizo que se sintiera atrapada. Por suerte, ahora era el turno de Jean Cocteau de soltar una perorata mientras paseaba su hipnótica mirada por todos ellos. Debido a su francés oxidado, sumado al Dom Pérignon, a Copper le costaba seguir sus palabras.

—¿Qué es el Théâtre de la Mode? —preguntó, pillando al vuelo una expresión que repetía Cocteau.

—Es una idea de Lelong —contestó Poulenc.

—No es de Lelong, es de Nina Ricci —dijo una de las maniquíes.

Los demás metieron baza.

—Tampoco es idea de Nina Ricci. Se le ocurrió a su hijo, Robert.

—Yo creía que era idea de Cocteau.

—Mía no —repuso este—. La moda me aburre.

—No sé a quién se le ocurrió, pero es una genialidad.

—Debemos mostrarle al mundo que, a pesar de la guerra, la capital de la alta costura sigue siendo París y no Nueva York —explicó Dior—. Nos hace falta un desfile de primavera, por supuesto, pero en París hay ochenta y nueve casas de moda, lo que significa que hay que crear miles de modelos nuevos y no tenemos tela suficiente. Apenas nos queda seda; los alemanes la acapararon toda. Y no tenemos botones, hilo, cuero, pieles: todo lo que necesitamos. Así que la idea es...

—Hacer un desfile de moda con muñecas —lo interrumpió una de las modelos de Schiaparelli con entusiasmo.

—¿Muñecas?

—Figurines pequeños, de medio metro de altura, que lleven conjuntos en miniatura.

—En un escenario en miniatura.

—Sí. Cada casa construiría un pequeño decorado inspirado en un tema: un cuento de hadas, una escena parisina. Y se exhibirían los nuevos modelos.

—Es una idea absurda —terció alguien, riéndose.

—A mí me parece maravillosa —exclamó Copper, fascinada con la visión—. Es cautivador.

Buscó a Amory con la vista para compartir su entusiasmo, pero él y la «modelo» inglesa se habían esfumado y no se los veía por ninguna parte. A Copper se le cayó el alma a los pies y sintió nauseas. ¿Dónde se habían metido? Tal vez estuvieran en el vestíbulo.

Se puso en pie.

—Necesito un poco de aire.

—¿Te encuentras bien? —le preguntó Suzy Solidor.

Sin responderle, Copper se alejó de la mesa y se abrió paso entre el gentío hasta llegar al vestíbulo. Tampoco estaban allí, así que salió apresuradamente a la calle. El Jeep había desaparecido; Amory y la «modelo» se habían marchado.

Dior apareció a su lado.

—¿Qué ocurre?

—Mi marido se ha largado. —Intentó reírse, pero el sonido que emitió se pareció más a un sollozo—. Se ha ido a buscar pastos más verdes.

Suzy Solidor también la había seguido.

—Que se vaya —fue su consejo—. Los hombres son todos iguales —añadió al tiempo que cogía a Copper del brazo—. Vuelve al bar.

Copper se soltó.

–Gracias, pero creo que ya he tenido suficiente por hoy. Me voy a casa.

–En ese caso, deje que le llame un taxi –se ofreció Dior.

–Iré andando; son solo unas calles. Además, no quiero llegar demasiado pronto; no sería muy considerado.

–La acompañaré –decidió Dior–. Voy a buscar nuestros abrigos.

Regresó al interior mientras la cantante rubia observaba a Copper.

–Conozco a los hombres como él. No se merece tus lágrimas.

Aquellas no eran las palabras que Copper quería escuchar, así que se dio la vuelta.

–No lo conoces de nada.

–*Au contraire* –replicó la otra mujer con cierta compasión al tiempo que le daba unas palmaditas en el brazo–, sí que lo conozco. Es de los que dan poco placer y mucho dolor.

–Bueno, es mi marido.

–Eso puede cambiar, *chérie.*

Dior no tardó en reaparecer, con un sombrero de fieltro y una elegante gabardina, y le trajo la suya, mucho más desarrapada, que le ayudó a ponerse. La cantante se quedó parada delante de la puerta del club, mirándolos mientras ellos se alejaban calle abajo.

–Vuelve mañana –le gritó a Copper.

El peligro de los bombardeos aéreos no había pasado, de modo que no había farolas encendidas, aunque el apagón empezaba a relajarse en algunos sitios. En las mansiones, las cortinas estaban descorridas y las ventanas eran como lentejuelas de oro diseminadas sobre terciopelo negro, mientras que los barcos que zumbaban por el río en ambos sentidos emitían destellos rojos y verdes que se reflejaban en el agua. Había parejas por todas partes, caminando, riendo y besándose al abrigo de la oscuridad.

–Es usted muy amable –le dijo Copper a Dior.

–No diga eso; me gusta caminar. Una de las privaciones de la guerra que más me cuesta echar de menos es la falta de gasolina. Nos ha obligado a redescubrir nuestra ciudad a pie.

–Al menos, los alemanes se han ido.

–Los alemanes se han ido, pero nosotros todavía no nos hemos recuperado. Nos hemos intercambiado por ustedes, los estadounidenses, que tienen la sartén por el mango. Ustedes tienen la *mode*, y nosotros, las *zazou*.

Copper lo había escuchado ya usar esa palabra.

–¿*Zazou*?

Él se encogió de hombros.

–Esas espantosas mujeres aficionadas al *jazz*, con los hombros cuadrados, zapatos aparatosos, el pelo recogido en lo alto de la cabeza como un pajar, enormes gafas de sol y los labios pintados de un rojo brillante. En su momento fueron una manera de escupirles en la cara a los nazis, pero ha llegado el momento de retomar la verdadera elegancia.

–¿Y qué define la verdadera elegancia? –preguntó ella con humor mientras avanzaban por las anchas y vacías calles adoquinadas.

–Cuidar el vestir.

–¿Eso es todo?

–Ni mucho menos, pero sí es la esencia.

Llegaron al apartamento en la Rue de Rivoli y Copper vio con gran alivio que el Jeep no estaba aparcado delante. Al menos Amory no había metido a la mujer en su cama.

–¿Cuánto tiempo llevan casados? –preguntó Dior como si le hubiera leído el pensamiento.

–Un año y medio. Hemos recorrido un largo camino juntos.

Él asintió.

–Se merece usted ser feliz.

–Es muy esquiva la felicidad, ¿no le parece?

–Sí.

–Muchas gracias, *monsieur* Christian. Es usted muy amable.

–No hay de qué. Espero que nos veamos mañana en el atelier.

La acompañó a la puerta y ella hizo girar la llave en la cerradura, sabedora de que, en cuanto se quedara sola, se echaría a llorar. Pero entonces dio un paso atrás. Una escena de horror le dio la bienvenida en el recibidor. George Fritchley-Bound yacía bocabajo en el suelo sobre un gran y oscuro charco de sangre.

Corrió a su lado y le dio la vuelta para mirarle la cara. Llevaba tanto tiempo tendido que la sangre se había coagulado sobre el rostro y tenía los ojos en blanco. Estaba frío y muerto.

Capítulo 3

—No hay factores externos —dijo el capitán de policía mientras pasaba las hojas del informe del forense. En época de guerra, las autopsias se hacían casi de inmediato y no duraban más de media hora—. La causa de la muerte es una hemorragia interna debido a la perforación de una úlcera de estómago. —Miró a Copper y Amory, sentados al otro lado de su escritorio—. El hígado mostraba signos de alcoholismo avanzado.

—Era un bebedor empedernido —respondió Amory, encogiéndose de hombros.

—La bebida le provocó la úlcera y la úlcera lo mató. Vació una botella de más y, al final, acabó vaciado él. —El capitán arrojó el informe sobre la mesa—. No tenemos ningún interés en este caso, así que no habrá investigación. Eso es todo. Pueden recoger el cuerpo de su amigo.

Una vez en la calle, delante de la comisaría, Amory rodeó a Copper con el brazo.

—¿Estás bien?

Ella lo apartó de un empujón, furiosa.

—Ni se te ocurra tocarme.

—Tranquilízate.

—Por tu culpa, tuve que enfrentarme a todo sola. ¿Cómo has podido hacerme esto?

—Bueno, ¿cómo iba a saber que el muy cabrón se había muerto? —preguntó él, apelando al pragmatismo.

—Claro que no lo sabías. No has salido de la cama de esa mujer hasta el amanecer.

–En realidad…

–¿Te haces una idea de cómo lo he pasado? –le preguntó ella, temblando de agotamiento y de rabia–. Encontrar al pobre George muerto en el suelo, lidiar con la policía y… toda esa sangre. –Copper se cubrió la cara con las manos–. Dios mío, la sangre. Está por todas partes; ha empapado la madera del suelo.

–Hoy mismo nos largaremos de aquí. De todas formas, tenemos que irnos de París y acercarnos lo máximo posible a Dijon. Ahora que la policía no quiere nada más de nosotros, podríamos salir ya.

Ella se estremeció.

–Menos mal que Dior me acompañó a casa. Si no llega a ser por él, no sé qué habría hecho. Se portó de maravilla. Me ayudó a calmar mi ataque de histeria y habló con la policía, como un verdadero caballero andante. –Se volvió hacia él–. Nunca te lo voy a perdonar, Amory.

Él permaneció imperturbable.

–Sé razonable. Salí a tomar un poco el aire y, cuando volví al club, tú ya no estabas. No tenía ni idea de adónde habías ido.

–No te lo crees ni tú. Le habías clavado las garras a esa mujer y te piraste con ella en el Jeep.

–Bueno, tú estabas feliz como unas pascuas con la lesbiana esa.

–¿Qué lesbiana?

–El pibón rubio, Solidor.

–¿Suzy? Suzy no es lesbiana.

–Querida Oona, ni siquiera tú puedes ser tan ingenua.

Ella detestaba que usara su nombre de pila cuando discutían.

–¿Qué me estás contando?

–Venga ya, ¿no sabes qué clase de club era? ¿No te diste cuenta de que todas las mujeres eran hombres, y todos los hombres, mujeres?

–¿Qué?

–Es un local *queer*. Todo el mundo sabe que Solidor es lesbiana, Cocteau es gay, Poulenc es gay y tu Christian Dior es el más gay de todos.

Ella se quedó atónita.

—Y ahora me dirás que tu inglesita también era lesbiana, ¿no?

—No, ella era la única mujer normal que había. Por eso salimos a tomar el aire.

Copper pensó en la concurrencia de la noche anterior, la gente que estaba sentada a las mesas, la presión de la mano de Suzy sobre la suya, las extrañas «mujeres» de voz ronca que merodeaban alrededor de la entrada. ¿Era Christian Dior lo que Amory denominaba despectivamente «gay»? De ser así, era el primero al que conocía, al menos a sabiendas. Siempre que había oído hablar de aquella condición era en un contexto de abuso, como algo malvado, y Christian era de todo menos malvado. Sin embargo, tenía ademanes femeninos, entendía a la perfección el punto de vista de la mujer y su gentileza no era muy masculina.

—No me importa —dijo al cabo, meneando la cabeza—. El comportamiento de Christian fue impecable. Te da cien vueltas como hombre.

El rostro de él se endureció.

—No seas arpía.

Copper tuvo la sensación de estar viendo por primera vez su verdadera naturaleza, y la imagen la horrorizó. Su respuesta fue enfadarse con él, con ella misma.

—No me vas a silenciar más, Amory. Anoche se acabó todo. No te imaginas lo espantoso que fue y ni siquiera te da pena que el pobre George haya muerto.

Él hizo un gesto de impaciencia.

—Claro que me apena que se haya muerto, pero ya has oído lo que dice el informe de la autopsia. Lo que le ha pasado es responsabilidad suya; nadie podría haber hecho nada. Y siento que pasaras un mal trago.

–A ti te da igual todo. No me había dado cuenta hasta ahora. Lo único que te importa es tu propio placer.

Él se quedó un momento pensativo, como si reflexionara seriamente sobre lo que le acababa de decir, mientras los Jeeps y los camiones pasaban despacio por la calle.

–No es solo el placer, es algo más –dijo al final–. Es la vida. Soy escritor, Oona, necesito experiencias. Si no me alimento de algo, no puedo producir nada. Así que no puedo decirle que no a la vida.

–¿Me estás echando la culpa por interponerme entre la vida y tú?

–Nunca lo entenderías.

–No, por lo visto no. ¿Te has parado a pensar que puedes pillar algo? ¿Y contagiármelo?

–No me acuesto con esa clase de mujeres.

Su insolencia la repugnó.

–No creo que te molestes en averiguar qué clase de mujeres son. –Copper tomó aire–. No iré contigo a Dijon; me voy a quedar en París.

Él parpadeó.

–No puedes bajarte del carro ahora. Eres mi mujer.

–Quiero divorciarme.

Amory puso los ojos en blanco con ademán cansado.

–No seas ridícula.

Copper cerró los puños.

–Hagas lo que hagas –dijo con los dientes apretados–, no seas condescendiente conmigo, Amory.

Él meneó la cabeza, desconcertado.

–Has cambiado, Copper. ¿Qué mosca te ha picado?

–Lo digo en serio. Quiero divorciarme.

–Piensa bien lo que dices. El divorcio es algo serio.

–Son solo unas palabras que murmura un juez –repuso ella–. Igual que el matrimonio.

–Sabes muy bien que eso no es lo que piensas.

–Hasta ahora no, pero, gracias a ti, he cambiado de opinión.

–No sabía que eras tan cínica.

–He tenido un buen maestro.

–Maldita sea, si eso es lo que quieres, vale. Pero espera a que volvamos a Nueva York.

–No, lo haremos aquí.

–Pero no puedo dejarte sola.

–No soy una niña. Y soy yo la que te está dejando a ti.

–Parece que se te olvida que soy responsable de ti.

Sus palabras hicieron que Copper perdiera por completo los estribos.

–¿Responsable? Me desvivo por ti, te llevo en palmitas, y tú me tratas como si estuviera a tu servicio. Me gustaría saber quién es responsable de quién.

–No se puede hablar contigo cuando te pones así, Copper.

–A mí me pasa exactamente lo mismo contigo –le espetó ella, que dio media vuelta y se alejó mientras él la miraba.

Al cabo de un momento, Amory echó a correr tras ella, la agarró del brazo y la obligó a enfrentarse a él.

–¿Qué crees que vas a hacer aquí cuando te quedes sola?

Ella se soltó el brazo.

–Lo mismo que he hecho hasta ahora: escribir artículos y hacer fotografías para los periódicos británicos.

La boca de Amory se curvó en una sonrisa.

–Cariño, hacerle el trabajo a George de vez en cuando no te convierte en periodista.

–De hecho, creo que sí. Su editor no ha notado la diferencia entre mi trabajo y el suyo y han impreso media docena de mis artículos sin decir ni mu. Nunca llegó a enviar mi última pieza; todavía está en la mesa del recibidor.

–¡Esa es la última historia de George!

–Es mi historia –repuso ella, enfadada–. Yo la cubrí, yo saqué las fotos y yo la escribí. George no tuvo nada que ver; se pasó todo el tiempo en un estupor etílico. ¿Y sabes qué? Me quedó estupenda.

–¿Y eso te convierte en periodista?

–No me ningunees, Amory. George ha muerto y yo tengo su cámara y su máquina de escribir. Conseguiré que me envíen una acreditación desde Gran Bretaña y hablaré con su editor. Y, si no quieren pagarme un sueldo, trabajaré por mi cuenta y venderé las piezas.

–Veo que lo tienes todo pensado.

–Sí, lo pensé a conciencia mientras fregaba la sangre de George.

Se alejó de nuevo y esta vez él no la siguió.

Dior se pasó por el piso al mediodía, una elegante figura con las mejillas enrojecidas por el viento otoñal.

–Tengo una hora libre para comer –le dijo a modo de saludo–. He venido a ver cómo se encontraba después de un golpe tan terrible.

–Es usted muy amable, *monsieur* Dior. No sé qué habría hecho anoche sin usted.

–No se preocupe. He oído que fue debido a una úlcera.

–Así es. –Ambos se quedaron mirando la enorme mancha del suelo de madera que ella estaba intentando fregar–. He probado con lejía, pero no ha servido de mucho –explicó Copper.

–Le conseguiré bicarbonato. En París no tenemos harina –añadió en tono sarcástico–, pero el bicarbonato nos sobra.

–¿Y va bien para las manchas de sangre?

–Si no recuerdo mal, es lo que me decía el carnicero cuando yo era pequeño.

–Parece sacado de una novela de Agatha Christie –dijo Copper–. Aunque no tiene nada de divertido.

–No puede quedarse aquí –contestó Dior–. Esto recuerda más al Grand Guignol que a Agatha Christie. Tendrá unas pesadillas espantosas.

–De todos modos, voy a tener que encontrar otro alojamiento. Me he separado de Amory y le he pedido el divorcio.

–*Ah, mon Dieu.* ¿Era necesario?

–Sí –fue la escueta respuesta de Copper–. Lo era.

–Bueno, ya sé que los estadounidenses no dan mucha importancia a los divorcios…

–Eso no es cierto –saltó ella–. Esta estadounidense en concreto se toma el divorcio muy en serio. Igual que mi matrimonio.

–Está bien, querida –dijo él con gentileza–. Pero tiene muy mal aspecto.

–Cuanto más tiempo me quede con él, peor me encontraré.

La mirada de Dior podía llegar a reflejar una profunda tristeza.

–A veces, querida, tenemos que consentir las infidelidades de los bellos para no perderlos.

–Es lo que pensaba hasta ahora, pero creo que prefiero estar sola que pasarme la vida sufriendo.

–La soledad también hace sufrir –comentó él en voz baja.

–Pero al final te acostumbras.

–Sí –convino él–. Al final.

–Amory dice que, si no me es infiel, se le acabará la inspiración. ¿Cómo voy a vivir así?

–Parece que le haya sacado las palabras de la boca a Cocteau. Por lo que a mí respecta, las infidelidades no me inspiran. Daría lo que fuera por tener a alguien a quien amar.

Copper suspiró.

–Se le va a pasar la hora de la comer. Si quiere le preparo algo.

–No, gracias. –Dior se dio una palmadita en el vientre–. Me va bien practicar la abstinencia.

–Tengo café de verdad.

–Ah, eso es otra cosa.

–No debería haberme casado con él –dijo Copper, casi para sí misma, mientras preparaba la cafetera–. Fue un terrible error.

A pesar del viento frío, se sentaron en el balcón que daba a la Rue de Rivoli para alejarse lo máximo posible de la mancha.

–La vida es una cuerda floja –reflexionó Dior–. Echas a andar por el cable y, por mucho que este se balancee, no puedes pararte y no hay vuelta atrás.

–Puedes caerte.

–Sí. Yo me he caído muchas veces. Y, en cada ocasión, me han roto el corazón.

Copper recordó lo que le había dicho Amory sobre Dior. Suponía que las relaciones a las que se refería habían sido con otros hombres y, aunque se le hacía extraño, no la molestaba. De hecho, sentía una especie de solidaridad hacia él.

–Bueno, supongo que para mí esta es la primera… y la última.

–Dios no lo quiera. –Dior se metió la mano en el bolsillo del pantalón y sacó una ristra de abalorios de plata–. Le voy a dar uno de mis amuletos de la suerte. Para que la proteja. –Soltó uno y se lo dio–. Dos corazones entrelazados. Eso quiere decir que un día encontrará el amor verdadero. No lo pierda.

–No lo haré –le prometió ella–. ¿Y los otros qué son?

–Este es un lirio del valle, para que siempre tenga trabajo. Este es una herradura de caballo; este, una pata de conejo, y este, la inicial «C».

A Copper le resultó gracioso y conmovedor el solemne recital.

–¿Y la estrella?

–Ah, es la más importante de todas. Me la dio mi madre antes de morir. Es mi estrella; ya sabe, mi sueño, mi esperanza, mi ambición, que siempre debo seguir.

–¿Y cuál es su sueño, *monsieur* Dior?

–Fama y fortuna. ¿Acaso hay algo más?

Copper sonrió al tiempo que pensaba que sería un capricho por parte de la fama y la fortuna favorecer a aquel hombre tímido y reservado.

–Gracias por el café. Es el mejor que he tomado en semanas –dijo él–. ¿Dónde va a dormir esta noche?

–No lo sé.

–No puede quedarse aquí con este ambiente. –Le entregó una

tarjetita de cartón–. Ahí tiene mi dirección. Tiene que venir a mi casa a pasar la noche.

–Ah, no, no quiero abusar. Pero muchas gracias.

–¿Tiene intención de reconciliarse con su marido?

–Creo que no –reconoció Copper pausadamente–. No creo que sea posible.

–Entonces debe quedarse conmigo hasta que solucione sus asuntos. Como mujer soltera, no le darán una habitación en ningún hotel de París. –Su tono de voz cambió de manera sutil al añadir–: Supongo que sabe que no tiene nada que temer de mí, ¿verdad?

–Lo sé.

–Bien. La cena es a las nueve. La espero.

Ella lo acompañó a la puerta. La perspectiva de tener un lugar acogedor donde dormir suponía un gran alivio. Una hora después de que él se fuera, llegó un muchacho con un paquete grande de bicarbonato y una nota de Dior en la que le decía que echara el polvo sobre la mancha y lo dejara una hora para que hiciera efecto. La había firmado con un extravagante «+tian». Mientras arrojaba los polvos sobre el suelo, Copper tuvo la sensación de que tenía al menos un amigo en París.

Amory regresó al apartamento a última hora de la tarde y se asomó al dormitorio con expresión cansada.

–Me he ocupado de George.

–¿Cómo? –preguntó ella en tono adusto.

–Le he conseguido un nicho en el cementerio Père Lachaise. A él le habría gustado. El entierro es mañana al mediodía.

–Qué eficiente.

–Soy una caja de sorpresas. –Echó un vistazo a la maleta que ella estaba haciendo sobre la cama–. No irás en serio con todo esto, ¿no?

–Si te refieres a si es verdad que te voy a dejar, sí, voy en serio.

Me has tenido engañada durante bastante tiempo, Amory, pero eso se ha acabado. He abierto los ojos.

–Por el amor de Dios, Copper, ¿qué mosca te ha picado? Esto no es propio de ti.

–En realidad, es muy propio de mí. De la parte de mí que prefieres ignorar.

–Tu reacción es absurda y exagerada. Me echas la culpa de la muerte de George.

–No es así. –Ella dobló con presteza un jersey–. Te echo la culpa de destruir nuestro matrimonio, y ahora estoy haciendo lo que tengo que hacer.

–¿Que es…?

Copper pensó en el amuleto de la suerte de Dior.

–Seguir mi estrella.

Él suspiró.

–Vale, igual tienes un don para la escritura, pero hay algo que no puedes cambiar: eres una mujer. Nunca te dejarán acercarte al frente.

–No voy a cubrir el frente –replicó ella–. Hay decenas de historias fascinantes aquí mismo, en París, esperando a que alguien las cubra. Para empezar, la que acabo de escribir sobre esa pobre mujer y su hijo. Puedo vender el artículo a una de las revistas femeninas. Incluso a *Harper's*, quizá. Texto y fotos.

–Eso si tienes suerte. Pero, bueno, digamos que tienes una historia con tu firma. Nunca conseguirás otra.

–Vaya si la conseguiré. París es un hervidero de historias, historias humanas. La recuperación de la alta costura parisina, para empezar. El restablecimiento de la ciudad como centro neurálgico de la cultura y la moda.

–Periodismo femenino –dijo él con una mueca.

–Ríete todo lo que quieras. París es la primera gran ciudad que ha sido liberada de los nazis. Es un pedazo de historia y la gente querrá leer sobre ella, tanto hombres como mujeres. Voy a encontrar revistas que acepten mi trabajo.

Él asintió lentamente.

—Entonces esto no es solo porque estés enfadada conmigo.

La pregunta la cogió por sorpresa.

—Por supuesto que no —dijo al cabo de un momento, como si se lo planteara por primera vez—. Es por muchas más cosas.

—Es un consuelo. Supongo que he sido insoportable.

—Yo no podría haberlo dicho mejor.

—Pero no sé cómo me las voy a apañar sin ti.

—Encontrarás la manera.

—Me imagino que sí. —Él se acercó a la ventana y se quedó mirando el cielo—. ¿Tienes que irte ya? —preguntó, sin darse la vuelta.

—No puedo pasar la noche aquí.

—A mí no me importa. Si se presenta el fantasma de George, nos lo pasaremos bien.

—Tú no has tenido que restregar el suelo con bicarbonato para quitar su sangre —señaló ella—. No es una experiencia que vaya a olvidar.

—Podemos ir a un hotel.

—No, gracias. Tengo una invitación.

Sorprendido, Amory se volvió.

—¿De quién?

—De *monsieur* Dior.

—Vas muy desencaminada, Oona —le dijo con sorna—. *Monsieur* Dior no es amante de las mujeres.

—Pues a mí me parece que las ama hasta la médula —repuso ella sin perder la calma—, aunque no de la manera que tú crees. Y me parece repugnante por tu parte sugerir algo así. Es un hombre atento y considerado, un perfecto caballero.

—Bueno, supongo que yo no soy ninguna de esas cosas.

—En efecto, no.

—Parece una de esas muñecas Kewpie barrigonas.

—No me importa su aspecto. Es mi amigo.

Él se volvió de nuevo a mirar la puesta de sol.

–Me voy a Dijon mañana, después del entierro. Y me llevaré el Jeep. No tendrás medio de transporte.

–Conseguiré una bicicleta.

Él dejó escapar un suspiro de exasperación.

–Maldita sea, ¿por qué no te lo piensas un poco?

–Ya lo he pensado todo lo que necesitaba –contestó ella.

Luego bajó la tapa de la maleta y encajó los cierres con un clic lleno de decisión.

Por supuesto, las cosas no fueron tan sencillas. Se pasó dos horas llorando amargamente a la orilla del Sena, aferrada a su maleta e ignorada por la multitud que pasaba por su lado. Durante el último año y medio, Amory había sido el centro de su existencia, su compañero, la estrella que había seguido. Su ausencia la llenaba de una tristeza que, en aquel momento, le parecía infinita. No tenía ni idea de cómo iba a sobrevivir a la siguiente hora y mucho menos al resto de su vida.

Envuelta por la oscuridad y tiritando por el frío que subía del oscuro río, Copper no se había sentido nunca más sola y abandonada. En más de una ocasión, estuvo a punto de arrastrar la maleta de vuelta a la Rue de Rivoli.

Al final, cuando quedaba poco para que dieran las nueve, se levantó y echó a andar penosamente y aterida por el frío hacia la casa de Christian Dior, en la Rue Royale. Era una calle amplia y majestuosa que salía de la plaza de la Concorde en dirección a la iglesia de la Madeleine. Por el camino, se cruzó con dos muchachos que vendían muérdago y pagó unos pocos francos por una corona llena de bayas nacaradas. El piso de Dior se hallaba en un edificio grande y, para llegar a él, había que subir varios tramos de escalera muy oscuros y con corrientes de aire. Copper ascendió hasta la cuarta planta llevando a rastras sus posesiones y, al llegar a la puerta, llamó con los nudillos. Dior la hizo pasar y cogió su abrigo y su maleta.

Después del sombrío frío otoñal de la calle, las habitaciones de Dior le parecieron un remanso de elegancia tenuemente iluminada. Él desapareció con su abrigo y su valija mientas ella echaba un vistazo a su alrededor. Había varias litografías antiguas y cuadros insólitamente modernos, diversas esculturas y piezas de porcelana fina. El papel de pared rojo y dorado era opulento y aterciopelado y las cortinas, como era de esperar, tenían una hechura perfecta. La mesa estaba puesta para dos. La pequeña estufa esmaltada proporcionaba un poco de calor, pero en el apartamento, igual que en el resto de París, hacía un frío gélido. Sin embargo, a Copper le dieron ganas de llorar ante la belleza y la luz.

Dior regresó frotándose las manos.

–Y, ahora, un aperitivo. Tengo Dubonnet y Noilly Prat.

–Ah, pues mejor Dubonnet, gracias. No me gustan las bebidas secas. –Le dio el muérdago que había comprado en la calle–. Sé que aún es pronto, pero las bayas son tan bonitas y frescas que no me he podido resistir. No sé si durará hasta Navidad. No se preocupe –añadió–, no espero que me dé un beso debajo, aunque estoy segura de que habrá alguien a quien quiera besar.

–En Francia, esperamos a Año Nuevo para darnos un beso bajo el muérdago –explicó él, cogiendo la corona–. Este no es un muérdago cualquiera, por cierto; es de roble. Es mucho menos común y da muy buena suerte.

Lo colgó sobre una puerta. Llevaba una chaqueta rojo oscuro y un pañuelo al cuello que le daban un aspecto muy elegante. Copper se dio cuenta de que no era tan mayor como había creído; los trajes de raya diplomática que llevaba en Lucien Lelong, unidos a su actitud general de conservadurismo, le hacían parecer mayor, pero no debía de tener más de cuarenta años. En su propia casa, con su mentón hundido y su delicada boca, desprendía un aire casi infantil.

–Se está portando muy bien conmigo –le dijo–. No sé cómo me las habría apañado sin usted.

–Me alegro de haber podido ayudarla. A veces uno se siente

tan impotente... Para expresar las cosas, quiero decir. Para mostrar gratitud por haber sido liberado. –Sirvió las bebidas con cuidado–. Los años de la ocupación fueron espantosos; no se imagina cuán sombríos llegaron a ser. Pétain nos había convertido en aliados de Hitler, los alemanes saqueaban Francia (de hecho, Europa entera), nos sentíamos derrotados y en París la gente moría de hambre y frío. ¡En París! Así funcionaba la Pax Germanica. –Alzó la copa hacia Copper–. Es un honor mostrar un poco de hospitalidad a la representante de nuestros liberadores.

–Es un placer aceptarla en nombre de Franklin D. Roosevelt. Ambos bebieron.

–Además –Dior levantó un dedo–, usted no deja de ser una mujer inocente en un país extranjero. Tengo el deber de protegerla. Y ahora –añadió, chascando los labios–, debe disculparme un momento mientras atiendo unos asuntos en la cocina.

Copper se paseó por el piso mientras él se ocupaba de la cena. Cogió la fotografía de una mujer joven cuyo rostro era tan parecido al de Dior que era fácil deducir que se trataba de su hermana, Catherine.

–Su amigo *monsieur* Poulenc me contó lo de su hermana. Lo lamento mucho.

Él se asomó por la puerta de la cocina.

–Volverá conmigo. Mire la parte de atrás del marco. –Había metido dos cartas de tarot detrás de la fotografía–. El seis de bastos y el Carro. Salen cada vez que *madame* Delahaye me tira las cartas y significan un regreso sano y salvo.

–Se parece mucho a usted.

–Ojalá la Gestapo se me hubiera llevado a mí y no a ella. Aunque, claro, la querían a ella. Yo no tuve valor para hacer lo que hacía Catherine: pasearse por París con su bicicleta llevando mensajes para la Resistencia. Yo lo único que quería era enterrarme en mi atelier y no volver a enfrentarme nunca más a este mundo.

Copper se quedó consternada al ver la expresión de su rostro.

—No debe perder la esperanza.

—Pero las cosas que escuchamos son horribles. Nos dijeron que Ravensbrück era un sitio limpio y salubre y ahora todas las noticias que nos llegan hablan de enfermedad, hambre y tortura. Y hay más: dicen que los nazis están matando sistemáticamente a los prisioneros. Una política de exterminio. Miles, millones de personas gaseadas, cuyos cuerpos acaban arrojados a los hornos crematorios.

Copper no sabía qué decir para reconfortarlo.

—Nosotros hemos escuchado lo mismo. Al principio no nos lo podíamos creer.

—De los nazis me lo creo todo. Será imposible olvidar su gusto inconfundible.

Ella continuó curioseando mientras él cocinaba. El apartamento estaba decorado con gusto, aunque Copper suponía que con pocos medios; echando mano del ingenio y no de dinero, Dior había creado una sensación de riqueza que era rococó sin ser exactamente femenina. Se fijó en un delicado biombo de seda amarilla, detrás del cual había escondido un erótico desnudo masculino de bronce, el cual le hizo pensar en Amory. ¿Dónde pasaría la noche? ¿Con la inglesita o con una nueva? No quería darle más vueltas.

—¿Esta es su madre? —preguntó al tiempo que cogía un marco de plata con una fotografía de una mujer ataviada con un vestido de la época eduardiana.

—Así es. No me diga que no le encanta el sombrero; mire las plumas de avestruz.

—Debe echarla mucho de menos.

—Pues sí. Ya han pasado doce años.

—Mi madre también murió joven y mi padre no volvió a casarse. Nació en Irlanda y trabajaba en una fábrica y, aunque llegó a ser capataz, el dinero que ganaba nunca era suficiente. Además, le apasionaba el tema de las condiciones laborales.

Cuando empezó, la gente trabajaba sesenta horas a la semana por un sueldo irrisorio y las fábricas eran tan peligrosas que los operarios de maquinaria perdían a menudo una extremidad o morían quemados. Él encabezó la lucha contra todo eso, pero le costó la vida. Murió de un ataque al corazón pocas semanas después de que Amory y yo nos casáramos.

–Mi padre era todo lo contrario –le dijo Dior–; un hombre acaudalado, dueño de una gran fábrica. Quería que yo entrara en el negocio familiar y se puso furioso cuando decidí dedicarme al arte. Luego se arruinó y ahora soy yo el que lo mantiene a él y a mis dos hermanos con mi arte.

–Qué irónico.

–Puede ser. Aunque en parte es culpa mía que lo perdiera todo.

–¿En qué sentido?

–Al ver que ni mis hermanos ni yo íbamos a hacernos cargo de la empresa, cogió dinero del negocio e invirtió una gran cantidad en la bolsa. La Gran Depresión lo dejó en la ruina. Yo conseguí comprar una pequeña granja y ahora él vive allí tranquilamente, en la zona *nono*.

–¿*Nono*?

–*Non occupée*, ya sabe. A nosotros nos llamaban la Francia *ja-ja*; nos acusaban de vivir bajo el gobierno alemán porque nos gustaba. Pero creo que no exagero cuando digo que, sin el trabajo que tengo aquí, mi padre y mis hermanos se habrían muerto de hambre.

–Es usted un buen hombre, *monsieur* Dior.

–Bueno… No soy ni *ja-ja* ni *nono*.

Salió sonriente de la cocina, envuelto en una nube de vapor fragante. Llevaba una fuente sobre la que descansaba una enorme langosta roja.

–¡Virgen santa! –exclamó ella.

–Me la han enviado desde Granville, mi pueblo natal –explicó él con satisfacción–. ¿No le parece una feliz coincidencia? Una habitante del mar que une su país con el mío. Y fíjese en el espléndido conjunto que lleva. ¡Qué colores! ¡Qué volantes y lazos! Y mire su falda. Ni Schiaparelli podría soñar con un traje así.

–¿Cómo sabe que es hembra?

–Querida, crecí junto al mar. Sé mucho de langostas.

Fue todo un festín culinario y hasta tenían una botella de Pouilly-Fumé para acompañarlo. Copper no había comido tan bien desde que se marchó de Estados Unidos. Sin embargo, en mitad de la cena se echó a llorar de nuevo.

–¿Qué ocurre? –preguntó Dior, alarmado.

Ella dejó el cuchillo y el tenedor y cogió la servilleta para secarse los ojos.

–Todo el mundo intentó convencerme de que no me casara con él, pero yo no quise escuchar.

Dior le dio una palmadita en la mano.

–Bueno, ahora puede dedicarse a esperar a que aparezca al siguiente.

Ella se rio entre lágrimas, con una expresión de dolor en el rostro.

–No tengo pensado que haya un siguiente, *monsieur* Dior. Creo que Amory ha sido el primero y el último para mí.

–Eso lo dice ahora, pero es usted joven. El amor no tardará en llamar a su puerta.

–¿Es eso lo que le ocurre a usted? –se atrevió a preguntarle–. ¿Acaba una relación y empieza otra?

Las comisuras de la boca de Dior se curvaron hacia abajo.

–Bueno, no creo que deba tomarme a mí como ejemplo. No soy lo que se dice… convencional.

–Yo tampoco. Entonces, ¿qué hace usted cuando echa a andar por la cuerda floja y descubre que se tambalea y no puede pararse ni echarse atrás?

–Lo ha dicho usted antes: uno se cae.

Ella lo miró con sus solemnes ojos grises.

–En ese caso, aquí tiene a una mujer que está cayendo, Monsieur Dior. Solo queda por ver cuánto durará la caída y cuántos huesos quedarán intactos.

Él le acarició delicadamente la muñeca con la yema de los dedos.

—Ya lo verá, *ma petite*, un paracaídas se abrirá cómo una nube de algodón blanca y la corriente la llevará por el aire hasta que aterrice en el suelo sana y salva.

—Es un consuelo —dijo ella, no muy convencida.

—Puede quedarse aquí todo el tiempo que quiera —la tranquilizó él, con una leve presión de la punta de los dedos.

—Se hartará de verme.

—Lo dudo. Es usted muy decorativa.

Dior había hecho una compota de bayas de invierno para preparar un pudin y se disculpó por la falta de nata, azúcar y mantequilla. Había también una tacita diminuta de café para cada uno, hecha con lo que ella supuso que era una reserva guardada desde hacía mucho tiempo. Decidió conseguir café del bueno para él en cuanto pudiera.

Poco después de terminar de bebérselo, alguien llamó a la puerta.

—Espero que no le moleste la compañía de unos amigos míos —explicó él—. Siempre se pasan por aquí después de cenar.

Una aparición cruzó la puerta en forma de Suzy Solidor, cubierta con un lustroso abrigo largo de piel de marta hasta los pies. Las pieles, al abrirse, dejaron al descubierto el cuerpo de la cantante, enfundado en un reluciente vestido de lamé plateado. Parecía una escultura *art déco* de platino centelleante. Prácticamente ignoró a Dior para dirigirse a Copper con los brazos tendidos.

—Mi pequeña Copper. Me han dicho que te has bañado en sangre. —Sus dedos fuertes y helados agarraron a Copper y la besó con sus labios fríos antes de apartarse para estudiarla como un ave de rapiña evaluando a su presa—. Eso te ha hecho inmortal. Estás encantadora.

Pisándole los talones y de un modo igual de alarmante, apareció un hombre gordo con el pelo alborotado y una enorme barba enmarañada, coronada por dos mejillas que parecían manzanas para cocinar y un par de ojos protuberantes y brillantes que se clavaron en ella.

—Así que esta es la mascota de Christian —tronó, con un cigarrillo encendido oscilando entre sus labios—. ¡Madre mía! Menudo zorro está hecho. ¿Te tiene encerrada en el altillo, querida? ¿Y tiene la llave colgada de una cadena alrededor del cuello?

A Dior no parecieron perturbarle aquellos saludos extravagantes.

—A Suzy ya la conoce, por supuesto —le dijo a Copper—, y le presento a mi querido amigo y tocayo, *monsieur* Christian Bérard.

—Nada de *monsieur*, por favor —intervino Bérard, que llevaba un perrito blanco bajo el brazo. Se quitó el cigarrillo de la boca, se encorvó sobre la mano de Copper y la olió como si fuera un jabalí buscando trufas—. Todo el mundo me llama Bébé. Como Mimì. No sé por qué. Y esta —añadió, presentando a la perra— es Jacinthe. —Observó el rostro de Copper—. Qué tez más joven; es encantadora. —Abrió la boca en una sonrisa carnívora que dejó al descubierto sus dientes manchados—. Me han dicho que has dejado a tu marido, ¿no?

—¡Bébé! —siseó Dior.

Era evidente que había dado instrucciones a todos para que no sacaran el tema del matrimonio de Copper.

—No puedo quedarme mucho rato —anunció Suzy, acariciándose las escamas plateadas como si fuera una sirena—. En una hora tengo que estar en el club.

—¿Vas a volver a restregarles «Lili Marlène» por las narices? —preguntó Bérard.

—Esta noche y todas las que vengan.

—¿Hasta que te cuelguen de tu farola?

–Que lo intenten –repuso Suzy–. Esa chusma no me da miedo.

–Pues debería. Te la tienen jurada.

–¿Qué quieres, que huya a Suiza, como Chanel? –Suzy Solidor adoptó una expresión desdeñosa–. Jamás habría imaginado que esa vieja bruja fuera tan asustadiza.

–Chanel es un genio –dijo Dior–. No quiero escuchar ni una mala palabra sobre ella.

–Aun así, la verdad es que es un poco bruja –intervino Bérard–. Si alguien lo sabe soy yo, que trabajé bastante tiempo para ella.

–Chanel te adoraba.

–Todo el mundo me adora –repuso Bébé con altivez, antes de husmear el aire–. Huele a langosta; eso quiere decir que ha llegado un paquetito de Granville. ¿Por casualidad había también una botella de calvados, querido muchacho? Ahí fuera hace un frío que pela.

Con una sonrisa, Dior sacó la botella sin etiquetar y, aunque el alcohol era lo bastante fuerte como para que a Copper se le subiera a la cabeza, Bérard se lo bebió a tragos sin ni siquiera pestañear. Todos se arremolinaron alrededor de la estufa, en la que Dior metió con cuidado un par de troncos pequeños.

–No entiendo por qué todo el mundo está en contra de Chanel –comentó–. Hizo lo mismo que todos los demás.

–Lo mismo no –repuso Bérard, que se encendió un cigarrillo con el resto del primero–. Ella se pasó la guerra acurrucada cómodamente en el Ritz con su amante nazi, brindando por la victoria alemana con champán confiscado, y ahora se esfuma envuelta en una nube de número cinco. A ti debería molestarte más que a nadie.

–Chanel no detuvo a mi hermana –se limitó a contestar Dior.

–No, lo hicieron sus amiguitos. Y Coco no movió un dedo para ayudarla.

–¿Por qué iba a ayudarme? Soy un don nadie.

–No digas tonterías. Tiene celos de ti; de todos los diseñadores jóvenes, de hecho. Además, ahora parece un mono anticuado y, si todo lo demás no fuera suficiente, eso sí que es imperdonable.

Mientras los hombres discutían, Suzy Solidor pasó el brazo bronceado alrededor del cuello de Copper y la acercó a ella.

—Ven conmigo al club esta noche —dijo en un susurro electrizante, muy cerca de su oído—. Tengo un hachís marroquí divino. Nos lo pasaremos bien tú y yo.

—No puedo, de verdad —contestó Copper débilmente.

La boca abierta le acarició el cuello, provocándole escalofríos en la espalda.

—¿Por qué no? Tu marido no está aquí.

—Bueno, el caso es que estoy... de luto —balbuceó Copper, consciente de que parecía idiota—. Mi amigo murió ayer por la noche. El... el entierro es mañana.

—¿He oído la palabra *entierro*? —preguntó Bérard, dándose la vuelta.

—Sí.

—¿De quién?

—De George Fritchley-Bound, un periodista amigo mío.

A Bérard se le iluminó el rostro.

—¡Qué bien! Adoro los funerales. Tienes que dejarme asistir.

—Bueno, estoy segura de que a George no le importaría —respondió Copper, perpleja—. No creo que vaya a haber mucha gente. Es en el cementerio Père Lachaise, mañana al mediodía.

—¿Tú también vendrás, querido? —le preguntó Bérard a Dior.

—Por supuesto.

—Yo cantaré junto a la tumba —anunció Suzy.

—Pero no «Lili Marlène», te lo ruego.

—No. Algo sencillo, pero digno. Quizá el «Chant des adieux».

A Copper se le cayó el alma a los pies al imaginarse la escena. No tenía claro si hablaban en serio o bromeaban. Después de llamar a la puerta, un joven de tez aceitunada y cara seria, vestido con un bonito abrigo de pelo de camello, entró despotricando sobre el frío.

–Maldita sea, parece que estemos en Moscú.

Dior se lo presentó a Copper.

–Este es mi colega en Lucien Lelong, Pierre Balmain. Por supuesto, tiene mucho más talento que yo.

–Eso no es cierto –repuso Balmain, estrechándole la mano a Copper–. No le haga caso.

–Mañana vamos todos al entierro del amigo de Copper –anunció Bérard–. Suzy cantará y yo rezaré una oración. Tienes que venir, Pierre; va a ser todo un acontecimiento.

–Un funeral no es sitio para tus ocurrencias, Bébé –replicó Balmain, arqueando las cejas–. La acompaño en el sentimiento, *mademoiselle*.

–Gracias –murmuró ella.

En ese momento llegaron dos jóvenes más, ambos muy pulcros y con aspecto de gacela, a quienes le presentaron como bailarines del Ballet des Champs-Élysées. Saltaba a la vista que tenían una relación excelente con Bérard y Dior, aunque Copper olvidó sus nombres segundos después de escucharlos. Cuanto más se llenaba la estancia, más calor hacía, y eso, unido al calvados, el vino que había bebido durante la cena y los infinitos cigarrillos de Christian Bérard, le provocó un mareo significativo. El hecho de que Suzy Solidor estuviera ahora pegada a ella y le acariciara la nuca con la punta de los dedos tampoco ayudaba. Había sido un día horroroso y lo único que deseaba era meterse en la cama y sumergirse en el olvido, pero eso era imposible.

–¿No te encuentras bien, *chérie*? –murmuró Suzy.

–No mucho –reconoció Copper.

–Estás pálida. Aunque te sienta bien.

Tenía los ojos de un marrón cálido y luminoso y unas cejas muy marcadas. A pesar de no ser guapa en el sentido tradicional de la palabra, su rostro resultaba atractivo. Su figura también era imponente, con los brazos y hombros atléticos de una nadadora o una jugadora de tenis, aunque tenía el trasero redondeado y unas caderas generosas y cimbreantes. Llevaba un reloj de pulsera con esmeraldas y un único y centelleante diamante colgado de una cadena de platino alrededor de la garganta.

Dior tenía un gramófono y le dio cuerda para poner una grabación de los nocturnos de Chopin. Los demás protestaron por considerarlos demasiado melancólicos, pero los valses de Strauss que eligió en su lugar fueron censurados por ser demasiado germánicos. Dior se dio por vencido y los invitó a decidir ellos; eso desató una discusión alrededor de la bocina dorada del gramófono mientras se sacaban discos de sus fundas y se volvían a guardar. Al final, se pusieron de acuerdo para poner «Le boeuf sur le toit», de Milhaud. Copper se sintió un poco intimidada en compañía de aquellas personas tan exóticas y cultivadas.

Bérard seguía argumentando con alguien sobre el comportamiento de Coco Chanel, mientras que Dior y Balmain se habían entregado a una conversación discreta sobre el trabajo.

–No quiero fallarle a Lelong –escuchó decir a Dior en voz baja–. Se ha portado muy bien conmigo.

–Y conmigo –respondió Balmain–, pero le hemos dado cinco años de nuestra vida cada uno, Christian; diez entre los dos. Y la guerra se acerca a su fin. Ha llegado el momento de instalarnos por nuestra cuenta.

–Eso suena muy bien, pero ¿de dónde vamos a sacar el dinero? Tú al menos tienes a una *maman* solícita; yo no tengo a nadie.

–Tú tienes el genio. Si quisieras, podrías conseguir el dinero en un mes. ¿No estás harto de que te digan lo que tienes y no tienes que hacer?

–Sería agradable que me dejaran diseñar lo que yo quisiera.

–Dior suspiró–. Pero tengo la sensación de que todavía estoy aprendiendo.

–Ya has aprendido todo lo que Lucien Lelong puede enseñarte –repuso Balmain. Tenía una actitud enérgica, enfática–. Solo tienes que tomar la decisión de liberarte.

–La verdad es que soy demasiado perezoso para liberarme –reconoció Dior, encogiendo los hombros en un gesto sutil–. No me importa en absoluto permanecer en la sombra. Mi personalidad no es dominante, como la tuya. No me veo como jefe de un negocio; se me haría extremadamente raro hacerme pasar por un empresario. Además, la libertad tiene un precio. Si fuéramos empresarios, no podríamos disfrutar de una entretenida velada con amigos como esta; estaríamos ocupados haciendo cuentas y cultivando úlceras.

–Pues yo me voy a lanzar –afirmó Balmain con decisión–. La vieja guardia ya ha tenido su oportunidad: Worth, Lelong, Molyneux y el resto. El negocio de la moda necesita savia nueva.

–Te echaré muchísimo de menos cuando te vayas –dijo Dior, y Copper vio que tenía lágrimas en los ojos.

Balmain le dio un beso en la mejilla a su amigo.

–No tardarás mucho en seguir mis pasos, ya verás.

Se sacó una libreta del bolsillo y los dos amigos se pusieron a hacer bocetos y debatir diseños.

–Cuando Dior comenzó en el mundo de la alta costura, ¿sabes lo que dijeron? –susurró Suzy al oído de Copper–. Dijeron: «Christian lo ha tirado todo por la borda; ha optado por la salida fácil. Podría haber sido lo que hubiera querido». Es uno de los hombres más inteligentes de París, de los más cultos y de los más populares. Pero míralo, tan sensible como un caracol, encogiéndose con cada leve crítica. Preferiría hacerse viejo en los salones traseros de Lelong que mostrar su rostro en la calle.

Copper echó un vistazo a Dior. Con sus mejillas sonrosadas, su figura afeminada y sus cuidadas manos, se parecía más a un párroco que a un gran modisto. Le pareció extraño que un hombre tan conservador tuviera amigos tan extravagantes, que vivían en un mundo en el que, usando las palabras de Amory, todas las mujeres eran hombres, y todos los hombres, mujeres.

—¿No tiene un… amigo? —preguntó con delicadeza.

—¿Te refieres a una pareja? De vez en cuando. Aunque no tiene el don de conservarlas mucho tiempo; es reticente hasta en el amor. No hay nada peor que un amante inseguro.

—Es muy afable.

—Seguro que ya te has percatado de que su grupo y él pertenecen al mismo círculo, pero no encuentran el amor unos con otros. Se enamoran de una clase totalmente distinta de hombres: los que no son como ellos y a menudo no responden a sus avances.

—Qué triste.

—Él cree que tú le traes suerte —señaló Suzy en tono solapado—. Por lo visto, esa vieja adivina gitana suya le vaticinó tu llegada; hasta le habló del pelo rojo y el regalo. Ya sabes, el *foie gras*. Que, por cierto, es lo último que debería comer; está demasiado gordo.

—Santo cielo, espero traerle suerte. Nunca me he considerado una persona muy afortunada.

Suzy apartó el pelo de la frente de Copper.

—¿Te consideras una persona guapa?

—Uy, no. Para nada.

—Sí, se nota. El día que te des cuenta de lo hermosa que eres, el mundo se va a llevar una sorpresa.

Copper se sintió incómoda.

—Yo nunca he sido guapa.

—¿Con esos ojos y esa boca? Querida, algunas mujeres florecen tarde, otras pronto y otras nunca llegan a florecer. La flor tardía suele ser la más bella. —Su boca, que podía estar cerrada con fuerza, se abrió en una sonrisa breve y fresca. Se miró el reloj de esmeraldas—. Tengo que irme. Hasta mañana.

Le dio un beso en la mejilla, que le dejó una marca de pintalabios perfecta, y fue a buscar su abrigo de marta. Una vez se hubo marchado, Copper se sumió en un estado soñoliento mientras los invitados llegaban y se iban y las conversaciones flotaban a su alrededor. Poulenc se presentó y le dio el pésame de una manera bastante formal, aunque ella apenas oía su voz. Sin duda se estaba perdiendo diálogos agudos y chispeantes, pero estaba demasiado cansada y su francés ya no le alcanzaba, así que fue un alivio cuando los últimos invitados se marcharon y Dior la acompañó a su pequeño dormitorio.

Se quedó dormida de inmediato, aunque no durante mucho rato. Una hora después se despertó tiritando con violencia. Por un instante, se quedó desconcertada, sin saber si tenía frío o calor. No, frío no era; Dior le había puesto encima varias capas de cobertores, así que lo que sentía era calor y no al revés. Era un temblor intenso y nervioso que la sacudía como a una rata entre las fauces de un terrier y, por mucho que lo intentara, no lograba calmarlo. A lo mejor había cogido fiebre. Empezó a asustarse de los espasmos que la convulsionaban y que no remitían hiciera lo que hiciese. Al final, se dio cuenta de que era una reacción emocional a su ruptura con Amory. De hecho, se enfrentaba ni más ni menos que a una crisis vital. Nunca se había sentido tan sola y aterrorizada.

Organizar su vida alrededor de la de Amory le había proporcionado un punto de apoyo. Si este desaparecía, si permitía que Amory se marchara de París sin ella, ¿no se desmoronaría como una planta de hiedra arrancada de la pared?

Sus audaces planes de seguir adelante sola y emprender una carrera como periodista le parecieron absurdos mientras le castañeteaban los dientes y las piernas se le crispaban en aquella habitación extraña y oscura. ¿Qué sabía realmente de periodismo o fotografía? Por no hablar de la vida. ¿A quién quería engañar? Debería levantarse de un salto en aquel preciso instante, ir a buscar a Amory y pedirle que la perdonara y volviera con ella. La alternativa era arriesgarse a caer en el abismo, un vacío negro del que jamás sería capaz de salir.

Le pasaron por la cabeza imágenes inconexas de los últimos días. La madre aferrando a su bebé mientras el pastelero le cortaba el pelo. Los ojos blanquecinos y entrecerrados de George, su rostro cubierto de sangre coagulada. La expresión de Amory cuando ella le había dicho que no iría a Dijon con él. El roce erótico de los labios de Suzy Solidor sobre su cuello. Los ojos azules de Bérard, que la miraban fijamente y emulaban un deseo que no sentía. En aquel momento, todas aquellas imágenes le parecían tan siniestras que sus sacudidas se intensificaron y se le erizaron los pelos por el horror. ¿Qué hacía allí? ¿Había echado su vida a perder? ¿Había sido demasiado dura con Amory? Lo echaba tremendamente de menos. ¿Por qué lo había alejado de ella? Había sucumbido a un rapto de locura.

Echó un vistazo al reloj. A pesar de que eran las tres de la madrugada, era incapaz de seguir en la cama ni un instante más. Salió de debajo de la montaña de ropa de cama y se enfrentó a la gélida oscuridad y, después de envolverse el cuerpo tiritante con su bata, salió de puntillas de la habitación. En el saloncito había una luz prendida. Dior, que estaba despierto, acurrucado junto a la estufa con un cuaderno de dibujo sobre las rodillas, la miró sorprendido.

–¿Se encuentra mal?

–No… no puedo parar de temblar –explicó Copper entre los dientes, que le castañeteaban–. Creo que son nervios. –De pronto, distinguió la figura de Christian Bérard desplomada en el sofá, detrás de Dior–. Ay, lo siento. No quería interrumpir.

–No se preocupe por Bébé. Se ha fumado dos pipas de opio; no se despertará.

–¿Opio?

–Es adicto; un día acabará por matarlo. Creo que estoy

condenado a perder a todos a los que amo. Venga a sentarse conmigo. –Metió otro valioso tronco en la estufa y un brillo apagado titiló al otro lado del cristal sucio de la puerta–. Es normal tener nervios; lo ha pasado muy mal.

Estaba envuelto en una bata con estampado de cachemira rojo y alrededor del cuello tenía una bufanda de lana, que se quitó y le tendió con un gesto paternal. Por algún motivo, Copper había imaginado que su cuerpo sería rosado y terso, pero, con gran sorpresa, vislumbró un triángulo de pectoral cubierto de pelo.

–Siempre estoy soñando con vestidos –comentó él.

–¿De verdad?

–Sí, pero entonces tengo que levantarme a medianoche para dibujar los bocetos antes de que se me olviden. –Le enseñó las fluidas líneas de su cuaderno–. Estos son trajes de fiesta de raso. He visto la línea del escote en sueños.

–En ese caso, no me cabe duda de que lleva la moda dentro.

Él la miró por debajo de sus pesados párpados.

–Ah, sé muy bien qué dicen sobre mí. «Dior es un diletante, Dior es un aficionado que desperdicia su talento en vestidos para mujeres necias». Pero la moda es algo más que eso: es un arte, querida. Un arte elevado. A su manera, Dior aspira a ser un gran artista, igual que sus amigos.

–Me he dado cuenta.

–He tardado diez años en darme cuenta de lo poco que sé, primero con Piguet y luego con Lelong, y es un mundo que cada vez me fascina más. Encontrar el material adecuado para expresar mis ideas, reconocer los tejidos fáciles y los difíciles, prever la caída de cada material, cómo quedará drapeado, cómo cambiará de forma, igual que un líquido, sobre el cuerpo de una mujer. –Acarició con las manos unas curvas imaginarias en el aire–. Aprender lo que se puede lograr con una tela *shantung*, con un espléndido *tweed*, con una lana gruesa o con un lino fino. Cómo cortar al sesgo para que cada pliegue se mueva con la mujer que lleva la prenda, cómo esconder lo feo y resaltar lo bello, cómo plisar, tablear, fruncir y adornar. *Enfin*, los misterios del oficio.

Ella dejó escapar una risita que fue un suspiro a medias. La voz de él, tenue y delicada, era como un bálsamo y Copper empezó a notar que sus estremecimientos remitían.

—Es usted un hombre muy dulce, *monsieur* Dior. No me extraña que todos sus amigos lo adoren.

Él lanzó una mirada a Bérard, que había comenzado a roncar con gran estruendo.

—La mayoría son claramente bohemios, ¿verdad? Mientras que yo, en cambio, soy claramente burgués. En los últimos tiempos, eso se ha convertido en un insulto. En boca de *monsieur* Giroux, por ejemplo, *burgués* es el epíteto más deleznable que existe. Pero yo sé lo que soy y estoy orgulloso de ello. Vengo de un sólido linaje normando, así que, ¿qué otra cosa voy a ser sino sólido y normando?

—Sus amigos dicen que es usted un genio —observó ella.

Él vaciló.

—La ropa se interpone entre nuestra desnudez y el mundo. Puede ser un disfraz, un traje elegante, una fantasía. Para los hombres como yo… —No acabó la frase—. ¿De verdad se va a divorciar de su marido?

—Sí. Pero no sé por dónde empezar. A lo mejor tendríamos que ir a la embajada estadounidense.

—Puesto que los dos residen en Francia y se divorcian *par consentement mutuel*, lo único que deben hacer es redactar un acuerdo y presentarlo ante un juez francés. En solo un mes podría ser libre.

—¡Un mes!

—Gracias al emperador Napoleón, la legislación francesa sobre el divorcio es muy pragmática.

Copper tuvo la sensación de que le faltaba un poco el aire.

—No sabía que podía ser tan rápido.

–¿Le han entrado dudas?

–No. Mi matrimonio está acabado; hace mucho tiempo que lo está.

–Si lo desea, puedo ayudarla a redactar el acuerdo.

–Gracias.

Mientras él escribía, Copper acabó dormitando, oyendo a medias el rasguido del lápiz sobre el papel y el ruido de los troncos que, de vez en cuando, caían dentro de la estufa. Al despertarse, descubrió que Dior debía de haberla llevado, tal vez incluso en brazos, de vuelta a la cama. La tiritera había desaparecido, dejándola débil y laxa. Se dio la vuelta y se sumió de nuevo en el sueño.

Capítulo 4

El entierro de George fue un acontecimiento insólito por diversos motivos. Para empezar, en el cementerio Père Lachaise se presentó una cantidad inesperada y variada de dolientes a darle su último adiós. Asistieron varios corresponsales y periodistas extranjeros, muchos de los cuales eran compañeros de juergas del Granuja de Órdago que, a mediodía, se hallaban ya en diversos grados de embriaguez.

Además, acudieron todos los miembros del círculo de Dior que habían prometido ir y trajeron con ellos a más amigos. Christian Bérard hizo su aparición envuelto en un ondeante abrigo negro cubierto de ceniza de cigarrillo y agujeros de quemaduras, bajo el que era evidente que seguía llevando el pijama. Su pequeña *bichón frisé* blanca, Jacinthe, estaba acurrucada bajo su brazo.

Suzy Solidor iba vestida de hombre, con levita y sombrero de copa, un bastón de ébano y un chaleco bordado del que colgaba una cadena de oro. Las dos bailarinas de *ballet* se presentaron como Arlequín y Colombina y tenían un aspecto bastante inquietante mientras revoloteaban entre las tumbas. También había una persona de sexo indeterminado que había acudido con una capa escarlata. Por lo que respectaba a los demás, aunque no se habían presentado disfrazados, su ropa y sus sombreros eran lo bastante extravagantes como para llamar la atención. Algunos habían llevado flores, y otros, objetos menos convencionales, como un caballito de juguete y una bicicleta azul. Como si la situación no fuera ya surrealista de por sí, el conjunto produjo en Copper un efecto onírico.

Era un día gris y ventoso. Una pálida media luna colgaba tras los árboles, que dejaban caer sus hojas sobre las filas de mampostería monumental. No muy lejos, un ángel de mármol con vetas verdes contemplaba al variopinto grupo con la mirada vacía.

Amory se reunió con ella junto al sepulcro en el que iban a enterrar el féretro de George. Enfundado en su abrigo largo y con el pelo agitado por el viento, iba acompañado de Ernest Hemingway, el escritor, del que por lo visto se había hecho amigo. Ambos estaban borrachos.

–Lo del puñetero divorcio no va en serio, ¿verdad? –fue su saludo.

–Sí, va en serio –replicó Copper con valentía, como si los terrores de la noche no hubieran existido–. Ya recibirás los papeles; solo tienes que firmarlos.

Él eructó.

–¿Y estás decidida a quedarte aquí? –Echó un vistazo al insólito grupo de dolientes–. ¿Con esta panda de locos?

Sintió como si estuviera sangrando por dentro.

–Sí. Me voy a escapar con el circo.

–¿Y quién coño es toda esta gente? –preguntó Hemingway.

Llevaba una camisa caqui, con las mangas arremangadas desafiando el frío, y un cigarrillo sujeto entre los dientes.

–Amigos de *monsieur* Dior. Todos insistieron en venir.

Hemingway le dio un trago a una petaca y se la pasó a Amory.

–En París, nadie quiere ser espectador: todo el mundo es actor.

–Veo que no has tardado nada en juntarte con los marginados más chiflados –observó Amory–. Todos los raritos de París están aquí. ¿Esta es tu idea de un entierro decente?

–Teniendo en cuenta que George se mató a base de beber –repuso ella con aspereza–, diría que es de lo más apropiado.

Amory se volvió a mirar el nicho que dos albañiles estaban preparando para George con paletas y martillos. En el muro se había abierto un túnel que se veía húmedo y los albañiles rascaban el musgo y otros escombros.

—Pertenece a una familia protestante que ha accedido a que enterremos a George con sus seres queridos. Aunque vamos a tener un problema —dijo Amory arrastrando las palabras.

—¿Qué clase de problema?

—Ya lo verás —repuso él en tono lúgubre.

La decisión de Copper de separarse de él lo había dejado malhumorado, si no destrozado por la pena. A lo mejor todavía pensaba que ella solo fingía y que, en el último momento, cambiaría de opinión. Dior se reunió con ellos, inmaculado con su traje oscuro y su sombrero de hongo, y les ofreció un pésame convencional. Copper se quedó de nuevo impresionada con el contraste entre su conservadurismo de clase media y la excentricidad de sus amigos. Se alegró de tenerlo ahí a su lado, con su actitud reservada y paternal.

Un enérgico capellán del ejército estadounidense, contratado por Amory, llegó y anunció que estaba listo para empezar la ceremonia. Unas tres docenas de dolientes se arremolinaron a su alrededor, expectantes. Por detrás de un mausoleo, aparecieron los hombres que portaban con paso vacilante el féretro de George y en ese momento Copper se dio cuenta de cuál iba a ser el problema. El Granuja de Órdago había sido un hombre corpulento y el ataúd se había hecho a su medida, pero el nicho era estrecho, diseñado para un recipiente más pequeño.

—Creo que no va a caber —le dijo Dior al oído.

—Ya lo veo.

El capellán había comenzado el servicio. Con un gran número de gruñidos y jadeos, los hombres subieron el féretro al nicho, que estaba bastante alto, pero enseguida quedó atascado y no hubo manera de introducirlo más.

–¿Tal vez si quitan las asas? –sugirió Dior.

Volvieron a bajar el ataúd. Uno de los albañiles sacó un destornillador con el que quitó los tornillos de las asas, que se metió en un bolsillo del abrigo. El capellán se miró el reloj con impaciencia mientras esperaba.

Sin asas, el féretro era todavía más difícil de manejar y, una vez más, quedó atascado. Amory maldijo entre dientes mientras bajaban el ataúd al suelo. Los obreros procedieron a arrancar con sus paletas los travesaños de madera, que se soltaron con una especie de gemido estentóreo, como si la caja a la que estaban unidos lo amplificara. Todo el mundo se estremeció, a excepción de Bérard, que se echó a reír.

–Madre mía –bufó Hemingway–. Parece que ese viejo cabrón no quiere irse.

Desprovisto de asas y remates, el féretro fue levantado de nuevo con dificultad hasta el nicho. A aquellas alturas, los portadores y los albañiles tenían todos la cara roja y estaban sudando pese al frío. Esta vez el ataúd entró hasta el fondo del hueco arañando las paredes, pero se presentó otra dificultad: era demasiado largo y sobresalía varios centímetros. Se oyeron risitas y gruñidos de consternación.

Con los labios apretados, uno de los obreros se adelantó sin que nadie se lo pidiera y se limitó a desprender con su martillo el extremo del féretro, que al caer al suelo dejó al descubierto las suelas gastadas de los zapatos de Fritchley-Bound. Los albañiles se apresuraron a colocar con cemento una losa de hormigón sobre el espantoso agujero. Los portadores, exhaustos, se pasaron una botella y se la bebieron a tragos largos.

El capellán del ejército finalizó la ceremonia, cerró su libro de salmos y se marchó rápidamente, con cara de estar contento de haber acabado. Pero la abigarrada comitiva fúnebre no tenía intención de disgregarse. Tal como había prometido, Suzy se puso a cantar el «Chant des adieux», que resultó ser el «Auld

Lang Syne» con la letra en francés. Su voz era potente y resonante. Amory se adelantó y escribió con tiza el nombre de George y su fecha de nacimiento y muerte en la losa.

–Tardarán varias semanas en hacer la lápida de mármol –explicó.

Cuando Suzy acabó, hubo aplausos de apreciación y se oyó el taponazo de una botella al abrirse.

–Me voy ya a Dijon –le dijo Amory a Copper, dando la espalda al pintoresco grupo. A continuación la llevó a la parte de atrás del mausoleo para protegerla del frío viento–. Te concederé el divorcio. Tú mándame los papeles, ¿vale?

–Vale.

–¿Cómo vas a conseguir dinero?

–Tengo un poco ahorrado.

–No durará mucho. –Amory se sacó un sobre del fondo del gabán–. Toma, cógelo.

–No lo quiero.

–Cógelo –refunfuñó él–. Si insistes en comportarte como una idiota, te hará falta.

–No me llames «idiota».

Estaba tan enfadada que a punto estuvo de arrojarle el dinero a la cara, pero el sentido común se impuso y, al final, su irritación la ayudó a no echarse a llorar. Metió el sobre en su bolso. Él parecía muy desdichado.

–Esto es un disparate.

–Supongo que sí.

–Si las cosas te van mal, no quiero que nadie me eche la culpa –dijo él–. Le prometí a tu familia que cuidaría de ti; no me gusta la idea de dejarte aquí.

–No te preocupes. No te echaré la culpa de nada de lo que pase, Amory.

Él se frotó el rostro con rudeza, casi como si estuviera a punto de llorar.

–Te quiero. No sé qué voy a hacer sin ti.

–Yo creía que te alegrarías de librarte de mí. Ahora ya no tienes que sentirte culpable por todas tus amantes.

–Nunca me he sentido culpable. Tal vez ese fuera el problema.

–Supongo que sí. Ni una sola vez me dijiste que lo sentías.

–¿Habría cambiado algo de haberlo hecho?

–No.

–Pues eso. En fin, supongo que aquí se separan nuestros caminos. –Le dio un beso en la mejilla. Tenía los labios fríos–. Buena suerte, Copper.

–Buena suerte, Amory. Cuídate mucho.

Y eso fue todo. Ella lo vio alejarse por la avenida que se abría entre los mausoleos, con la bolsa de lona colgada de un hombro y Hemingway al lado. Descubrió que ya ni siquiera estaba enfadada con él; solo sentía su pérdida, que se había llevado consigo una gran parte de ella. ¿Cómo se las iba a apañar sin él? A aquellas alturas, su bravuconería se había esfumado y se sentía desamparada.

Una mano reconfortante le tocó el hombro.

–Debería venir a casa y descansar un poco –dijo Dior con gentileza.

Ella asintió. Él la cogió del brazo y ambos se marcharon del extraño funeral, que seguía en su apogeo, sin que los demás se percataran apenas de su ausencia.

El apartamento de Dior estaba impregnado de un frío y una humedad ancestrales y muy parisinos. Cada mañana, había que limpiar y volver a encender la pequeña estufa esmaltada. Mientras se dedicaba a esta tarea, Copper descubrió que le faltaba papel para prender las astillas; disponía tan solo del fajo de revistas femeninas que cargaba en su maleta con sus consejos sobre «Cómo conservar a tu marido».

Abrió una y leyó un párrafo:

Los halagos son el sustento de los hombres. Las mujeres capaces de mostrar hasta qué punto valoran su compañía, sus opiniones y sus gustos al tiempo que ignoran con serenidad sus pecadillos lograrán manejarlos con éxito.

Sí, claro; a ella le había funcionado estupendamente. Indignada, arrancó la página y la arrojó a la estufa.

Probó con otra revista:

No te quedes sentada esperando a que él llegue a casa; es preferible meterse en la cama y fingir que estás dormida. Si no te queda más remedio que estar despierta, muéstrale cuánto te alegras de que haya llegado pronto a casa. Es probable que él piense que eres tonta, pero eso es inevitable de todos modos.

¿Tonta? Sí, sin duda ella lo había sido. Aquella página también acabó en la estufa.

Una tercera captó su atención:

No llores y te deprimas por estar enferma; las mujeres jamás deberían estar enfermas. Eso no hará más que despertar la repulsión de tu marido.

¿De verdad había tratado de hacer caso de aquellas perlas de sabiduría? No era de extrañar que Amory la hubiera tratado a patadas. Furiosa, arrugó las páginas y las metió debajo de las astillas, y el resto de las revistas acabó en la cesta de la leña, para que ardieran y sirvieran para algo. No pensaba volver a leerlas. Al demonio con ellas; a partir de aquel momento, escribiría sus propias historias.

El fuego prendió y el calor de las luminosas llamas empezó a difundirse por la estancia. Para entonces, Dior ya se había levantado. Tenía la rara virtud de ser reconfortante de una manera discreta. No dijo nada sobre la partida de Amory ni sobre la evidente tristeza de ella. En lugar de eso, preparó una tetera y se sentó a su lado, mirándola pensativo con la cabeza ladeada.

Ella rodeó la taza caliente con las manos.

–¿Por qué me mira así, *monsieur* Dior?

–Estoy pensando que hay que hacer algo con esa bata suya.

Copper se había echado encima su bata de lana.

–Ya, está bastante vieja –reconoció.

–La bata es una de las prendas más importantes de un armario.

–Ah, ¿sí?

–Es lo primero que se pone cada día y con lo que la ve su marido cada mañana.

–Por si no se ha dado cuenta, no tengo marido –señaló ella.

–Si comienza el día de esa guisa, sin duda tampoco atraerá a muchos aspirantes –repuso él con brusquedad.

–No quiero otro marido. Y acabo de decidir que no tengo ninguna necesidad de agradar a un hombre, gracias.

–Ser independiente no significa vestirse como un adefesio, Oona. Según mi experiencia, las mujeres que no están casadas son las más elegantes. Así que, si me lo permite, mañana le llevaré su bata a mis costureras y les pediré que le añadan algún adorno. Y tal vez un bonito ribete de terciopelo.

El timbre del teléfono los interrumpió. Tras una breve conversación, él volvió frotándose las manos.

–Me acaban de dar excelentes noticias. Alguien tiene la seda que nos hace falta para su vestido. Mañana iremos a buscarla.

–*Monsieur* Dior, no tiene por qué hacerlo. Fue solo un capricho. No sé en qué estaba pensando: ¡un vestido nuevo en plena guerra! Me avergüenzo de mí misma.

–Pero no fue un capricho –dijo él con seriedad–. Todo tiene un significado. ¿Y por qué iba a sentirse avergonzada? Son aquellos que quieren destruir la belleza los que deberían avergonzarse, no los que queremos crearla. Pero no he acabado de contarle: tenemos hasta un automóvil para ir a buscarlo. ¡Y en fin de semana! Figúrese. De camino, iremos a ver a *madame* Delahaye.

El «automóvil» que Dior había prometido resultó ser un vehículo de lo más extraordinario: un Simca negro antediluviano, adaptado para funcionar con leña, puesto que desde el comienzo de la ocupación había sido imposible conseguir gasolina. Tenía un enorme dispositivo con aspecto de estufa atornillado a la parte de atrás, desde el que salían tuberías que recorrían la carrocería para desembocar en un tanque montado en la parte delantera. Copper había visto aquellos cachivaches por todo París, pero se quedó horrorizada ante la idea de viajar ella misma en aquel artilugio de aspecto peligroso. Dior estaba extasiado.

–¡Nuestro propio coche! Hace cuatro años que no voy en coche –comentó, como si fuera un Rolls Royce.

Copper había traído consigo la cámara del Granuja de Órdago y le sacó una foto al vehículo.

–Parece una de esas bombas volantes que los alemanes lanzan sobre Londres. ¿Está convencido de que es seguro?

–Por supuesto. Es de una vieja amiga y lo ha conservado en una condición impecable.

El Simca estaba oxidado y tenía todos los paneles abollados; el estrafalario artilugio para quemar madera parecía estar fijado de una manera muy poco profesional. Si por algo se distinguía, no era precisamente por ser un vehículo bien conservado. Cooper pensó con nostalgia en el Jeep militar que Amory se había llevado.

–Si usted lo dice.

–Estoy emocionadísimo –dijo Dior, con una sonrisa de oreja a oreja–. Venga, vamos.

Llevaba una vieja chaqueta de *tweed*, pantalones de pana y

un jersey y tenía el aspecto de un anciano director de escuela. Copper vio que le había abierto la puerta del conductor.

—¿No va a conducir? —le preguntó.

—¿Yo? Por supuesto que no; no sé conducir. Odio los artilugios mecánicos; ni siquiera sé montar en bicicleta. —Frunció el ceño—. Usted sabe conducir, ¿verdad?

Nerviosa, ella se mordió el pulgar.

—Bueno, tengo un permiso estadounidense, pero apenas he conducido, solo un poco en Jeep. Y ni siquiera sabría cómo poner en marcha este trasto.

Echó un vistazo al interior. Habían quitado el asiento trasero y su lugar estaba ocupado por un montón de leña.

—Carburante adicional —explicó Dior con orgullo—. Podemos recorrer ciento cincuenta kilómetros.

Un hombre que pasaba por allí y que, a pesar de desdeñar su falta de conocimientos mecánicos, estaba dispuesto a ayudarlos les enseñó cómo poner en marcha el Simca. El proceso consistía en encender la estufa de la parte de atrás con un pedazo de trapo empapado de aceite de cocinar y esperar a que se generasen los gases en medio de un montón de siseos y rugidos. Al final, el motor cobró vida y el vehículo entero empezó a dar sacudidas adelante y atrás sobre sus viejos muelles.

—¿Lo ve? —dijo Dior en tono triunfal—. Es magnífico.

Con el corazón en un puño, Copper empezó a conducir mientras la estufa retumbaba y dejaba una estela de gases a su espalda. Agarró el volante como si le fuera la vida en ello y luchó contra el aparente deseo del vehículo de desviarse en cualquier dirección menos hacia delante. ¿Qué pasaría si el trasto entero estallaba? El Simca avanzó a trompicones a unos cincuenta kilómetros por hora, con algún que otro ruidoso estallido procedente del tubo de escape.

La primera parada fue en casa de *madame* Delahaye, la adivina en la que tanto confiaba Dior. Vivía en un elegante pisito del 16.º *arrondissement* que parecía de todo menos sobrenatural.

La propia mujer tenía un aspecto impecable de clase media, con una mirada perspicaz, el pelo untado en aceite y recogido en un moño y perlas alrededor del cuello. Dior, no obstante, la trataba con gran respeto y era evidente que se la tomaba muy en serio.

El modisto presentó a Copper a la vidente, que miró su rostro y luego asintió despacio, como si hubiera confirmado algo que sospechaba desde hacía mucho tiempo.

–¿Esta es la joven que le trajo el regalo, tal como predije?

–Así es, *madame*.

–Enséñeme las palmas de las manos, *mademoiselle*.

Copper alargó las manos, que, para su vergüenza, estaban tiznadas por el Simca. *Madame* Delahaye las estudió meticulosamente, pasando el dedo por las líneas y quitando un poco de hollín de vez en cuando.

–Veo mucho dinero, mucho amor… pero también muchos problemas. Hay una mujer de pelo rubio que proyecta su sombra sobre usted. Tenemos que tirarle las cartas, querida.

Madame Delahaye sacó las cartas, las barajó con cuidado y las dispuso sobre la reluciente mesa antes de estudiarlas con detenimiento.

–Esta joven le va a traer buena suerte –le anunció a Dior–. No la deje escapar.

–No tengo intención de hacerlo. ¿Recuperará a su marido?

Madame Delahaye deslizó hacia delante una carta en la que aparecía un hombre montado a caballo.

–Él se ha ido de viaje, muy lejos –contestó enigmáticamente–. Piensa en ella, pero la carretera de vuelta es larga y está atrapado en un arbusto con espinas. No encuentra el camino. Y ella –*madame* Delahaye señaló una carta en la que estaba representada una mujer en un jardín–… ella le da la espalda.

Copper se estremeció.

–Pero por el este aparece una mano –prosiguió *madame* Delahaye– que le coloca a ella una corona en la cabeza.

–Maravilloso. –Dior suspiró–. ¿Y mi Catherine? –pregunto. La pitonisa barajó de nuevo las cartas e hizo una tirada. Dior la miró ansioso mientras ella las estudiaba.

–Está claro –anunció la mujer abruptamente–. Su hermana está viva y pronto volverá con usted.

–¿Seguro?

–Mire. –*Madame* Delahaye deslizó hacia delante un grupo de cartas–. Está claro como el agua, *monsieur* Dior. Ahí lo tiene. Las cartas nunca mienten.

Dior se cubrió la boca con la mano, abrumado. Tenía lágrimas en los ojos.

–Gracias, mi querida amiga –dijo, una vez recuperada la compostura–. ¡Mil gracias!

La emoción de Dior conmovió a Copper, aunque recelaba un poco de la seguridad con la que había hablado la vidente, que estaba alimentando una esperanza que no podía garantizar en modo alguno. Sabía que Catherine era su hermana favorita. Con su madre muerta, un hermano en un manicomio y otro que era un suicida excéntrico, Dior tenía una familia cada vez más reducida. Por supuesto, ese era el motivo de que se aferrara a señales absurdas como las profecías de *madame* Delahaye. El montón de fantasías e ideas extrañas que albergaba en la cabeza aquel normando supuestamente sólido era fascinante.

Después de la lectura, hubo un discreto incidente en el pequeño pasillo: *madame* Delahaye murmuró que no podía aceptar de ningún modo la dádiva que Dior le ofrecía mientras él insistía en que debía hacerlo. Saltaba a la vista que era un ritual que se había repetido en numerosas ocasiones entre ellos y terminó con la mujer metiéndose el dinero en el bolsillo con la mirada baja y una sonrisa afectada y recatada.

Dior y Copper continuaron su camino hacia el este y salieron de París en dirección a Meaux. Él estaba de buen humor.

–Nunca se ha equivocado –dijo, animado–, ni siquiera en los

detalles más nimios. Si dice que Catherine va a volver, yo la creo. Y no pienso escuchar a todos esos cínicos que aseguran que soy un incauto. –En ese momento, el tubo de escape del Simca dejó escapar un estallido especialmente ruidoso, que hizo dar un respingo a Copper y provocó una risita a Dior–. Es divertido, ¿eh?

–Lo sería si no tuviera que conducir.

Las carreteras estaban llenas de baches causados por los convoyes de pesados tanques que las habían recorrido, aunque ahora apenas había tráfico. Las finas ruedas del Simca apenas podían rodar sobre la superficie resquebrajada y el viejo coche daba brutales sacudidas a izquierda y derecha. Los carteles alemanes seguían erguidos en algunos lugares al borde de la carretera, indicadores eficaces escritos con feas letras negras. Dior bajó la ventanilla e inspiró hondo.

–Huela el aire del campo.

Una ráfaga de aire frío, impregnado de olor a excrementos de vaca, se coló en el coche. Copper miró a Dior, que tenía una mancha de hollín en la nariz, y no pudo evitar sonreír. Su sentido del humor era contagioso.

–Es agradable verlo feliz.

–Quiero ser feliz y hacer felices a los demás. Es uno de mis principales deseos en esta vida: ser mercader de felicidad. No es algo malo, ¿verdad?

–Es algo muy bueno. ¿Por eso eligió la costura, para hacer feliz a la gente?

–Bueno, la verdad es que pienso que fue la costura la que me eligió a mí y no al revés. –Cruzó las piernas, claramente relajado–. Desde mi pequeño rincón, veo lo que agrada a la gente y aprendo a ofrecérselo. Las ideas nuevas son muy importantes. El arte de complacer consiste en saber lo que la gente quiere antes de que ellos lo sepan. Lelong lleva décadas vendiendo los mismos diseños; cambia una línea aquí y un tono allí, pero cada colección es más o menos igual que la anterior. Si le enseñas algo nuevo, lo devuelve a la mesa de dibujo para que lo cambies, una y otra vez, hasta que es exactamente igual que cualquier otro diseño que haya vendido. Eso es lo que saca de quicio a Pierre Balmain. El arte de la moda consiste en hacer que cada colección parezca nueva, aunque tengas que devanarte los sesos para conseguirlo.

–¿Por qué no se marcha usted con Pierre? Podrían fundar una nueva casa de moda los dos juntos.

–Yo prefiero la trastienda –contestó Dior con firmeza–. No soy ambicioso, como él. He visto cómo mi padre se arruinaba y yo también lo he perdido todo. Volver a pasar por eso… no, gracias. Prefiero mis lápices y mi tranquilidad.

Llegaron a un pueblecito de piedra oculto en el campo. Más allá de la calle de casas dispersas, se alzaba una nave del siglo XIX, ahora abandonada, con las hileras de ventanas rotas o con los postigos cerrados.

–Debe de ser aquí –dijo Dior.

La vieja y sombría fábrica estaba rodeada de imponentes ortigas y era casi imposible acceder a ella.

–Parece un castillo de cuento –comentó Copper.

–Y nosotros tenemos que encontrar al dragón.

A golpe de paraguas, Dior abrió un camino hasta la entrada y llamó a la puerta imperiosamente. Al final, esta se abrió una rendija y dejó a la vista parte de un rostro de mujer.

–¿Quiénes son?

–Clientes –anunció Dior con alegría–. ¿Podemos pasar?

–La fábrica está cerrada. Mi padre está en la cama, enfermo. ¿Qué quieren?

–*Shantung* –fue la escueta respuesta de Dior.

–No tenemos nada –contestó la mujer, y empezó a cerrar la puerta.

Con una decisión sorprendente, Dior la abrió de nuevo.

–Espere; déjeme echar solo un vistazo –dijo en tono persuasivo, metiendo su larga nariz por la rendija y asomándose al interior–. Vamos, *mademoiselle*. No tiene nada que temer; somos amigos.

A regañadientes, la mujer abrió la puerta para dejarlos entrar. Tendría unos veintitantos años y Copper entendió por qué se mostraba tan recelosa. La toquilla que llevaba no podía ocultar el hecho de que hacía poco que le habían rapado la cabeza; tampoco el ojo morado y el labio abierto, que sin duda habían corrido esa suerte al mismo tiempo.

–¿Se lo ha hecho la Resistencia? –preguntó Copper.

La mujer asintió con rostro adusto.

–Y también pegaron a mi padre.

–¿Cómo se llama usted?

–Claudette.

–Lo lamento mucho, *mademoiselle* Claudette –dijo Dior–. No queremos hacerle daño. Hablemos de la seda: ¿es cierto que todavía tienen un poco?

–Los alemanes la confiscaron toda –repuso la mujer, todavía más huraña.

–Le pagaré bien –insistió Dior–, en efectivo. Y no diré ni una palabra a nadie; no se meterá en líos. –Se oyó el llanto de un niño en alguna parte del edificio y Dior ladeó la cabeza–. ¿Niño o niña?

–Niño –contestó ella.

–¿Cómo se llama?

–Hans –fue la cortante respuesta.

–Estoy seguro de que pronto le cambiará el nombre por el de Jean y de que necesita cosas para él, ¿verdad? –Dior hizo crujir de manera insinuante los billetes en el bolsillo de su chaqueta.

Claudette vaciló un instante al tiempo que los miraba alternativamente. El semblante afable de Dior pareció tranquilizarla y los guio por los pasillos llenos de polvo hasta un almacén. Las hileras de estanterías estaban casi vacías salvo por tres rollos de tela envueltos en papel marrón.

–Esto es todo lo que nos queda. No hay nada más.

Dior los desenvolvió con avidez. Contenían varios metros de seda de china, una verde lima, otra de un malva pálido y otro rosa claro. En aquel entorno lúgubre y después de años de caqui, los colores resultaban extraños y eran casi un recuerdo de un mundo desaparecido. A Dior le brillaron los ojos.

–¿Cuánto quiere por ellos?

–Mil francos el metro.

Dior se rio con indulgencia.

–¿Para quién cree que hago vestidos, para María Antonieta? Cien por metro.

Una hora después regresaban a París con el coche a rebosar de seda. Dior agarraba con regocijo contra su pecho los susurrantes paquetes para que no se mancharan. Tras una prolongada negociación con Claudette, habían acordado pagarle doscientos cincuenta francos por metro.

–Seguramente sea la única tela de *shantung* que queda en Francia –dijo él con una risita de satisfacción–. Y la va a llevar usted. –Hundió la nariz en la seda, como si fuera un ramo de rosas, y aspiró con placer–. Dios mío, qué bien huele.

–¿A qué huele? –preguntó ella, interesada.

–¿Nunca ha olido la seda?

–Que yo recuerde, no –confesó ella–. Lo único que llevo es algodón estadounidense del de toda la vida.

–Tome, huélala. –Le estampó la seda en la cara, haciendo que casi se saliera de la carretera–. ¿Qué me dice?

–Huele a animal –dijo ella, frunciendo la nariz–. A pelo sudado de niño.

–Es la sericina, la cola natural que producen los gusanos de seda. Una sustancia milagrosa. ¿Sabe que detiene las hemorragias y cicatriza las heridas? Además de mantener la juventud de la piel.

–Se lo está inventando.

–Para nada. Conozco muy bien mi oficio, jovencita. Para la piel, no hay mejor tela que la seda. Es antiséptica y previene las arrugas.

–En ese caso, a partir de ahora solo llevaré seda –dijo ella en tono solemne.

–¿Qué color le gusta más?

–Verde o lila, creo. Por algún motivo, nunca me he visto vestida de rosa.

–Ay, mi querida Copper, qué poco sabe de usted misma. –Le dedicó una gran sonrisa–. El tiempo de las hojas y los capullos ha terminado. Es usted una rosa; le ha llegado el momento de florecer.

–Las pelirrojas no pueden llevar rosa.

–No diga tonterías. Yo se lo demostraré.

–Es usted un tirano –dijo ella, irritada–. No deja de pedirme mi opinión para luego decidir siempre lo contrario.

Él se rio, contento.

–Es el método socrático, querida. Considérelo un aprendizaje.

No dejó de reír ni siquiera cuando uno de los viejos neumáticos se pinchó y el coche se detuvo, tembloroso.

–¿Qué vamos a hacer ahora? –exclamó ella.

–Sabe muy bien que no soy mecánico –fue la jubilosa respuesta de él–. Si echa un vistazo, seguro que encuentra la manera de repararlo.

Copper bajó con un suspiro y hurgó en el Simca, buscando la rueda de recambio y las herramientas para colocarla. Encontró ambas cosas fijadas bajo el quemador de madera. Dior se asomó por encima de su montón de tela de *shantung* y le hizo un gesto con la mano para darle ánimos. Copper se puso manos a la obra, deseando que su vestido parisino acabara valiendo la pena. Sacó la rueda de recambio de su soporte y Dior la observó con un interés benevolente mientras ella forcejeaba con el gato, que apenas parecía lo bastante resistente para soportar el peso del coche, con la carga adicional de tuberías y leña.

–Voy a tener que encontrar un lugar donde alojarme –jadeó, agachada sobre las herramientas oxidadas.

–Querida, sabe que puede quedarse conmigo tanto tiempo como quiera.

–Es muy amable, pero no puedo abusar eternamente de su hospitalidad.

–Hasta ahora, ha demostrado usted ser de un valor incalculable. Yo no sabría por dónde empezar a hacer lo que está haciendo ahora.

–Bueno, tengo que encontrar un sitio. No puedo volver a la Rue de Rivoli.

Él asintió.

–Eso está claro.

–Y también tengo que ponerme a trabajar. Hay que ganarse el pan.

–Deje que me ocupe yo –dijo él cuando se volvió a subir al coche media hora después, con un aspecto mucho más desaliñado después de cambiar la rueda–. Le encontraré un sitio donde alojarse; tengo una idea.

Al día siguiente, Copper llevó su artículo y las fotografías a la oficina postal y los envió por correo aéreo a *Harper's Bazaar*, en Nueva York. Firmó la pieza con su nombre de soltera, Oona Reilly; si quería a empezar de cero, le parecía lo más apropiado.

Era consciente de que a algunas personas podía parecerles que postularse para trabajar para *Harper's* era demasiado ambicioso, incluso presuntuoso, pero su razonamiento era que, si iba a dedicarse al periodismo, empezaría por arriba e iría descendiendo escalones. Además, tal como le había dicho a Amory, sabía que el artículo era puñeteramente bueno.

Harper's era ante todo una revista de moda, pero también habían reservado un espacio dedicado al tema de las mujeres en tiempos de guerra y cabía la posibilidad, por remota que fuese, de que su historia les interesara. En ella había hecho hincapié en que el castigo a los «colaboracionistas» a menudo resultaba ser una agresión a una mujer por parte de una turba de hombres, que la desnudaban y le rapaban el pelo… o algo peor. En todo ello había un cariz horripilante que no tenía nada que ver con la justicia.

Ahora solo le quedaba esperar a ver qué acogida tenía su artículo y, mientras tanto, resolver el tema de su alojamiento.

Al final, resultó que Dior le había encontrado un piso bastante imponente en un edificio rococó de la Place Victor Hugo. Los árboles de la acera no tenían hojas y, aunque hacía frío, en el piso había una mínima calefacción y hasta agua tibia durante parte del día. Había pertenecido a una simpatizante de los alemanes, una de las clientas de Christian que había huido de París tras la liberación, dejando dos meses pagados.

–Así que tiene usted dos meses para encaminar sus asuntos –dijo Dior con su habitual optimismo–. Tiempo de sobra.

El piso era mucho mejor de lo que ella se habría atrevido a soñar o habría podido permitirse y se le encogió el corazón al pensar que, al cabo de dos meses, tendría que empezar a pagarlo. Tenía tres habitaciones y era mucho más grande de lo que necesitaba, pero, por el momento, sería un refugio de lo más conveniente. Además, todavía estaba amueblado con los magníficos muebles de la coleccionista y decorado con su delicada colección de piezas de cristal de Lalique. Dior había encontrado incluso a una amable *bonne* llamada *madame* Chantal que la ayudaría con la limpieza dos veces a la semana y dijo que le había pagado dos meses de sueldo por adelantado.

Sin embargo, a Copper no le dio tiempo a regodearse en el lujo, pues, en cuanto terminó de deshacer la maleta, Dior la arrastró a la calle para mostrarle el proyecto que tanta emoción le causaba, tras asegurarse de que ella cogía la cámara que había «heredado» de George Fritchley-Bound. Para sorpresa de Copper, Dior la llevó al Louvre.

Los nazis habían saqueado y vaciado el museo y algunas de sus obras más representativas, como la *Mona Lisa*, seguían el Alemania. Pero en el pabellón de Marsan, dedicado a las artes decorativas, reinaba el bullicio. Dior llevó a Copper a una inmensa estancia donde varias decenas de personas, ataviadas con abrigos y bufandas para protegerse del frío, trabajaban en el montaje de una exposición. Se estaban construyendo y pintando varios escenarios, todos a pequeña escala, que representaban los famosos parques y bulevares de París o, en algunos casos, escenas imaginarias.

Diseminados alrededor de estos decorados oníricos, había maniquíes hechos con alambre, a un tercio del tamaño real de una mujer. Todos tenían el mismo rostro sosegado de cerámica, pero no eran muñecas, y a cada uno lo estaban vistiendo con un conjunto de alta costura en miniatura: vestidos, abrigos, sombreros, diminutos zapatos de tacón alto, cinturones y bolsos.

—Algunos llevan hasta ropa interior —le explicó Dior con solemnidad mientras recorrían el abarrotado salón—. Todo está cosido a mano. Las costureras están reuniendo todos los retales de tela que habían guardado, los que en su día se habrían tirado sin miramientos, y confeccionan la ropa con ellos.

—Es extraordinario —dijo Copper.

—Las casas de moda han unido fuerzas para hacer posible esta exposición en miniatura. Están todas aquí: Nina Ricci, Balenciaga, Schiaparelli, Rochas, Hermès. ¿A que es mágico?

Copper contempló la actividad que los rodeaba.

—Solo a los franceses se les podría ocurrir algo así. *Mágico* es la palabra perfecta.

—¿No le parece que se podría escribir un artículo muy interesante al respecto? —preguntó él con picardía—. Nadie sabe que se está organizando y lo único que le interesa a la prensa es la guerra. Usted es la única periodista de moda que hay en este momento en París.

–Ni siquiera soy periodista y mucho menos periodista de moda.

–Bueno –dijo él, señalando la cámara que le colgaba del esbelto cuello–, este podría ser un buen momento para empezar, *n'est-ce pas?*

Fue como si una bombilla se encendiera en la cabeza de Copper, que levantó la cámara y la enfocó hacia un grupo de jóvenes que construía un Arco del Triunfo de bolsillo.

–*Monsieur* Dior, es usted un genio.

–Lo sé –dijo él con modestia.

Copper sacó la fotografía e hizo avanzar el carrete, emocionada.

–Si a los de *Harper's* no les gusta mi último artículo, tal vez acepten este.

–Exacto. Cuéntele al mundo lo que estamos haciendo, Copper. Cuéntele que en París no todo es muerte y destrucción ni miseria y desolación. La gente necesita algo que la haga feliz.

Un joven pasó apresuradamente junto a ellos llevando una Torre Eiffel de cartón y saludó con alegría a Dior.

–Es Marcel Rochas –le dijo este–. Luego se lo presentaré.

La algarabía de conversaciones, martilleos, sierras y bulliciosos trabajadores reverberaba en las severas paredes del palacio. El espejismo de estar construyendo una ciudad en miniatura se acentuaba por las nubes de humo de cigarrillo y el vaho que se elevaba hacia el alto techo y se cernía sobre la escena como una tormenta en una taza de té. Dior guio a Copper por el perímetro hasta un decorado que representaba un salón muy ornamentado y que ya estaba terminado. Dos modistos arrodillados en el suelo vestían con exquisitos conjuntos a las delicadas muñecas, colocadas en posturas llenas de aplomo.

–Esta es la pieza de la Maison Lucien Lelong –la informó Dior–. Y este es mi jefe, *monsieur* Lelong en persona.

El famoso modisto, un hombre menudo y lleno de energía, llevaba un traje cruzado de raya diplomática. Tenía una mirada inteligente y un pequeño y pulcro bigote y se inclinó sobre la mano de Copper con una galantería a la vieja usanza cuando Dior se la presentó.

–Bienvenida a París, *mademoiselle* –la saludó al tiempo que la evaluaba rápidamente con ojo experto–. ¿Es usted periodista? ¿Para qué publicación trabaja, si me permite la pregunta?

–Para *Harper's Bazar* –contestó ella con osadía.

–Excelente. Espero verla muy pronto en mi salón –susurró él, retocándose el borde del bigote, y le tendió una tarjeta–. Creo que podemos mostrarles a sus lectores que, después de todo, la moda no ha muerto en París.

–Lo que han creado aquí es asombroso. –Copper se agachó para mirar las muñecas–. ¡Y los trajes son adorables!

–*Monsieur* Dior es el mayor talento que tenemos en nuestra casa –dijo Lelong, colocando una mano sobre el hombro de Dior.

Copper notó que este se ruborizaba.

–Es usted muy amable, *maître* –murmuró.

Luego procedió a explicarle en voz baja a Copper los diseños que había hecho. Había vestidos de noche de seda brillante y varios vestidos de día encantadores, a topos. Con sus dedos rollizos pero delicados, desdobló las creaciones liliputienses para enseñarle el fruto de su duro trabajo: zapatos cosidos a mano, botones que se podían abotonar y cremalleras que se podían subir y bajar, cinturones con hebillas que cerraban, bolsos que contenían polvos compactos en miniatura y pañuelos con puntillas. Debajo de los vestidos había pequeñas camisolas y enaguas, con bordados que parecían hechos por hadas.

Él le pidió que se fijara en los pendientes de las pequeñas orejas de cerámica y en el brazalete de la muñeca.

–Son de oro y diamantes –murmuró–. Nos los hizo Cartier.

Pese a ser un hombre tímido, Dior mostraba una gran seguridad cuando hablaba de sus diseños. Mientras que a Lelong su autoridad se la proporcionaba su condición de dueño de una casa de moda, la de Dior nacía de la certeza innata de un artista que sabía lo bueno que era su trabajo.

Lelong estaba ahí plantado con actitud dominante, con una mano metida en el bolsillo de la chaqueta y un cigarrillo en la otra. Había sido oficial durante la Gran Guerra y los años que llevaba liderando la moda parisina no habían borrado su porte militar. Copper pensó que el contraste entre aquel enérgico ordenancista y el gentil Dior no podía ser mayor, aunque era evidente que Lelong conocía la valía de su empleado.

Escuchó con atención lo que Dior le contaba, sin dejar de tomar notas. También hizo varias fotos, esforzándose por asegurarse de que iban a salir bien. Tenía que tomarse en serio su nueva carrera y también debía adoptar la actitud de alguien que hacía su trabajo bien y con confianza.

De vuelta en su casa de la Place Victor Hugo y sentada frente a la máquina de escribir de George, se dio cuenta de que tenía otro tema pendiente: la incómoda tarea de explicar a su familia, por no hablar de la de Amory, que lo había dejado. O que él la había dejado a ella. En cualquier caso, que se habían separado en medio de una guerra, cumpliendo así el funesto pronóstico de ambas familias sobre su matrimonio. Tras unos minutos de reflexión, escribió dos cartas: una corta al padre de Amory, en la que apenas le contaba nada, y una larga a su hermano mayor, en la que le contaba casi todo.

Al terminarlas, leyó las dos. Era consciente de que, cuando las enviara, habría dado otro paso en el proceso de separación de su marido. Una vez las echara al buzón, no podría retirar sus palabras y todos en casa conocerían el estado desolador en que se encontraba su matrimonio. Así sería mucho más difícil repararlo, por no decir imposible, aunque tampoco es que tuviera intención de hacerlo.

No obstante, si de verdad estaba decidida a seguir adelante con aquello, no le quedaba más remedio que enfrentarse a las consecuencias.

Metió ambas cartas en los sobres urgentes que les había dado el ejército estadounidense, las cerró y las dejó en la mesa del pasillo para enviarlas. Luego se sentó de nuevo frente a la máquina de escribir de George, que ahora era suya, y se puso a trabajar en su artículo.

Capítulo 5

Inspirada por el tema, Copper empezó a escribir de inmediato. Su experiencia escribiendo artículos en nombre de George le resultó muy útil: sabía que las frases debían ser cortas y dinámicas y que tenía que ofrecer vívidas descripciones de los extravagantes y extraordinarios personajes del mundo de la moda parisina. La clave para el éxito periodístico radicaba en escribir historias de interés humano. Tras un par de días de trabajo, quedó satisfecha con el resultado y, aún mejor, convencida de que era profesional.

El único inconveniente eran las fotos que había sacado. En las copias por contacto que le envió el laboratorio, todas las imágenes de interior eran demasiado oscuras. Si en el futuro iba a tomar muchas fotos en interiores, tendría que invertir en una lámpara de *flash*, algo que George nunca se había molestado en hacer porque siempre sacaba sus fotografías con luz diurna. Eso supondría un gasto adicional.

Había una buena imagen de Christian Dior, pero ninguna de las fotos de las muñecas se podía usar. Tendría que hacer más en sucesivas visitas, una vez se hubiera hecho con un *flash*.

Su paseo por los mercadillos que florecían cada tarde en las orillas del Sena le reportó pingües resultados. Dado que los nazis habían confiscado todo lo que habían podido durante la ocupación, el equipo fotográfico escaseaba, aunque ahora que se habían marchado empezaban a salir a la luz artículos de todo tipo. Un viejo había colocado sobre una mesa destartalada cámaras de antes de la guerra y accesorios varios, entre los que había una lámpara de *flash* de aluminio abollada que se podía sincronizar con una cámara, o al menos eso parecía deducirse del desvaído manual de instrucciones impreso en un lenguaje extraño, tal vez checo. Por lo menos había diagramas. El hombre le garantizó que funcionaba y, aún mejor, tenía una caja con las bombillas de magnesio necesarias para operar la lámpara. Copper regateó encarnizadamente y al final lo consiguió todo por un precio que le pareció exorbitante.

—Tenga cuidado con las bombillas, guapa —la advirtió el viejo mientras metía el voluminoso equipo en una caja de cartón—. A veces prenden fuego a las cosas.

La preocupante información quedó contrarrestada por el placer de que alguien la llamara «guapa». Esa mañana había enviado sus cartas a Estados Unidos y le pareció un buen augurio.

Se llevó su tesoro al apartamento y empezó a descifrar la manera de fijar el aparato a la Rolleiflex, que resultó ser una especie de rompecabezas para el que las instrucciones en checo no ayudaban mucho. Por más que lo intentara, no conseguía que las bombillas se encendieran. Tal vez el viejo la había timado y estaban todas estropeadas.

Mientras se devanaba los sesos para solucionar el problema, alguien llamó a la puerta. Al abrirla, se encontró a una joven en el umbral, a la que reconoció de inmediato. Era la morena pechugona con la que Amory se había escapado la noche que murió George. Las dos se quedaron mirando un momento.

—Se ha ido —le espetó Copper, y le estampó la puerta en las narices.

O lo intentó, porque la otra había introducido el pie para impedírselo. El zapato no era muy sólido y el golpe produjo un ruido doloroso.

—¡Au! —gritó la morena, saltando a la pata coja mientras se agarraba los dedos lastimados—. ¡Joder! ¿Por qué has tenido que hacer eso?

—No deberías haber metido el pie en la puerta —replicó Copper—. Él no está, así que vete a freír espárragos, tía.

—No lo busco a él —dijo la morena, apoyando con cautela el pie en el suelo para ver si le dolía—. Por mí, que le den.

—Por mí, que te den a ti —respondió Copper, enfadada.

—Es un mal bicho. Te has librado de una buena.

—Si crees que te voy a dar las gracias por darle calabazas a mi marido, vas lista.

—No fui yo la que le dio calabazas —dijo la otra con su acento del este de Londres—. Creo que me has roto el pie.

—Eso espero —contestó Copper, encantada—. ¿Qué quieres?

—Necesito un sitio donde quedarme —fue la respuesta.

Y entonces Copper vio la maleta en el pasillo y se quedó de una pieza.

—¿De verdad me estás pidiendo que te acoja? —jadeó—. Tú no estás bien de la cabeza.

Para repulsión de Copper, la otra mujer se echó a llorar apretándose un pañuelo sobre el rostro.

—Me han echado —sollozó—. No tengo adónde ir.

—Pues aquí no te puedes quedar —fue la escueta respuesta.

—Si he venido es porque estoy desesperada —dijo la otra, moqueando y secándose la nariz enrojecida—. Llevo horas caminando. —Tragó saliva—. ¿Puedo entrar a beber un vaso de agua y descansar un momento?

—Puedes tomarte un vaso de agua —accedió Copper, molesta—, pero luego te largas. No quiero volver a verte la cara.

Apenas había terminado de hablar cuando la morena de complexión menuda entró rápidamente y cojeando en el apartamento, cargada con su maleta, que estaba cubierta de adhesivos de elegantes hoteles. Se dejó caer en una silla y estiró las piernas.

–¿Podrías hacer gala de tu generosidad y ofrecerme una taza de té?

–Los tienes cuadrados.

–Es como un vaso de agua –trató de persuadirla la otra–, solo que caliente y con hojas de té dentro.

–Sé muy bien lo que es una taza de té. Y soy estadounidense, así que no bebo té. Nosotros bebemos café. –Copper fue a la cocina y llenó un vaso de agua del grifo–. Esto no es un restaurante –dijo al volver.

–Eres un sol. –La recién llegada se bebió el vaso entero sin pararse siquiera a respirar–. Lo necesitaba.

Vista más de cerca, era una mujer fascinante, con curvas, una boca en forma de botón de rosa, la tez blanca y rosada típica de los ingleses y ojos de un azul luminoso en los que, sospechosamente, ya no quedaba ni rastro de lágrimas, aunque las pestañas oscuras seguían húmedas, tal como correspondía. No era tan joven como le había parecido a primera vista. Consciente de que la estaba estudiando, la mujer se levantó de la silla e hinchó su protuberante busto como una paloma.

–Te llaman Copper, ¿verdad? Es gracioso, porque a mí me llaman Pearl.

–¿Qué tiene eso de gracioso? –refunfuñó Copper.

Pearl sonrió con alegría y mostró sus bonitos dientes.

–Ya sabes. Copper y Pearl.

–No tengo ni idea de qué hablas.

–Bueno, suena como una joya en inglés, ¿no?

–No, para nada. ¿Cómo has sabido dónde encontrarme?

–Oí decir a alguien en La Vie Parisienne que *monsieur* Dior te había encontrado este piso. Mira, tengo que decirte una cosa. –Tomó aire antes de proseguir–: Siento haberme marchado con tu marido esa noche. Lo siento mucho; me equivoqué. Podría decirte que no sabía que estabas casada con él, pero no colaría, ¿verdad? Al fin y al cabo, estabas sentada ahí al lado.

—Sí —contestó Copper con frialdad—. Estaba sentada ahí al lado.

—Pero es que es un hombre muy atractivo. ¡Y tan encantador! A ver, ¿cuántos hombres conoces capaces de hacerte reír de verdad?

—Solo a ese.

La expresión sombría de Copper le borró la sonrisa de la cara a Pearl.

—Mira, cielo…

—No me llames «cielo».

—Me dejó meridianamente claro que ya había pasado antes, muchas veces, y que a ti no te importaba.

—Pues sí que me importaba.

—Ahora lo sé, ¿no? Está bien. —Pearl renunció a intentar explicarse y se subió las mangas de la chaqueta—. Esto es lo que he sacado yo de todo esto.

Sobre la piel blanca y rolliza se veían las marcas de un morado de intenso de los dedos violentos de un hombre.

—¿Quién te lo ha hecho? —preguntó Copper, desconcertada.

—Mi viejo. Y tengo más en otros sitios.

—¿Tu padre te ha hecho esto?

—No, cielo. De donde yo vengo, tu «viejo» es tu marido. Bueno, en realidad Petrus no es mi marido, sino más bien un representante comercial. Y mi novio.

—Lo lamento, pero no es problema mío y…

—Y, si estoy en casa cuando él vuelva esta noche, voy a recibir más. De hecho, lo más seguro es que me rebane el pescuezo.

Copper retrocedió.

—No lo dices en serio.

—Pues sí, cielo. Tiene un cuchillo así de largo. —Pearl separó las manos—. Sé que ha matado a dos hombres, así que no le costará nada matarme a mí y arrojarme al río.

—En ese caso, deberías ir a la policía.

—Claro, para meterme en un lío. No, gracias. Esto es muy

bonito, ¿no? –dijo Pearl, mirando a su alrededor–. Lo tienes muy bien decorado, con muy buen gusto.

–Ya estaba amueblado –repuso Copper, reacia a atribuirse el mérito del apartamento.

–Ah, ¿sí? ¡Madre mía! Qué suerte has tenido con tu señor Dior. Es curioso, creía que era gay.

–No tenemos ese tipo de relación.

Los ojos azul porcelana de la mujer se abrieron de par en par.

–¿Quieres decir que él no paga el alquiler, por así decirlo?

–Es hora de que te vayas –dijo Copper con frialdad.

Pearl se bajó el cuello para dejar descubierto más escote, un gesto que saltaba a la vista que hacía cuando quería realzar su atractivo.

–Este sitio es demasiado grande para una mujer sola. Tengo dinero. –Se metió la mano en el sujetador y sacó un grueso rollo de billetes–. ¿Ves?

–Tápate el pecho, por favor.

–Llevo una eternidad ahorrando; sabía que un día tendría que alejarme de Petrus para que no me matara. –Agitó el rollo en el aire–. A menos que tu viejo te haya dejado un montón de dinero, lo vas a necesitar.

Copper abrió la boca para replicar, pero no le salieron las palabras. Ya le quedaban menos de dos meses para tener que empezar a pagar alquiler y, después de los gastos de aquel día, su pequeño alijo de efectivo se había reducido aún más. Sin duda, el aspecto económico de aquel arreglo tenía su lógica.

–De oreja a oreja –dijo Pearl con una voz escalofriante–. Petrus dice que, para asegurarse, hay que cortar por completo la yugular y la tráquea. Ya lo ha hecho antes.

–Anda ya.

–Dice que casi se les cae la cabeza y la sangre sale disparada como una fuente.

–No seas escabrosa. No me voy a dejar chantajear.

–No busco caridad –repuso la morena–. Es estrictamente un trato de negocios. Y tenemos cosas en común. Nos haremos íntimas.

–¿Qué íbamos a tener tú y yo en común?

–Las dos acabamos con un cabrón –fue la sucinta respuesta de Pearl.

–Salvo que tú acabaste con tu cabrón y con el mío.

–Si quieres el mío, todo tuyo, aunque no te lo recomiendo. –Pearl se levantó para estudiar la cámara y el equipo desparramado sobre la mesa–. Eres reportera, ¿verdad? Veo que tienes todo el material.

–No toques nada –le ordenó Copper.

–Si quieres, puedo posar para ti –se ofreció Pearl–. A eso me dedico; soy modelo fotográfica. Artística, por supuesto; nada vulgar.

–Seguro.

–Así fue como conocí a Petrus, a través de la fotografía artística. Es editor.

–No me digas. Y supongo que los hombres a los que ha matado eran editores rivales.

Pearl se quedó sorprendida.

–Sí. ¿Cómo lo has sabido?

–Ha sido casualidad.

Pearl se dio unas palmaditas en los lustrosos rizos.

–Soy su modelo estrella.

Copper resopló y entonces se le ocurrió algo.

–¿Sabes algo de cámaras?

–Claro. Y también sé revelar. No tiene ningún misterio.

–¿Sabes cómo hacer funcionar está lámpara de *flash*?

Pearl inspeccionó el equipo.

–Tienes que poner las baterías y luego insertar esto en este enchufe. Y tienes que atornillar este soporte en la parte de arriba de la cámara.

Con una destreza sorprendente, Pearl armó todas las piezas.

El plato de aluminio abollado del *flash*, fijado a un lado de la cámara, resultaba imponente. De hecho, todo el conjunto había adoptado un aspecto profesional.

—Vamos —le dijo, tendiéndole la cámara—. Pruébalo.

Se subió aún más los pechos y adoptó una postura provocativa. Su pequeña boca podía estirarse en una sonrisa lo bastante amplia para revelar hasta el último de sus blancos dientes y los ojos azules podían abrirse como los de un niño mirando un pastel de cumpleaños.

Copper enfocó la Rolleiflex mientras recordaba la advertencia del anciano de que, en ocasiones, las bombillas prendían «fuego a las cosas». Con suerte, si apretaba el obturador en aquel momento, le prendería fuego a aquella molesta inglesita y la reduciría a cenizas, eliminando así su desagradable presencia. Tras pulsar el obturador, se oyó un sonoro estallido y un intenso destello iluminó a Pearl y toda la estancia que quedaba a su espalda. Una nube de humo con un olor metálico se elevó hacia el techo.

—Ahí lo tienes —dijo Pearl, recuperando la normalidad y colocándose bien el vestido—. Funciona de maravilla. Ya puedes ponerte a trabajar. ¡Espera, no lo toques!

Era demasiado tarde. Copper había intentado retirar la bombilla quemada para inspeccionarla, pero estaba tan caliente que le ampolló los dedos y le provocó un grito. Corrió a la cocina para ponerlos bajo el chorro de agua fría y, mientras bailaba por el dolor, oyó gritar a Pearl:

—¡Caray! Este sitio es inmenso.

La inglesa había aprovechado su ausencia para explorar el apartamento.

—¿Qué haces? Sal de ahí.

—Ay, me encanta este cuarto. Pequeño, pero bien hecho, como yo. Me lo quedo.

—Maldita sea, no te vas a quedar nada. —Copper se apresuró a salir de la cocina. Pearl ya había subido su maleta a la cama de la habitación al lado de la suya y estaba abriendo las correas–. Largo de aquí.

Pearl suspiró.

–Sé razonable, cielo.

–No me llames «cielo». Y no me hagas echarte con mis propias manos.

–No lo harías.

–Soy más corpulenta que tú –enfatizó Copper– y me crie con cuatro hermanos. Tres de ellos se hicieron bomberos y el pequeño es el jefe del sindicato.

–¿Qué más quieres de mí? –preguntó Pearl en tono lastimero–. Ya te he dicho que siento lo de tu viejo, he arreglado tu cámara, me quedo la habitación más pequeña y, aun así, pagaré la mitad del alquiler. ¿Qué más quieres? –Se echó a llorar, pasándose el pañuelo por los ojos.

–Llorar no te va a servir de nada. ¡Largo!

A Pearl se le secaron los ojos, como si tuviera un grifo para las lágrimas.

–Te diré lo que voy a hacer por ti. –Sacó el rollo de billetes y se lo ofreció–. Toma. Cógelo.

–No lo quiero.

–Aquí tienes el alquiler de tres meses por adelantado más lo suficiente para comprar comida. El resto me lo puedes guardar. Mételo en algún sitio; yo me lo ventilaría. No me digas que no te hace falta el dinero –añadió con astucia–. Te ha dejado sin nada, ¿a que sí?

Frustrada, Copper se quedó mirando el dinero. Era tan difícil librarse de aquella mujer como de un gato callejero, pero la sensación del fajo de billetes en su mano era muy agradable. Cerró los dedos alrededor de él.

–Más te vale comportarte –dijo, con los dientes apretados–. Nada de barrabasadas o te juro que te pongo de patitas en la calle. Y lo haré por la ventana, no por la puerta.

–Ay, Dios te bendiga. –Por un instante, pareció que Pearl iba

a abrazarla, pero se contuvo al ver la expresión de Copper–.
Vamos a ser íntimas.

–No vamos a ser íntimas –replicó Copper–. El apartamento
es mío y tú eres mi inquilina, así que vamos a dejar claro que
se hará lo que yo diga.

–Por supuesto, cielo.

–No soy un «cielo» ni un «tesoro» ni una «querida» ni cualquier otro apelativo británico cariñoso que se te ocurra.

–Tienes toda la razón. Te llamaré Copper Pot. –Pearl abrió
la maleta y empezó a sacar lo que parecía ropa interior con
muchos volantes y de colores vivos–. ¿Puedo tomar ahora esa
taza de té?

Copper no se dignó a contestarle. Volvió a la cocina para ocuparse de sus heridas con la esperanza de no haberse quemado
con fuego en más de un sentido.

Armada con el disparador de *flash*, Copper regresó al Pavillon de Marsan, donde la actividad era todavía más febril
que el día anterior. En esta ocasión, hizo las fotografías con
más cuidado, consciente de que con cada una gastaría una
de sus preciadas bombillas, y sabía Dios si iba a ser capaz de
encontrar más.

No le costó reconocer al artista surrealista Jean Cocteau,
sentado en una silla alta de director de cine con su mata de
pelo encrespado y entrecano. A su lado, en una silla parecida,
estaba su amiga Suzy Solidor, vestida con un traje chaqueta
de color amatista pálido. Al ver a Copper, Suzy se bajó de la
silla y se acercó apresuradamente a ella. A Copper le recordó
a una nutria o algún otro animal sinuoso deslizándose por la
orilla para perseguir un sabroso pez.

–*Chérie* –dijo la cantante, dándole un prolongado beso en
cada mejilla–. Qué bien que hayas venido; he pensado mucho
en ti. ¿Cómo estás?

–Bien –respondió Copper, tratando de apartarse de ella, pero enseguida se dio cuenta de que tenía un dúctil brazo alrededor de la cintura y estaba atrapada.

—Estoy preparando una habitación para que te vengas a vivir conmigo. Es el cuartito más exquisito y precioso que te puedas imaginar. Te va a encantar.

—Vaya, gracias, pero acabo de…

—De ninguna manera puedes quedarte con el viejo y deprimente Christian, querida. Te morirás de aburrimiento. –Los cálidos ojos marrones parecían querer ahogar a Copper en sus profundidades–. Conmigo te divertirás mucho más, te lo prometo.

—Eres muy amable –dijo Copper débilmente–, pero lo que quería decirte es que ya no vivo con *monsieur* Dior. Me ha encontrado un bonito apartamento en la Place Victor Hugo.

Suzy frunció sus bien definidas cejas.

—Cancélalo.

—No puedo. Ya me he mudado.

—Pues vete.

—Y hasta tengo una inquilina.

—*Quel dommage* –se lamentó Suzy, claramente contrariada–. Es tirar el dinero. Estarías mucho mejor conmigo. Ojalá ese insensato de Dior me hubiera consultado antes.

Copper tenía sus propias ideas al respecto. Irse a vivir con Suzy habría sido como si un ratón decidiera instalarse en la oreja de un gato. Aunque, por supuesto, no se lo dijo.

—Es el hombre más considerado del mundo. No sabes cuánto me ha ayudado en las últimas semanas.

—Sí, no puedo negar que sea amable. Pero no tiene ni un ápice de carisma.

—Ay, a mí me parece maravilloso. Es muy atento, todo un caballero.

El brazo de Suzy, que tenía una fuerza sorprendente, seguía impidiendo escapar a Copper. La *chanteuse* estudió su rostro con una intensidad alarmante.

–*Mon Dieu*, eres exquisita. El pelo, la tez; esa tersura irlandesa, por favor. Eres la princesa de una leyenda celta. ¿Sabías que yo también soy celta?

–Pues… no.

–Así es. Nací en Saint-Servant, en Bretaña. Desde la puerta de mi casa, prácticamente podías nadar hasta Irlanda. Tenemos la misma sangre tú y yo. –Sonrió, dejando al descubierto una ristra de dientes perfectos. No se podía negar que era una mujer con encanto y su exagerado ritual de seducción resultaba muy efectivo. Lo más seguro era que consiguiera lo que quería de las mujeres que compartían sus inclinaciones–. Ven a mi club esta noche. Te estaré esperando.

–Bueno, intentaré ir, pero tengo que escribir mi artículo y…

–*Écoute-moi, chérie* –la interrumpió Suzy–. Ni te imaginas lo que puedo hacer por ti. Puedo presentarte a la gente adecuada, llevarte a los sitios adecuados, ayudarte a vestir con la ropa apropiada. Puedo enseñarte muchas cosas, si estás dispuesta a aprender. Ven esta noche; no te arrepentirás.

–De acuerdo –dijo Copper, rindiéndose a sus lisonjas–. Me pasaré.

Suzy se animó.

–Genial. Vamos, te presentaré a Cocteau. –Llevó a Copper a la silla alta en la que estaba sentado el famoso director de cine–. Jean, tienes que conocer a Copper. Es periodista.

–¿Periodista? –repitió Cocteau–. Creía que eras la mujer de ese joven estadounidense tan guapo.

–Estoy cubriendo la exposición para *Harper's Bazaar* –dijo Copper sin pensárselo dos veces.

El rostro enjuto y de expresión angustiada de Cocteau se iluminó.

–*Vraiment?* –Bajó de un salto de la silla para estrecharle la mano–. ¿*Harper's Bazaar* está interesado en nuestra exposición?

–Mucho –contestó Copper sin inmutarse–. ¿Podría sacarle una fotografía, *monsieur* Cocteau?

–Ahora mismo no tengo nada mejor que hacer –respondió él con soltura al tiempo que se apartaba la madeja de pelo de la cara.

El nombre de la afamada revista de moda había ejercido ya su magia. Copper esperaba de todo corazón recibir una respuesta positiva de ellos. Cocteau se quedó un poco anonadado cuando la luz del *flash* checoslovaco se disparó. Sin duda, era muy potente.

Copper dejó escapar un gritito de felicidad al ver llegar a Christian, atildado y con las mejillas sonrosadas y un elegante abrigo.

–¡*Monsieur* Dior!

–Creo que ha llegado el momento de que me tutees –dijo él con solemnidad al tiempo que recibía su beso–. Mis amigos me llaman Tian. ¿Qué diantres es ese espantoso aparato que no paras de disparar?

–Me temo que alumbra mucho –dijo ella a modo de disculpa.

–Tengo la impresión de que en las fotografías van a salir todos con caras de sobresalto. Aunque a lo mejor existe una forma de darle un buen uso a tu iluminación. Ven conmigo.

La llevó escalera arriba hasta la galería porticada desde la que se veía todo el salón. Tal y como había predicho, las bombillas iluminaban prácticamente la estancia entera, lo que le permitió hacer unas cuantas fotos de la multitud atareada de abajo.

–Así se podrán hacer una idea real de las dimensiones –comentó Copper–. Gracias, Tian. Eres muy listo.

–¿Qué tal tu nuevo alojamiento? ¿Ya estás instalada?

–Bueno, no sé cómo, pero he acabado con una inquilina.

Le habló de la llegada de Pearl y su maleta llena de adhesivos de hoteles y Dior enarcó las cejas.

–¿Y has dejado que se quede después de lo qué pasó? Querida Copper, no me parece muy inteligente.

–Seguramente no lo es –reconoció ella–. No estoy del todo

segura de cómo consiguió convencerme. ¿Sabes algo de ella? Me dijo que su novio es editor.

–Ah, ¿sí? Bueno, supongo que lo es. Publica las colecciones de fotografías que venden en las esquinas, dentro de sobres cerrados, esos jóvenes que echan a correr cuando aparecen los gendarmes.

–Me tomas el pelo. No me digas que Pearl posa para esas fotos.

–Nunca me he parado a mirarlas –contestó Dior con delicadeza–, pero creo que es muy posible que así sea.

–¡Por el amor de Mike!

–¿Quién es Mike? –preguntó Dior, interesado.

–El amigo de Pete.

–*Comment?*

–En el colegio de monjas al que fui en Brooklyn, si alguien te pillaba blasfemando acababas expulsada, así que aprendimos a sustituir algunas palabras. *Santo Pete* y *Por el amor de Mike*. Aunque al final me expulsaron igualmente. En fin, no importa. ¿Me estás diciendo que vivo con una mujer que es modelo de postales pornográficas?

–Todo el mundo tiene que ganarse la vida de alguna manera. Y podría ser educativo.

–He estado casada. No necesito que me enseñen nada sobre el sexo.

–Tal vez no. Pero te hace falta el dinero.

–Tampoco lo necesito tanto –repuso Copper con expresión resuelta.

Regresó a su piso decidida a hablar seriamente con Pearl. Por si no bastara con que aquella mujer hubiera sido la gota que colmara el vaso de su matrimonio, lo último que quería Copper era mezclarse con alguien con aquella reputación. Y, si Pearl posaba para fotografías obscenas, no quería imaginarse qué otras cosas era capaz de hacer y qué clase de gente llevaría al apartamento.

Encontró a Pearl acurrucada bajo un montón de mantas, con los ojos llorosos y moqueando.

—¿Qué te pasa? —preguntó Copper, recelosa.

—Es solo un resfriado —contestó la otra con voz pastosa—. Mañana me encontraré mejor.

—Quiero hablar contigo —le dijo en tono serio.

—Me irá bien charlar un poco —comentó Pearl, incorporándose con esfuerzo y una sonrisa de oreja a oreja.

Copper fue al bañó y descubrió que se había transformado en lo que sus hermanos habrían llamado «el tendedero de una puta». La ropa interior de vivos colores estaba limpia y tendida en cordeles improvisados por todas partes. Un par de medias verdes goteaban sobre el lavamanos y tuvo que pasar agachada por debajo de prendas íntimas mojadas y llenas de volantes para llegar al retrete.

Al salir, Pearl estaba aún más hundida bajo su nido de mantas y tiritaba violentamente. Copper tenía la viva sospecha de que todo aquello no era más que un astuto teatrillo para evitar un enfrentamiento.

—Quiero saber qué haces exactamente para ganarte la vida.

A Pearl le castañeteaban los dientes.

—¿Qué más da? —preguntó con voz cansada.

—Pues mucho. Tengo que asegurarme de que vas a poder pagar tu parte del alquiler.

—Bueno, yo podría decirte lo mismo, ¿no?

—Mira —dijo Copper, decidida a hablar sin rodeos—. He oído cosas sobre ti. Sobre lo que haces.

—Y quieres saber si son ciertas. —Pearl se dio unos toquecitos con el pañuelo para secarse el sudor del rostro—. Está bien. Supongo que es mejor que lo veas. —Salió de debajo de las mantas, fue a su cuarto y regresó con un fajo de fotos metidas en una carpeta de cuero—. Aquí tienes.

El título estaba grabado en la carpeta con una cursiva con muchas florituras: «Pearl, la reina de los caníbales». En las fotografías, ambientadas en una falsa selva, salía Pearl con un hombre negro muy corpulento.

Copper le había dicho a Christian Dior que no necesitaba que nadie le diera lecciones sobre sexo, pero aquellas fotos eran sorprendentes. En ellas, el resplandeciente cuerpo con curvas de Pearl aparecía ejecutando todas las posturas sexuales imaginables.

Pearl se había acurrucado de nuevo en su refugio. Tenía el rostro bañado en sudor.

—He tenido que hacer algunas cosas para salir adelante. Si no las hubiera hecho, no habría sobrevivido.

—Antes que esto, podrías haber limpiado retretes.

—He limpiado retretes; de hecho, he limpiado muchos. Pero decidí que prefería hacer postales obscenas que limpiar retretes. Así soy yo; no soy de las que limpian retretes. Pero sí soy de las que les gusta comer bien tres veces al día y lo hice para poder pagarme mis comidas. Si no, me habría muerto de hambre.

Copper arrojó la carpeta a un lado.

—Creo que no nos vamos a llevar bien.

—No estoy orgullosa de lo que he hecho —dijo Pearl, en voz aún más baja—. A lo mejor tienes razón y debería haber seguido limpiando retretes, pero en su momento me pareció una buena idea. Petrus me convenció de que era glamuroso y divertido. Y, si te soy sincera, se aseguró de que yo no estuviera en mis cabales cuando me hicieron esas fotos.

—¿Qué quieres decir?

—Ginebra, hachís, cocaína, morfina... Todo lo que se te ocurra.

—Eso tampoco tenías por qué hacerlo.

—Tú no conoces a Petrus; no es fácil decirle que no. Tuve que huir de él, Copper. Estaba haciendo que me aficionara a la jeringuilla.

—¿La jeringuilla?

–Cocaína. En cuanto empiezas a inyectártela, te quedas enganchada de por vida. Menos mal que hace frío, porque durante un tiempo no podré llevar zapatos de punta abierta. –Asomó un pie por debajo de las mantas y se lo enseñó a Copper–. Petrus me la inyectaba en esas venas porque no quería que las marcas de los pinchazos se vieran en las fotos.

Copper se dejó caer pesadamente sobre el brazo de un sillón.

–Virgen santísima.

Pearl contempló su delicado pie, con una línea de marcas de un rojo agresivo alrededor de los dedos.

–Estaré una semana enferma, hasta que me lo saque del organismo, pero pienso coger el toro por los cuernos. El de las fotos es él; no se le ve la cara, pero sí las partes estratégicas de su cuerpo. Al principio no me pareció mal; solo nos sacábamos fotos mientras nos lo pasábamos bien. Pero, cuando me enganchó a la jeringuilla, empezó a pedirme que lo hiciera con otros hombres. Me entiendes, ¿verdad? Supuestos amigos suyos. Y todos sabemos adónde lleva eso.

–Necesito beber algo.

Copper se acercó a la licorera, donde la colaboracionista había dejado varias botellas de alcohol medio llenas, y sirvió un vaso cargado de coñac para cada una.

–Y, ya que te he contado la historia de mi vida –prosiguió Pearl–, será mejor que te diga que necesito un trabajo. ¿Te acuerdas del dinero que te di? Es todo lo que tengo en el mundo. Y tampoco voy a lavar más retretes; en cuanto me encuentre mejor, quiero buscar un trabajo como Dios manda. Acabaré de estudiar contabilidad por mi cuenta. Ya empecé una vez e, idiota de mí, lo dejé correr. –Se bebió el coñac de un trago–. Cuando me enteré de que habías plantado a ese marido tuyo, me dije: «Esa es la chica que necesito». Has sido mi inspiración, Copper. Sabía que me acogerías. Copper y Pearl. Ya te lo dije: somos como una joya.

—No he visto nunca una joya hecha de cobre y perlas —resolló Copper—. No quedan bien juntos.

Al alzar la vista, vio que Pearl estaba llorando; no las lágrimas estéticas y aparatosas que le habían salido a voluntad en su primer encuentro, sino gotas silenciosas que le rodaban a borbotón por las mejillas.

—Piensas que soy una pervertida. Que voy a contagiarte algo.

—Lo único que pienso es que no estamos hechas la una para la otra. Dices que somos iguales, pero no es así. Yo siempre he sido respetable.

—Ah, ya sé que soy una chica mala —comentó Pearl con un toque de amargura—. Nunca he sido respetable, pero tampoco he tenido la oportunidad de serlo. Jamás, desde que era una niña.

Copper se avergonzó de haber empleado esa palabra.

—Entiendo que…

—No, no lo entiendes. No sabes nada de mí ni de cómo ha sido mi vida. No has tardado nada en juzgarme, como las demás mujeres. Mujeres que son peores que yo, peores que los hombres. Creo que es porque, en secreto y en el fondo de su alma, todas saben que podrían haber acabado como yo.

—Yo no te juzgo. Es solo que somos diferentes.

Pearl se secó las lágrimas con gesto cansado.

—Espera un par de años, cielo, y verás que no es así.

—Tal vez. Pero, mientras tanto, mejor cada una por su lado. Además, cada vez que te veo me acuerdo de lo que pasó esa noche con Amory y no me hace ninguna falta.

—Así que al final me pones de patitas en la calle, ¿no?

—Tienes que encontrar otro sitio donde vivir. En cuanto te hayas recuperado, quiero que te vayas. Sin rencores. Así son las cosas.

Pearl asintió.

—Me buscaré un sitio, entonces. Chao chao, Copper Pot.

Copper oyó a Pearl vomitar en el baño y trató de sacudirse la vergonzosa sensación de haber sido innecesariamente dura. Se sentó delante de la máquina de escribir y se concentró en su artículo para quitarse de la cabeza a Pearl y sus problemas.

Trabajó hasta tarde y luego fue a La Vie Parisienne, tal como le había prometido a Suzy.

El club nocturno estaba muy animado. Mientras se abría camino entre la ruidosa multitud de la entrada, un hombre rubio muy atractivo, con un puro en la mano y un impecable traje de etiqueta, se acercó a ella. Hasta que no le estampó un inopinado beso en los labios, Copper no se dio cuenta de que el «hombre» era Suzy Solidor.

—¡Has venido! Bienvenida a mi pequeño local. Michael, ocúpate de ella.

La dejó al cuidado del jefe de sala, un hombre sonriente que llevó a Copper a una mesa cerca del escenario y le trajo una cubitera con una botella de champán. Sin duda, el servicio era impecable.

Dior estaba allí, acompañado de un joven de cara dulce llamado Maurice y del habitual grupo de artistas y escritores, entre ellos una pareja muy seria que Dior le indicó que eran Jean-Paul Sartre y Simone de Beauvoir. Con un sobresalto, Copper se dio cuenta de que el hombre de aspecto simiesco, con ojos negros y penetrantes, sentado en la mesa de al lado junto a una mujer excepcionalmente bella era a todas luces Pablo Picasso. Como si quisiera confirmar su identidad, estaba haciendo garabatos con aire distraído en una servilleta con un pedacito de crayón mientras escuchaba a la gente parlotear a su alrededor. En cuanto acabó el dibujo, un camarero le arrebató con destreza la servilleta y se alejó con ella en actitud triunfal, sin duda para vendérsela a un coleccionista por un puñado de dólares.

Como si hubiera estado esperando a que Copper llegara, Suzy se colocó bajo los focos y agradeció con gentileza los aplausos. Se arrancó con «Lili Marlène», cantada con actitud desafiante en su vibrante voz de tenor. Copper observó con atención a la *chanteuse* durante la actuación, con la barbilla apoyada en la palma de la mano, ajena a todo lo demás. Incluso en pleno invierno, sin sol, parecía recién salida de una playa de la Côte d'Azur.

—Es espectacular, ¿verdad? —le preguntó a Dior.

Se había tomado varias copas de champán y estaba de un humor romántico. Las luces se reflejaban en forma de destellos en sus ojos verdes.

—Oh, es colosal —convino Dior.

—Lo que le están haciendo es espantoso —terció Maurice, el acompañante de Dior. Este último tenía su mano cogida en un gesto cariñoso y Copper se fijó en que el joven llevaba las uñas pintadas de rosa—. Muy cruel.

—¿A qué te refieres? —preguntó Copper con curiosidad.

—La *épuration légale* la va a acusar de colaborar y dar apoyo al enemigo.

—¿Solo porque cantaba «Lili Marlène»?

—Bueno, quizá sea por algo más —contestó Dior en tono diplomático—. Dijo algunas cosas que no debería haber dicho.

—Al menos no la pueden acusar de haberse acostado con un oficial alemán —comentó Maurice con una risa tonta.

Copper frunció el ceño.

—Ahora que los alemanes se han ido, creo que todo el mundo debería perdonar y olvidar lo que sea que ocurriera.

—Eso no va a pasar —repuso Dior—. Todo el mundo quiere señalar al vecino y decir: «Él colaboró, pero yo fui un héroe».

—Supongo que es la naturaleza humana —suspiró Copper.

—*Exactement*. Todos reescribimos nuestra propia historia. —Se inclinó hacia ella en actitud confidencial—. Tu vestido está casi terminado —murmuró.

—Ah, ¡qué emoción!

—Puedes venir a probártelo cuando tengas un momento.

–Lo haré –prometió ella.

El resto de la actuación de Suzy Solidor fue mucho menos provocadora. Interpretó varias canciones más vestida de hombre, otra con un traje de marinero y un coro de marineros y otra casi desnuda, con su glorioso cuerpo cubierto tan solo con pedacitos de oro sobre lo que Pearl habría denominado «las partes estratégicas». Su voz se volvió más grave para cantar notas guturales y emitir eróticos gemidos. A veces resultaba difícil decir si era un hombre o una mujer y a Copper le dio la sensación de que algunas canciones estaban dedicadas a ella. Al echar un vistazo a su alrededor, se dio cuenta de que pocas de las personas que la rodeaban podían definirse como hombres o mujeres: la mayoría se encontraban en algún lugar intermedio entre ambos sexos.

Después de la actuación, la cantante se cubrió los magníficos hombros con una estola de armiño y recorrió la sala, paseándose de mesa en mesa como una reina.

La fornida figura de Ernest Hemingway se cernió sobre la mesa de Copper. El escritor llevaba su habitual camisa manchada y de un caqui desvaído.

–Me han dicho que te vas a establecer como periodista, ¿es así? –bramó, dirigiéndose a Copper.

–Sí.

–Es un oficio de putas. –Retiró la silla de al lado, prácticamente tirando al pobre Maurice al suelo, y se dejó caer sobre ella–. Te puedo enseñar a prostituirte. –Se inclinó hacia delante, echándole en la cara su aliento cargado de absenta–. No hay mejor profesor.

–Está usted borracho, señor Hemingway.

–Eso espero. Borracho y disponible. Habitación 117, en el Ritz. Ven a verme luego.

–No, gracias.

–¿Te da miedo?

–Ni el más mínimo.

En ese momento, Suzy Solidor llegó a su mesa junto con una nueva bandeja de botellas y copas de champán. En la bandeja había también un paquete envuelto en papel de seda, con una cinta de satén. Suzy se lo entregó a Copper.

—Un regalo para ti, *chérie*.

Sorprendida por el regalo, Copper lo desenvolvió. Resultó ser un ejemplar de la poesía de Verlaine con una encuadernación ornamentada.

—Gracias, Suzy —dijo Copper, mientras admiraba la suntuosa cubierta de cuero con letras doradas.

Hemingway dejó escapar una carcajada.

—O sea, ¿que así van las cosas? Me preguntaba qué se había torcido entre Amory y tú. Estarás mejor en mi habitación del Ritz, cariño —le dijo a Copper—. Solo tienes que llamar tres veces. Te corromperé, pero no de la manera que intenta hacerlo esta tortillera.

—No quiero que nadie me corrompa —repuso Copper, enfadada.

—Te va a obligar a cortarte ese llameante pelo rojo y a llevar ropa de chico. Y sería una puñetera pena.

—Hay cosas peores —espetó Suzy.

—Te propongo algo, Suzy —dijo Hemingway—. Yo me la quedo esta noche y mañana por la noche te la puedes quedar tú. Y el lunes por la mañana le pedimos a ella que decida.

Copper no lo soportó más y se puso en pie.

—Me voy a casa.

—No te vayas —le pidió Suzy, pero Copper ya había echado a andar apresuradamente.

—El Ritz, habitación 117 —tronó Hemingway a su espalda—. Que no se te olvide.

Copper llegó a casa con el ánimo por los suelos. Entre Suzy y Hemingway, le habían arruinado la noche. Se había separado de su marido, pero eso no significaba que fuera un blanco fácil al que cualquiera podía insultar. Ver cómo aquellos dos gigantescos egos se peleaban por ella le había resultado intolerable y, paradójicamente, la hacía anhelar el respetable estado de mujer casada.

—Has llegado pronto —comentó Pearl. Estaba sentada envuelta en su bata, con un manual para aprender contabilidad. Seguía temblorosa y pálida, pero había intentado adecentarse. Tenía el pelo lleno de rulos (lo cual explicaba el origen de sus revoltosos tirabuzones)—. ¿Te lo has pasado bien?

—No mucho.

Aunque Pearl era la última persona a la que quería hacer confidencias, Copper no tenía a nadie más. Le hizo un breve resumen de la velada mientras la otra cogía el libro de poemas de Verlaine y se ponía a leerlo con expresión soñolienta.

—¡Mira esto! —exclamó—. ¿Y dices que yo soy turbia? Pues tendrías que ver las guarradas que escribe este.

—No he leído nada.

—Bueno, si te alteras por un par de fotos obscenas, será mejor que no te acerques a esto. Es perverso.

—Menuda para hablar de perversidades.

—Lo que yo haya hecho —repuso Pearl con dignidad— al menos era normal. Es sexo entre dos mujeres no es normal; es antinatural.

—Supongo que la experta en sexo eres tú —dijo Copper en tono sarcástico.

—En cierto sentido, sí. —Pearl se secó los mocos y los ojos—. Además, conozco a Suzy Solidor. Es peligrosa.

Copper resopló.

—¿Cómo va a ser peligrosa?

—En cuanto piques su anzuelo, no te soltará. Si caes en sus garras, ningún hombre volverá a mirarte. Te perseguirá de por vida.

—Tiene gracia que seas tú quien diga eso.

—Te hablo por experiencia propia —insistió Pearl—. Sé lo

que se siente cuando haces cosas de las que luego te arrepientes.

—Bueno, antes de que sigas sermoneándome, déjame decirte que no he caído en las garras de Suzy, por usar tus palabras. Ni en las de ella ni en las de nadie. Todavía no he superado lo de Amory.

Copper se fue a la cama y se llevó a Verlaine con ella. Al leer sus poemas, se quedó atónita con las descripciones explícitas de sexo lésbico. Ella, que se creía una mujer con experiencia, debía ser mucho más ingenua de lo que pensaba.

Dejó el libro y apagó la lámpara. La imagen dorada de Suzy Solidor flotaba seductoramente en su mente, ni varón ni mujer por completo. A pesar del frío que hacía, empezó a tener tanto calor que se vio obligada a retirar la ropa de cama con los pies y trató de serenarse para poder dormir, a pesar del incordio de la espantosa tos de Pearl en la habitación de al lado.

Se despertó sobresaltada. Alguien estaba aporreando la puerta del apartamento. Convencida de que el edificio estaba en llamas, Copper bajó de un salto de la cama, se anudó la bata y corrió hacia la puerta, pero, antes de que pudiera abrirla, Pearl apareció y la cogió del brazo.

—Es Petrus. No abras.

—¿Petrus?

—Mi novio. —Pearl estaba muy pálida—. No sé cómo ha conseguido averiguar dónde estoy.

Copper miró hacia la puerta, que temblaba por los golpes furiosos que daba Petrus con los puños.

—Voy a llamar a la policía.

—¡No! Me detendrán.

—Bueno, pues ¿qué hacemos?

El aporreo se interrumpió un instante y escucharon una voz ronca gritar en un francés precario:

–Eh, os estoy oyendo. Sé que hay alguien dentro. ¡Abrid la puerta!

Pearl se llevó un dedo a los labios, con los ojos tan abiertos que Copper vio el blanco alrededor del azul.

–No digas nada –musitó Pearl.

–No seas tonta –repuso Copper–. Sabe que estamos aquí.

Los golpes se reanudaron, como para subrayar la obviedad de la afirmación.

–¡Abrid! ¡Abrid, ladronas!

–Voy a abrir la puerta –decidió Copper.

Pearl se aferró a sus brazos para impedírselo.

–No lo hagas, por favor. Me va a matar.

–No me importa si te mata –dijo Copper muy seria–, pero no quiero que rompa mi puerta.

Se sacudió a Pearl de encima e hizo girar la llave. El hombre que se precipitó al interior del piso era corpulento y estaba muy enfadado.

–¿Dónde está mi dinero? –le espetó a Pearl.

Pero ella se había refugiado a la espalda de Copper, gimoteando, así que esta se vio obligada a enfrentarse sola a la ira de Petrus. En las fotografías que había visto no salía su cara, que era extraordinariamente fea y rezumaba rabia.

–¡Dame mi dinero!

–Ella no tiene tu dinero –replicó Copper.

–¡Sí que lo tiene! Me lo robó. –Hizo ademán de rodearla para agarrar a Pearl, pero ella se agachó hacia el otro lado–. Te mataré, *putain*.

De pronto, Copper recordó el grueso rollo de billetes que Pearl le había dado. Lo más seguro era que la acusación de Petrus no anduviera desencaminada. Casi al mismo tiempo, decidió que, no obstante, ni loca le iba devolver el dinero a aquel hombre.

–Ella no tiene tu dinero –repitió–. Lo tengo yo.

Petrus se quedó quieto y la miró con recelo, con unos ojos amarillos como los de un león.

–¿Lo tienes tú?

–Sí. Y no te lo voy a devolver. Pearl ha pagado el alquiler con él, así que ahora es mío.

–Estás loca. Dámelo.

–Va a ser que no. Y tú te vas a largar ya. No quiero volver a verte la cara por aquí o llamaré a la policía.

Él alargó la mano para intentar atrapar a Pearl.

–Llámala. Esta es una ladrona.

Copper, que empezaba a enfadarse, se colocó de nuevo a Pearl a su espalda.

–Tú eres peor. La obligaste a inyectarse cocaína.

–¿Que yo la obligué? Esa *putain*, de rodillas cada día, andaba suplicándome coca. Eh, *petite*, mira qué te he traído. –Sostuvo en alto una papelina–. La quieres, ¿eh? Ven, te la daré.

Pearl se aferró a Copper con unas manos que temblaban convulsivamente.

–Pearl no lo quiere.

–Ah, sí, sí que lo quiere. –Él sonrió–. ¿Eh, *petite*? –Desdobló el papel y le mostró el polvo blanco que contenía. Pearl dejó escapar un gemido–. A estas alturas te mueres de ganas, ¿eh? Ven, cógela.

–Se lo contaré todo a la policía –amenazó Copper, sujetando con fuerza a Pearl para que esta no se moviera–. Cómo has hecho que se enganchara, las fotografías, las palizas. Todo.

–Te crees muy valiente, ¿eh, *mademoiselle*? No sabes quién soy yo.

–Sé que eres un camello y un camorrista. Me he enfrentado a matones más peligrosos que tú, *monsieur*. Y ahora largo de aquí.

Él escupió a sus pies.

–*Va te fair enculer.*

–He dicho que te largues.

Copper arrojó al suelo la papelina que él tenía la mano y la cocaína se desparramó. Petrus se metió la mano en el bolsillo para sacar algo y de su puño emergió una hoja larga y afilada.

–Así verás que voy en serio. Conmigo no se juega, ¿vale? Ella se viene conmigo. Me pertenece.

–No irá a ninguna parte. –Con el corazón desbocado, Copper miró sin disimulo la navaja. Se había criado en Brooklyn y había visto las cicatrices en la cara (y, en ocasiones, los entierros) que provocaban los hombres enfadados armados con un cuchillo. Pero no tenía intención de devolver a Pearl a aquel hombre–. Ella se queda conmigo. Aparta esa navaja de mi vista.

–*Oui*, lo haré. Te la pondré en el cuello. –Dio un paso adelante, con los ojos entornados–. Aparta.

Copper se mantuvo firme, con una expresión imperturbable.

–No me das miedo. Lárgate ya, tío, o llamo ahora mismo a la policía.

–Dame el dinero y dame a esa *petite putain*.

Copper estaba a punto de darle otra respuesta cortante cuando él la atacó sin previo aviso; no con el cuchillo, sino con su otra mano: le golpeó la frente con el puño y ella cayó de espaldas, viendo estrellitas. Mareada y magullada, oyó a Pearl gritar aterrorizada. Trató de concentrarse en lo que estaba pasando y, como si se hallara en una pesadilla, vio que Petrus había agarrado a Pearl por el pelo y la llevaba a rastras por el suelo en dirección a la puerta. En un abrir y cerrar de ojos se habría ido, llevándose a la mujer con él hacia un destino espantoso.

Hasta entonces, Copper no se había permitido creer que todo aquello era real. Los moratones de Pearl, las marcas de pinchazos, sus temblores y vómitos: había preferido restarle importancia y, en el fondo, no la había creído. Pero ahora, con la cabeza abierta por el puñetazo de Petrus, todo parecía muy real. Sin pensárselo dos veces, cogió un pesado cenicero Lalique de la mesa y golpeó con él la parte de atrás de la cabeza de Petrus.

Todavía estaba aturdida y su movimiento fue torpe. El cenicero rebotó en el cráneo rapado del hombre y, aunque le hizo dar un bandazo, no lo derribó. Petrus se volvió hacia ella con un rugido de dolor y furia, mostrando los dientes como un perro rabioso, y blandió el cuchillo, dispuesto a rajarle la cara.

Pero Copper estaba recuperando la lucidez. Levantó de nuevo el cenicero de cristal y, con una precisión fruto de los cientos de partidos de béisbol con sus amigos en el parque, lo estampó entre los ojos centelleantes y ambarinos de Petrus. Esta vez asestó un golpe contundente y él se desplomó, chorreando sangre por la nariz.

—Santo Dios, lo has matado —jadeó Pearl, mirando la figura inerte en el suelo.

—No, solo ha perdido el conocimiento. A mí nadie me pega y se va de rositas —dijo Copper muy seria al tiempo que se agachaba sobre Petrus y le arrancaba la navaja de los dedos exangües—. Virgen santa, mira esta cosa. —Encontró el resorte y cerró la navaja con cuidado. Petrus, que había empezado a gemir y a moverse, se agarró la nariz sangrante e intentó sentarse—. Ni hablar —dijo Copper, blandiendo de nuevo el cenicero sobre su cara—. ¿Quieres más?

—No —pidió él, escupiendo sangre, y se arrastró por el suelo para alejarse de Copper y su intimidante expresión, con la trémula mano levantada—. Más no.

—Escúchame, tío duro. La próxima vez que vea tu fea cara por aquí te la partiré. Y luego llamaré a la policía y tu culo triste acabará en chirona. ¿Me has entendido?

—*Oui* —dijo él con voz pastosa y los ojos, inyectados en sangre, fijos en el cenicero.

—A partir de ahora, aléjate de Pearl. Ella ya no forma parte de tu vida y tú no formas parte de la suya. ¿Lo pillas?

—*Oui* —gruñó él—. Lo entiendo.

—Vale. —Copper retrocedió—. Ahora puedes irte.

Para entonces, un grupo de vecinos curiosos se había reunido en el vestíbulo y todos contemplaron a Petrus salir tambaleándose y agarrándose la nariz magullada.

—Bravo, *madame* —gritó alguien.

Se oyeron risas. Copper les dio las buenas noches y cerró la puerta con llave.

—De no ser por ti, me habría liquidado —dijo Pearl—. Nunca había visto a nadie tan valiente.

—Crecí en un barrio conflictivo. Ven, te acompaño a la cama.

Capítulo 6

Durante los días siguientes, Copper ayudó a Pearl con los síntomas del síndrome de abstinencia. La mujer temblaba constantemente y sentía un dolor por todo el cuerpo que le arrancaba unos gritos espantosos. Lo único que quería era té con leche y Copper no tardó en convertirse en una experta en preparar esa bebida típicamente inglesa, que a su peculiar manera resultaba de lo más reconfortante.

También descubrió más cosas sobre el pasado de Pearl. Como Copper, había crecido en un barrio pobre, el East End de Londres.

–En realidad, no me llamo Pearl, sino Winifred Treadgold. Aunque aún estoy esperando a comerciar con oro[3] –añadió con sorna.

Había sido una niña guapa que no pasaba desapercibida. Un hombre mayor llamado tío Alf había empezado a «jugar» con ella antes de que ella cumpliera doce años y a los trece se había sometido a un aborto clandestino y su infancia tal como la conocía había terminado.

El trabajo había sido un modo de evadirse. Había empezado en una lavandería, con turnos de diez horas, durmiendo acurrucada junto a las lavadoras con las demás chicas y aspirando los vapores de la lejía a cambio de calor. Después del tío Alf, había habido otros hombres y Pearl había aprendido que podía utilizarlos, de la misma manera que ellos la utilizaban a ella.

---

[3] Literalmente, *tread* significa 'comerciar', y *gold*, 'oro' en inglés (N. de la T.).

La Luftwaffe de Hitler había bombardeado sin piedad el East End durante el Blitz, matando a miles de personas y dejando gran parte de la ciudad arrasada. Pearl había ido a París en cuanto liberaron la ciudad, atraída por las relucientes luces que ya no brillaban en el viejo y maltratado Londres, con la esperanza de labrarse una carrera como modelo o corista, y había caído en las garras de Petrus. Habían bastado unas semanas para que se convirtiera en esclava de su jeringuilla y sucumbiera a la degradación que él tenía planeada para ella.

–Está con más mujeres –le contó a Copper–. Al principio no me lo quería creer. No se me da muy bien elegir a los hombres, ¿eh?

–A mí tampoco –reconoció ella con pesar.

Todavía no había tenido noticias de Amory. Era como si nunca hubiera existido. Sus dieciocho meses de matrimonio se habían esfumado de la noche a la mañana y ella se había quedado en una especie de limbo. Estaba convencida de que Amory ya se había olvidado de ella. Ni siquiera se había molestado en enviarle una postal.

Sí que había recibido dos cartas de Estados Unidos. La primera, del padre de Amory, era muy larga y la instaba a no seguir adelante con el divorcio y solucionar las cosas con él lo antes posible por diversos motivos, que enumeraba con gran detalle. Copper, que nunca se había sentido muy valorada por la familia Heathcote, se había llevado una sorpresa.

La otra carta era de Michael, su hermano mayor, y mucho más corta y concisa:

Has hecho lo correcto divorciándote. Pase lo que pase, no vuelvas con él. Ven a casa. Te mandaré un billete si estás sin blanca.

Copper había agradecido mucho que no hubiera reproches ni «Te lo dije» ni tampoco muestras de compasión. Sabía que Michael hablaba en nombre de toda su familia, a la que nunca le había gustado Amory y que no había aprobado su matrimonio. Michael y ella estaba muy unidos, pero su hermano era un hombre de pocas palabras. Copper valoraba su apoyo, pero no tenía intención de volver a casa todavía. Había decidido dejar para más adelante la respuesta a ambas cartas.

Le llegaron los papeles del divorcio. Firmó donde le correspondía y, con el tiempo, la parte de Amory llegó a través del correo militar, debidamente firmada. Copper era libre. Lo único que lamentó fueron los años que había perdido.

Y, al final, recibió respuesta de *Harper's Bazaar*. Llegó en forma de un telegrama bastante críptico, que le llevaron a casa y que tan solo decía: «Llame a Henry Velikovsky ELY-2038». Lo firmaba Snow Harpers.

Copper se lo quedó mirando con el corazón desbocado. Snow Harpers no podía ser otra que la temible Carmel Snow, editora jefa de la revista. Pero ¿quién era Henry Velikovsky? ¿Era posible que aquel fuera por fin el primer paso de su carrera?

Corrió al teléfono y marcó el número. «ELY» era el prefijo de la centralita de los Champs-Élysées. La voz masculina que contestó era grave y culta, con un leve acento extranjero.

–Hola –dijo Copper sin aliento–. Acabo de recibir un telegrama de la señora Snow… bueno, creo que es de ella, indicándome que lo llame. Al menos, creo que es usted.

–Es muy posible que sea yo –contestó la voz con cortesía–. Y es muy posible que fuera la señora Snow. La única incógnita de la ecuación es quién es usted. ¿Sería tan amable de decirme cómo se llama?

–Ay, discúlpeme. Me llamo Oona Reilly.

–Eso pensaba. ¿Está disponible para cenar conmigo mañana por la noche en el Ritz?

–¿El Ritz?

–Sí. Me alojo aquí, por todos mis pecados. ¿Le parece bien a las ocho?

–Allí estaré –dijo Copper sin aliento, y colgó el teléfono.

Pearl entró en la habitación con mejor aspecto del que tenía desde hacía días.

–¿Quién era?

–Alguien de *Harper's Bazaar* quiere reunirse conmigo –explicó Copper, sin acabar de creérselo–. Cenamos mañana en el Ritz.

–¿Qué te vas a poner? –preguntó Pearl con pragmatismo.

–¡Dior! –exclamó Copper, abriendo muchos los ojos–. Tengo que ir a ver a Christian Dior.

Mientras cruzaba el vestíbulo del Ritz ataviada con su vestido de seda rosa, Copper se sintió como una de esas mujeres de los anuncios de las revistas que te aseguraban que el producto X les había cambiado la vida. En sus veintiséis años de vida, jamás había llevado algo parecido. El cuerpo del vestido se pegaba a su esbelto torso mientras la falda ondeaba alrededor de sus rodillas. No solo era precioso; le quedaba como un guante, impecable, como si se lo hubieran hecho a medida, que era justamente el caso. Christian Dior había visto con precisión qué resaltaría mejor su figura y había estructurado el vestido alrededor de su cuerpo, como si fuera un escultor creando una segunda piel. Incluso había paliado su escasez de busto con una línea de escote que se hundía entre sus menudos pechos y destacado su delicada garganta y sus hombros con un lazo de postal sobre el corazón. Copper notó cómo todo el mundo la seguía con la mirada mientras ella avanzaba con la barbilla alta, como si no fuera Oona Reilly de Brooklyn, sino una reina que había ido de visita.

–He quedado con el señor Velikovsky –le dijo al *maître* en el mostrador de recepción del restaurante.

–El *count* Velikovsky la está esperando –se apresuró a responder el hombre, que estudió su vestido–. Sígame, *mademoiselle* –le indicó con una reverencia indulgente.

Copper lo siguió a un mundo distinto de volutas rococó y

cortinas doradas, manteles blancos como la nieve, iluminación tenue y música discreta. Por encima, el techo tenía nubes pintadas y, por debajo, caminaba sobre pavos reales tejidos en la suave moqueta. Y flores: había una profusión de flores por todas partes, cuyo aroma flotaba de manera esquiva en el aire. El restaurante estaba hasta los topes y el camarero la llevó por un sinuoso camino entre las mesas, con la evidente intención de hacer alarde de ella ante los demás comensales.

Velikovsky estaba sentado a una mesa en un reservado, leyendo una revista. Era un hombre alto, vestido con un esmoquin entallado y pajarita negra, que se levantó al verla acercarse y le tendió la mano.

–¿Cómo está, señorita Reilly?

–Me han indicado que es usted conde –dijo ella, con la voz un poco entrecortada–. ¿Cómo debo dirigirme a usted?

–Todas esas chorradas se acabaron con la Revolución de Octubre –contestó él, inclinándose sobre su mano en un gesto galante–. Pero ya sabe cómo son los camareros pretenciosos. Ahora soy *monsieur* a secas. –Le retiró la silla–. O, de hecho, Henry a secas, si así lo prefiere.

–Vaya, yo que me moría de ganas de llamarlo «excelencia», si ese es el título correcto. Perdone mi ignorancia. En Estados Unidos no tenemos condes.

–Tienen a Count Basie y a Duke Ellington –señaló él–, que es mucho más impresionante.

Copper lo observó mientras se acomodaba. Calculó que tendría cuarenta y pocos años y era guapo de una manera llamativa, aunque no convencional. Las comisuras de sus ojos negros se curvaban hacia arriba, un rasgo atribuible tal vez a un antepasado tártaro; su nariz era amplia, y su sonriente boca, carnosa. Lucía el bronceado de un hombre que disfrutaba del aire libre y llevaba el pelo peinado hacia atrás, con un estilo claramente extranjero que no era ni francés ni estadounidense.

–¿Es usted ruso? –preguntó Copper.

–Sí. ¿Es un problema?

–Únicamente si come bebés y quema iglesias.

–Solo en raras ocasiones. Soy un ruso de los blancos. Mi padre y yo luchamos con sables contra los bolcheviques en 1917. Por desgracia, ellos tenían fusiles, así que nosotros nos llevamos la peor parte.

–Me alegro. Yo también soy un poco bolchevique.

Sus ojos centellearon.

–No se parece a ningún bolchevique que haya conocido.

–Bueno, ya sabe que somos muy hábiles para disimularlo.

–Ya lo veo. ¿Qué le parece si pedimos un cóctel? Yo tengo debilidad por el vodka, por supuesto, pero no insistiré si usted prefiere algo más civilizado.

–Creo que nunca he tomado vodka. Le dejo que pida por mí.

–En ese caso, dos galgos –le pidió al camarero, que desapareció obedientemente. Velikovsky la estudió con interés–. Su vestido es uno de los mejores que he visto para disimular. ¿Es de Rochas?

–En realidad, me lo ha hecho un amigo: Christian Dior, de la Maison Lelong.

–¿Dior? ¿De qué me suena ese nombre? Ah, sí. Por lo que me han dicho, es una estrella en ascenso.

–Me alegro de que la gente hable de él. Estamos intentando convencerlo para que abra su propia casa de moda.

–Ah, ¿sí?

–Tiene miedo de defraudar a *monsieur* Lelong, pero ganaría una fortuna si se atreviera a dar el paso.

–Veremos qué se puede hacer para animarlo. Parece estar muy bien conectada con el mundo de la moda parisina.

–Me parece un campo fascinante. –Incapaz de seguir conteniéndose más tiempo, añadió–: ¿Es usted empleado de *Harper's*?

–Me temo que mi puesto no se puede definir tan fácilmente. Me dedico a mover pequeñas sumas de dinero.

Su respuesta decepcionó a Copper.

–No venderá pozos de petróleo en Brasil, ¿no? O anillos valiosos que se ha encontrado por casualidad en la calle.

A él le hizo gracia.

–No, no soy un timador.

–Es un alivio.

–Carmel Snow y su marido George son amigos míos y he hecho varias inversiones inmobiliarias para ellos en Nueva York. La señora Snow se quedó intrigada con el artículo que le mandó y me pidió que me reuniera con usted.

–¿Le gustó? –preguntó Copper con los ojos brillantes.

–Mucho. Lo va a publicar en el número del próximo mes. En realidad, uno de los motivos por los que quería que me reuniera con usted era para hacerle entrega del pago por su trabajo. Me temo que no es una fortuna, pero son dólares estadounidenses. Querida, ¿se encuentra bien?

Copper no había podido reprimir las lágrimas.

–Disculpe –dijo, con un nudo en la garganta–. No sabe lo que esto significa para mí.

Henry Velikovsky sacó un pañuelo de un blanco inmaculado y lo agitó ante los ojos llorosos de Copper.

–Por favor, querida, séquese los ojos. La gente va a pensar que he sido cruel con usted y eso arruinará mi reputación de hombre benevolente.

Copper se sonó con el pañuelo, que tenía bordadas las iniciales del conde y debía de ser muy caro.

–Gracias. Es la mejor noticia que me han dado en semanas.

Él se inclinó hacia delante.

–Bueno, usted es una buena noticia para Carmel. *Harper's* no va a mandar a ningún periodista a Francia hasta que termine la guerra, lo cual la deja a usted en una posición muy interesante. En este momento, es la única periodista estadounidense en París. Carmel me ha pedido que le pregunte si tiene más material.

–Así es –contestó ella con entusiasmo–. Estoy cubriendo una historia fascinante.

Procedió a hablarle del Théâtre de la Mode, trabándose casi con las palabras por las ganas que tenía de contárselo todo. Le dijo que ya había entrevistado a Jean Cocteau y a varias personas más y que tenía un porfolio con fotografías.

–Les aseguré que trabajaba para *Harper's* –confesó–. Supongo que me anticipé un poco.

–Solo un poco.

Los exóticos ojos rasgados de él observaban el rostro y las manos de Copper con atención y una sutil expresión divertida. Aquel hombre la hacía sentir levemente desmañada y muy estadounidense.

–Se está riendo de mí –lo acusó.

–En absoluto. Es que es un placer ver a alguien rebosante de entusiasmo. Después de tantos años de guerra, el mundo está cansado y necesita frescura, juventud, *joie de vivre*. Y usted tiene todas esas cualidades, en abundancia.

–Ah, ¿sí?

–Sí.

En ese momento llegaron sus cócteles, una mezcla de vodka y zumo de pomelo que a Copper le resultó intrigante.

–Me imagino que se llaman *galgos* porque te mantienen esbelta y fuerte, ¿no?

–Exacto. Le di la idea a Harry Craddock en el Savoy, en Londres, antes de la guerra. Mi mayor contribución a la civilización occidental.

–Las sumas de dinero que mueve deben de ser bastante cuantiosas si le permiten hospedarse en el Savoy y el Ritz –comentó ella.

–Prefiero los establecimientos agradables. He sido pobre, se lo aseguro; muy pobre, en realidad, y nunca subestimo el valor de los pequeños lujos que nos ofrece la vida.

–No tendrá de vecino a Ernest Hemingway, ¿no?

El rostro del conde se iluminó con una expresión divertida.

–De hecho, su habitación está encima de la mía. A veces lo oigo tirando al blanco con su pistola. Él dice que son ratones, pero yo sospecho que se trata de sapos rosas. ¿Está usted casada? –preguntó en tono despreocupado.

–Acabo de divorciarme de mi marido.

–Lo lamento.

–No hace falta. Al final, es la mejor decisión que he tomado en mi vida.

Tal vez fuera el galgo o tal vez la mirada cálida e inteligente de él, el caso es que Copper acabó contándole a Velikovsky todas las tribulaciones de su matrimonio, su divorcio de Amory y sus ambiciones para el futuro. Él la escuchó solícitamente, dejando el menú sobre la mesa para prestarle toda su atención.

–No me cabe duda de que tiene usted un porvenir brillante. En *Harper's* quedaron encantados con su artículo. La consideran un nuevo talento muy prometedor.

–¿De verdad?

–A Carmel la impresionó en especial la fotografía. Ha visto montones de imágenes de mujeres con la cabeza rapada, pero la suya era especial. La madre y su bebé, como una natividad trágica. Dijo que era impactante y conmovedora.

–Eso tengo que escribirlo –dijo Copper, regodeándose.

–Y la pieza de la que me ha hablado, sobre el Théâtre de la Mode, es exactamente el tipo de tema que busca Carmel. –Hizo una pausa antes de añadir–: ¿Qué le parecería ser la reportera de plantilla de *Harper's* en París durante el próximo año?

A Copper se le hizo un nudo en la garganta y las mejillas y el cuello se le sonrojaron. Trató de controlar su emoción.

–Es una oferta maravillosa.

–Tengo la sensación de que hay un pero.

–Sí. No creo que deba aceptarla por ahora.

Él enarcó las cejas.

–¿No quiere ser periodista?

–Oh, sí, no tiene ni idea de cuánto lo deseo. No pienso en otra cosa, pero por ahora prefiero trabajar como corresponsal independiente.

Velikovsky se tiró de la oreja, como si estuviera inquieto y le costara encontrar las palabras adecuadas.

–¿Le puedo preguntar cuántos años tiene?

–Veintiséis.

–Supongo que es consciente de que no hay muchas mujeres de veintiséis años que reciban esta clase de ofertas, ¿verdad?

–Lo soy. Y tal vez le parezca arrogante o loca, pero acabo de salir de un matrimonio y no tengo prisa por volver a atarme a nadie. No quiero estar ligada a una única publicación, ni siquiera una tan prestigiosa como *Harper's Bazaar*. Como autónoma puedo conservar mi libertad.

–¿Tan importante es para usted su libertad?

–Sí.

–¿Aunque incorporarse a una plantilla le permita poner comida en la mesa?

–Aunque me pusiera caviar en la mesa –confirmó ella con decisión–. Me encanta el periodismo y tengo intención de seguir practicándolo, pero a mi manera. Me alegra mucho que a la señora Snow le gustara mi artículo y espero de todo corazón que el próximo le guste aún más. Solo quiero ser libre para decidir por dónde tirar y que nadie me diga sobre qué tengo que escribir.

Velikovsky asintió pausadamente.

–¿Cómo se decidió a escribir el artículo?

–Le sonará raro, pero el caso es que me metí en la piel de un muerto.

Le habló del Granuja de Órdago y le contó cómo, sin saberlo, él le había enseñado los rudimentos del oficio, para terminar describiendo su macabra muerte y el extraordinario entierro en Père Lachaise con los surrealistas. A él le hizo mucha gracia, se reclinó en la silla y rio hasta que se le saltaron las lágrimas.

–Sé que es un tema serio –se disculpó–. No debería reírme.

–¿Por qué no? –dijo ella, encantada de haber regocijado a aquel hombre mayor y sofisticado–. Hasta George se habría reído. –Se quedó pensativa y vaciló antes de continuar–: De hecho, esa fue la última vez que vi a mi marido. Así que ese día no enterramos solo al pobre George, también enterramos nuestro matrimonio. –El camarero, tal vez impaciente y cansado de esperar a que terminaran de hablar, se acercó para tomar nota de lo que querían, pero el menú había abrumado a Copper–. Por favor, pida usted para los dos. Sabe mucho más que yo.

–Me halaga. Aunque debo decirle que mis gustos culinarios son muy sencillos. ¿Cuánto hace que no come un filete como Dios manda?

–Mucho –contestó Copper con melancolía.

–¿Con patatas fritas? ¿Y un buen Cabernet Sauvignon?

–Suena delicioso.

Copper se lo quedó mirando mientras pedía. Era delgado y se mantenía en buena forma para su edad. El chaleco le quedaba plano por encima de la barriga y sus manos eran fuertes y estaban cuidadas. Supuso que era un dandi: el esmoquin se le ceñía al cuerpo, las puntas del cuello de la camisa estaban almidonadas a la perfección y el nudo de la pajarita era impecable. O bien dedicaba mucha atención a su aspecto o tenía una esposa devota en casa.

–¿Está casado? –se escuchó preguntar.

–Lo estuve, como usted.

–¿Y no le gustó?

–Bueno, mi mujer me dejó, pero de una manera más permanente que su marido a usted.

–¿Quiere decir que se murió? Ay, lo siento mucho.

Él hizo un breve gesto.

–Fue hace mucho tiempo. Éramos muy jóvenes cuando nos

conocimos y Dios nos dio varios años felices antes de llevársela.

—Se casaron jóvenes.

—Lo hicimos todo jóvenes. Yo me escapé de la escuela en San Petersburgo para luchar contra los alemanes durante la Gran Guerra. Tenía quince años y quería ser como mi padre, que era general. Pasé varias semanas en el frente antes de que me padre me encontrara y me mandara de vuelta a casa. Un año o dos después, empezó la revolución bolchevique. Entonces tenía ya diecisiete años y mi padre y yo luchamos codo con codo. Por desgracia, como seguro que debe saber, el mundo permitió que los comunistas nos robaran nuestro país. El invierno llegó y ahí acabó todo. Enterré a mi padre en la ladera de una montaña nevada en el Cáucaso y me uní a lo que quedaba de nuestro ejército en la retirada a Constantinopla. Durante esa marcha fue cuando conocí a Katia. Su familia pertenecía a la nobleza, como la mía, y lo había perdido todo en la revolución. Ella hacía de enfermera de nuestros heridos. Nos casamos en cuanto llegamos a París.

—Es la historia más romántica que he escuchado jamás —comentó Copper.

—Luego ella contrajo leucemia, lo cual fue menos romántico —contestó él—. No existe tratamiento, ni aunque me lo hubiera podido permitir.

—Lo siento mucho.

—Sí. Fue una época muy dura. Pero entonces descubrí que, a pesar de haberme escapado de la escuela para matar al káiser, recordaba algo de matemáticas. Conseguí reunir un poco de capital y, a mi modesta manera, me convertí en una especie de inversor. Trabajaba día y noche para reponerme de mi dolor. Pero no estamos aquí para hablar de mí, querida, sino de usted.

—Mi historia no es tan romántica. Mi marido contrajo a otras mujeres.

–Sigue siendo una tragedia. Pero, por lo que dice, parece que lo perdió a él y se encontró a sí misma.

–Algo así –convino ella.

–¿Y ahora está sola?

Copper asintió.

–Supongo que cree que estoy loca por no aceptar la oferta de la señora Snow.

–¿Loca? No. Carmel tiene mucho interés en contratarla y reconozco que tendré que enfrentarme a su cólera si no la convenzo a usted para que estampe su firma en el contrato. Pero simpatizo con su deseo de conservar su libertad. Yo soy igual. La situación es fluida y está usted en una buena posición para perseguir cualquier historia que se le presente de improviso. Puede escribir sobre lo que le gusta y puede vender su trabajo a cualquier persona interesada. También es libre de aceptar encargos de quien quiera. –Se tiró de nuevo de la oreja, una costumbre que Copper había observado en él cuando buscaba las palabras adecuadas–. Por supuesto, corre el peligro de morirse de hambre. París es la única ciudad del mundo donde morirse de hambre se considera un arte. Aunque no creo que a usted le pase. Escribe bien, lo cual no es habitual, y tiene un punto de vista singular, lo cual es aún menos habitual. No forma parte del rebaño.

–Pues qué alivio.

–Tiene usted carácter, intuición e inteligencia.

Llegaron sus filetes, que eran tan suculentos como él había prometido. Desde su separación de Amory, la dieta de Copper había sido frugal, y se comió la carne como una leona famélica.

–Es usted muy comprensivo, *monsieur* Velikovsky.

–Henry, por favor. ¿Y puedo llamarte Oona?

–Si quieres, aunque la mayoría de la gente me llama Copper.

–¿Copper? Me gusta. Mi primera gran inversión fue en cobre.

–Ah, ¿sí? Debías de tener una bola de cristal.

–Solo hacía falta un poco de perspicacia para ver que el mundo se estaba rearmando para una guerra mayor y aún mejor que la última. El cobre se usa para fabricar balas.

–Estás hecho todo un Daddy Warbucks.

–¿Quién diantres es Daddy Warbucks?

–¿No has leído *Annie?* Es una tira cómica estadounidense. Daddy Warbucks es el rico especulador bélico que protege a Annie.

–Sí que se parece a mí.

–¿Y cómo has vivido esta guerra mayor y mejor?

–En sitios muy extraños, no tan cómodos como el Ritz. Es agradable estar de vuelta en París.

–Te estás haciendo el misterioso.

–No lo hago adrede. La guerra no ha acabado y mi trabajo tampoco.

–No veo tu sable.

Él sonrió.

–Las guerras se ganan con el cerebro, además de con sables. Mi trabajo consiste en asegurarme de que los sables lleguen al sitio correcto en el momento adecuado.

–¿Y cómo lo consigues?

–Me subo a los árboles y observo quién pasa por debajo.

–Parece peligroso.

–Tiene sus momentos –contestó él en tono desenfadado.

–Entonces, ¿eres agente secreto?

–¿Acaso te lo diría si lo fuera?

–Es que me interesa.

–Si estás pensando en incluirme en uno de tus artículos, olvídalo. Mi trabajo es tabú.

–¿Y qué pasa si te atrapan?

–Eso dependo de si me atrapa Herr Hitler o el camarada Stalin. Aunque en ambos casos me encontraría en una situación peliaguda.

–¿Y no puedes retirarte? La guerra está prácticamente ganada.

–Cuando se gane, me retiraré –convino él–. Aunque puede que no haya un final, tan solo un cambio de enemigos.

–¿Te refieres a los rusos?

–Me refiero a los comunistas.

–Qué idea más deprimente.

–Para mí no. No sé muy bien qué haría para ocupar el tiempo si no estuviera en guerra. He ganado dinero suficiente para cubrir mis necesidades y me aburro con facilidad. Igual que tú, me imagino. –Se volvió a llenar la copa–. ¿Te puedo preguntar por qué te has descrito como bolchevique?

Ella sonrió.

–Ah, en realidad no lo soy. Pero nos han dedicado ese adjetivo montones de veces.

–¿«Nos»?

–Mi padre era lo que vosotros, los plutócratas, denominaríais un agitador sindicalista. Lideró las huelgas de los años treinta por las malas condiciones laborales.

–Lo estoy visualizando: la pequeña Copper, tiritando delante de los grises muros de la cárcel.

–Pues más o menos, así fue.

–En ese caso, tienes más experiencia que yo en comer bebés y quemar iglesias.

–Desde entonces, he desarrollado mis propias opiniones. Aunque siempre aborreceré las injusticias.

–Bien hecho. Solo te pido una cosa, Copper: que a partir de ahora mantengas el contacto conmigo. ¿Lo harás? Y te propongo que convirtamos estas reuniones en una tradición: mientras esté en París, cena en el Ritz una vez a la semana.

–¿Cada semana? ¿Aquí?

–Bueno, tengo un despachito polvoriento en los Champs-Élysées, pero esto es más adorable, ¿no te parece? Y, aunque viajo a menudo, intento volver a París cada fin de semana.

–Soy capaz de comer cantidades ingentes de filete –le advirtió.

–Esa es una de las razones para cultivar nuestra amistad: asegurarme de que no te mueras de hambre.

–¿Y cuáles son las otras?

–Podré seguir tus progresos y, cuando vendas un artículo a *Harper's*, te haré entrega del pago. Y lo más importante: si te quedas sin dinero entre un encargo y otro, cubriré tus gastos.

Ella lo miró con recelo por encima del borde de la copa de vino.

–Lo que dices recuerda espantosamente a una araña atrayendo a una mosca reticente para que caiga en su telaraña. Si acepto tu dinero cada vez que esté sin blanca, ¿no me convierte eso en una empleada?

–En absoluto. Tan solo te convierte en alguien sensato.

–¿Y qué sacas tú a cambio de «cubrir mis gastos»?

–La satisfacción de haber impulsado un talento en auge –replicó él con labia.

–Es una manera curiosa de definirlo –observó ella con brusquedad.

–¿Crees que tengo una motivación oculta?

–Me da esa impresión, sí.

–Me has clavado un puñal en el corazón –dijo él, poniendo su bronceada mano sobre la solapa de seda de su esmoquin–. Estoy aquí para ayudarte.

–Ya. De lejos se perciben sus buenas intenciones.

Él se puso a reír a carcajadas por segunda vez esa noche.

–Muy bien, lo admito: estoy interesado en ti. Me gustaría conocerte mejor.

–Yo también estoy interesada en ti –contestó Copper–. Eres un hombre muy interesante. Pero no estoy en el mercado.

–¿Y qué mercado es ese?

–Cualquier tipo de mercado. No quiero complicaciones en mi vida ni contratos de ninguna clase. Así que si te estás insinuando...

–Te estoy ofreciendo mi amistad.

Ella se quedó callada un momento y luego alargó su mano delgada por encima de la mesa y le dio un rápido apretón estadounidense.

–Acepto encantada tu amistad. Siempre que sea solo eso.

–Excelente. En ese caso, nos vemos el sábado que viene por la noche, a la misma hora, ¿no?

–Ya tengo ganas de que llegue.

Y lo cierto es que, cuando se separaron, con el estómago lleno de cosas buenas, Copper tuvo la sensación de que había logrado un amigo. Henry Velikovsky era lo bastante mayor para poder considerarlo una figura protectora y lo bastante atractivo para despertar su interés. Además, estaba el aura de peligro y exotismo que lo rodeaba y que intrigaría de manera infalible a cualquier mujer.

Antes de levantarse de la mesa, él le tendió un sobre color ciruela. En la solapa estaban grabadas sus iniciales y resultó estar lleno de billetes de dólar perfectamente ordenados. Copper se quedó extasiada.

–No me puedo creer que sea real.

–Más real imposible. Los he impreso yo mismo.

–No me tomes el pelo. Es el primer dinero que gano escribiendo.

–Pero no el último. –El conde la acompañó a la calle y paró un taxi para ella–. Siempre puedes encontrarme en el número de los Champs-Élysées si surge una emergencia. Y, si no estoy en París, mi secretaria me trasladará el mensaje.

–Muchas gracias, Henry. Y gracias también por escucharme toda la noche. Hace mucho tiempo que no conversaba con alguien inteligente.

–Espero que me veas como un confidente, querida Copper. Te puedo ser muy útil.

Se estrecharon la mano y ella se subió al taxi y se dirigió a la Place Victor Hugo más contenta de lo que había estado en semanas.

Al llegar a casa, se encontró a Pearl despierta. Sin embargo, después de que Copper le contara su velada, con un estado de ánimo todavía soñador, Pearl lanzó una exclamación indignada.

–¿Has rechazado un trabajo en *Harper's Bazaar* y a un millonario atractivo, todo en la misma noche, y estás satisfecha?

Copper se rio con alegría.

–No he rechazado a ninguno de los dos. Solo he conseguido espacio para maniobrar.

–¿«Espacio para maniobrar»? ¿Qué eres, el Queen Mary?

–No. Pero puedo vender mi trabajo y comerme un filete cada semana en el Ritz a cuenta suya. Y soy libre. –Levantó los brazos en el aire y se puso a bailar alrededor de Pearl–. ¡Soy libre!

Pero Pearl estaba de mal humor.

–Qué suerte la tuya. Un hombre así jamás se interesaría por mí mientras viva.

Había algo en su tono de voz que impactó a Copper, quien dejó de bailar para observar con más atención a su compañera de piso. Pearl tenía la piel cetrina y los ojos apagados, con las pupilas como cabezas de alfiler.

–¡Pearl! –exclamó Copper, consternada–. ¿Qué has hecho?

–No he hecho nada –repuso ella a la defensiva.

Copper agarró el libro que estaba junto a ella y de entre las páginas cayó una jeringuilla de cristal con un resto de líquido turbio en el interior del cilindro. Copper retrocedió, horrorizada.

–¡Pearl!

–No es tan fácil –dijo esta con voz apagada al tiempo que recogía la jeringuilla y la volvía a colocar con cuidado entre las páginas del libro.

–¡Me lo prometiste!

–Las promesas están hechas para romperse.

–¿De dónde la has sacado?

–¿Tú que crees? –replicó Pearl con amargura.

Copper tuvo que sentarse.

–No habrás vuelto con él, ¿no? Dime que no lo has hecho.

–Pues sí.

–¿Y la contabilidad?

–Que le den a la contabilidad. No sé ni sumar.

–Esto te matará –dijo Copper, tratando de suavizar el nudo que se le estaba haciendo en la garganta.

–Ha sido solo un chute. Solo para volver a encontrarme bien.

–Voy a romper la jeringuilla.

Pearl agarró el libro y lo sujetó contra su pecho con actitud protectora.

–¿Es que no me has escuchado? Ha sido solo un chute.

–Y, cuando se te pase el efecto, querrás otro, y luego otro.

–Tú no sabes lo que se siente.

–Podemos llevarte a un médico y…

–No quiero un médico. No quiero que nadie meta sus narices en mi vida.

–Pearl…

–Déjame en paz, Copper.

Luego se fue a su habitación y cerró la puerta con llave.

Capítulo 7

Copper se escabulló de la mesa mientras todos hablaban y bebían champán y se abrió camino entre la bulliciosa multitud que llenaba cada noche La Vie Parisienne. Había adquirido la costumbre de ir al club dos o tres veces a la semana. El local de Suzy era el centro de reunión de diseñadores y modistos y eso le permitía mantenerse al día de los cotilleos del mundo de la moda, aunque lo cierto era que había algo más.

Las semanas habían transcurrido con rapidez, y al comenzar 1944, los aliados se encontraban ya en suelo alemán. Desde que Amory se había marchado, era como si la plomiza ley de la gravedad se hubiera suspendido y Copper flotaba libre entre brillantes nubes. Entablar amistad con Christian Dior y su camarilla había sido el comienzo y le había valido la entrada al mundo de la moda. Conocía todos los rumores y se enteraba de todos los escándalos. Empezaba a entender en qué consistía la alta costura, qué era una novedad y qué estaba ya totalmente demodé. Ante ella se había abierto un futuro como periodista capaz de escribir con autoridad sobre moda y temas femeninos.

El hecho de que *Harper's* hubiera aceptado su trabajo al primer intento había sido un gran paso. Ver por primera vez su artículo impreso y su nombre al pie había sido emocionante. Su prosa austera y cruda destacaba con poderío entre los artículos sobre vestidos y zapatos.

Sus cenas en el Ritz con Henry Velikovsky se habían convertido en el punto álgido de su semana. Le encantaba el ritual de quedar con él allí y escuchar historias sobre sus peripecias, su infancia en Rusia y el romántico mundo de trineos y palacios de invierno en el que había vivido. Por su parte, él la hacía sentir glamurosa y especial, sentimientos que hacía mucho que no experimentaba. De una manera lenta y casi imperceptible, su amistad se estaba transformando en algo más profundo, aunque Copper todavía no estaba preparada para reconocerlo. Al fin y al cabo, era ella la que le había dicho que no estaba en el mercado. Pero la vida tenía su propia manera de mover las fichas sobre el tablero.

A través de él, Copper había vendido otras dos piezas cortas a *Harper's Bazaar*. Carmel Snow seguía interesada en historias sobre París, sobre todo las relacionadas de alguna forma con el mundo de la moda. Y en la revista esperaban con impaciencia su artículo sobre el Théâtre de la Mode, que entregaría cuando se celebrara la exposición.

Y luego estaba su tercera gran amiga, Suzy Solidor. La encontró sentada a su pequeño tocador, observándose el rostro en el espejo.

—Estoy preocupada por ti —dijo Copper, sentándose a su lado.

—*Pourquoi?*

—Por la *épuration*. En el club no se habla de otra cosa.

—No tengas miedo —contestó Suzy—. No he hecho nada malo. Esos perros no pueden hacerme nada.

—Sí que pueden. Pueden meterte en la cárcel o en un campo de internamiento.

—*Chérie*, lo peor que puede pasar es que me pongan una multa de unos pocos francos.

—Ojalá tengas razón.

—La tengo. No te preocupes. —Sus miradas se cruzaron en el espejo—. No soy un ángel, pero tú sí, *ma chérie*; tú eres un ángel perfecto. —Le dio una palmadita en la mejilla mientras recorría su rostro con la mirada—. ¿Te parezco repugnante?

—Claro que no.

A decir verdad, al principio la intensidad de Suzy la había

intimidado. La compañía de la cantante era como la absenta: embriagadora, pero peligrosa. Suzy no se amoldaba a ninguna regla, lo cual era uno de los motivos por los que le resultaba tan interesante. La cantante se había convertido enseguida en parte esencial de su vida. Se había hecho cargo de la educación de Copper, lo que le había permitido mejorar su francés, su gusto en el vestir, en el comer y muchas cosas más. Le había presentado a sus escritores favoritos: Baudelaire, Villon, Rimbaud, y un mundo lleno de nuevas posibilidades.

Igual que le había pasado con Henry, aunque de una manera distinta, Copper había sentido que despertaba poco a poco. La sensualidad se había colado en su vida como una brisa cálida entrando a hurtadillas en una habitación que llevaba mucho tiempo cerrada. Amory lo había sido todo para ella, sobre todo al principio de su matrimonio, pero sus infidelidades le habían hecho tanto daño y tantas veces que había dejado de tener fe en él. Y, con la muerte de la fe, había muerto también el deseo. Copper había descubierto que necesitaba más la intimidad y la confianza que el sexo. El deseo nacía de la confianza y no al revés. Así que algo en su interior se había cerrado, como los pétalos de una flor delicada, y había permanecido cerrado hasta que otras personas habían entrado en su vida: Henry y Suzy.

–¿Y qué hay de ese bruto ruso? –continuó Suzy, y Copper se estremeció mientras la cantante le acariciaba el cuello, con las yemas de los dedos tan ligeras como alas de mariposa–. Si no te acuestas conmigo, ¿te acuestas con él?

–Claro que no.

–Claro que no –la imitó Suzy con sorna–. Eres un monumento a la castidad y tus muslos de mármol nunca se abren. La verdad, *chérie*, es que te encanta volver loco a todo el mundo.

–Para nada.

–Mentirosa.

Suzy aplastó sus labios, pegajosos y húmedos, sobre los de Copper. Pese al porte refinado de su vestido, Suzy nunca usaba perfume ni desodorante. El olor lechoso de su piel y el olor acre de sus axilas se coló por las narinas de Copper, embriagador y erótico, y esta se apartó con rapidez.

–¿Por qué nunca me besas como Dios manda? –preguntó Suzy, pasando la mano por las relucientes ondas del pelo de Copper.

–No te quiero besar así.

–¿Por qué no?

–No es… –Copper no pudo encontrar la palabra adecuada.

–¿No es decente? ¿No es decoroso? ¿No es fino?

–No soy yo.

–Pero me deseas, igual que yo a ti. Lo noto.

–Quieres decir que crees notarlo.

Suzy agarró con gesto amenazador un mechón de pelo de Copper.

–A veces me dan ganas de hacerte daño.

–A veces desearía que lo hicieras –contestó Copper en voz baja.

Cuando Copper regresó de La Vie Parisienne de madrugada, se encontró a Pearl sentada en el sofá de la sala. Estaba agachada, separándose los dedos del pie desnudo, con la jeringuilla preparada.

–Por el amor de Dios –exclamó Copper, asqueada–. ¿No puedes hacerlo en el baño?

–Allí hace un frío pelón.

Pearl se inyectó con cuidado y luego se tendió sobre los cojines con un suspiro. Copper contempló el efecto del narcótico, cómo planchaba todas las arrugas del joven rostro de Pearl, dejándolo suave y sin vida como una masa. La recaída de Pearl en la droga había sido una amarga decepción, pero se había obligado a aceptar que, si algún día Pearl escapaba de su adicción, lo haría a su manera y a la de nadie más.

–Has vuelto a ver a Petrus.

La boca de Pearl se curvó en la más sutil de las sonrisas.

—Sí, he vuelto a ver a mi gran diablo negro.

—¿Y qué tienes que hacer a cambio de la cocaína?

—Lo mismo que tú.

—No sé a qué te refieres —replicó Copper, indignada.

—Hablo del carmín que tienes en la cara. No es tu color, guapa.

Irritada, Copper se limpió la boca.

—Podría ser de cualquiera.

—No ese tono particular de rojo sangre de virgen. Sin duda es de ella.

—Es solo una amiga.

—Soy mayor que tú, cielo. Y un poco más sabia en asuntos mundanos.

—Pues no lo parece —dijo Copper con sequedad.

Pearl se estiró, con los ojos ya vidriosos.

—¿Tienes una aventura con Suzy?

—No es asunto tuyo —contestó Copper sin alterarse—. Pero no, no tengo una aventura con Suzy.

—Bueno, si no la tienes todavía, no tardarás en tenerla, porque ese es su objetivo. Te está seduciendo. Eres su próxima conquista.

Copper resopló.

—Anda ya, Pearl. Si de alguien no acepto sermones, es de quien se acaba de pinchar con una jeringuilla entre los dedos de los pies.

—Esa tía no es normal.

—Si con eso te refieres a que no es tan aburrida como una novela barata, estoy de acuerdo contigo.

—La Vie Parisienne es divertido durante un tiempo. Vas a mirar a los bichos raros, bebes unas copas…

—Ligas con los maridos de otras mujeres —intervino Copper.

—Pero tú vas allí todas las noches de la semana. Estás enamorada de ella.

—Y tú eres una adicta.

–Y tú también. La miras igual que mira un conejo a una boa constrictora.

–Nunca he visto a un conejo mirar a una boa constrictora, así que no sé qué decirte. La próxima vez que vaya al zoo de Brooklyn me fijaré. Mientras tanto, Suzy me cae muy bien. Se ha portado bien conmigo y supongo que la miro en consonancia.

–Está muy claro lo que quiere de ti; te manosea delante de todo el mundo. Todos hablan de ti.

–Que hablen.

–Sé muy bien lo que pasa cuando uno se tuerce –comentó Pearl, y empezó a guardar lo que ella llamaba sus «complementos», su colección de jeringuillas y pequeñas ampollas, metiéndolos en un neceser con cuidado y gesto letárgico–. No quiero que acabes igual que yo. Es fácil salirse del camino equivocado.

–Lo sé –dijo Copper en un tono más amable. Pearl desaparecía durante horas cada día, sin duda para trabajar para Petrus igual que había hecho antes, y regresaba con su dosis de cocaína y otras drogas. Al menos también traía su parte del alquiler; en ese sentido, Copper no podía quejarse–. Podríamos ingresarte en una clínica.

–No, gracias. ¿Dejarlo a pelo? Y una porra. ¿Qué dice Henry de Suzy?

–A diferencia de ti, Henry me deja vivir mi vida.

Pearl bostezó.

–Lo vas a perder.

–¿Cómo voy a perderlo si no lo tengo?

La mirada de Pearl se parecía inquietantemente a la de George cuando Copper lo había encontrado muerto en el suelo: lechosa y vacía.

–Lo tienes comiendo de tu mano. Está loco por ti.

Copper no tenía intención de explicar algo tan íntimo, personal y complejo como sus sentimientos hacia Henry y Suzy, sobre todo cuando ni ella misma los entendía.

–Henry es mucho mayor que yo.

–¿Y eso qué tiene que ver? Es guapo, rico y te adora. ¿Qué más quieres?

–No quiero a nadie. Me gusta ser libre.

–Copper Pot, ¿cuándo vas a madurar y darte cuenta de qué va la vida? –preguntó Pearl, a la que le gustaba tener la última palabra.

Se marchó a su cuarto con los andares lentos de una sonámbula.

Al día siguiente, Copper se encontró con Dior en el Pavillon de Marsan. Era una mañana luminosa, aunque hacía un frío cortante. Salieron al patio, donde un quiosco con una estufa de carbón estaba haciendo un negocio boyante vendiendo castañas asadas.

–Estoy helada –se quejó ella.

–Estamos en París. Nadie viene aquí por el clima. Pareces cansada, querida –comentó Dior al tiempo que compraba un cucurucho de castañas.

–Esta noche no he dormido muy bien –le confesó–. Pearl ha vuelto a engancharse a la cocaína.

Dior se concentró en pelar una castaña y separar toda la cáscara de la pulpa caliente y dulce.

–Era de esperar. No puedes hacer nada. Yo tuve el mismo problema con Bébé.

–Y luego está Suzy.

–¿Qué pasa con ella?

–Se ha portado increíblemente bien conmigo, pero quiere que seamos algo más que amigas. Se impacienta conmigo porque no respondo como ella quiere y lo último que deseo es hacerle daño o decepcionarla. ¿Qué puedo hacer?

–Se lo preguntas a la persona equivocada, querida.

–Pero tú debes entender mi dilema mejor que nadie.

–¿Lo dices porque soy lo que soy? El caso es que yo nací así y lo supe desde que era muy pequeño. A mí nunca me ha parecido raro desear el amor de alguien de mi propio sexo. —Estudió su castaña, comprobando si había dejado alguna fibra—. Y deja que te diga, *ma petite*, que las relaciones nunca son fáciles. En mi caso, el amor nunca me ha hecho feliz.

—Ay, Tian, no digas esas cosas.

—Es triste, pero cierto. En pocas palabras, no importa si te sientes atraído por el sexo opuesto o por el tuyo: los problemas son idénticos. Ya has visto, por el círculo en el que me muevo, que no hay una única solución al problema del deseo. Mira a Cocteau, que se enamora tanto de hombres como de mujeres.

—La única persona a la que Cocteau ama de verdad es a sí mismo —repuso ella con ironía.

Dior se rio.

—Tal vez tengas razón. Los guapos son deseados; los que no son guapos, no. Yo nunca he sido guapo, ni siquiera de joven, cuando todo el mundo tiene un breve periodo de esplendor. Yo nunca lo tuve. Siempre he sido aburrido y feo y sigo siéndolo.

—No eres feo.

—Sí que lo soy. Y tengo el defecto congénito de sentirme inevitablemente atraído por la belleza, así que la mayor parte de las veces acabo siendo rechazado. E incluso ridiculizado por mi presuntuosidad. Y, si me las apaño para que me acepten, no tardan en abandonarme por alguien más atractivo.

Ella le puso una mano sobre el brazo en un gesto compasivo.

—Aunque fuera cierto que eres feo, y mira que yo creo que tienes una cara bonita, tu brillo va más allá de la mera belleza superficial.

—En este mundo —dijo él encogiéndose de hombros—, lo que cuenta es la apariencia, mucho más que el contenido. Si algo he aprendido de mi oficio, es eso.

—Yo creía que Amory sería el marido ideal —dijo ella con tristeza—. Fue un proceso largo y lento de desencanto. Sé lo que se siente cuando te abandonan por alguien más atractivo.

Dior cubrió la mano de ella con la suya.

—Me han roto el corazón muchas veces. Con cuarenta años, ya no espero encontrar al marido ideal, así que me entrego por completo a mi trabajo. Sin embargo, no hay motivo para que tú vivas así. Es posible que tu hombre ideal esté más cerca de lo que crees.

—¿A qué te refieres?

—Bueno... —Dior se concentró de nuevo en sus castañas—. Me refiero a Henry.

—Todo el mundo tiene una impresión equivocada.

—¿Y cuál es la impresión correcta?

—Es un amigo, nada más.

—¿Estás segura de que no hay nada más?

—Él está interesado en mí.

—¿Y tú no estás interesada en él?

—Es muy atractivo, pero...

—¿Pero...?

—Bueno, soy mucho más joven que él. Me encanta mi vida, me encanta ser bohemia y vivir aventuras, y no estoy preparada para renunciar a todo esto por nadie. Además, tenemos opiniones muy diferentes. Él está de parte de los grandes batallones y yo simpatizo más con los oprimidos.

—¿Quieres que consultemos a *madame* Delahaye?

—Creo que no necesito a una vidente, sino a un psiquiatra.

—*Madame* Delahaye acierta casi siempre y en todas sus tiradas sale exactamente lo mismo: que Catherine está viva y a salvo y que muy pronto volverá conmigo.

—Me alegro por ti —contestó ella, complaciente, pensando en lo ingenuo que podía ser Dior a veces.

Él asintió.

—Querida, a tu edad, deberías permitirte probar cosas nuevas sin tener la sensación de que te vas a condenar a comer lo mismo durante el resto de tu vida. Déjate llevar por tu instinto. —Le ofreció una castaña pelada a la perfección—. El único consejo que puedo darte es que no hagas nada que no te haga sentir bien.

Ella aceptó el calentito regalo.

–Eres afortunado de tener tu trabajo, Tian.

–Afortunado en el trabajo, desafortunado en el amor. A veces me gustaría no ser como soy. Tiene muchos inconvenientes. Para empezar, es ilegal, y eso me obliga a vivir con miedo. Además, tengo que enfrentarme constantemente al desdén, incluso al odio, de cierto tipo de gente. A veces se refleja en una mirada, una sonrisita particular o una palabra escogida con intención. Es una herida que puede hacer mucho daño. –Una sombra de amargura le atravesó el rostro–. Por eso me es mucho más fácil sublimar mis deseos. Un vestido hermoso, una tela nueva o una línea elegante pueden distraerme de mi infelicidad. –Dobló el cucurucho de papel de periódico y se lo metió en el bolsillo–. Hablando de eso, tengo que ir a ocuparme de mis muñecas. Aquí termina tu sesión con el profesor Van Dior.

Mientras cruzaba la rutilante puerta de entrada del Ritz, Copper pensó que tal vez sí que debería ir a ver a un psiquiatra. En su vida había dos amores potenciales: uno era un hombre dieciocho años mayor que ella, y el otro, una mujer. ¿Qué habría dicho Freud al respecto? Qué poco se parecía Copper a la chica de Brooklyn que, con los ojos abiertos como platos, había llegado a París un año atrás.

Henry la esperaba en su mesa, de punta en blanco, como siempre. Al verlo, Copper siempre experimentaba una sensación de alborozo. En un mundo lleno de incertezas, él era la constante en la que siempre podía confiar: siempre presente, siempre apoyándola. Tal vez ese fuera el problema. Mientras que Henry era confiable, Suzy era un desafío; mientras que Henry era una constante, Suzy era voluble como la luna; mientras que Henry le transmitía seguridad, Suzy la hacía sentir tremendamente insegura. No era una elección fácil, si es que tal elección existía.

Al llegar a la mesa, Henry le dio tres besos en las mejillas, al estilo ruso. Esa noche una orquesta tocaba *jazz* y un par de parejas bailaba entre plato y plato.

–¿Te apetece bailar antes de que miremos el menú? –le propuso él.

–Si no me pisas, sí.

–Lo intentaré.

Él la cogió entre sus brazos y ambos se deslizaron entre las mesas con las mejillas pegadas. Henry bailaba bien. Tenía los brazos fuertes, pero los pies ligeros.

–Te he llamado al despacho –dijo Copper–, pero tu secretaria me dijo que esta semana no estabas en París.

–Tenía que ocuparme de unos asuntos.

–¿Qué tipo de asuntos?

–De los aburridos.

–Tú esperas que yo te cuente hasta el último detalle de mi vida, pero no me cuentas nada de la tuya –señaló Copper.

–Está bien. ¿Qué quieres sabes?

–Adónde has ido esta semana y qué has hecho allí.

Él se quedó un momento callado, meciéndola entre sus brazos.

–La batalla contra los alemanes ha entrado en su última etapa –dijo al cabo–, pero ya se está gestando una nueva batalla. Los comunistas quieren anexionarse Francia, igual que están anexionándose Europa del Este.

Copper resopló.

–Ese tópico está muy manido. En los años treinta, los jefes les contaban la misma historia de miedo a los empleados para que trabajaran como esclavos por una miseria en fábricas heladas y peligrosas.

–No estoy hablando de las condiciones laborales en algunas fábricas –dijo él con paciencia–. Se están preparando para una guerra civil.

–Lo que tú digas, Daddy Warbucks. –Copper se rio–. No hace falta que me sueltes la propaganda. No quiero discutir contigo.

Bailaron un rato más y luego se sentaron a beber lo que ya era «su» cóctel: galgos hechos con vodka. Él le sonrió con esos ojos respingados y misteriosos suyos.

–Debes andarte con pies de plomo, mi querida Copper –le dijo, sin alterar su tono despreocupado.

–¿Por las hordas comunistas sedientas de sangre?

–Por el escándalo. La gente habla de ti.

–No me digas.

–París es un pañuelo. No hago más que escuchar chismorreos sobre la amistad entre una *chanteuse* francesa y una joven reportera estadounidense.

–Vaya –dijo Copper, pensativa, mientras miraba el rosáceo zumo de pomelo–. No sabía que era tan famosa.

–Eres nueva en la ciudad. Y despampanante. ¿Cómo no van a fijarse en ti? La gente quiere saber quién eres, de dónde has salido.

–Y adónde voy, que supongo que es camino del infierno.

–Los parisinos son muy tolerantes. No creo que nadie te haya condenado todavía al averno. Pero tu amiga no destaca por su discreción.

–Al menos ella no se avergüenza de ser quien es.

Henry se encogió de hombros.

–El lesbianismo ha sido un espectáculo público en París desde 1850. A estas alturas es casi una profesión, una de las artes escénicas.

–En París, ser mujer es una profesión en sí misma –repuso Copper con ironía.

–Suzy es la hija ilegítima de una asistenta de Saint-Malo y, cuando llegó a París, era apenas una niña que vivía en la calle como una granuja. En realidad se llama Suzanne Rocher; fue Yvonne de Bremond quien la bautizó como Suzy Solidor.

–¿Quién es Yvonne de Bremond?

–Una aristócrata lesbiana que fue una de las grandes bellezas de los años veinte y treinta. Un poco mayor que Suzy. La verdad es que parecen hermanas. Yvonne la acogió en su casa y la convirtió en su proyecto personal. Tardó años en esculpir la materia prima hasta transformarla en una obra de arte.

—¿Cómo lo logró? —preguntó Copper, interesada.

—Yvonne sabía todo lo que Suzy ignoraba: qué libros leer, qué ropa llevar, qué vino beber, qué palabras usar. La exhibió en todos los lugares de moda. En los años previos a la guerra, se las podía ver en Biarritz o en Cannes, conduciendo a toda velocidad el Rolls Royce descapotable de Yvonne, con un enorme perro en el asiento de atrás. Era todo un espectáculo, te lo aseguro.

—Me recuerda a algo —dijo Copper, pensativa. Le recordaba a lo que Suzy estaba haciendo con ella—. ¿Y qué pasó?

—Suzy la dejó. Fue bastante imprevisto y a Yvonne le partió el corazón. Pero Suzy estaba harta de ser su protegida; quería volar por su cuenta y… *voilà. Adieu*, Yvonne.

—No tenía ni idea.

Henry cogió la enorme carta de vinos, encuadernada en cuero.

—Fue casi como si siempre hubiese aborrecido a Yvonne y solo hubiera dejado que ella la consintiera hasta que llegó el momento adecuado. Y luego se vengó.

—¿Se vengó? ¿De qué?

—Quien se mete a redentor sale crucificado. —Henry leyó con detenimiento la carta—. Yvonne tiene una tienda muy elegante en el Faubourg Saint-Honoré. Es una mujer tremendamente refinada, una anticuaria especializada en mobiliario del siglo XVIII. Sus escaparates navideños son legendarios. Pero Suzy y ella ya nunca se ven. Mira, tienen un Château Latour de 1922; ¿pedimos una botella?

Ella colocó la punta del dedo en el borde de la carta de vinos y la tiró hacia abajo para poder mirarlo a la cara.

—¿Me lo dices a modo de advertencia, querido Henry, querido Henry, querido Henry?

–Solo te sugiero –repuso él con una sonrisa– que tal vez no deberías permitir que Suzy te deje en ridículo.

–Lo tendré en cuenta.

–Crees que me estoy metiendo donde no me llaman.

–Qué va. Pearl siempre está con el mismo tema.

Él dejó el menú en la mesa.

–Todavía no me puedo creer que acogieras en tu casa a la amante de tu marido. Sin duda eres una mujer extraordinaria, Copper.

–La pobre Pearl no era exactamente la amante de Amory; más bien lo que los estadounidenses llamamos un rollo de una noche.

–Aun así, tienes una gran capacidad de perdonar. Pocas mujeres habrían sido tan generosas.

–Pearl tiene sus propios problemas.

–Quieres decir que es drogadicta.

Copper meneó la cabeza.

–¿Hay algo que se te escape?

–Tengo ojos y oídos en todas partes. Me he enterado de lo que le hiciste a su… representante.

–Te enteras de muchas cosas, querido Henry.

–¿Es verdad que él tenía una navaja?

Los grandes ojos grises de Copper centellearon.

–Lo golpeé con un cenicero Lalique. No tenía ni la más remota posibilidad de ganarme.

–Podría haberte matado.

–Pero no me mató. Y lo bueno es que ya no ha vuelto al piso. Ese tío es la *bête noir* de Pearl.

Él cubrió las manos de Copper con las suyas.

–Querida, sé qué estás disfrutando con tu vida, pero que no se te olvide que el mundo es peligroso.

–Tienes razón –convino ella, pensativa.

–¿Con lo de que el mundo es peligroso?

–No, eso no me importa. Con lo de que estoy disfrutando.

Hasta ahora, estaba demasiado ocupada sintiendo lástima por mí misma para darme cuenta.

Él adoptó una expresión un poco triste.

–¿Estás disfrutando tanto como para no querer sentar la cabeza?

Ella tardó un instante en percatarse de a qué se refería.

–Ay, Henry.

–Sé que es muy pronto. Y sé que te saco veinte años…

–Dieciocho –dijo ella automáticamente.

–Pero como marido sería un gran partido.

–Henry…

–Nunca me interpondría entre tu carrera y tú ni querría cambiarte. –Durante un instante, apretó con fuerza sus dedos, y luego le soltó la mano–. No tienes que contestar ahora ni tampoco pronto. Tú piénsatelo.

–Lo haré –prometió ella, antes de inclinarse por encima de la mesa y darle un beso en la mejilla–. Es un gran honor para mí, pase lo que pase.

Una propuesta de matrimonio por parte de Henry Velikovsky no era algo que Copper pudiera rechazar a la ligera y, aun así, sentía que no podía aceptarla. No en ese momento y tal vez jamás. Aunque él cumpliera su palabra y no se interpusiera entre su carrera y ella, su libertad se vería mermada en alguna medida, esa libertad que tanto adoraba.

Convertirse en su esposa –y en la condesa Velikovsky, si es que alguien seguía dando importancia a esas cosas– la obligaría a cumplir con ciertas obligaciones. Sería inevitable que su energía se desviara de su trabajo, aunque solo fuera en parte, para centrarse en el hombre con el que se había casado. Era algo que había aprendido en su primer matrimonio. Y si luego llegaba un hijo…

Copper quería a Henry. Lo quería por su bondad y su encanto, por la seguridad que le ofrecía. El hecho de que fuera mayor que ella era otro factor que la atraía de él.

Otra cuestión era si ese cariño podía prender y transformarse en el calor duradero necesario para sostener un matrimonio. Tal vez fuera posible, pero solo si ella echaba leña al fuego. Hasta el momento, habían bailado juntos, se habían reído juntos y habían vivido en un mundo rutilante que se parecía demasiado a un cuento de hadas como para fiarse de él. Nunca se habían acostado y, hasta que eso no pasara, permanecerían en la antesala de la pasión, por llamarlo de alguna manera. Y Copper no estaba segura de querer abrir esa puerta.

Tras separarse de él, experimentó una extraña mezcla de euforia y tristeza. Ir cogida del brazo de un hombre como Henry contribuiría, sin lugar a duda, a cimentar su seguridad en sí misma, pero al mismo tiempo le resultaba frustrante ver cómo peligraba su recién descubierta libertad justo cuando acababa de obtenerla.

Dilucidar sus sentimientos hacia Henry no era tarea fácil. La diferencia de edad entre ambos, así como la diferencia entre sus ideas políticas, era sustancial. A Copper no le gustaba que él la hiciera sentir como una huérfana cándida, infantil e ingenua, como si necesitara que la rescatasen de los problemas en los que se había metido.

El hecho de que él fuera un hombre muy atractivo no hacía más que complicar sus sentimientos. Tras haberse librado de un marido autoritario y manipulador, no tenía prisa por hacerse con otro.

Y, tras llegar a esa conclusión, dejó de darle vueltas.

Capítulo 8

En el Pavillon de Marsan, la actividad era frenética. Se acercaba la fecha de la inauguración y los diseñadores daban los toques finales a los dioramas. La mayoría de las muñecas estaban terminadas: enigmáticos maniquíes con su ropita perfecta, dispuestos en grupos impenetrables. Dior había usado parte de la seda que habían ido a buscar con el Simca. Copper lo dejó revoloteando alrededor de sus diseños y se dio una vuelta por el salón con su cámara, sacando fotos de los detalles entre la confusión y el estruendo de las máquinas de coser y los golpes de las herramientas.

Todos los grandes modistos de París se encontraban allí. Copper había aprendido a reconocerlos e identificar su estilo. Ahí estaba el joven y delicado Jacques Faith, que con treinta y tantos años se había ganado el respeto del mundo de la moda. Ahí estaba también Elsa Schiaparelli, aristocrática y mística, vestida de negro de los pies a la cabeza y agachada sobre su maqueta, con sus ojos oscuros e intensos. Cerca de ella, el vasco Balenciaga, con un aspecto sombrío y angustiado parecido al de Elsa, trabajaba con la misma concentración, y detrás estaba encorvada Jeanne Lanvin, trastornada por la guerra y, según Suzy, que era amiga suya y vestía sus diseños, a punto de morir.

Mientras Copper miraba a su alrededor, alguien la llamó con voz alegre. Era Christian Bérard, con toda la ropa salpicada de pintura azul celeste y manchas también en la larga barba enredada. Sus brillantes ojos, casi del mismo color que la pintura, la miraban con picardía. Llevaba su pequeña *bichón frisé* blanca bajo un brazo, como siempre, y con la otra mano sujetaba el pincel grande que había estado usando.

–¡Copper! ¿Dónde está tu Anactoria?

–Hola, Bébé. ¿Quién es mi Anactoria? –preguntó ella con recelo, sabedora de que Bérard tenía una mente retorcida y hacía bromas sofisticadas.

–¿Quién va a ser? Suzy Solidor.

–No lo pillo.

–Ay, siempre se me olvida que te criaste entre lobos –dijo él en tono jovial–. Si hubieras recibido una educación en condiciones, sabrías que Anactoria era la amiga de Safo de Lesbos. Su amiga especial. –Puso sus protuberantes ojos en blanco para asegurarse de que ella entendía la insinuación–. Hoy es el cumpleaños de mi pequeña Jacinthe. –Despeinó el pelo rizado de la perrita–. El sábado por la noche doy una fiesta en mi estudio. No puedes faltar.

–Es que… el sábado por la noche ya he quedado con alguien.

–¿Con tu ruso? Vaya. Me han dicho que es muy gracioso –dijo con expresión divertida–. Insisto en que lo traigas, y no me puedes decir que no.

A Copper le pareció mala idea. No quería mezclar a Henry con el grupo de bohemios, pero tampoco quería negarse, porque Bérard era el mejor amigo de Christian Dior.

–Se lo preguntaré, te lo prometo.

–Y tráete también a tu pornográfica amiguita inglesa. Es encantadora.

–De acuerdo.

–Que Dios te bendiga, mi niña.

La santiguó con el pincel, como si fuera un cardenal salpicándola con agua sagrada, y a ella no le dio tiempo de apartarse antes de recibir una ducha de pintura azul celeste.

–Bébé, eres de lo que no hay –exclamó, enfadada.

Las carcajadas de él la siguieron mientras corría a lavarse.

Copper había advertido a Henry de que las fiestas de Bérard empezaban tarde, así que el sábado por la noche no se presentaron hasta las once. Él llevaba un atuendo formal, como siempre: esmoquin con un pañuelo largo de seda. Ella no podía sacudirse la inquietud por la inminente confluencia de sus dos mundos. Lo que pensaría Henry del grupo de Bérard y lo que pensarían ellos de él resultaba imponderable.

Pearl los acompañaba y estaba irritable y nerviosa, cosa que indicaba que no se había metido su chute.

El estudio, un espacio cavernoso en un viejo edificio de Montparnasse, ya estaba lleno de gente. Bérard lo había calentado con la estufa hasta el punto de que el calor era sofocante. La mayor parte de sus invitados llevaba la ropa extraordinaria propia de tales ocasiones, pero Bérard iba vestido con su pijama y una bata cubierta de ceniza de cigarrillo. Copper apenas lo había visto con ninguna otra indumentaria. El hombre se abrió paso entre la multitud para darles la bienvenida, con Jacinthe bajo el brazo, como siempre.

—Bienvenidos, bienvenidos —gritó—. Y aquí tenemos a Pearl. Qué boca, qué curvas. Querida, estás para darte un bocado. Y este… —Con los ojos azules a punto de salírsele de las cuencas, le hizo a Henry un remedo de reverencia—. Este es sin duda el dios Apolo que ha bajado del Olimpo. ¡Te saludo, Febo Apolo! Te presento a Jacinthe, en cuyo honor has bajado a la Tierra. Hoy es su cumpleaños; puedes besarla —dijo al tiempo que le tendía la perrita lanuda.

Copper se preguntó cómo le iba a caer a Henry aquel artista gordo y desaseado, con su comportamiento excéntrico y su barba salvaje y que era evidente que estaba ya borracho como una cuba. Pero no tendría que haberse preocupado, porque a Henry pareció divertirle mucho y le dio un beso solemne a Jacinthe.

Bébé los introdujo entre la multitud y empezó a presentarles a su extraña colección de amigos. La mayoría de los modistos habían acudido a la fiesta, incluso Balenciaga –alto, de una belleza enigmática y vestido de manera intachable–, quien parecía mareado por el ruido y el caos que lo rodeaban.

También estaba allí Poulenc, así como un hombre alto y anguloso que resultó ser Darius Milhaud. Bérard presentó a Henry a su taciturno amante ruso, el bailarín de *ballet* Boris Kochno. Copper los dejó hablando en ruso y se puso a deambular por el estudio.

La mesa de trabajo estaba atestada de botellas de alcohol de todos los tipos y colores y alguien le sirvió un vaso de licor de menta, que estaba muy bueno. Copper se puso a caminar entre la gente, escuchando a medias el murmullo de las conversaciones. Sobre las paredes del estudio había apilada una colección de creaciones de Bérard, terminadas y en curso. Había decenas de dibujos de moda, que producía sin esfuerzo para modistos y revistas. Era el artista preferido de Coco Chanel, así como de Elsa Schiaparelli y Nina Ricci, todas las cuales toleraban su notoria irresponsabilidad y sus frecuentes borracheras porque su trabajo tenía un glamur indefinible que nadie más era capaz de lograr.

Por encima de la gente sobresalían también varios objetos de atrezo enormes para el Ballet des Champs-Élysées que Bérard había contribuido a crear junto a Boris Kochno, así como algunas piezas que estaba realizando para el Théâtre de la Mode. Casi ocultos entre todas aquellas obras se encontraban los lienzos al óleo que pintaba por puro placer. Copper se paró delante de un retrato de Boris, un cuadro espléndido. Sin lugar a duda, Bérard era un artista prodigioso que expresaba su talento sin escatimar esfuerzos. Se preguntó cuánto tiempo aguantaría ese ritmo de trabajo y su adicción al opio y el alcohol antes de sucumbir a la muerte. Copper había visto morir a George Fritchley-Bound de la misma manera.

Entrada la madrugada, cuando más bullicio reinaba en la fiesta y más gente había reunida, llegó por fin Suzy Solidor, ataviada con una chaqueta china roja y dorada de cuello alto. A Copper le pareció que estaba arrebatadora y se abrió camino hacia ella como atraída por la fuerza de un imán. La cabeza le daba vueltas por los vasos de licor de menta que había bebido.

–*Chérie!* –la saludó Suzy con entusiasmo. Hacía varios días que no se veían–. Te he echado mucho de menos.

–Ven, quiero presentarte a Henry.

A Suzy le cambió la expresión.

–No quiero conocer a ese hombre. Supongo que sabes que es un espía, ¿no?

–Es un buen hombre.

–No hay hombres buenos. ¿Por qué lo has traído aquí?

–Bébé lo invitó. No te pongas celosa.

–Pues claro que me pongo celosa. Me moría de ganas de estar contigo a solas.

Copper se rio.

–Estamos en una fiesta, Suzy.

La cantante paseó la mirada por la multitud hasta llegar a donde Henry hablaba con Boris.

–Tienes debilidad por los hombres rudos y atractivos. ¿No ves que lo único que quieren es dominarte? Aunque a lo mejor es lo que te gusta. Unos labios carnosos para besarte y unas botas gruesas para darte patadas.

–Al menos ven a hablar con él. Ya verás como es encantador.

–No tengo ningún deseo de rendirme a sus encantos.

Copper se dio por vencida.

–¿Quieres beber algo? Hay una colección de botellas raras y maravillosas.

–No, tengo algo mejor. Ven conmigo. –Suzy la cogió de la mano y tiró de ella para sacarla del estudio y hacerla subir por la escalera hasta el piso superior. En el apartamento silencioso había un dormitorio con las luces apagadas–. No enciendas la luz –le pidió.

Cerró la puerta con llave y corrió las cortinas. Por debajo

de Montparnasse se extendía una vista panorámica de París mientras una gélida luna llena iluminaba el cielo.

–Qué mágico.

–Es medianoche –dijo Suzy–. Medio París le está haciendo el amor al otro medio. –Sacó una pitillera en la que había un único cigarrillo–. El mejor hachís marroquí.

Copper se cogió las manos a la espalda.

–Pues… no estoy segura de querer probarlo. Nunca he tomado hachís. Así que todo para ti.

–Te aseguro que es divino. ¿Por qué dudas?

–Bueno, he venido con Henry y…

–¿Qué tiene que ver él con esto? ¿Acaso controla tu vida?

–No, nunca me dice qué tengo que hacer.

–No tardará en empezar. No te fíes de él. Esta gente… es muy arrogante y prepotente.

Copper no pudo pasar por alto el comentario.

–La verdad es que es un poco dominante.

–Los odio. Se creen que son nuestros dueños. ¿Ya te ha pedido que seas su amante?

–Me ha pedido que sea su mujer –contestó Copper, y se arrepintió de sus palabras en cuanto salieron de su boca.

Suzy se enfureció.

–¡¿Cómo se atreve?!

–A decir verdad, me halagó mucho.

Suzy se encaró con ella.

–No te estarás planteando aceptar, ¿no?

–Todavía no.

–¿«Todavía»? ¿Qué quieres decir con «todavía»? No me digas que te lo estás pensando.

–Todo es posible –dijo Copper con una sonrisa.

–Tienes un gusto pésimo para los hombres –repuso Suzy con brusquedad.

–Bueno, no hablemos más de ello.

–Entonces, fuma hachís conmigo.

–Mejor que no.

–Bobadas. –Suzy encendió el porro, le dio una calada profunda que le llenó los pulmones de humo y luego lo exhaló sobre las vistas de París–. Ven aquí, amor mío. Fuma conmigo.

Copper aceptó el porro a regañadientes, con la esperanza de que eso aplacara a Suzy, y le dio una calada. De inmediato, el humo denso y acre le dio arcadas y, aunque Suzy le cubrió la boca con fuerza para impedir que lo exhalara, Copper se la sacó de encima y se puso a toser.

–Voy a vomitar.

–Ni hablar. Vamos, otra vez.

Le tendió el porro a Copper y la obligó a darle varias caladas.

–No puedo más –dijo ella, ahogándose–. Ya basta.

Suzy le dedicó una sonrisa enigmática y cogió de nuevo el porro entre los dedos.

–¿No te parece maravilloso?

Copper analizó la extraña sensación que se expandía por su cabeza, como si el cerebro se le estuviera dilatando dentro del cráneo.

–Me siento rara.

–Me lo pasó un oficial alemán que venía a mi club y lo tenía guardado para una ocasión especial.

–¿Y si la *épuration* se entera? –A Copper se le escapó una risita. Empezaba a sentirse inquietantemente mareada–. Un regalo de un nazi.

–No he dicho que fuera un regalo. Tuve que pagar por él.

–¿Cómo? –no pudo evitar preguntar Copper.

–Le presté un servicio.

–No seas tan misteriosa. ¿Qué clase de servicio?

–Te lo enseñaré… si sigues fumando conmigo.

Pese a saber que no era lo más sensato, Copper aceptó el porro que le ofrecía y lo volvió a intentar. Esta vez le costó menos inhalar el humo aceitoso y los pulmones no le dolieron. Se lo fumaron entre las dos mientras la habitación se llenaba con el efluvio áspero, como de incienso, y Copper notó cómo todas sus preocupaciones e inhibiciones se esfumaban como por arte de magia. Durante un rato, sus sentidos se exacerbaron: todos los sonidos de la fiesta del piso de abajo vibraban a través de su cuerpo y el aire de la habitación era como una caricia fría sobre su piel. Luego la realidad se disipó y Copper se puso a bailar en silencio por la estancia, con los brazos flotando como si tuviera alas.

–¿Cómo te sientes? –preguntó Suzy, siguiendo la danza con sus ojos oscuros.

–Como un personaje de cuento. O un pájaro. O un ángel.

–Y, ahora, ¿quieres que te enseñe qué servicio le presté al oficial nazi?

–Por favor.

Suzy empezó a desabrocharse lentamente el *cheongsam* que llevaba, con la mirada clavada en Copper, cuyo corazón empezó a latir desbocado. Un lado del vestido rojo y dorado se deslizó hacia abajo, dejando al descubierto la mitad del cuerpo de Suzy, que no llevaba nada debajo de la seda. La luna iluminaba con su luz plateada la curva de su pecho, el firme contorno de su torso y su abdomen, dejando en la sombra su ombligo y su monte de Venus. El rostro de Suzy era medio perla, medio sombra.

–Ven –dijo en voz baja. Copper se vio transportada hacia delante, como si ya no tuviera control sobre sus extremidades–. Hice que se arrodillara ante mí, con su uniforme y sus botas relucientes. *Comme ça.* –Empujó a Copper hacia abajo por los hombros y ella se arrodilló ante Suzy con actitud sumisa, mirando hacia arriba. Los dragones rojos y dorados del *cheongsam* escupían fuego hacia ella, como si hubieran cobrado vida de manera sinuosa y se contornearan con pausada voluptuosidad. Suzy abrió por completo el *cheongsam* y acercó a Copper a su monte de Venus hasta que el vello rozó sus labios–. *Cet officier allemand... voici ce qu'il voulait, tu comprends?*

–*Oui* –susurró Copper.

–Me reí de él. Pero de ti no me río. –Ahora Suzy presionaba con más anhelo la boca de Copper al tiempo que separaba sus muslos–. Por ti siento algo completamente distinto. Te deseo. Me entrego a ti. –Ella también se arrodilló y pegó su cuerpo desnudo al de Copper–. ¿Te repugno?

–No.

–¿Ni siquiera cuando te cuento que disfruté haciendo de *putain*?

–No me repugnas.

–¿De verdad? Yo a veces me repugno a mí misma.

Le dio un prolongado beso en los labios y esta vez, cuando la lengua de Suzy se abrió paso entre los dientes de Copper, fuerte y firme, como todo en la cantante, no se resistió, sino que dejó que explorara su boca y llenara sus cavidades. Las manos de Suzy moldearon sus pechos y se deslizaron por debajo de su ropa, buscando sus muslos. El contacto provocó un escalofrío a Copper, atrapada entre las volutas de un dragón mucho más fuerte que ella, abrumada por su deseo y su voracidad. Su propia debilidad le resultaba deliciosa y sentía que su cuerpo se estaba derritiendo como la miel.

En la distancia, oyó que alguien la llamaba: era la voz de Pearl desde la escalera. Sin saber cómo, Copper encontró la fuerza de voluntad para apartarse de Suzy,

–Me están buscando –dijo con voz trémula.

–Déjalos que miren –siseó Suzy.

–Tengo que irme.

–No. Quédate conmigo.

–No puedo. –Copper se incorporó con las piernas flojas y se recompuso la ropa–. Lo siento.

Muda de rabia, Suzy se levantó y se abrochó el *cheongsam*.

–Eres una cobarde.

–No te lo tomes así.

Suzy le cogió la cara con ambas manos y le dio un beso apasionado en los labios, con tanto fervor que le hizo daño.

–Eres mía y solo mía.

Pero Copper solo oía a Pearl gritando su nombre y se separó, negando con la cabeza.

–No puedo quedarme. Yo bajo primero y tú después.

–Aquí estás, Copper Pot –dijo Pearl, que se encontró con ella a mitad de la escalera. Las dos se sumergieron de nuevo en la ensordecedora algarabía del estudio–. ¿Dónde estabas? –le preguntó–. Te he buscado por todas partes.

–He salido a tomar el aire.

–¿Con el frío que hace? Vas a pillar un constipado de padre y señor mío. Tengo que volver a casa; necesito un chute. –Cogió a Copper de la mano, que en efecto estaba fría como el hielo–. ¿Qué te pasa?

–Nada –contestó ella débilmente.

Pero la verdad era que estaba asustada y mareada. La droga era muy potente y le costaba mucho disimular sus efectos.

–¿Te encuentras mal?

–Estoy bien –musitó Copper.

La fiesta, un carnaval de música y color, estaba en pleno apogeo. Bérard se había puesto uno de los trajes de *ballet* que colgaban de las paredes –un extravagante disfraz de payaso de un naranja y un amarillo vivos– y bailaba entre los aplausos de los asistentes. Tenía la cara inyectada en sangre y los ojos casi cerrados. Estaba perdido en su propio mundo.

Henry se abrió camino entre el gentío para reunirse con ella y se la quedó mirando.

–¿Te encuentras bien, Copper?

–Estoy bien –repitió ella.

–Estás muy pálida.

–Es solo cansancio.

–Estaba con esa mujer –dijo Pearl, y señaló a Suzy Solidor, una figura espectacular en el otro extremo del estudio, con su pelo rubio platino y su traje chino rojo y dorado.

Durante un instante, su mirada se cruzó con la de Copper y

luego siguió con su conversación con una expresión de indiferencia en su perfil aguileño.

Copper se tambaleó y Henry le pasó el brazo por los hombros.

—Tal vez deberías irte a casa, querida.

—Tienes razón —dijo Copper con un hilillo de voz—. Es hora de irme.

Cuando los tres salieron a la calle, Copper dio un traspié y Henry tuvo que sujetarla para que no perdiera el equilibrio. En su rostro se veía que estaba preocupado por ella. Hacía un frío penetrante y una capa reluciente de hielo empezaba a formarse sobre las superficies metálicas. Tuvieron que bajar por la calle empinada y adoquinada para encontrar una calle más amplia donde parar un taxi. Aunque Henry sostenía con fuerza a Copper, los zapatos de ella patinaban sobre el suelo y estuvo a punto de caer dos veces. Estaba muy callada. El bullicio de la fiesta de Bérard se fue apagando a su espalda y se vieron envueltos por el silencio que reinaba en la ciudad.

—Ojalá no hubiéramos ido —masculló Pearl, enfadada.

Henry no dijo nada, concentrado en asir a Copper. Por suerte, encontraron a un taxista que había empezado pronto su turno y emprendieron el camino de vuelta a casa. Copper se reclinó en el asiento, con los ojos cerrados y la cara pálida. No respondía a las preguntas y Pearl estaba furiosa.

—Le ha hecho algo.

—¿Quién le ha hecho algo? —quiso saber Henry.

—Esa tortillera.

—¿Te refieres a la señorita Solidor? ¿Qué le ha hecho a Copper?

—Le ha dado algo; la ha drogado. Conozco los síntomas, créeme.

Cuando llegaron a la Place Victor Hugo, Copper se encontraba fatal. Corrió hacia la pila que se hallaba en la esquina de su dormitorio, bajo las tiras colgadas de negativos revelados, y vomitó con violencia, agarrándose con tanta fuerza a la cerámica que se le pusieron los nudillos blancos. Tenía la piel fría y húmeda y su rostro estaba blanco como el marfil. Henry le sujetó la frente, con el otro brazo alrededor de su cintura. Pearl cogió una toalla y le secó la cara.

Cuando se le pasaron las náuseas, Henry y Pearl la ayudaron a acostarse. Los extraños pensamientos que le rondaban por la cabeza empezaban a perder intensidad y la sensación de pánico se le había pasado. Henry le dio un beso y se marchó con una sensación de desasosiego.

Pearl estaba enfadada.

–Para ella significas menos que esto –dijo, chasqueando los dedos–. ¿De verdad crees que le importas? Porque no es así. ¿No te das cuenta de que es… una actriz despiadada que hace de sus perversiones un espectáculo a cambio de dinero? Henry, en cambio…

–No me hables de Henry.

–Es un buen hombre, Copper.

–¿Qué vas a saber tú de él?

–Sé reconocer un diamante cuando lo veo. Si no renuncias a Suzy, lo perderás.

–No voy a renunciar a Suzy. Antes renunciaría a Henry.

–Oh, por el amor de Dios.

Copper se puso de lado.

–Vete. Voy a dormir.

Sucumbió al sueño casi al instante, con una apariencia absurdamente juvenil, el pelo cobrizo desparramado sobre la cara y la boca morada medio abierta.

Al día siguiente, se levantó con un dolor de cabeza martilleante y se pasó el día entero con resaca e indispuesta. Henry fue a verla para ver cómo se encontraba, pero Copper estaba apática y no le hizo mucho caso. Se quedó sentada sin energía, mirando el suelo, y contestó a sus interrogantes con monosílabos.

–¿Qué pasó anoche entre Suzy Solidor y tú? –preguntó él en voz baja.

–Nada –masculló ella.

–Entonces, ¿por qué estás así?

–Tengo resaca. Bebí demasiado y…

–¿Y?

–Fumé un poco de hachís.

–¿Quién te lo dio? –quiso saber Henry–. No me lo digas; me lo imagino.

–Bien por ti.

Él la observó con sus ojos oscuros.

–Esa mujer no es amiga tuya, Copper.

–Tienes celos –le espetó ella.

–Estoy preocupado.

–Pues no lo estés. Puedo ocuparme de mi propia vida sin tu ayuda.

–Esto no acabará bien –dijo él en tono sombrío.

Una vez se hubo marchado, a Copper le costó concentrarse en su trabajo y decidió que el hachís no era para ella. Aunque perdonaba a Suzy por intentar que lo experimentara, no iba a repetir.

El otro experimento –la sensación del cuerpo desnudo de Suzy sobre el suyo– la había dejado confundida, pero, al mismo tiempo y en cierto sentido, excitada. El hecho de que Pearl estuviera malhumorada con ella y no dejara pasar la oportunidad de pincharla no ayudaba mucho. Pero se sentía viva, sensual y con todas las terminaciones nerviosas de su cuerpo encendidas.

Al cabo de unos días, Dior fue a verla al piso de la Place Victor Hugo.

–Hace días que Bébé no se pasa por casa. Desde la fiesta. En el pabellón lo necesitan desesperadamente; tenemos que encontrarlo. Me han prestado un coche. ¿Puedes conducir tú?

–¿Qué crees que le ha pasado? –preguntó Copper cuando se pusieron en marcha.

–Lo de siempre –contestó Dior–. Una juerga que se ha convertido en borrachera y luego en orgía. Y después ha desaparecido.

–¿Dónde puede estar?

–Primero buscaremos debajo de los puentes. Suele acabar allí.

–¿Me tomas el pelo?

–No –contestó él con tristeza–. Es así.

Recorrieron con el coche las orillas del Sena, parándose en cada puente. Bajo los arcos de algunos de ellos había colonias de *clochards*, vagabundos sin hogar, desertores e indigentes, la mayoría de ellos alcohólicos. Hacía un frío glacial y Copper vio al menos una figura tumbada e inquietantemente inmóvil en la orilla del agua. Dior la hizo esperar en el coche mientras él se abría camino entre los grupos de personas acurrucadas y estudiaba con meticulosidad los rostros sucios y con barba.

–No está aquí –dijo al subir al coche tras la tercera inspección–. Hay treinta y siete puentes en París. Esto nos va a llevar un buen rato.

–No importa –dijo ella–. Estoy a tu disposición.

–Te lo agradezco mucho. –Él tenía las mejillas sonrojadas por el frío e iba vestido impecablemente, como siempre, por poco dinero que tuviera. Llevaba sombrero y un bonito abrigo inglés–. Vayamos al Pont de Grenelle; es uno de sus sitios preferidos. –Al ponerse en marcha, se acurrucó dentro de su abrigo como un pájaro que ahuecara sus plumas–. ¿Cómo van las cosas con Henry? –preguntó.

–Hace días que no sé nada de él.

–Me han dicho que pasó algo en la fiesta –comentó Dior con delicadeza.

–Me emborraché con licor de menta –contestó ella, quitándole importancia–. Eso es todo.

–No lo dejes escapar.

–Tian…

–No te voy a decir nada más. ¡Cuidado, *ma petite*! –exclamó de pronto.

Copper pisó el freno a fondo. Un numeroso grupo de hombres había bloqueado la calle, obligándola a parar. Marchaban con resolución hacia el río, sujetando pancartas en la mano. Hacía ya varias semanas que en Francia había agitación política, marcada por huelgas recurrentes que a menudo paralizaban París durante varias horas seguidas. Sin embargo, aquella era la manifestación más concurrida que Copper había visto.

—Voy a sacar unas fotos —dijo al tiempo que cogía la cámara, que iba con ella a todas partes.

—Ten cuidado —le pidió Dior, inquieto—. Puede ser peligroso. Llevan una ropa espantosa.

Tras tomar nota mental del ocurrente comentario para compartirlo en una sobremesa, Copper bajó del coche y se dirigió hacia los huelguistas, enfocando ya el visor. Los hombres tenían expresiones hoscas y entonaban eslóganes que se confundían unos con otros. Copper vio que muchas de las pancartas lucían la hoz y el martillo. Como había señalado Dior, eran obreros vestidos con monos y gorras. El repiqueteo de sus chanclos de madera se volvió ensordecedor a medida que más hombres se sumaban a la marcha desde una calle secundaria. Durante un rato, Copper pudo hacerles fotografías sin que ellos le prestaran atención, hasta que uno o dos empezaron a gritarle, enfadados.

—Copper —la llamó Dior desde el coche, con voz trémula—. ¡Vámonos!

En el centro de la manifestación, los hombres llevaban una pancarta grande que ondeaba entre dos palos. Copper quería sacarle una foto cuando llegara a su altura.

—¡Un momento! —le gritó a Dior.

—¡Copper!

En ese momento, notó que algo pasaba silbando junto a ella, pero hasta que no oyó cómo se rompía sobre los adoquines, a su espalda, no se dio cuenta de que se trataba de una botella. Sobresaltada, alzó la vista del visor, justo a tiempo de ver a un hombre arrojar otra cosa en su dirección: una piedra grande. Se apartó con agilidad hacia un lado y la vio pasar por delante sin que la alcanzara.

—¡Eh! —chilló—. ¿A qué ha venido eso, cabezas de chorlito? Estoy de vuestra parte.

Como respuesta, recibió una lluvia de insultos y, al darse cuenta de que varios hombres tenían los brazos en posición para arrojarle más proyectiles, giró sobre sus talones y corrió hacia el coche, donde Dior la esperaba, consumido por el pánico.

—¿Te has vuelto loca? —jadeó—. Tenemos que irnos de aquí.

Ella agarró el volante y dio la vuelta con el coche lo más rápido que pudo, subiéndose al bordillo en sus ansias de alejarse. Varios proyectiles surcaron el cielo y rebotaron en la carrocería.

—Están a la que saltan, ¿no? —resolló al tiempo que se peleaba con la palanca de cambios—. Que me insulten en francés no me importa, pero tirarme pedazos de ladrillo me parece demasiado.

—¡Acelera!

Mientras se alejaban a toda velocidad, algo se estampó con gran estruendo en la ventanilla trasera, que se resquebrajó como una telaraña.

—Santo cielo —dijo Copper, examinando los daños por el retrovisor—. Pero ¿qué les hemos hecho?

—Es el coche —dijo Dior, que no había dejado de temblar—. Son comunistas y piensan que cualquiera que tenga coche debe de ser rico. Por el amor de Dios, no vuelvas a hacerme esto nunca más. Vamos a mirar bajo el puente de Passy.

El trayecto transcurrió sin incidentes y ambos bajaron a buscar entre la basura que se acumulaba bajo los arcos del gran puente. Un perro callejero les lanzó un gruñido antes de echar a correr y varios *clochards*, acurrucados para protegerse del viento, les dedicaron miradas turbias y recelosas. Algunos habían encendido brasas para calentarse y, a pesar de que todavía era por la mañana, se aferraban a sus botellas de vino barato. Por encima de ellos, un tren metropolitano pasó traqueteando lentamente en dirección a Passy y los roció con una lluvia de polvo negro. Todo el lugar destilaba frío, suciedad y desolación.

De pronto, Dior dejó escapar un grito y se acercó a paso ligero a una pila de basura amontonada contra uno de los pilares de hierro que sostenían el puente. Copper lo siguió tiritando por el frío. El montón de basura resultó ser un hombre y el hombre resultó ser Bérard.

Dior lo ayudó a sentarse, con lágrimas corriéndole por las mejillas.

–*Mon pauvre ami* –dijo con voz entrecortada–. ¡Bébé! *Tu m'entends?* Dios mío, Copper, hace tanto frío que está medio muerto. ¡Ayúdame!

Copper se arrodilló junto a Bérard y lo contempló horrorizada. Estaba irreconocible. Tenía la cara hinchada y llena de moratones por un lado, como si se hubiera caído o lo hubieran golpeado. Su barba, siempre enredada, estaba apelmazada y mugrienta, y apestaba a alcohol… y cosas peores. Cuando intentaron despertarlo, entreabrió los ojos abotargados, pero, por lo demás, parecía estar inconsciente.

–¡Bébé! –exclamó Dior, con la voz desgarrada–. *Peux-tu m'entendre?*

Bérard se limitó a gruñir. No podía caminar y, como pesaba mucho, el proceso de llevarlo hasta el coche resultó agotador.

–Nunca lo había visto tan mal –jadeó Dior, cargando con el peso de su amigo–. Mi pobre amigo. La culpa es mía; he estado tan ocupado con las malditas muñecas que lo he desatendido.

–No es culpa tuya –repuso Copper–. ¿Por qué se maltrata así?

–Ha trabajado tanto en el puñetero Théâtre de la Mode que ha sufrido un colapso nervioso y esta es su manera de evadirse.

Acarrearon a Bérard hasta el asiento trasero del coche y, con lágrimas en los ojos, Dior registró los bolsillos de su cochambroso abrigo y sacó un puñado de pipas de opio ennegrecidas, una jeringuilla y una botella de algo que parecía aguarrás.

–*Merde* –dijo, tirándolo todo.

Copper se fijó en que las manos pequeñas y sucias de Bérard seguían manchadas de la misma pintura azul celeste que había usado unos días atrás. Por alguna razón, aquel detalle hizo que ella también se echara a llorar.

—¿Adónde vamos a llevarlo? —preguntó.

—Al hospital de la Pitié-Salpêtrière. Allí hay un médico que sabe tratar los problemas de Bébé.

—¿En qué consiste el tratamiento?

—En algo que ninguno de nosotros somos capaces de hacer —contestó Dior en tono lúgubre—. Encerrarlo en una habitación y dejar que grite.

Al llegar a su apartamento, Copper se encontró a Henry esperándola.

—No soporto estar a malas contigo —empezó él—. Perdóname si dije algo que te molestó; solo estaba preocupado por ti. ¿Podemos hacer las paces?

—A veces eres un bravucón. Lo sabes, ¿no?

—Lo sé y te pido perdón. —Le dio un beso en la mejilla—. Has estado llorando. ¿Qué ocurre?

—He ido a buscar a Bébé Bérard con Tian. —Copper le contó lo sucedido aquella mañana—. Cuando hemos llegado a la Pitié-Salpêtrière, ha sido horrible. Bébé ha vuelto en sí mientras se lo llevaban y, al darse cuenta de dónde estaba, ha empezado a suplicarnos que no lo dejáramos ahí. Lloraba a mares y Dior también. Y, cuando lo han encerrado en la habitación, se ha puesto a gritar como un niño. Ha sido tan espantoso que me he tenido que tapar los oídos y salir de allí.

—Él es el único responsable —dijo él en tono cortante.

—Henry, me ha dado mucha lástima.

—Deberías reservar tu lástima para alguien que la merezca. Si Bérard quiere comportarse como un animal, que sufra como sufren los animales.

—Qué cruel eres —exclamó ella.

—No soy cruel; tengo disciplina. Y me disgusta la falta de disciplina en cualquiera, por muy inteligente que sea.

—Mientras lo buscábamos, hemos tenido un encontronazo con unos huelguistas. Me paré a sacarles fotos y ellos nos arrojaron botellas y piedras y acabaron rompiendo un cristal del coche.

—Son gente peligrosa —dijo él con cara seria—. No quiero que te acerques a ellos.

—Soy periodista —le recordó ella—. Mi trabajo es fotografiar estas cosas.

—Ellos no lo saben. Lo único que ven es una cámara y piensan que eres de la secreta.

—¿Te parece que tengo aspecto de policía secreta? —preguntó ella, enarcando una ceja.

Él meneó la cabeza con gesto grave.

—No mucho. ¿Sabes algo de tu marido?

—Recibí una carta, pero fue hace tres semanas. Lo único que me decía es que había llegado a un campo de concentración nazi y que era estremecedor. No tengo ni idea de donde está o qué hace en este momento. Le escribí, pero no me ha contestado.

—¿Lo echas de menos?

Copper era incapaz de mentir a Henry. Ambos se contaban siempre la verdad.

—A veces consigo convencerme de que el dolor ha pasado, pero otras me siento muy desdichada. Tuvimos nuestros momentos felices.

—Claro.

—¿Por qué no respetó nuestra felicidad? —quiso saber Copper—. ¿No podría haber aprendido a ser fiel? ¿No tenía suficiente conmigo?

—Creo que no era consciente de lo que tenía ni de lo afortunado que era.

—¿Tú echas de menos a tu mujer?

—Por supuesto. A veces creo que es mejor que la muerte sea

rápida y te coja por sorpresa que irse apagando poco a poco. Ojalá pudiera recordar a mi mujer como era antes de la enfermedad, llena de vida y entusiasmo, y no como la inválida asolada por el sufrimiento en que se convirtió.

–Tuvisteis que enfrentaros juntos a muchas cosas. ¿Crees de verdad que alguien podría ocupar su lugar?

–Nadie puede ocupar el lugar de otra persona; el amor no funciona así. Uno puede amar más de una vez, pero cada amor es memorable de una manera distinta.

–Estoy de acuerdo.

–¿Qué harías si tu marido quisiera volver contigo?

–Lo nuestro se ha acabado –contestó ella con firmeza–. No hay vuelta atrás. –Alzó la vista hacia el rostro tenuemente iluminado de Henry–. Si no acepté de inmediato tu propuesta de matrimonio, no es por Amory.

–No hace falta que me contestes todavía, querida. Soy un hombre paciente.

Capítulo 9

Al día siguiente, París se despertó con sus calles cubiertas de carteles que convocaban una huelga general. En los carteles, impresos en papel barato y llenos de manchas, se veía, la hoz y el martillo del Partido Comunista, lo cual despertó el interés de Copper. Le recordó a las octavillas que se repartían en Nueva York durante la Depresión.

Unos días después, aparecieron carteles aún más escabrosos, con una leyenda que decía: TOUS AUX BARRICADES, «Todos a las barricadas». Era un eslogan que no se había usado desde la partida de los nazis y, aunque en el vecindario señorial donde vivía Copper no habían aparecido barricadas, por lo visto los ciudadanos estaban obedeciendo al viejo grito de guerra en la margen izquierda de la ciudad, la zona más revolucionaria de París. Sin lugar a duda, tenía que cubrir aquella noticia. Armada con su cámara y vestida con su abrigo más viejo y unos zapatos planos y resistentes (los taxis y autobuses se habían sumado a la huelga general), se dirigió al Quartier Latin.

Y en efecto, cerca de la Place Saint-Michel se encontró con una barricada hecha con un *pissoir*. Copper aún no se había acostumbrado a la presencia de aquellos urinarios de hierro fundido que podían encontrarse incluso en las calles más elegantes de París, diseñados de manera que lo único que se veía eran las piernas de los usuarios, exclusivamente masculinos. Este en concreto lo habían arrancado del pavimento y lo habían arrastrado hasta el centro de la calle, donde, con su tonelada de peso, constituía un contundente obstáculo para el tráfico, custodiado por veinte o treinta hombres y mujeres. Copper hizo un par de fotografías, aunque dudaba que un editor publicara una foto en la que un urinario público se usaba como mensaje político.

–No puedes pasar –le dijo a Copper una de las mujeres encargadas de la barricada al tiempo que le devolvía de un manotazo su pase de prensa–. Estamos aquí para bloquear el paso a todos los cabrones fascistas.

–Pero yo no soy una cabrona fascista –protestó ella.

Un hombre con un brazalete blanco como los de la Resistencia y un casco militar se acercó a Copper con calma. No se había afeitado y del labio inferior le colgaba un cigarrillo Gauloise.

–*Salut*, camarada. ¿Te acuerdas de mí?

Copper reconoció la cara arrugada y la actitud despreocupada de François Giroux, el autoproclamado líder maquis que la había acompañado a conocer a Christian Dior.

–¡*Monsieur* Giroux! ¿Cómo va todo?

Él se encogió de hombros.

–*Comme ci, comme ça*. Trabajando a favor de la revolución, como siempre. –Se abrió la chaqueta para mostrarle la cinta negra y roja prendida de su cazadora–. Me han otorgado la Médaille de la Résistance.

Copper tomó nota del revólver metido en la cinturilla del pantalón.

–Enhorabuena.

–Debería haber sido la Légion d'Honneur –dijo él con amargura–, pero saben que soy comunista. ¿Adónde vas con tanta prisa?

–Me he enterado de que hoy hay una gran manifestación.

–¿Y quieres ir de público, como si fuera un acontecimiento deportivo?

–Soy periodista –replicó ella con dignidad.

Giroux le dio varias caladas rápidas al Gauloise, regándola de pavesas.

–¿Periodista? Escribes sobre esos hijos de puta que cobran veinte mil francos por un vestido, dinero suficiente para que una familia de clase obrera coma durante un año. ¿A eso lo llamas periodismo?

–Bueno, si me dejáis pasar, hoy escribiré sobre otra cosa.

–¿Cómo sabemos que no eres una espía?

–Sabes muy bien que no soy una espía –repuso ella, indignada.

Pero él no parecía dispuesto a ceder.

–Me he enterado de que tu marido te abandonó y que eres muy amiga de la *comtesse* Dior. ¿Cómo está el viejo mariquita?

–No lo llames así.

El hombre le mostró sus dientes afilados.

–Por lo visto, tienes predilección por los degenerados. ¿A qué se debe?

–Me gusta porque tiene talento y es atento y generoso –contestó ella con contundencia–. ¿Vais a dejarme pasar?

Él entornó los ojos para protegerse del humo del cigarrillo.

–¿Cuánto vale el pase para ti?

Lisa y llanamente, estaba jugando sus cartas para que ella le ofreciera dinero. Copper sacó un par de billetes de cien francos y se los dio.

–Para contribuir a la revolución.

Él se guardó el dinero en el bolsillo, arrojó el cigarrillo a la alcantarilla y le tendió un casco.

–Ponte esto –dijo, con un guiño malicioso–. Va a ser una mañana entretenida, te lo aseguro.

–Gracias.

–Es por aquí. –Señaló con el pulgar por encima de su hombro–. Pero ve con cuidado con la cabeza, camarada. Los matones capitalistas no se andan con chiquitas.

–Y nosotros tampoco –gritó una mujer a espaldas de Copper.

El casco pesaba más de lo que parecía y se le calaba hasta las cejas. Copper atravesó la barricada y se adentró en el Barrio Latino. A pesar de la llovizna que había empezado a caer, las calles estaban tan bulliciosas como siempre y Copper lamentó, no por primera vez, haber permitido que Dior la instalara en la parte refinada de la ciudad. Seguramente se habría divertido más viviendo allí, entre artistas y revolucionarios. Aunque ella no fuera artista ni revolucionaria, lo que tenía clarísimo era que tampoco era una cabrona fascista.

Tras recorrer varias calles, el arte empezó a dar paso a un ambiente más revolucionario. Grupos de hombres y mujeres marchaban con pancartas y entonando eslóganes. Daba la sensación de que se dirigían todos al mismo sitio y Copper se unió a ellos. Desde lo alto llegaban cánticos generalizados y, al escucharlos, empezó a acelerársele el corazón. Le recordó a cuando marchaba con su padre y sus hermanos por las calles del Lower East Side.

El punto de reunión era una gran plaza bordeada de árboles cenceños y corrientes. En la zona se habían congregado ya varios miles de personas, que cantaban «La Internacional» y agitaban sus pancartas. Se había montado un escenario, engalanado con banderas rojas, donde a todas luces se iban a pronunciar los discursos. Las gotas de lluvia que caían como agujas no parecían desalentar a nadie.

Para conseguir un plano general de la tumultuosa escena, Copper pidió a varios hombres que la impulsaran para subirse a uno de los árboles. Ellos accedieron con una sonrisa, encantados de poder agarrar su trasero, y Copper trepó por una rama bastante fina para obtener la fotografía que buscaba. Aunque era una buena perspectiva, quería volver a sumergirse en la multitud, pero, antes de que pudiera pedirle a su cuadrilla de jóvenes que la ayudaran a bajar, el ambiente en la plaza cambió de improviso.

El gentío se había quedado en silencio, lo cual permitía que se escuchara el repiqueteo de cascos de caballos sobre los adoquines, que fue aumentando de volumen. En el extremo más alejado de la plaza, aparecieron decenas de gendarmes montados, procedentes de las calles laterales. Detrás de ellos marchaba una falange de policías a pie que blandían sus largas porras, con las capas negras resbaladizas por la lluvia y pesados cascos que proyectaban sombras sobre su rostro.

Una oleada de miedo e ira se propagó por la multitud. Se trataba de las CRS, las unidades de seguridad que la policía empleaba para disolver los disturbios. La masa de personas entonó de nuevo «La Internacional» y avanzó hacia delante para enfrentarse a ellas. Un oficial de alto rango empezó a vociferar con ayuda de un megáfono, ordenando a los congregados que se dispersaran, pero apenas se le escuchó por encima del estruendo del himno comunista.

Atravesada por una especie de corriente eléctrica, Copper observó cómo la primera fila de manifestantes llegaba a la altura de la policía y se desataba una discusión vehemente. Pero entonces se produjo el primer golpe de porra y un hombre cayó al suelo, agarrándose la cabeza. Un rugido se alzó de la multitud, lo que fue la señal para un ataque a gran escala contra las CRS. Los manifestantes cargaron hacia delante blandiendo sus propias armas —era evidente que los palos de madera de las pancartas estaban diseñados para cumplir dos propósitos— y se arrojaron sobre la línea policial. Un caballo se encabritó y dispersó a los infortunados que estaban bajo sus pezuñas al caer. Hombres y mujeres perdían el equilibrio y se tambaleaban entre gritos.

La plaza se llenó de violencia y peligro en un abrir y cerrar de ojos. La gente cargaba en todas las direcciones, se aporreaba mutuamente, retrocedía y avanzaba de nuevo para sumarse a la refriega. Copper se dio cuenta de que se había quedado atrapada en el árbol, como un vigía en lo alto del mástil de un barco en medio de una tormenta. No le quedaba otra que registrar la escena. Tenía el corazón desbocado y las manos le temblaban tanto que sabía que la mitad de las fotos quedarían borrosas. Cogió con torpeza su libreta y su lápiz, intentando que no se le cayera la cámara mientras tomaba notas con mano trémula. La lucha, que había empezado en el extremo más alejado de la plaza, se había ido extendiendo a medida que las CRS se abrían paso por el centro de la multitud, dividiéndola en dos con efectividad.

Pero el enfrentamiento no era un camino de rosas para los gendarmes. Los caballos se encabritaban y relinchaban mientras les caía encima una lluvia de ladrillos partidos y adoquines. Copper distinguió en lo alto de los tejados siluetas armadas con proyectiles para una situación como aquella. Varios policías cayeron derribados y los animales sin montura sucumbieron al pánico, lo cual desató el caos tanto entre la policía como entre los manifestantes.

Entonces, para espanto de todos, se escuchó un tiro. Alguien había disparado con una pistola a las CRS, que respondieron con una descarga de fuego de escopeta. La munición atravesó las hojas que rodeaban a Copper, obligándola a retroceder por la rama, aterrorizada.

En ese momento, una segunda oleada de policías se diseminó por la plaza desde otra dirección, blandiendo sus porras con una disciplina salvaje, al tiempo que se escuchaba el ruido de un subfusil procedente de los tejados. La situación se estaba complicando, y Copper se aferró al tronco del árbol y rezó para que no la alcanzaran ni las balas ni las piedras.

Tras una batalla campal de unos quince minutos, la muchedumbre empezó a claudicar. Con los rostros cubiertos de sangre, los manifestantes huyeron de la plaza, unos cojeando, otros sosteniéndose mutuamente en la medida de lo posible, seguidos muy de cerca por los miembros de las CRS, que empuñaban sus porras con resultados letales. Fue una derrota aplastante. Mientras la multitud se dispersaba en todas las direcciones, numerosas personas quedaron tendidas en el suelo entre las banderas rojas tiradas, a merced de los cascos de los caballos. Varias tenían heridas demasiado graves para levantarse y otras estaban inmóviles. Se los llevaron a todos a rastras, junto con las decenas de personas que ya habían detenido, a los furgones policiales que habían empezado a acudir a la zona a gran velocidad y los gendarmes quedaron al mando de la plaza.

Aferrada a la rama como si le fuera la vida en ello, Copper rezó para que no la detuvieran, pero a aquellas alturas más gente había trepado a los árboles y la policía la estaba obligando a bajar con violencia. No tardó en llegar su turno.

–Tú, baja –le ordenó un gendarme, sacudiendo el tronco de manera amenazante.

–Soy periodista –dijo Copper, agitando con mano trémula su acreditación.

–Por mí como si eres Marcel Proust –le espetó el hombre–. Baja.

–¡No pienso hacerlo!

El gendarme llamó a un compañero y, con el método humillantemente sencillo de sacudir el pequeño árbol, enseguida lograron que Copper soltara su punto de apoyo. Furiosa, se vio obligada a bajar por el tronco antes de que la hicieran caer y dos policías la agarraron de inmediato, le arrancaron el casco y le quitaron la cámara.

–Ni se os ocurra estropearme la cámara –dijo ella, cogiendo al hombre por el brazo–. Soy ciudadana estadounidense.

–Peor para ti –le dijo el primer gendarme con desdén.

A continuación, procedió a abrir la cámara y extraer el carrete, echando a perder el trabajo de aquella mañana.

–Cabrón –le soltó ella, ultrajada.

Él le arrojó la cámara a su compañero.

–Métela en el furgón con los demás.

Después de veintiocho horas terriblemente incómodas, la puerta de la celda de Copper se abrió, enmarcando a un gendarme fornido.

–¿Dónde está la estadounidense?

–Aquí –dijo ella.

Él le hizo un gesto con la cabeza.

–Ven conmigo.

Tras despedirse de sus compañeros de celda, con los que había pasado la noche intercambiado historias sobre su lucha, Copper dejó que la hicieran avanzar a empujones por el apestoso pasillo.

–¡Larga vida a la revolución! –gritó un compañero de celda a su espalda.

–¿Adónde me llevan? –preguntó Copper, intentando aparentar valentía.

–Te han liberado –contestó el gendarme–. Tienes buenos amigos.

Su salvador la esperaba junto al mostrador de la entrada, ataviado con un impecable abrigo de pelo de camello y un sombrero de fieltro.

–¡Henry!

–¿Estás bien? –preguntó él con inquietud al tiempo que la examinaba.

–Me han quitado la cámara.

Él sostuvo en alto la Rolleiflex.

–No te preocupes. La he recuperado.

–¡Y han destruido todas mis fotografías! En ese carrete tenía fotos de brutalidad policial. El mundo tiene derecho a verlas.

Henry suspiró.

–¿Estás herida? Heridas físicas, me refiero.

–Solo unos moratones.

–En ese caso, salgamos de aquí.

–Espera un momento –protestó Copper mientras él la cogía del codo y empezaba a llevarla hacia la calle–. No pienso dejar a nadie aquí encerrado.

–No puedes hacer nada por ellos –contestó Henry–. Mañana por la mañana presentarán cargos y lo más seguro es que los condenen a todos a seis meses de cárcel. A menos que quieras correr su misma suerte, claro.

—No he hecho nada malo y ellos tampoco.

—No puedo hacer nada por los demás. En cuanto a ti… participar en disturbios civiles, negarse a obedecer las órdenes de la policía, resistirse al arresto, atacar a un agente de policía: he tardado dos horas en convencerlos para que te dejaran salir —dijo él en voz baja—. Me han dicho que ibas armada.

—Llevaba un casco. Eso no equivale a ir armada.

—A veces me asombra lo ingenua que eres —bufó él.

—No quería que uno de esos cabrones me reventara la cabeza.

—Vámonos antes de que cambien de opinión.

—Voy a presentar una queja oficial por la destrucción de mis fotografías.

Él negó con la cabeza.

—Yo no lo haría. Ya se han planteado confiscar tu cámara.

A regañadientes, Copper dejó que Henry la sacara apresuradamente de la comisaría. Durante el trayecto en coche, se mostró malhumorada, en parte debido a la falta de sueño.

—No hacía falta que vinieras a rescatarme —dijo con grosería.

—¿Se te ha pasado por la cabeza que, si te llegan a condenar, también te habrían deportado? —preguntó él.

—El comportamiento de los policías ha sido repugnante —repuso ella, evitando contestarle—. Golpeaban a las mujeres con porras.

—Ayer, en la manifestación, le pegaron un tiro a un policía, y hay media docena más en el hospital.

—Se lo merecían —dijo ella en tono lúgubre—. Atacaron a la gente sin mediar provocación. No son más que matones a sueldo.

—Solo hacen su trabajo: intentar proteger a Francia.

—¿De aquellos que denuncian las injusticias? —preguntó ella con desdén—. ¿Esta es la revolución comunista de la que siempre estás hablando, Henry? Tú me dijiste que el mundo necesitaba frescura y juventud, un nuevo comienzo. Eso es precisamente lo que prometen los comunistas.

Él no se inmutó, cosa que la enfureció aún más.

–Lo que prometen no es lo que cumplen, Copper. Tienes edad suficiente para recordar que, cuando los fascistas subieron al poder, también prometían frescura, juventud y un nuevo comienzo. Y, al final, los comunistas y ellos acabaron perpetrando las mismas atrocidades.

–¿Qué vas a decir tú? Si eres un capitalista.

–Aunque te cueste creerlo, hubo una época en la que me consideraba comunista.

–Sí que me cuesta creerlo.

–Pues es cierto. Cuando en Rusia empezó a hablarse de los comunistas, era imposible no emocionarse, o incluso sentirse inspirado, por el ideal de hermandad universal. Pero, en el momento en que empezaron a asesinar a los familiares de la gente, por no hablar de sus propios seguidores, algunos nos dimos cuenta de que el ideal tan solo había servido para encubrir una forma de tiranía más siniestra e inhumana y que la mano tendida de la hermandad universal era una garra sangrienta cuyo único propósito era obtener el poder absoluto.

–Francia no es Rusia.

–Es posible que pronto lo sea. Los comunistas están comprando almacenes y acumulando camiones y coches. Han organizado imprentas para poder grabar panfletos, además de imprimir pasaportes falsos y cartillas de racionamiento. Desde que los alemanes se marcharon, han desenterrado los radiotransmisores, las ametralladoras y las granadas que habían escondido. Están bien armados y están organizando huelgas generales a nivel nacional que paralizarán Francia y sumirán el país en el caos.

–¿Cómo sabes todo esto?

–Es mi trabajo.

–¿Espiar?

Él se rio.

–El término oficial es *recopilar información*. Fui testigo de lo que los comunistas le hicieron a mi país –añadió en tono liviano pese a la seriedad de sus palabras– y no me gustaría que *la belle France*, ni el resto de Europa, corriera la misma suerte.

–Perdona –dijo ella, cansada y frotándose los ojos–. Es que estoy agotada.

–¿Hay algo más que te preocupe? –le preguntó él con delicadeza.

Copper suspiró y se pasó los dedos por el pelo cobrizo enredado.

–Cuando me pediste que me casara contigo, dijiste que no querías cambiarme ni decirme cómo tenía que vivir mi vida.

–Y es verdad.

–Bueno… Que conste que te estoy agradecida por sacarme de chirona y demás, pero, si lo decías en serio, no deberías haber venido a la comisaría galopando sobre tu corcel blanco.

–¿Estabas a gusto allí dentro?

–Estaba reuniendo material para un artículo estupendo. Hasta que has llegado tú.

–¿Me tomas el pelo?

–¡No!

–Está bien –dijo él tras una pausa–. La próxima vez que te detengan me limitaré a traerte un mendrugo.

–Esa es la idea.

Se rio un poco y luego lloró un poco. Él fue lo bastante listo como para no decir nada. Al cabo de un rato, Copper se secó los ojos con el pañuelo que él le tendió y tomó aire, temblorosa.

–Te pido disculpas por llegar a galope –dijo Henry al cabo–. Después de perder a una esposa, no me muero precisamente de ganas de perder a otra antes incluso de que lo sea. –En aquel momento circulaban por el 7.º *arrondissement*, el barrio más pudiente y privilegiado de París, y él paró el coche delante de una ornada verja de hierro forjado–. Hemos llegado.

–¿Adónde? –quiso saber ella.

–A mi casa.

La vivienda quedaba medio oculta detrás de un muro de piedra. Tras abrir la verja llena de florituras, entraron en un jardín descuidado. La casa se alzaba majestuosa y serena, con la fachada cubierta de hiedra.

–Es como la casa de Madeline –exclamó Copper–. Una casa antigua en París cubierta de enredaderas.

–Sí –convino él–. Pero, en lugar de doce niñas en dos filas, hasta hace poco estaba alquilada a varias decenas de oficiales de la Gestapo. Fue una de las primeras viviendas que requisaron los alemanes, lo cual no es de extrañar, pues sabían muy bien quién era yo. –Hizo girar la llave para abrir la puerta y ambos entraron. El imponente caserón estaba en silencio y en todas las estancias reinaba el desorden que habían dejado tras de sí los alemanes en su apresurada partida. Había varias piezas de mobiliario desperdigadas, algunas de ellas rotas, y las paredes estaban desnudas–. Se llevaron mi colección de cuadros impresionistas –comentó Henry con ironía–, pero me dejaron esto.

En la pared del magnífico comedor había un gran retrato al óleo de Adolf Hitler con su uniforme marrón, fulminándolos con la mirada por debajo del flequillo.

–Qué espanto –comentó Copper.

–Yo no le doy importancia.

–¿Por qué no lo descuelgas?

–Lo dejé ahí para que no se me olvide contra qué luchamos –contestó él–. Y porque, si se llevaron a Van Gogh y dejaron a Hitler, significa que saben que están derrotados.

A pesar del maltrato al que habían sometido a la casa, seguía siendo hermosa. Henry la llevó de una habitación a otra mientras le explicaba que la habían construido en la época de Napoleón con un estilo plenamente romántico. Los techos y las molduras eran exquisitos y, desde las ventanas del piso de arriba, se veía la cúpula dorada del Hôtel des Invalides.

—¿Cuándo volverás a abrirla? —quiso saber Copper.

—Cuando termine la guerra. Hasta entonces, prefiero mi habitación en el Ritz. ¿Te gusta?

—Me encanta. Es preciosa. Si fuera mía, sería incapaz de esperar.

—Querida mía, es tuya —dijo él con dulzura— para que hagas con ella lo que te plazca. Cuando nos casemos y termine la guerra, le daremos una nueva vida.

Copper miró a su alrededor y visualizó cómo sería el lugar una vez restaurado: una de las casas más bellas de París. Trató de imaginarse a sí misma, Oona Reilly, de Brooklyn, como la dueña y encargada de la decoración, como anfitriona de cenas, convertida en miembro destacado del *belle monde*. La sociedad parisina se rendiría a sus pies.

—Por algún motivo, no alcanzo a imaginarlo.

—Pues yo sí. —Henry le acarició la melena suelta de pelo cobrizo—. No te enfades conmigo, pero tengo que marcharme una temporada de la ciudad.

Ella lo miró.

—¿Qué quieres decir? ¿Adónde vas?

—Antes te he explicado que los comunistas planean una sublevación, ¿verdad? Bueno, pues ya ha comenzado.

—¿Te refieres a las huelgas?

—Las huelgas son solo el principio. Durante las próximas semanas, tienen intención de doblegar a Francia. Tengo que ocuparme de varios asuntos.

—No correrás peligro, ¿no?

—Claro que no. —Henry la cogió del brazo—. Mira, este sería nuestro dormitorio.

Era una habitación espaciosa y encantadora, con una gran ventana arqueada que enmarcaba una vista perfecta de la Torre Eiffel. A diferencia del resto de las estancias de la casa, estaba limpia y ordenada. Había flores frescas sobre la mesa y la enorme cama con dosel estaba hecha con una ropa de cama inmaculada y muy tentadora.

–¿Qué es todo esto? –preguntó ella–. ¿Has hecho que preparen este cuarto para la ocasión?

–Quería que estuviera bonito cuando lo vieras.

–¿Para que cayera en la cama contigo? –preguntó Copper, medio enfadada y medio divertida.

–La esperanza es lo último que se pierde.

Copper no supo si sentirse ofendida o halagada.

–¡Henry! Y yo que pensaba que eras el perfecto caballero.

–Creo que los estadounidenses tenéis una expresión que dice: «Los chicos buenos llegan los últimos».

–No sabía que era una carrera.

–Yo tampoco. Pero me he dado cuenta de que sí lo es y el primero que cruce la meta será el ganador.

Ella se lo quedó mirando.

–Crees que estás compitiendo con Suzy.

–No lo creo, lo sé.

–No me gusta que me pongáis en esta situación –dijo ella pausadamente–. No soy un trofeo.

–Copper –contestó él en voz baja–, te quiero. Mi preocupación no es ganarte, sino perderte, porque eso arruinaría mi felicidad.

–No me gusta que me presiones –insistió ella al tiempo que se separaba de él, nerviosa–. Me prometiste que me darías tiempo y que tendrías paciencia.

–El problema es que mi rival no la tiene y quiere imponerse. Si soy paciente, te perderé porque te irás con ella.

–Suzy no es tu rival.

–A mí me lo parece.

–No estás siendo justo –repuso Copper, alzando la cara hacia él.

Aunque su intención había sido decirlo como un reproche,

por algún motivo las cosas tomaron otro rumbo. Los labios de Copper rozaron la boca de Henry, vacilaron, como si estuvieran a punto de zafarse, y en el último momento decidieron quedarse donde estaban. El beso de él fue cálido, posesivo y penetrante y, en una fracción de segundo, ella recordó todo lo que había echado de menos: la fortaleza de un beso masculino, la dicha de que un hombre la sujetara entre sus brazos.

Su reacción física fue instantánea: la cabeza le dio vueltas y se apoyó un momento en él, atraída por su fuerza gravitatoria. Durante ese momento, fue como si la única respuesta lógica fuera someterse a Henry, dejar que él tomara el control de su vida. Con un estremecimiento, hundió la cabeza en su pecho mientras él la estrechaba entre sus brazos y le besaba el cuello, aspirando el aroma de su piel, el perfume de su pelo. El deseo tensó los pechos y los muslos de Copper, que recorrió con los dedos los músculos del cuerpo de Henry por debajo de su ropa. No se había sentido así desde Amory y no había estado segura de ser capaz de volver a sentirse así.

—Estoy mareada.

—Es lo que tiene pasar la noche en el calabozo —comentó él, y Copper percibió su tono de sorna.

—Sabes muy bien por qué me da vueltas la cabeza.

—Tal vez. Estírate conmigo en la cama, solo un momento. —A regañadientes, ella dejó que Henry la tendiera en la cama, a su lado—. ¿Eres feliz conmigo? —preguntó, acunándola entre sus brazos.

—Todo es hermoso —contestó ella en voz baja—. Este cuarto es hermoso, la casa es hermosa, tú eres hermoso. Pero mi libertad es lo que más valoro en el mundo.

—Lo sé. Y no quiero robártela.

—Dices eso, pero ¿acaso no pierde uno su libertad cuando se casa?

En el rostro de Henry se dibujó una sonrisa teñida de tristeza.

—Creo que mi percepción del matrimonio es un poco distinta,

querida. Para mí, significa renunciar a ciertas libertades, no que te las quiten a la fuerza. Si te casas conmigo, serás libre de elegir a qué quieres renunciar.

—¿Y si quiero seguir viendo a Suzy?

—Podrás hacerlo.

—No te creo. Tú y ella os odiáis; los dos me queréis solo para vosotros. —Le acarició la mejilla—. Reconócelo, Henry, si siguiera siendo amiga de Suzy, te volverías loco.

—¿Amiga? No. —Le agarró la mano y le dio un beso en la palma—. Pero ¿sois más que amigas?

Copper le cubrió los labios con la mano.

—No preguntes. Si empiezas a hacer esa clase de preguntas, ya me estás robando mi libertad.

Él apartó la mano de su boca con delicadeza.

—Suzy es un arrebato de locura en tu vida. Cuando pase el arrebato, vendrás a mí. Hasta entonces, intentaré tener paciencia.

Sujetó la nuca de Copper con su cálida mano y arrimó el rostro al suyo con suavidad. A medida que sus bocas se acercaban, Copper notó cómo todo lo que acababa de decir se hundía en unas traicioneras arenas movedizas y, al notar el aliento de él sobre sus labios, cerró los ojos y dejó que la besara.

Al principio se besaron con ternura, pero el ansia no tardó en apoderarse de ambos. Como siempre que él la besaba de aquella manera, Copper sintió que su resolución y sus convicciones empezaban a diluirse. Aunque no podía entregarse a Henry tal como él deseaba, necesitaba que la amara. No podía vivir sin desahogarse, sin algún tipo de alivio a sus tensiones. Por un instante, tuvo la sensación de estar ahogándose. Había pasado tanto tiempo que el deseo se adueñó de ella con una fuerza imposible de negar. Rodeó el sólido cuello de Henry con los brazos y le devolvió el beso mientras presionaba su cuerpo contra el de él.

Henry sabía exactamente lo que quería hacerle y ella lo entendió. No era un acto de posesión total, sino una capitulación parcial. Él deslizó los dedos entre sus muslos mientras la buscaba con sus besos. Copper arqueó la espalda y él rodeó sus pechos con las manos, vorazmente, recorriéndola con la boca.

—¡Henry! —susurró ella, agarrándole el pelo.

El placer que le daba era tan embriagador como una droga. Copper jamás había experimentado una intensidad semejante, jamás había sabido que el sexo pudiera ser un asalto a los sentidos tan tierno como aquel, un deseo implacable, un amor caníbal.

La boca de Henry lo sabía todo sobre ella, conocía todos sus deseos secretos y los satisfacía en cuanto aparecían. Cualquier idea de dolor o fracaso se había disipado y lo único que quedaba era aquel momento, allí y ahora. Lo único que importaba era Henry. Copper pronunció su nombre con una voz ronca que se elevó hasta transformarse en un grito. Con un estremecimiento de placer, la tensión desapareció de su cuerpo y la realidad subió en oleadas desde el fondo de un mar oscuro y se aposentó a su alrededor. Poco a poco, el éxtasis enajenado de la gratificación llenó sus venas y, al tiempo que hasta el último centímetro de su cuerpo se relajaba, volvió a poner en marcha el universo.

Copper lo rodeó con sus brazos y lo estrechó con fuerza.

—Deja que ahora haga yo algo por ti.

—Solo deseo una cosa, Copper: te deseo entera. Tienes razón; nunca me conformaré con algo que no seas toda tú. Y estoy dispuesto a esperar. —Se separó de ella—. Pero quiero que me veas.

Se puso en pie y empezó a desnudarse, sin apartar la mirada de la de ella. Copper se reclinó en la cama, con el pelo desparramado como un charco de fuego y uno de los muslos levantado, dejando al descubierto el vello de su pubis, una postura que no varió con la intención de excitarlo con su abandono.

Él dejó la ropa en la silla y se volvió hacia ella, desnudo y sin vergüenza. Su cuerpo era hermoso, fuerte y con la piel más oscura que la de ella, con tendones que se relajaban y se tensaban a medida que se movía. Sus músculos, desarrollados y fortalecidos por el ejercicio, eran poderosos y el vello de su pecho, axilas y genitales era moreno. También tenía cicatrices: marcas de balas y bayonetas que casi habían acabado con su vida.

—Como ves, no soy viejo.

—Lo veo muy bien. —Copper supo que jamás olvidaría aquel momento. Alargó las manos hacia él—. Ven conmigo.

Él negó con la cabeza, con la boca seria y una sonrisa en los ojos.

—En nuestra noche de bodas, iré contigo. Aquí, a esta cama. He esperado toda la vida; no me importa esperar un poco más.

Copper lo observó mientras él se vestía de nuevo. Henry tenía mucho más autocontrol que ella y eso la asustó un poco. Estaba convencido de que un día ella sería suya y Copper se preguntó qué pasaría entonces con la libertad que tanto había disfrutado y si se vería sometida a una nueva servidumbre o si ese momento marcaría el comienzo de una nueva vida.

Capítulo 10

Lo que había pasado entre ellos en casa de Henry alteró su relación en más de un sentido. Los unió todavía más y ahondó los sentimientos de Copper hacia él, aunque también la asustó. Por primera vez desde que dejó a Amory, había hecho el amor con un hombre, aunque solo fuera hasta cierto punto. También se había entregado a Henry físicamente, a pesar de haberse prometido que no lo haría. Tenía la sensación de estar huyendo de un segundo matrimonio y de perder terreno una y otra vez. La ausencia de Henry le dio tiempo para reflexionar y pensar.

Suzy, que sabía que Henry se había ausentado de la ciudad, invitó a Copper a tomar el té con ella. Le pidió que fuera por la tarde a su piso, que se hallaba en el Faubourg Saint-Honoré, y Copper se presentó obedientemente a media tarde. Suzy, sin embargo, todavía no se había levantado y le abrió la puerta, malhumorada.

—Por el amor de Dios, ¿por qué has venido tan pronto?

—Son las tres y media —observó Copper.

—Bueno, no me he metido en la cama hasta las nueve de la mañana. Me voy a dar un baño, ven.

Copper se sentó en el borde de la bañera y contemplo cómo se llenaba. Era enorme, pero Suzy era excéntrica con el agua caliente —para Copper, el mayor de los lujos—, y, cuando se sumergió en el agua, esta le llegaba hasta la barbilla.

—Creo que iremos a Maxim's a tomar el té —decidió Suzy mientras le pasaba el jabón a Copper—. ¿Por qué no me lavas la espalda, *chérie*?

–Claro.

Copper empezó a enjabonar los suaves hombros de Suzy.

–Me han dicho que ese ruso tuyo te ha dejado.

–Ha tenido que marcharse unos días de París por negocios. Nada más.

–Negocios con otra mujer estúpida.

–No lo creo. Me quiere.

–¿Y tú? ¿También le quieres?

–Claro.

Suzy la salpicó de espuma.

–¡Traidora!

–A ti también te quiero. No me mojes.

–¿Qué te gusta de él? ¿Esa estaca que te mete?

–Todavía no lo ha hecho --contestó Copper con una sonrisa–. Aunque es muy bonita.

–¿Se la has visto?

–De refilón.

Suzy frunció el ceño.

–En el cajón tengo varias que son aún mejores. Si tanto te gusta, las usaré para darte placer.

–No me interesan esas cosas. –Copper se estremeció–. En cualquier caso, no es solo el sexo. Disfruto de su compañía; echo de menos estar con un hombre. Me gustan los hombres. ¿A ti no? Has estado con varios.

–Te voy a contar algo extraño: he estado con muchos hombres, pero nunca con uno que fuera solo un hombre. ¿Me entiendes? Cocteau, por ejemplo, ha compartido mi cama, pero el amor de su vida es su apuesto novio, Jean Marais. Ha habido más como él. ¿Te das cuenta de qué clase de vida llevo? Vivo en un mundo crepuscular en el que la gente cambia de un sexo a otro. Es imposible distinguir a los hombres de las mujeres y a las mujeres de los hombres. Al final, una se cansa.

–Creía que…

–¿Qué creías?

—Que eso era lo que te gustaba.

—Tal vez sí –dijo Suzy, con una fugaz expresión melancólica–; tal vez sea una pervertida. Pero tú eres una pera fresca y jugosa. –Alzó el rostro cubierto de espuma para que Copper le diera un beso–. Y no me sacio de ti.

Copper le quitó la espuma de la mejilla.

—Henry dice que eres cruel.

—Vaya, ¿ya habéis empezado a chismorrear sobre mí?

—Me contó que tenías una mentora que te lo dio todo y que te deshiciste de ella como si fuera un guante viejo.

Suzy abrió mucho los ojos, que bajo la luz fría casi parecían dorados, y luego echó la cabeza hacia atrás y se puso a reír. Copper contempló el latido de la suave piel de su garganta.

—¡Un guante viejo! ¿De dónde sacas esas expresiones, *chérie*? Creía que después de Sarah Bernhardt ya nadie las usaba.

—Pero es verdad, ¿no?

Suzy seguía sonriendo.

—¿Y qué si lo es?

—Henry me dijo que era casi como si la odiaras. ¿Es cierto?

—Si tú hubieras sido un pequeño escarabajo marrón y te hubieras transformado en una mariposa dorada, ¿no habrías odiado a los que te habían conocido siendo escarabajo?

—Creo que habría sentido gratitud por la persona que me sirvió de guía –contestó Copper.

A aquellas alturas ya sabía que la intensa mirada de Suzy se debía en parte a su miopía. La cantante no soportaba que la vieran con gafas y su dificultad para enfocar la vista le confería una mirada fija y desconcertante.

—La gratitud, igual que la lástima, es una emoción que desconozco –respondió Suzy–. Además, ella acabó creyéndose mi dueña y yo no soy propiedad de nadie. ¿Qué más te ha contado Henry sobre mí?

—Que le partiste el corazón a esa mujer.

—Parece que tenía muchas cosas que decirte. ¿Te lo crees?

–No quiero que me partan el corazón.

–¿Es que no confías en mí?

–Si no confiara en ti, no estaría aquí.

–Pero, aun así, le haces caso a Henry. ¿Por qué? ¿Porque es un hombre?

–Porque es bueno y sincero.

–*Chérie*, la gente te va a contar toda clase de historias sobre mí; lo poco que saben y lo mucho que desconocen. Si les das credibilidad, es que eres una necia.

–Yo lo oigo todo y no escucho nada.

–Bien.

Suzy salió de la bañera como Afrodita surgiendo de la espuma y procedió a secarse. A Copper no le daba vergüenza mirarla; la cantante era como un animal ágil y flexible, inconsciente de su propia desnudez y que, por ello, no avergonzaba a quien lo observaba. La luz invernal se reflejaba en los rizos de pelo rubio oscuro que le crecían en el hueco de la axila y entre las piernas y que brillaban con calidez. Al percatarse de que Copper la observaba, Suzy se quedó quieta y abrió los brazos de par en par.

–¿Te gusto?

–Eres hermosa, pero eso ya lo sabes.

Satisfecha, Suzy se dio la vuelta despacio, haciendo alarde de su esbelta cintura y de la redondez y plenitud de sus nalgas.

–Aunque ya no soy tan joven, todavía conservo la figura y la puedo lucir en público. No está mal, ¿eh?

–No –convino Copper–. ¿Por qué no te depilas las axilas?

–Depilarse las axilas es muy burgués. –Levantó los brazos para dejar al descubierto las matas de pelo–. ¿No te parece bonito?

–Para vosotros, los franceses, lo es, pero para los estadounidenses es censurable tener aunque sea una sombra de pelo. Pero si te empeñas…

Suzy se tocó el triángulo entre los muslos.

–¿Y aquí? –preguntó con picardía–. ¿También te gustaría que me depilara aquí para poder verlo todo?

–No.

–¿Por qué no? Si tanto insistes en que me depile las axilas.

–Porque no es una zona que se vea en público y las axilas sí.

–¡Te lo tomas todo tan en serio! –rio Suzy–. Te has ruborizado como una rosa, querida.

–Nunca he conocido a nadie como tú –dijo Copper, enojada y consciente del ardor de sus mejillas.

Contempló a Suzy mientras esta se vestía. Su ropa interior era envidiable, confeccionada en una *corsetière* de la Rue Cambon en seda y encaje de diáfanas tonalidades rosas. Su terso cuerpo blanco y dorado desapareció en su interior y a continuación en un traje oscuro de lana. La cantante observó a Copper, pensativa.

–Hoy es una ocasión especial. Quítate la ropa.

–Estoy bien así, gracias.

Suzy dejó escapar un gruñido de irritación.

–Yo no estoy bien. Quítate la ropa.

Se trataba de un ritual que Suzy insistía en realizar de vez en cuando y lo mejor era limitarse a obedecer. Copper se quitó el vestido mientras Suzy buscaba en su armario. Ambas tenían prácticamente la misma talla y la mayoría de su ropa les iba bien a las dos. En esta ocasión, la cantante escogió un vestido de seda de un negro profundo con delicadas rayas verde esmeralda. También insistió en maquillar a Copper y entornó los ojos mientras se concentraba en pintarle los labios y aplicarle la sombra de ojos.

–Ponte las gafas –le pidió Copper– o me vas a arrancar un ojo con la brocha.

–Odio mis gafas –masculló Suzy, que se las puso a pesar de todo.

Eran redondas con montura de carey y le daban un aspecto ligeramente cómico al delgado rostro de la cantante. Sin embargo, era en estos raros momentos en los que Suzy mostraba signos de debilidad cuando Copper más la quería.

Una vez quedó satisfecha con su maquillaje, la cantante le encontró un par de zapatos Chanel con pequeños lazos dorados y completó el atuendo con un exquisito sombrero y un velo negro que hacía destacar, en lugar de esconder, los grandes ojos grises de Copper.

–Me siento como un regalo de Navidad –comentó esta, observando su resplandeciente reflejo en el espejo de pie.

–Es justo lo que eres –dijo Suzy mientras se ponía unos guantes de cervatillo–. Y te puedes quedar la ropa si te gusta.

Salieron juntas a la calle. El cielo vespertino presagiaba lluvia, así que echaron a andar deprisa, cogidas del brazo y riendo como viejas amigas.

El té de la tarde en Maxim's era uno de los caprichos favoritos de Suzy, un ritual particularmente femenino. Sobre las mesas había jarrones chinos llenos de rosas rojas de invernadero y el té se servía en una delicada vajilla *art noveau* que sin duda era tan antigua como el restaurante. Los macarrones con esencia de rosa, una especialidad de la casa, se derretían en la boca. Había tartas de crema, florentinas y volovanes que llegaban a la mesa crujientes, calientes y ligeros como una pluma, y hasta té *darjeeling*. En resumen, era como si la guerra ya hubiera terminado. O como si nunca hubiera existido.

A su alrededor, la mayor parte de las mesas estaba ocupada por mujeres vestidas con elegancia, algunas en grupo, pero muchas en parejas, con las cabezas muy juntas mientras confabulaban en susurros. Copper se preguntó cuántas de aquellas parejas de mujeres serían amantes. Descubrió a muchas lanzándole miradas, en ocasiones de admiración descarada. Una mujer delgada y morena se la quedó mirando con una intensidad que resultaba perturbadora, mientras que otra, corpulenta, con las mejillas sonrojadas y grandes ojos verdes, le dedicaba constantes sonrisas, como el gato de Cheshire, pero Copper ignoró todas aquellas insinuaciones.

No obstante, era innegable que la amistad entre mujeres y entre hombres era muy distinta. La intimidad entre las primeras era mucho más dúctil, más plena, con más matices que aquella que los hombres eran capaces de compartir. Copper se había criado con cuatro hermanos y sus amigos; aunque tenía una hermana, esta era mayor y ya se había casado y trabajaba de enfermera cuando Copper tenía diez años. Todo ello, sumado a que no tenía madre, hacía que sus referentes femeninos fueran escasos.

En las últimas semanas, Suzy le había enseñado un montón de cosas sobre lo que podía brindar una amistad entre mujeres. Su relación con ella incluía tintes de casi todas las sensaciones existentes: no solo ingenio, emoción y el infinito goce de todo lo que la vida pudiera ofrecer, sino también algo romántico.

Después de tomar el té, pasearon por la Rue du Faubourg Saint-Honoré mirando los escaparates de los caros salones, que, a medida que anochecía, empezaban a encender sus luces. Al final no había llovido y los parisinos acaudalados habían salido en tropel para pasear por la misma calle. Una vez más, Copper tuvo la impresión de que París era una isla en la que la guerra había llegado a su fin y de que flotaba en la calma del ojo de un inmenso huracán que giraba a su alrededor, arrasando con todo a su paso, pero dejando el centro sumido en una calma inquietante.

Entraron en Lanvin, una de las casas de moda más antiguas de París y el modisto preferido de Suzy. La ropa era bonita, pero, gracias a su recién adquirido criterio, Copper se dio cuenta de que, con sus intrincados bordados y su pedrería, estaba ya pasada de moda. Hasta los delicados colores florales parecían remontarse a una época más sencilla e inocente. Mientras deambulaban entre los modelos, Copper aspiró el aroma que flotaba en el ambiente.

–Madre mía, huele de maravilla.

–Es My Sin, el perfume de Jeanne Lanvin. ¿Te gusta?

–Lo adoro.

--Tiene heliotropo y almizcle.

–Jamás he olido nada parecido.

Suzy se acercó al mostrador, donde la saludaron con la deferencia reservada a las clientas preciadas.

–Dame un frasquito de My Sin, por favor.

–¿Es para mí? –preguntó Copper, sorprendida.

–Claro.

–Pero tú detestas los perfumes.

–Puedes ponértelo cuando no estés conmigo.

Copper se quedó fascinada con la botellita redonda y negra con el tapón dorado y la caja con su travieso gato negro.

–Eres muy buena conmigo --murmuró.

–Ah, ¿sí? Pues mira por dónde, esta mañana he sido muy mala.

–Puedes ser las dos cosas.

–Así es. –Suzy había sacado la polvera del bolso y se estaba volviendo a pintar los labios con cuidado. Se observó con atención en el espejito y lo cerró con decisión–. Ven conmigo.

Cargadas con su compra, cruzaron la calle y Suzy se paró delante de un anticuario. En el escaparate, una colección de muebles con un taraceado exquisito brillaba bajo la luz tenue de las lámparas.

–Son preciosos –comentó Copper.

–Ah, sí, esta persona sí que sabe de cosas preciosas. Ven.

Suzy empujó la puerta y entró, seguida de Copper, que se encontró en una cueva del tesoro con estatuas de mármol, pinturas al óleo y mobiliario. También había joyas antiguas y vitrinas llenas de cubertería pesada. Una mujer ataviada con un traje azul oscuro se acercó a darles la bienvenida y, al ver la expresión de su rostro, Copper cayó en la cuenta de dónde se encontraban.

–Buenas tardes, Suzanne –dijo la mujer con voz un poco

entrecortada, como si le hubieran pegado un puñetazo en el estómago.

–Buenas tardes, Yvonne –contestó Suzy en tono desenfadado–. Hemos ido a tomar el té en Maxim's y, al pasar por aquí delante, he pensado que podía entrar a mirar. Espero que no te moleste.

–Claro que no. ¿Por qué iba a molestarme? Bienvenidas a mi pequeña tienda.

–Te presento a mi querida amiga, Copper Heathcote. Copper, te presento a Yvonne de Bremond d'Ars.

Tras aquella presentación tan formal, Copper le tendió la mano.

–*Enchantée, madame* de Bremond.

La mano que estrechó estaba fría y el apretón fue breve. Si Copper hubiera sabido que aquella era la tienda de la antigua mentora y amante de Suzy, jamás habría entrado, pero ya era demasiado tarde para huir. Yvonne de Bremond tenía más de cincuenta años y el pelo corto y moreno, y su traje era masculino, pero de una elegancia impecable en su simplicidad. Al fondo del establecimiento había un gran alsaciano tumbado en una postura regia sobre una alfombra, que los observaba con atención con sus ojos inteligentes. Suzy parecía ser la única que se sentía cómoda en aquella situación.

–Tienes buen aspecto, Yvonne –comentó al tiempo que estudiaba con descaro el rostro, la mano y la ropa de la otra mujer.

–Tú también, mi querida Suzanne.

–Bah, yo siempre estoy demacrada, mientras que tú estás tan serena como siempre. Las aventuras amorosas y las intrigas le chupan a una la sangre. Has sido muy inteligente al huir de las tensiones de las relaciones humanas.

–No me faltan relaciones –replicó Yvonne a aquella salida de tono–. Aunque tal vez no sea tan promiscua como tú.

–Ah, ¿no? Por lo que me han dicho, ahora vives como una monja.

–Bobadas.

–Te has superado a ti misma –prosiguió Suzy, paseando la mirada por la tienda–. Un botín excelente. Hoy en día hay mucha gente necesitada de dinero y dispuesta a desprenderse de una o dos reliquias familiares por poco dinero.

–Sabes muy bien que yo pago los precios más altos –repuso la otra con frialdad.

–Ya, pero a todo el mundo le gusta una ganga, ¿verdad? –insistió Suzy–. Comprar barato y vender caro; ese es el meollo del negocio, ¿no?

Su sonrisa era aterciopelada e irónica.

–Si tú lo dices –replicó Yvonne con indolencia–. Aunque, en mi experiencia, las gangas no existen. Si pagas poco, es que estás comprando una porquería.

–No te pongas a la defensiva, Yvonne. Tienes que reconocer que te gusta conseguir cosas baratas; sé sincera.

Las mejillas de la mayor habían adquirido un airado tono granate.

–Estoy siendo sincera. Las cosas más baratas suelen estar podridas por dentro y son las que más cuesta dejar presentables.

Suzy parecía estar disfrutando con todo aquello.

–Si tú lo dices…

Al ver la agitación de ambas mujeres, Copper recordó el comentario de Dior de que parecían hermanas y concluyó que estaba en lo cierto. Tenían el mismo porte majestuoso, la misma complexión atlética y hasta su rostro era similar, aguileño y bello, con dientes blancos y perfectos. La diferencia estribaba en que Suzy se hallaba en el lado correcto de esa línea invisible que marca el final de la juventud de una mujer, mientras que Yvonne se encontraba a todas luces en el lado equivocado.

–¿Y qué tal ha ido el té? –preguntó Yvonne, dirigiéndose a Copper–. ¿Habéis tomado los macarrones con esencia de rosa? ¿Y los volovanes? Dicen que son de pollo, pero lamento decirte que son de conejo.

–El conejo me gusta –contestó Copper.

Yvonne la estudió con desdén.

–Y, por lo que parece, alguien te ha bañado en My Sin.

–Tiene esa tez inmaculada y ese pelo típicos de los irlandeses. –Suzy cogió a Copper del brazo y le dio la vuelta para que le diera la luz–. Mírala, con ese rubor propio de la juventud. No hay nada que se le parezca, ¿verdad? La piel de una mujer joven es el tejido más exquisito que existe.

–Y el más efímero –repuso Yvonne–. No dura mucho.

–Así es. Y, cuando se pierde, jamás se recupera. –Suzy tocó el rostro de la otra mujer con los dedos enguantados en un gesto que podría haber parecido compasivo de no ser por la sonrisa cruel de la cantante–. Aunque a ti, siendo anticuaria, estas cosas no te importan. Cuanto más viejas son las cosas, más te gustan, *n'est-ce pas?* –Dejó escapar una risa alegre–. Si algo no tiene telarañas en todos los recovecos, pones mala cara.

La risa de Yvonne sonó forzada.

–Tú siempre tan ocurrente. ¿Todavía actúas en ese club tuyo?

–Por supuesto.

–Espero que ganes el juicio de la *épuration*. Dicen que miran con malos ojos a los que se mostraban demasiado amistosos con los alemanes.

–Me arriesgaré con la *épuration*. En mi experiencia, todos los hombres con uniforme se parecen, hablen el idioma que hablen.

–Sería una lástima que acabaras en la cárcel –replicó Yvonne, con la mirada centelleante–. Por mucho que te gusten los hombres con uniforme, no lo pasarías bien. Y echarías de menos tus caprichos, como los pequeños volovanes de conejo y esas cosas.

–No te preocupes por mí. Siempre me las he arreglado para seguir adelante sola.

–No siempre –repuso Yvonne en voz baja.

–Bueno, ahora sí. –Una pareja bien vestida había entrado en la tienda y estaba examinando una otomana de estilo Imperio–. Atiende a tus clientes, Yvonne. *A bientôt*, querida.

–Ven a verme cuando quieras, siempre que no tengas nada mejor que hacer.

–Faltaría más.

Las dos mujeres se besaron, poniendo especial cuidado en que sus labios pintados no tocaran las mejillas de la otra. Suzy rodeó a Copper con el brazo en actitud posesiva mientras salían del establecimiento. Una vez en la acera, Copper se separó de ella, furiosa.

–Por eso me has vestido hoy con tanto esmero, para pavonearte como si fuera tu caniche.

–A lo mejor se me ha pasado por la cabeza –confirmó con tranquilidad Suzy, que parecía encantada con la situación–. Aunque no te pareces en nada a un caniche, *chérie*.

–No sé a qué me parezco, pero sí sé que no soy propiedad tuya. Me he muerto de vergüenza ahí dentro.

–¿Vergüenza por qué?

–Porque el único motivo por el que me has traído aquí ha sido para incomodar a esa mujer.

–Tú me dijiste que querías conocerla.

–¡No es verdad!

–Pues debo haber malinterpretado tu curiosidad.

–Te has portado fatal con ella.

–¿En serio?

–Ha sido horrible.

–Creo que exageras. Yvonne y yo nos entendemos muy bien.

–¡Si casi os habéis sacado los ojos!

–Puede ser, pero es que, si hiciéramos las paces, la vida nos parecería muy aburrida a las dos.

–Entonces, ¿traes a todas tus conquistas aquí para restregárselas por la cara?

–No seas tonta.

–Lo haces. Te lo veo en la cara.

Suzy se estaba riendo de ella.

–Claro que quiero presumir de ti. Eres preciosa y eres mía.

—No soy tuya —le espetó Copper—. Me voy a casa.

—Copper, no te vayas.

—No me llames nunca más.

Copper estaba tremendamente ofendida. Después del incidente, se sentía usada y abochornada, y de camino a casa trató de elucidar por qué la situación le había resultado tan desagradable. No era solo la vergüenza de que la exhibieran como si fuera un animal con una correa, sino también la sensación de que no había sido más que un dardo arrojado en una pelea entre dos mujeres maduras. Estaba contenta de ser amiga de Suzy, pero no si para ello debía convertirse en su mascota y perder así su dignidad. La zalamería de la cantante, además, le producía una sensación sofocante. No veía el momento de quitarse su ropa.

Cuando llegó a su apartamento, echando humo por las orejas, se encontró a Pearl curándose un espectacular ojo morado.

—¿Qué demonios te ha pasado? —preguntó Copper.

—Me he dado un golpe con una puerta.

—Te has dado un golpe con un puño, querrás decir. Y sé de quién era. —Enfadada, estudió el rostro de Pearl. El moratón se extendía desde el hinchado ojo derecho hasta la mejilla, donde adoptaba un tono amarillo—. ¿Cómo puedes volver una y otra vez con ese cretino?

—¿Y qué me dices de ti, Copper Pot? —contestó Pearl con cansancio—. Esa mujer te ha vestido con su ropa usada y te ha empapado con su perfume. ¿Para qué lo llevas, para disimular el olor a conejo?

Copper se retiró a su habitación y se quitó el vestido de seda de Suzy. Su armario se había empezado a llenar con los regalos de la cantante y, aunque no podía considerarse que fuera ropa desechada —la mayoría eran preciosos diseños de Lanvin comprados tan solo unos meses atrás—, le recordaba a Suzy de una manera u otra. Mientras que los vestidos de otras mujeres solían conservar el olor de su perfume preferido, la ropa de Suzy tenía el rastro de su cuerpo. Debajo de los brazos, olía al almizcle de la cantante, lo que provocaba una avalancha de emociones en Copper. Se preguntó si Pearl estaba en lo cierto cuando la advertía alarmada de que su relación con Suzy la cambiaría para siempre y concluyó que era probable que así fuera. Aunque quizá ella deseara cambiar. ¿En qué consistía la vida sino en un cambio continuo?

Ya se había puesto su vieja bata raída cuando alguien llamó a la puerta. Era Christian Dior, con una perrita blanca bajo el brazo.

—Es Jacinthe —dijo en tono de disculpa una vez hubo entrado y se hubo acomodado delante de la estufa con una copa de vino tinto en la mano—, la perra de Bébé. La pobre ha estado encerrada todo este tiempo en su estudio y casi se muere de hambre. Él le dejó comida y agua, pero por supuesto se le han acabado. Me preguntaba si podrías cuidarla hasta que Bébé vuelva.

Copper cogió al animalito, que no paraba de temblar, y al acariciar su pelo apelmazado notó sus huesos frágiles, como de pajarito.

—Claro que me la quedaré.

Copper se llevó a Jacinthe al baño para lavarla. Su estado era lastimoso; tenía los rizos enredados y mugrientos y movía los ojos de un lado a otro, acongojada. Además, apestaba. Dior fue a sentarse con Copper y la observó mientras ella enjabonaba a la perrita.

—¿Cómo se encuentra Bébé? —quiso saber Copper.

Él dejó escapar un suspiro.

—Todavía no me han dejado verlo, pero no es la primera vez que vivo esto con él y es terriblemente duro. Se pone muy enfermo; la última vez casi murió.

—¡Ay, Tian! Es una tragedia.

–Sí. Bébé es la persona más brillante que conozco, pero para él no existen las medias tintas. Es incapaz de parar hasta que acaba destrozado, tanto cuando trabaja como cuando se divierte. Siempre lo da todo, mientras que los demás dosificamos nuestro talento con tacañería porque sabemos que es limitado. –Sentado en el borde de la bañera, Dior se inclinó hacia delante. Su rostro, reluciente por el vapor del agua, tenía una expresión melancólica–. No creo que su cuerpo aguante mucho más.

–No digas eso.

–No puedo perder a más gente a la que quiero, Copper. Es demasiado. –Se secó las lágrimas y le dio un trago al vino–. Gracias por quedarte a Jacinthe; eres muy buena. Me la quedaría yo, pero cada vez que la veo me pongo a llorar.

–No me cuesta nada –contestó con delicadeza Copper, que ahora entendía mucho mejor la sensibilidad de Dior.

Jacinthe parecía haberse revolcado en aceite de linaza que luego se había secado y Copper tuvo que concentrarse en desenredar su fino pelo.

–¿Puedo preguntarte dónde está tu caballero ruso? –dijo Dior con cautela.

–Se ha ido de viaje de negocios.

–Se dice que sus negocios son algo delicados, ¿no? Seguro que estás preocupada por él.

–Preocupadísima –reconoció–. Pero no me sirve de nada darle más vueltas.

–¿Cómo va tu relación con Suzy?

–A veces es una delicia estar con ella y otras me dan ganas de estrangularla, como hoy.

Le hizo un breve resumen a Dior del incidente con Yvonne y Dior hizo una mueca.

–Me temo que Suzy no es precisamente discreta.

–Me trata como si fuera mi dueña, pero yo no pertenezco a nadie. Ni siquiera soy lesbiana. –Al ver que Dior arqueaba las cejas, continuó–: Si te soy sincera, detesto esa palabra y ni siquiera entiendo por qué tiene que usarse. ¿A qué viene etiquetar a la gente de esa manera?

–Para empezar, porque, como ya hemos hablado, ser lesbiana es la profesión de Suzy y, para acabar, porque, si no nos ponen etiquetas, el resto del mundo no sabe qué hacer con nosotros. Además, el mero hecho de que asegures que no eres lesbiana significa que, sin lugar a duda, tiene que haber una categoría a la que no perteneces.

–Creía que se te daban mal las argumentaciones lógicas –señaló ella con ironía.

–Yo nunca he dicho eso. Soy un hombre muy lógico. –Jacinthe estaba ya todo lo limpia que podía estar sin ahogarla y Dior ayudó a Copper a sacar al tiritante animal del agua y envolverlo en una toalla–. Me he pasado la mayor parte de mi vida tremendamente avergonzado de lo que soy –añadió en voz baja–, consumido por la angustia, como les debe pasar a muchos hombres como yo. Lo último que querría es que tú tuvieras que experimentar ese mismo dolor.

–Pearl dice que, si los hombres supieran lo que he hecho, sentirían rechazo por mí.

–Creo que para un hombre es mucho más fácil aceptar a una mujer que ama a las mujeres que a un hombre que ama a los hombres. De hecho, a muchos hombres les excita; así es como se gana la vida Suzy.

–No te entiendo.

Dior le estaba secando las orejas y el hocico a la perrita con el mismo cuidado que una madre.

–Vosotras, las mujeres, podéis hacer lo que os plazca unas con otras y siempre se considera adorable e intrascendente.

–¡Intrascendente!

–Vuestras relaciones consisten simplemente en un deseo de buscar el reflejo de vuestra belleza. Es algo inocente, como un juego de niños.

–¡Tian! –exclamó ella–. En algunos aspectos, conoces muy bien a las mujeres, pero en otros... ¡hay que ver!

Él alzó las manos, indicando que se rendía.

–Tienes razón, tienes razón. Me ceñiré a mis vestidos.

No saber nada de Henry le resultaba muy difícil. Aunque él se negaba a hablar de su trabajo, Copper estaba convencida de que se hallaba en peligro. Tal y como él había predicho, las huelgas y el sabotaje estaban arrasando la Francia recién liberada. Casi cada semana había disturbios, ocasionados por los intentos de la policía de ayudar a los esquiroles a superar los piquetes. Los saboteadores comunistas, persuadidos de que el expreso Lille-París se utilizaba para transportar tropas, hicieron descarrilar el tren en Arras, un accidente que se saldó con decenas de personas gravemente heridas y dieciséis muertas. Las calles de París estaban llenas de policías armados y el Gobierno aseguraba al país que la situación estaba bajo control, pero nadie sabía lo que sucedía en realidad.

A medida que la violencia se intensificaba –y las inclemencias del tiempo se acentuaban, con ventiscas y escasez de carbón–, el desasosiego de Copper por Henry se volvió más lúgubre. El silencio pasó de suponer un alivio a ser una preocupación que la atenazaba cada día, cada hora. Notaba constantemente una mezcla de rabia y ansiedad que le hacía un nudo en el estómago. ¿Cómo podía haberse esfumado sin más? Si de verdad la amaba tanto como decía, ¿cómo podía tratarla así?

A menos –y esa idea la horrorizaba– que lo hubieran capturado o matado. Cuanto más trataba de desechar esa idea, más presente la tenía. Henry le había dicho que estaba recopilando información sobre los comunistas, pero la verdad era que, en realidad, Copper no tenía ni idea de qué hacía o contra quién luchaba. ¿Lo habrían capturado? O, peor aún, ¿lo habían fusilado?

También cabía la posibilidad de que estuviera malgastando

su compasión y que él sencillamente se hubiera cansado de ella y hubiera encontrado una compañera de juegos menos problemática y más sumisa. Aquella posibilidad, aunque por motivos distintos, también le resultaba insoportable. Henry no daba la impresión de ser la clase de hombre que le pedía matrimonio a alguien cuando lo único que quería era un revolcón; sin embargo, no era la primera que se equivocaba de cabo a cabo con un hombre. Alguien podría decir que se había hecho la dura con Henry y tal vez él había tenido la sensación de que Copper era falsa. O tal vez había acabado por generarle repulsión.

El domingo por la mañana, mientras las campanas de las iglesias de París seguían repicando, Copper se despertó sacudida por un agitado Dior, que la miraba con la cara blanca.

—He recibido una llamada sobre mi hermana. Está viva. —Se aferró a Copper—. Va a venir a casa.

La fuente de la noticia era la Cruz Roja. Los rusos habían liberado la cárcel donde Catherine había estado encerrada y habían encontrado a un puñado de supervivientes en un estado lamentable. Las SS había masacrado a todos los demás, matándolos de hambre o de frío, pero Catherine, tal y como siempre había predicho *madame* Delahaye, había sobrevivido y era la primera a la que iban a enviar a casa. Llegaría la mañana siguiente a la Gare de l'Est en un tren de refugiados.

Dior le contó todo esto en un estado de trémula agitación mientras salían juntos del apartamento.

—Tenemos que preparar su habitación —dijo él—. Y huevos, ¡necesitamos huevos!

—¿Huevos? ¿Para qué? —preguntó Copper, divertida con su fervor.

—Para hacerle un suflé de queso. Es su plato favorito y seguro que espera encontrárselo en cuanto llegue. Además, dicen que está muy delgada, o sea, que tendremos que alimentarla. El suflé de queso es el plato más nutritivo, ¿lo sabías? Cuando de niños nos poníamos enfermos, siempre nos lo daban.

–Muy bien, pues conseguiremos huevos.

–Y flores. ¡Necesitamos flores!

Se recorrieron París entero. Los huevos, la mantequilla y la leche escaseaban en la ciudad; muy pocas tiendas los tenían y en todas se formaban largas colas. Se sumaron a ellas en dos establecimientos, con Dior desquiciado por los nervios y la frustración, pero, tras una interminable procesión hasta el mostrador, se encontraron con que no tenían nada de lo que buscaban.

En el tercero, sin embargo, tuvieron suerte y pudieron comprar tres preciosos huevos y una porción de mantequilla y, en el cuarto, una jarrita de leche y un pedazo de queso que alcanzaba justo para hacer el suflé.

–No se equivocaba –no dejaba de repetir Dior–. Delahaye no se equivocaba. Todo el mundo trató de convencerme de que Catherine había muerto, pero Delahaye sabía la verdad. La sabía. Voy a cubrir de oro a esa mujer.

En el mercado de la Île de la Cité, a la sombra de Notre-Dame, encontraron flores de primavera en venta.

–No cabrán todas en su cuarto –le advirtió ella a Dior, que las había cogido a brazadas.

–Pues las pondremos por el apartamento –contestó él, apenas visible debajo de los ramos.

A Copper no le habría extrañado que comprara también uno de los pajaritos que estaban en venta, brincando y piando intranquilos en sus minúsculas jaulas.

Prepararon juntos la habitación de Catherine: Dior encendió la estufa para que el ambiente empezara a calentarse mientras Copper hacía la cama y la dejaba lo más bonita y cálida posible. No había jarrones suficientes para todas las flores que había comprado, así que Dior tuvo que correr al piso de abajo y pedir prestados un par más. Era tal su regocijo que se echaba a reír una y otra vez o bien lanzaba una exclamación en voz muy alta. Sin lugar a duda, se trataba de un milagro. Después de que los horrores de la maquinaria de exterminio nazi se hubieran revelado al mundo, la posibilidad de que Catherine hubiera sobrevivido se había ido volviendo más y más nimia. Al fin y al cabo, como ahora se sabía, millones de personas habían muerto, bien asesinadas sin motivo o bien por agotamiento debido a las atroces condiciones de trabajo en los campos.

—Estoy tratando de encontrar a Hervé, su prometido; alguien tiene que informarle de que Catherine va a volver. Ay, no voy a poder pegar ojo en toda la noche —dijo Dior cuando quedó satisfecho con todo—. ¿Cómo voy a dormir con esta excitación?

—Tienes que intentarlo —le indicó Copper con gentileza.

Al final, fue ella la que no pudo conciliar el sueño imaginando el júbilo del reencuentro del día siguiente. Después de la detención de su hermana, Dior había pasado un año entero sumido en una angustia incesante y solo Dios sabía lo que había pasado Catherine. Había que reconocer, sin embargo, que al final la vidente había acertado: Catherine Dior estaba viva y eso era lo único que importaba.

Capítulo 11

El convoy de la Cruz Roja llegaba a las nueve de la mañana tras haber partido de Alemania el día anterior. La Gare de l'Est, como todas las estaciones de París en aquel momento, estaba atestada de soldados y civiles que llegaban a la ciudad desde todas partes de Europa. Ese día llovía y una luz tenue se filtraba por el inmenso tejado abovedado de vigas de acero y cristal sucio, aunque apenas alcanzaba el fondo de la estación, donde resonaban las voces y las multitudes se abrían paso a empujones en medio de una confusión abismal.

Dior se hallaba en un estado lamentable, hecho un manojo de nervios e invadido por todo tipo de temores.

–¿Y si ha perdido el tren? –preguntaba una y otra vez–. ¿Y si se ha puesto enferma? ¿Y si no la encontramos en medio de este espantoso gentío? –Llevaba un ramo de rosas, que en su estado de agitación casi estrujaba contra el pecho–. ¿Y si…?

–Todo va a salir bien –lo interrumpió Copper, llevándolo con decisión al andén correcto–. ¡Tian! Mira por dónde andas –exclamó después de que un mozo de estación casi lo atropellara con un carrito cargado con una montaña de casi dos metros de baúles.

El tren llegaba con retraso. Esperaron en medio de un grupo de gente con una ansiedad parecida a la suya, revoloteando alrededor de los oficiales de la Cruz Roja, que se veían obligados a repetir una y otra vez que sí, que el tren estaba en camino; que sí, que los retrasos eran algo habitual en aquellos momentos, y que no, que nadie había perdido el tren. De vez en cuando, alguien salía disparado hacia el borde del andén para echar un vistazo a la vía y un viejo jefe de estación tenía que perseguirlo.

Al final, casi a media mañana, el chirrido de los raíles de acero anunció la llegada del tren y la gente empezó a vitorear. El convoy traqueteó con lentitud hasta llegar a la estación, como si el viaje lo hubiera agotado y le dolieran las ruedas. Al final, se paró entre nubes de vapor liberado por la caldera, que tras salir por la locomotora se condensaba sobre todas las superficies. Dior agarró a Copper de la mano mientras las puertas empezaban a abrirse con estrépito y de los compartimentos surgían figuras, apenas visibles entre los penachos de vapor.

Los oficiales de la Cruz Roja habían levantado una barrera para mantener a la multitud separada de los pasajeros, una decisión que había desatado la ira de la gente, que llamaba a gritos a sus familiares y trataba de reunirse con aquellos que reconocían. Pero los oficiales no dieron su brazo a torcer: los refugiados se reunirían con sus familias uno a uno, a medida que se tachara su nombre de las listas.

—No la veo —dijo Dior, desconsolado, mientras trataba de distinguir algo en medio de la niebla—. ¡No está aquí!

—Tiene que estar —lo tranquilizó Copper mientras le daba un apretón en la mano.

Él estaba tan inquieto que había acabado por aplastar el ramo. Ella había llevado la cámara para inmortalizar el momento y la comprobó para asegurarse de que el carrete estaba avanzado, y el obturador, activado.

Tras una hora de espera angustiante, los recién llegados cuyos papeles ya se habían tramitado echaron a andar por el andén con sus familiares. La multitud, que un rato antes se había mostrado estrepitosa y hasta beligerante, se quedó en silencio mirando a los aparecidos. ¿Quiénes eran aquellos fantasmas que avanzaban arrastrando los pies, con ropa como de espantapájaros que les iba varias tallas grande, la mirada perdida y los ojos hundidos en las oscuras cuencas? Espectros que no hablaban, o que graznaban con voces que parecían de hojalata oxidada. Un hombre dejó escapar una exclamación de lástima e indignación y una mujer se echó a llorar con sonoros sollozos.

Aparte del siseo constante del vapor y del rechinar del metal al enfriarse, no se oía ni un sonido en el andén, salvo las voces de los oficiales de la Cruz Roja pronunciando nombres.

–¡Dior! ¡*Mademoiselle* Catherine Dior!

–¡Aquí! Soy su hermano –dijo Dior al tiempo que avanzaba a la carrera.

Pero la figura que lo esperaba entre dos auxiliares no se parecía en absoluto a una mujer. No tenía pelo en el cráneo demacrado y su cuerpo estaba flaco y frágil como un árbol en invierno. Sostenía una maletita en una mano y alargó la otra hacia su hermano al tiempo que sus labios se ensanchaban en una parodia de una sonrisa.

–¡Christian!

Dior lloraba desconsolado. Había dejado caer el ramo de rosas, que quedaron abandonadas y pisadas en el suelo. Copper se había olvidado de su cámara, que colgaba sin propósito de su cuello mientras ambos se hacían cargo de Catherine, e hizo además de coger su pequeña maleta.

–Ah, gracias, pero tengo más fuerza de la que parece. –Alguien había prendido al abrigo de Catherine un cartelito con su nombre. En las fotografías que había visto Copper, se veía a una mujer bonita y lozana, con una melena de pelo rizado. Nada quedaba ya de su hermosura y lo único que confirmaba el nombre del cartelito era la nariz aguileña, igualita que la de Dior–. No te preocupes por mí, Tian. Siento mucho estar tan fea, pero el pelo me volverá a crecer.

–Estás guapa –sollozó él.

–No les conté nada, ¿eh? –dijo Catherine mientras avanzaban entre la multitud que los observaba. Igual que los demás supervivientes, caminaba muy despacio y arrastrando los pies, como si las piernas no pudieran soportar su peso. Aunque tenía veintitantos años, parecía una anciana–. Me torturaron, pero no les conté nada. Tienes que decírselo a todo el mundo, aunque no te pregunten. Diles que no abrí el pico. No traicioné a nadie.

–No te preocupes de eso ahora –contestó Dior–. Nadie se atreverá a acusarte.

Copper notó que la maleta de cartón de Catherine pesaba muy poco. Era evidente que no contenía muchas cosas.

–¿Tienes ropa? –le preguntó.

–Solo la que me dio la Cruz Roja. Nada me va, pero al menos me ha dado calor. Cuando me detuvieron, me dijeron que llevara mi ropa a Ravensbrück, pero el día que llegamos nos lo quitaron todo y los rusos quemaron nuestros uniformes del campo porque estaban llenos de piojos. Ojalá me lo pudiera haber quedado; al final, le cogí cariño.

¿Cómo no se le había ocurrido a ninguno de los dos que Catherine no tendría nada que ponerse?

–Te traeré cosas mías –le prometió Copper–. Somos más o menos igual de altas.

Se abstuvo de añadir que Catherine estaba tan delgada que usaría una talla mucho más pequeña.

–Está bien. Así es como acabas después de pasar un año como invitada de los alemanes –comentó ella, como si le hubiera leído el pensamiento–. No llores, Tian. Estoy mucho más fuerte de lo que parece, te lo prometo.

Durante el trayecto en coche hasta la Rue Royale, repitió una y otra vez la misma frase. Dior había recobrado el control sobre sí mismo y no paraba de dar besos en la mano de su hermana en el asiento de atrás mientras ella miraba por la ventanilla con los ojos rodeados de ojeras.

–Dios mío, qué maravilla volver a ver París. Es como un sueño. –Dejó escapar una risita insegura–. No estoy soñando, ¿verdad?

–No, *chérie*, no estás soñando.

Catherine vio un quiosco.

–Ay, ¿podemos comprar un periódico? Hace semanas que no sabemos nada sobre la guerra, solo los rumores que corrían por el campo.

Se pararon a comprar un ejemplar de *Le Monde* para ella, quien, en lugar de leerlo, se lo pegó a la cara para aspirar con placer el olor del papel y la tinta.

–A esto huele la libertad.

Dior parloteaba con alegría, pero, a aquellas alturas, Copper ya lo conocía muy bien y se dio cuenta de cuánto lo había impactado el aspecto de Catherine, no solo por su apariencia macilenta, sino porque desprendía un aire de fragilidad. Aunque la joven trataba de mostrarse animada, bajo su alegría se percibían el agotamiento y la desolación. Tenía que hacer un esfuerzo para mantener la compostura, como si no estuviera segura de lo que podía pasar si se permitía bajar la guardia, como si ya no supiera ser ella misma.

Copper se apresuró a ir a su casa a escoger ropa para Catherine. La generosidad de Suzy había engordado su armario y tenía prendas de sobra. Pensó que la hermana de Dior agradecería la ropa interior bonita, además de jerséis para su cuerpo consumido, que debía helarse con el frío, y un sombrero para su pobre cabeza calva.

Al regresar al piso de Dior, lo encontró en la cocina preparando el suflé. Catherine estaba sentada junto a la ventana con un chal, contemplando los tejados de la ciudad, y se volvió a mirar a Copper con aquella sonrisa mutilada.

–Es maravilloso ver de nuevo los tejados de París. No sabes lo harta que estaba de la alambrada de espino y los árboles lejanos e inalcanzables.

–Te he traído algo de ropa. –Copper le tendió sus ofrendas–. Por favor, quédate todo lo que creas que te puede servir.

–Ay, Copper. Eres tan buena como dice mi hermano.

–Es al revés: tu hermano ha sido la bondad personificada conmigo.

–La bondad es la moneda de cambio de la humanidad. Era posible encontrarla hasta en los campos, devaluada y rota, pero era posible encontrarla. –Se inclinó hacia delante para echar un vistazo a la ropa–. Tienes cosas muy bonitas –comentó, pero no hizo ademán de tocar nada.

–He pensado que te gustaría este cárdigan; es de lana de oveja, muy calentito. Y esta boina hasta que te crezca el pelo.

Copper sostuvo las prendas en alto para tratar de despertar el interés de Catherine.

–Precioso. –Al final, Catherine alargó una mano vacilante y acarició la lana azul celeste. Sobresaltada, Copper vio por primera vez que en la muñeca izquierda de la joven había un tosco número tatuado en azul añil, que destacaba sobre su piel blanca: «57813»–. Ah, sí. Mi número –dijo ella–. No soporto verlo.

Copper trató de reprimir sus emociones. Aunque había oído hablar de aquellas cosas, era la primera vez que las veía en persona.

–A lo mejor te lo puedes quitar.

–A lo mejor.

–Te conseguiré unos guantes, si quieres.

–¿Unos de algodón? Te lo agradecería mucho. Me da vergüenza que Hervé me vea así; no me reconocerá.

–Lo entenderá. ¿Por qué no te pones el cárdigan? Debes estar helada.

Catherine se puso la suave prenda de lana con gestos rígidos.

–Sí que es agradable –suspiró, rodeándose con los brazos–. Gracias.

–Quédatelo, por favor. No me hace falta.

–Me cuesta creerlo, pero eres muy buena –repitió.

Dior salió de la cocina, secándose las manos en el delantal.

–Ya casi está. A la mesa, por favor, señoritas.

Se sentaron a la pequeña mesa del comedor y Dior trajo la comida, que desprendía un olor delicioso. Había horneado los suflés en moldes individuales y le habían quedado perfectos, cada uno con una capa superior dorada y mullida como una nube. Abrió una botella de Chablis y les llenó las copas.

—Por Catherine —brindó.

Ella se rio, pero Copper se fijó en que apenas probaba el vino, sino que lo dejó en la mesa y se quedó mirando el suflé que tenía delante, de una manera muy parecida a cómo había mirado la ropa de Copper.

—Come —la instó Dior—. Lo he hecho como a ti te gusta, como el de Granville. Y tienes que alimentarte.

—Sí —dijo Catherine, pero pareció que le costaba coger el tenedor.

Comió un bocado con los ojos cerrados mientras Dior la observaba con expectación.

—¿Está bueno? —preguntó.

Ella tragó.

—Es una obra de arte.

Él sonrió de oreja a oreja.

—Come más. Ya sabes que el suflé se hunde.

Catherine comió varios bocados más y, de improviso, echó la silla hacia atrás y se puso en pie.

—Lo siento —jadeó, y corrió hacia el lavabo, donde la escucharon vomitar con dolorosas arcadas.

Dior se quedó consternado.

—¿Qué le pasa? —le susurró a Copper.

—Creo que el suflé es demasiado pesado para ella —contestó esta, también en susurros.

Él se dio un golpe en la frente.

—Santo cielo, qué idiota soy.

Catherine regresó a la mesa.

—Tendrás que perdonarme, Tian. Tu suflé es delicioso, pero este estúpido estómago mío ya no sabe comportarse.

–Ay, *chérie*, no sabes cuánto lo siento.

–¿Qué puedes comer? –preguntó Copper.

–En el campo, nos daban sopa de patata cada día. En realidad era solo agua sucia y, si encontrábamos un pedacito de patata, nos lo guardábamos todo el día. Teníamos la suerte de trabajar en las fábricas, así que les interesaba mantenernos con vida. A las demás a menudo no les daban nada… –Su voz se fue apagando y ella adoptó una mirada ausente, como si contemplara otro mundo.

Copper se fue en silencio a la cocina, donde encontró varias patatas, zanahorias y puerros, además de un puñado de perejil. Lo cortó todo muy fino y lo echó a hervir mientras oía a Dior y Catherine hablar en voz baja. Cuando las verduras quedaron blandas, se las llevó a Catherine.

–Tengo la sensación de ser un terrible incordio –dijo esta–. Ya no soy una compañía adecuada para la gente decente. Lamento muchísimo lo del suflé, Tian.

Empezó a tomar la sopa despacio y con cuidado mientras Copper y Dior la miraban en silencio. A los dos se les había quitado el apetito y los suflés se desinflaron poco a poco en sus moldes, intactos.

Aunque Catherine no volvió a vomitar, al cabo de un rato se le empezaron a cerrar los ojos y la cabeza rasurada se le dobló sobre su fino tallo. Introdujo una última vez la cuchara en la sopa y pareció incapaz de volver a sacarla.

–Tienes que dormir –dijo Dior.

Catherine alzó la cabeza con gesto cansado.

–Lo siento. Tenía tantas ganas de verte que no he podido echar ojo en el tren. Y, ahora que estoy aquí, mira qué mala compañía soy.

Entre los dos, la ayudaron a meterse en la cama y la arroparon como a una niña. Antes de que cerraran la puerta, ya estaba dormida.

–Se está muriendo –susurró Dior en la sala, con la cara blanca.

—No digas esas cosas. Ha sobrevivido a muchas cosas.

Dior se cubrió la cara con las manos.

—Nunca pensé que sería capaz de hacerle daño a alguien, pero te juro que podría matar a los que le han hecho esto.

—Yo también —convino Copper en voz baja.

Durante los siguientes días, Copper conoció algunos detalles de lo sucedido a Catherine. Se había enamorado de un apuesto joven de la Resistencia, Hervé des Charbonneries, y no había pasado mucho tiempo antes de que se involucrara en la lucha clandestina contra los nazis. Su cometido era memorizar información crucial sobre el movimiento de las tropas alemanas y su producción de armas y trasladársela a la Francia Libre del general De Gaulle. La Resistencia albergaba la esperanza de que una joven bonita en bicicleta no llamara la atención de la Gestapo, pero se equivocaba. Alguien había traicionado a Catherine: le había mandado un mensaje para reunirse con un agente en el Trocadero, pero había resultado ser una trampa de la Gestapo, que la había detenido y torturado en las tristemente famosas mazmorras de la cárcel de La Santé.

—Lo más horrible fue que los torturadores no eran alemanes, sino franceses —le explicó Catherine—. Nuestros compatriotas.

Christian había movido cielo y tierra para conseguir que la liberaran y había suplicado a sus acaudaladas clientas que intercedieran por ella, pero ninguna había estado dispuesta a hacerlo. Había tenido suerte de que no lo detuvieran a él también y, aunque ahora no cabía en sí de contento con el regreso de Catherine, el estado de debilidad en el que se encontraba su hermana lo aterraba. Hablaba de mandarla al campo para que disfrutara del aire limpio y la comida sana, que tan difícil eran de encontrar en París, pero no soportaba la idea de estar separado de ella y, en cualquier caso, Catherine estaba agotada y no se hallaba en condiciones de viajar más.

—Siempre fue mi preferida —le susurró Dior a Copper mientras su hermana dormía acurrucada bajo las mantas–. Cuando éramos niños, apenas jugaba con mis hermanos, pero Catherine... –En su rostro se dibujó una sonrisa tierna–. Catherine era especial. Como, por supuesto, a mí no me permitían tener muñecas, ella se convirtió en mi muñeca. Le hacía peinados con cintas y lazos y me encantaba confeccionarle vestidos, arreglarla y sacarla a pasear para presumir de ella. Gracias a Catherine, podía entregarme a mi amor secreto por el encaje y los volantes.

–En realidad, fue tu primera musa.

–Así es. Y menuda musa más dulce y buena estaba hecha: siempre sonriente, siempre serena. Sin ella, mi infancia habría sido un infierno. Uno de mis hermanos estaba loco y tuvieron que ingresarlo en un manicomio, y mi pobre madre murió poco después. Nunca me llevé bien con mi padre ni con mi otro hermano, Raymond. Yo era un soñador que vivía en mi propio mundo y Catherine era la única que podía entrar conmigo en ese mundo. Estoy convencido de que, si la perdiera, me moriría.

–No la has perdido –señaló Copper con delicadeza.

Él cubrió la mano de ella con la suya.

–Necesita cuidados femeninos.

–No se me da muy bien cuidar de nadie, pero haré todo lo que pueda, Tian.

Copper llevó a Catherine a ver a la doctora Séverine Lefebvre, una mujer de mediana edad muy amable, motivo por el que la había elegido. Catherine le pidió que se quedara con ella mientras la doctora la examinaba y, al verla de pie sobre la balanza, solo con su ropa interior, se dio cuenta de que estaba aún más delgada de lo que creía, con brazos y piernas como palillos y las costillas y las caderas protuberantes bajo su piel pálida y llena de manchas rojas y moratones. El reconocimiento fue minucioso e incluyó un examen de la vista.

Al final, la doctora Lefebvre las invitó a sentarse a su escritorio mientras ella anotaba, con su caligrafía pasada de moda, la dieta que quería que Catherine siguiera.

—Padece malnutrición grave —sentenció mientras deslizaba el bolígrafo sobre el papel— y, para recuperarse, es fundamental que ingiera las vitaminas y los minerales adecuados. Sé que le va a costar, *mademoiselle* Dior, pero debe seguir mi dieta al pie de la letra.

—Lo intentaré.

Antes de salir de la consulta, la doctora abrazó a Catherine y le dio tres besos en las mejillas.

—Es usted un ejemplo para toda Francia, *mademoiselle* —le dijo en voz baja.

El mayor reto fue conseguir que Catherine comiera. La dieta de la doctora, llena de nutritivos platos de carne, tenía buenas intenciones, pero la joven era incapaz de retener los alimentos en el estómago. Si superaba su capacidad aunque fuera por una cucharada, le entraban arcadas y lo devolvía todo, lo que la dejaba agotada y más débil que antes. Era algo que sucedía con tanta frecuencia que Dior y Copper estaban desesperados.

Ahora que la guerra había entrado en su etapa final, tampoco era sencillo encontrar comida en París. Ya no había langostas de Granville y, aunque las hubiera habido, los trenes ya no funcionaban. Entre las huelgas y la guerra, de hecho, las tiendas estaban vacías y la gente se veía obligada a buscar restos en la basura, igual que en la época más aciaga de la ocupación. La carne y el vino que había recetado la doctora Lefebvre eran casi imposibles de conseguir y era desgarrador ver cómo Catherine devolvía la ternera o el pollo que tanto les había costado encontrar y por el que habían pagado sumas considerables.

Copper empezaba a preocuparse. Catherine no había recuperado ni un gramo de peso; de hecho, había perdido un poco cada día desde su regreso. Copper se había criado en la pobreza, sabía cómo preparar platos nutritivos, y así se lo transmitió a Dior.

–Todo esto está muy bien en la teoría –comentó, señalando la hoja con la dieta que les había dado la doctora–, pero en la práctica no funciona. Si me dejas, puedo intentar que Catherine coma a mi manera.

–Lo que a ti te parezca mejor –accedió Dior con un suspiro trémulo–. No podemos seguir así.

–Perfecto.

Copper fue al mercado y regresó con el cesto cargado.

–¿Qué diantres es todo esto? –preguntó Dior, horrorizado, mientras Copper depositaba su compra en la cocina.

–Esto es lo que mi madre llamaba una pata de bovino –contestó Copper, estudiando la grasienta pieza con ojo crítico–. Es espinilla y pezuña de vaca.

–Pero ¿se come?

–Y tanto. Es lo que nos hacía mi madre cuando nos poníamos enfermos.

–Y yo que creía que Estados Unidos era un país rico –dijo Dior, alejándose del fuego.

–Donde yo vivía no –repuso Copper–. Teníamos siete bocas que alimentar con el sueldo de un obrero de fábrica. Y nadie nos mandaba langostas, créeme.

Tras varias horas de duro trabajo, la pata de bovino se redujo a un saludable caldo con una gelatina traslúcida y ambarina. Con gran deleite, Dior vio cómo Catherine se tomaba el caldo… y no lo devolvía.

–Eres genial –exclamó, y le dio un abrazo a Copper en la cocina.

A partir de entonces, Copper se dedicó a preparar los platos de su infancia para Catherine. Aunque su madre había muerto joven, antes de fallecer le había enseñado a cocinar los platos de su Irlanda natal, comidas sanas y nutritivas, pero al mismo tiempo ligeras. A falta de pollo, preparó un pastel de conejo y, con unos cuantos huesos de ternera, elaboró un delicado caldo. Lo que más hizo fueron platos de verduras. Ahora la humilde patata era un regalo del cielo, igual que la cebada, el repollo y las judías. El instinto de Copper le decía que, antes de poder digerir las proteínas que le había recetado la doctora, Catherine necesitaba alimentos blandos ricos en almidón que le dieran energía, permitieran que su estómago se recuperara y le devolvieran el apetito.

Copper descubrió que podía tentar a Catherine con cosas dulces. La jalea de manzana y la fruta estofada eran platos que el cuerpo de la joven podía absorber con facilidad y, aunque no había vino para beber, Copper hizo un almíbar con pasas que resultó ser un gran éxito. Los pudines de tapioca y la crema de leche, harina y azúcar también tenían apariciones estelares, endulzados con mermelada si no encontraba azúcar. La pérdida de peso letal de Catherine se desaceleró y acabó por detenerse, y llegó el día triunfal en el que la doctora tuvo que desplazar el peso de la balanza, prueba tangible de que empezaba a recuperar carne. Lo celebraron con un plato que la madre de Copper llamaba *boxty*, tortitas de patata a la plancha, acompañado por una canción que su madre le había enseñado:

> Boxty a la plancha,
> boxty en sartén,
> la mujer que hace boxty
> ¡tendrá un hombre fetén!

Catherine recuperó las fuerzas suficientes como para dar paseos cortos. La malnutrición había dejado sus ojos debilitados y, para protegerlos del sol, Copper le trajo unas gafas oscuras. Armada con ellas y con un chal de seda para cubrirle la cabeza, se la llevaba a caminar despacio por las Tullerías, donde habían retirado el tanque alemán calcinado y las flores empezaban a alegrar los jardines.

–¿No quieres ver a tu prometido? –le preguntó Copper con gentileza.

A aquellas alturas, nadie le había contado a Hervé que Catherine estaba viva, algo que a Copper la dejaba perpleja.

Catherine hizo una mueca.

–Él cree que he muerto y tal vez sea lo mejor.

–¿Por qué dices eso? –exclamó Copper.

–No sé si podemos seguir juntos. No sé si deberíamos.

–¿Por lo que te ha pasado? Eres guapa y cada día estás más fuerte. El pelo te crecerá. Se va a morir de felicidad cuando te vea.

–No es solo eso –repuso Catherine, torciendo el gesto.

Mientras caminaban, se apoyó en Copper y empezó a contarle parte de su historia de amor con Hervé des Charbonneries. Su relación con él había comenzado con un *coup de foudre*, amor a primera vista. Al entrar en una tienda para comprar una radio, se encontró a un hombre alto, afable y atractivo que le mostró el último modelo y, en cuanto sus miradas se cruzaron, le robó el corazón.

–Pero había una pega –continuó Catherine–. Hervé nunca fue mi prometido. Habría sido imposible, porque Hervé está casado.

–Oh.

–Eso es: oh –repitió Catherine, imitando su tono apagado–. Y tiene tres hijos pequeños. Es imposible estar más casado, pero, aun así, me volví loca por él y él por mí. Era miembro fundador de la Resistencia y enseguida me reclutó, así que trabajábamos y nos amábamos en secreto. Nuestra vida estaba llena de secretos. No sabes cuánto lo quería; besaba el suelo que él pisaba. De no ser por eso, creo que habría sucumbido a la presión de la Gestapo, pero sabía que, si les daba su nombre, lo matarían. Soporté todo lo que me hicieron y, gracias a Dios, pude protegerlo.

A Copper se le llenaron los ojos de lágrimas.

–Es lo más valiente que he oído nunca.

–El amor te vuelve valiente. –Catherine se encogió de hombros–. O tonta, quizá. A veces cuesta distinguir la diferencia.

–Hervé debería saber lo que hiciste por él.

–¿Tú crees? –Catherine meneó la cabeza–. A mí me parece que sería injusto presionarlo así. Si le pidiera que volviese conmigo, sería como pedirle que abandonara a su mujer y a sus hijos. Antes de esto –hizo un gesto que abarcaba su frágil cuerpo–, lo nuestro era una aventura emocionante, pero ahora se ha vuelto serio. Mucha gente ha muerto y mucha ha sufrido. No sé si soy capaz de soportar más sufrimiento o de pedir a otros que lo padezcan por mí.

–Mientras crea que sigues detenida o incluso muerta, sufrirá de todos modos.

Catherine sonrió con la boca torcida.

–Eres muy perspicaz, querida Copper.

–Lo intento. El hecho de no serlo me ha llevado a cometer muchos errores. –Hizo una pausa antes de añadir–: ¿Todavía lo quieres?

–Desde el día en que nos separamos, no he hecho otra cosa que pensar en él. ¿Te sirve como respuesta?

–Sí, supongo que sí.

–¿Qué me dices de ti? –preguntó Catherine–. Tú también estás esperando a alguien, ¿verdad?

–Me imagino que tu hermano te lo ha contado todo.

–Parece un hombre muy sofisticado.

–Sí, lo es.

–Quiere casarse contigo.

–Sí.

–¿Y tú lo quieres?

–Sí, lo quiero, pero…

–Pero valoras mucho tu libertad –terminó Catherine la frase, mirando a Copper con astucia.

–Algo así.

–¡Cómo sois los estadounidenses con vuestra libertad! Sabes que hay cosas más importantes, ¿no?

Copper se rio.

–¿Y me lo dice una heroína de la Resistencia?

–Bueno, ya has visto adónde me llevó mi lucha por la libertad –dijo Catherine, retirándose el pañuelo para mostrarle la cabeza calva–. La libertad es muy valiosa, pero hay otras cosas que pueden serlo más aún.

–Me gustaría escribir sobre ti.

–No tengo nada de extraordinario.

–¿Cómo que no? Lo que te ha pasado es muy inspirador: tu valentía, lo que has vivido y cómo has sobrevivido.

Catherine se mostró prudente.

–¿Es para un periódico?

–Bueno, había pensado en un artículo para una revista, con fotografías.

–¿Fotografías mías? ¿Ahora, en este estado?

–Por supuesto. Sabes que no siempre estarás así, ¿verdad?

–No lo tengo muy claro –repuso ella, vacilante–. Dame un par de semanas para pensármelo.

Sin embargo, Catherine tardó solo un par de días en ir a ver a Copper con una respuesta.

–Sí, te dejaré que escribas sobre mí y me saques fotos. No porque mi historia sea única, sino porque la comparto con mucha más gente que no ha sobrevivido y el mundo tiene que saber lo que le pasó.

Catherine accedió a posar para varios retratos que reflejarían de manera inexorable lo que le habían hecho los nazis. Copper era consciente del valor que había tenido que reunir la joven para hacer algo así sabiendo que la verían miles de lectores, pero si algo no le faltaba a Catherine Dior era valor.

Y estaba dispuesta a hablar de sus experiencias.

Tras su detención, la habían interrogado con extrema brutalidad, golpeándola con los puños y con un látigo, dislocándole los brazos, sujetándole la cabeza bajo el agua hasta casi ahogarla. Aunque ella no había soltado prenda, sí que había escuchado a otros traicionar a sus camaradas.

Cuando a los nazis les quedó claro que no iban a sacar nada de ella, la despacharon a Ravensbrück junto con dos mil mujeres más en vagones para ganado llenos hasta los topes. Durante el agónico y lento viaje en tren, la gente empezó a morir debido al calor del verano y a la falta de aire y agua. Al cabo de unos días, quedaron atrapadas en los vagones con cientos de cadáveres en estado de descomposición. Menos de la mitad de las prisioneras llegaron con vida a la estación de Ravensbrück, adonde enviaban a las mujeres de todos los territorios conquistados por los alemanes y que se había publicitado como un «campo modélico», un ejemplo perfecto de ingeniería social nazi, en el que con firmeza y amabilidad se curaría a las infectadas de enfermedades como la religión o el socialismo.

En realidad, los horrores que allí se perpetraban eran inenarrables.

—Las mujeres que no morían de tifus trabajaban hasta fallecer de agotamiento en las fábricas —le explicó a Copper—. A las jóvenes las mandaban a lo que denominaban «el hospital» para efectuar experimentos médicos con ellas. Las abrían sin anestesia, les amputaban las piernas o les extraían los órganos para ver si sobrevivían sin ellos. Les inyectaban sustancias químicas y probaban medicamentos con ellas. Cada día llevábamos a los hornos crematorios carretillas llenas de cadáveres y miembros amputados.

Copper apenas fue capaz de escuchar todo aquello. La suerte que habían corrido los niños era tan espantosa que Catherine se negó a hablar de ellos.

—Después me mandaron a Buchenwald, a la fábrica de explosivos. Allí nos trataban con puño de hierro: cada día escogían a las más débiles y, por las mañanas, escuchábamos al pelotón de fusilamiento. Luego me trasladaron de nuevo, esta vez a una mina de potasio que en realidad era un campo de trabajos forzados subterráneos, con el aire tan contaminado que estuve a punto de morir. Y entonces, a medida que se acercaban los aliados, empezaron a trasladarnos de un sitio a otro: a una fábrica aeronáutica en Leipzig y por último a Dresde, donde los rusos nos liberaron. Creo que, si hubieran tardado un mes más, habría muerto, o tal vez antes. Los rusos ya habían liberado otros campos, así que sabían qué esperar y nos trataron muy bien: nos dieron ropa y alimento y nos dejaron en manos de la Cruz Roja. ¿Sabes qué fue lo que me mantuvo con vida tanto tiempo?

–¿El qué?

–La idea de regresar con Tian. Soñaba que estaba de vuelta en París con él, riendo y comiendo langosta. Al despertar, se me caía el alma a los pies.

Sus palabras emocionaron profundamente a Copper.

–Tian nunca flaqueó en su convicción de que ibas a volver. Consultaba a una astróloga cada semana.

Catherine asintió.

–De niño siempre buscaba tréboles de cuatro hojas, coleccionaba amuletos y se inventaba hechizos. Recuerdo que una vez una gitana le leyó la mano en una feria y le dijo que las mujeres le traerían suerte y que amasaría una fortuna gracias a ellas. No sabes cómo se emocionó, a pesar de que nuestros padres se rieron de la posibilidad de que Tian ganara dinero gracias a las mujeres. Ya sabes cómo es.

–Sí, lo sé.

–Si bien no ha amasado exactamente una fortuna, al menos se gana la vida con ellas.

–Si abandonara Lelong y fundara su propia casa, es posible que ganara una fortuna.

–Siempre ha sido un hermano buenísimo conmigo, Copper,

y me quiere a rabiar. Mi infancia podría haber sido miserable, pero, gracias a él, fui muy feliz.

—¿Por qué dices eso?

Para sorpresa de Copper, Catherine describió a su madre como una mujer autoritaria, fría y distante con sus hijos.

—Estoy segura de que nos quería, pero era muy estricta y siempre estaba ocupada. No aprobaba las muestras de afecto y no nos permitía ir corriendo a abrazarla. Si osabas arrugar su ropa, recibías una severa reprimenda. Había que ganarse su afecto, algo que no era fácil, y todos aprendimos a andar de puntillas con ella, todos menos Tian, que la seguía a todas partes. Se aprendió el nombre de todas las flores de su jardín, incluso en latín. Nuestros hermanos eran crueles con él y lo llamaban «niño de mamá», pero a él no le importaba: estaba decidido a ganarse su amor.

Copper se acordó de que Dior le había dicho que su razón de ser era complacer a los demás.

—¿Y al final consiguió ganárselo?

Catherine vaciló.

—Creo que mi madre dejó que él se acercara a ella más que cualquiera de los demás. Era al único que se llevaba a París a ver a su *modiste*.

Eso despertó el interés de Copper.

—¿Era un privilegio especial?

—Y tanto; ni siquiera mi hermana y yo la acompañábamos. La modista se llamaba Rosine Perrault y su atelier estaba aquí, en la Rue Royale, a tiro de piedra de este piso.

—No se ha alejado mucho de sus raíces —murmuró Copper, pensativa.

—Creo que le dejó huella ver cómo le tomaban medidas y cómo trabajaban las costureras. Era un mundo misterioso del que se moría de ganas de formar parte. Cuando volvían de esas visitas, se dedicaba a vestirme y a fingir que era un modisto.

–Sí, me lo contó.

–Era nuestro secreto. A mí me encantaba que me prestara tanta atención, por supuesto; idolatraba a Tian y adoraba que me mimase. Por extraño que parezca, al hacerme mayor perdí todo el interés por la ropa. –Se pasó la mano por la pelusa que había empezado a crecerle en el cuero cabelludo–. Aunque Tian era el que más se esforzaba por ganarse el favor de mi madre, era a Bernard a quien más atención prestaban. Se comportaba de una manera cada vez más rara y apenas podíamos tratar con él, y luego el negocio de nuestro padre se hundió. Perdimos esa preciosa casa desde la que se veía el mar y el jardín que mi madre cuidaba con tanto esmero y, después de verse obligados a internar a Bernard en un manicomio, nuestra madre murió de pena. Tian era muy joven y su muerte lo destrozó. Pasó de ser una persona alegre y feliz a convertirse en un tímido introvertido. Creo que sintió que se la habían robado antes de poder ganarse su aprobación.

Catherine despertaba una profunda tristeza en Copper. La joven había defendido a su amor literalmente con su vida y, aun así, no podía reclamarlo como suyo. Copper comentó con Dior la amarga ironía de la situación.

–Yo sabía que pasaba algo, pero no tenía ni idea de que Catherine formara parte de la Resistencia. En absoluto. Llegaba a casa de improviso, tan llena de vida como siempre, y a veces se quedaba a pasar la noche antes de alejarse pedaleando frenéticamente con su bicicleta. –Dejó escapar un suspiro–. Creía que el gran misterio era que tenía una aventura y, aunque a veces le preguntaba quién era él, nunca me lo contó. Di por hecho que había alguna complicación, como que él estaba casado, por ejemplo, y que había que manejar la situación con discreción. Creía que el mayor riesgo que corría era que le partieran el corazón y se lo advertí. No sabía que ella se aprendía de memoria información secreta para trasladarla a quien correspondiera; descubrí eso y su relación con Hervé después de que la deportaran.

—Ya sabes que no les contó nada, Tian. Soportó verdaderas atrocidades para proteger a Hervé.

—Lo sé. Cuando la detuvieron, perdí la cabeza y acudí a todos los que conocía para suplicarles que me ayudaran, y la gente se limitó a cerrarme la puerta en las narices. Nadie quería que lo relacionaran en ningún sentido con la Resistencia. Aunque ahora —añadió con amargura— esas mismas personas quieren hacer creer a todo el mundo que ellos fueron los héroes. El único que accedió a ayudarme fue el embajador sueco y, para cuando intervino, ya era demasiado tarde y Catherine se encontraba en el tren con destino a Ravensbrück. Pero los demás, todos esos ricos que podrían haber hecho algo por ella, demostraron a las claras lo que eran: miserables que se esconden tras imponentes fachadas.

—Me dijiste que encontrarías a Hervé y le dirías que Catherine está viva.

Dior vaciló.

—Lo he encontrado. Está aquí, en París, pero todavía no he hablado con él. Catherine me ha pedido que no le diga nada.

—Creo que se muere de ganas de verlo y lo echa mucho de menos. Es una situación terriblemente difícil, pero, de todos modos, tarde o temprano él se enterará de que está viva, ¿no?

—Sí. Pero tal vez ella quiere que sea él quien decida si quiere recuperar el contacto.

—No es un romance de novela, eso está claro. Si Hervé vuelve con Catherine, romperá su familia, pero, si no lo hace, le romperá el corazón.

—El amor nunca es como en los libros, querida —contestó Dior—. Nuestras vidas son demasiado complicadas para que haya finales felices.

Capítulo 12

Pocos días después de esa conversación, alguien llamó a la puerta de Copper, quien al abrirla se encontró a un desconocido en el umbral. El hombre tenía unos cuarenta años, era alto y esbelto, llevaba un traje de *tweed* y jugueteaba con un sombrero de fieltro, nervioso. De inmediato, Copper tuvo la impresión de que se trataba de Hervé y parecía estar tan emocionado que fue ella la que tomó la iniciativa.

—¿Busca a Catherine? —preguntó, y él asintió—. Está dormida. ¿Quiere pasar y esperar hasta que se despierte?

Él dio un paso atrás.

—Volveré luego. No quiero molestarla.

Copper no tenía intención de dejarlo escapar.

—No se vaya. Siempre echa una siesta de media hora por la mañana, pero enseguida se levantará y se alegrará mucho de verlo.

A regañadientes, él dejó que lo hiciera pasar y lo acomodara en el lujoso saloncito. Dior estaba en la Maison Lelong y Copper había estado escribiendo un artículo mientras Catherine dormía. Le ofreció un café, pero él lo rehusó.

—Veo que está trabajando —comentó, señalando sus papeles—. He venido en un mal momento.

—No se preocupe. —Copper decidió no andarse con rodeos y le preguntó—: ¿Cuándo se enteró de que había vuelto?

—Un amigo la vio el otro día paseando con alguien por las Tullerías. Supongo que era usted.

—Sí. Si hace buen tiempo, damos un paseo por allí casi todos los días.

Hervé era rubio, con un bigote parecido a un penacho y un perfil aguileño. Le recordó a Errol Flynn, el actor de películas de aventuras, y a Copper no le costó entender por qué Catherine se había quedado prendada de su atlético atractivo. En ese momento, sin embargo, su intranquilidad resultaba casi dolorosa; no paraba de darle vueltas al sombrero entre sus largos dedos y hablaba con voz nerviosa.

—¿Cómo se encuentra?

—Cada vez mejor. Cuando llegó estaba muy débil, pero ha empezado a recuperarse.

—Dicen que ha hecho usted milagros con ella. ¿Le ha… hablado de mí?

—No lo sé. Aún no me ha dicho cómo se llama.

—Me llamo Hervé des Charbonneries.

—Creo que lo ha mencionado —contestó Copper con rostro serio—. Un par de veces.

—No entiendo por qué no ha venido a verme —dijo él al tiempo que se levantaba y se ponía a caminar por la habitación, inquieto—. ¿Cómo ha podido volver a París y no decírmelo? Me parece tan cruel…

—Ha sufrido mucho —explicó Copper—, tal vez más de lo que usted cree. No ha sido fácil para ella, aunque supongo que volver de entre los muertos nunca es fácil.

—Creía que había muerto. No esperaba volver a verla jamás y ella ha dejado que siguiera pensándolo. Y, mientras tanto, estaba aquí, ¡viva!

—Lo que Catherine ha padecido no debería padecerlo nadie. Ha estado en sitios que ni usted y yo somos capaces de imaginar y ha visto cosas que nos dejarían sin palabras. Nadie puede experimentar algo así y salir ileso, pero Catherine puede sanar, sobre todo con amor y sobre todo si usted es capaz de dejar de pensar en sí mismo y empezar a pensar en ella.

Él guardó silencio.

–Le pido disculpas –dijo al cabo en tono formal–, pero esto también es duro para mí.

–Ella sacrificó mucho por usted; le salvó la vida. –Copper lo estudió con mirada crítica–. ¿Cuántos años tiene, quince más que ella? Por no hablar de que es un hombre casado y con tres hijos.

–¿Y?

–La metió en la Resistencia para que llevara mensajes y también la metió en su cama. ¿Qué fue primero?

Los angulosos pómulos de él volvieron a teñirse de rojo.

–*Madame*, usted no sabe lo que es que el enemigo ocupe su país. Francia nos exigió sacrificios a todos, pero solo unos pocos acudimos en su ayuda. Catherine fue una de ellas y Francia siempre lo recordará.

–Tiene usted mucha labia.

–Por lo que parece, se ha otorgado usted el papel de protectora de Catherine –señaló él con brusquedad–, aunque no es familiar suya. De hecho, ni siquiera es francesa.

–Tiene razón, no soy ninguna de las dos cosas. Pero me considero su amiga, no su protectora. Su estado es muy delicado y mala amiga sería si no intentara protegerla, ¿no cree?

Copper creyó escuchar un ruido procedente del cuarto de Catherine.

–Voy a ver cómo está.

Se la encontró despierta y sentada en el borde de la cama. Tras tomar asiento a su lado, cogió una de sus frágiles manos entre las suyas.

–Ha venido –dijo en voz baja.

–Lo sé. He oído su voz. –Catherine estaba temblando.

–¿Quieres que me vaya?

–No. Quédate en el apartamento, por favor. Pero dile que venga aquí.

Copper fue a llamar a Hervé.

—Lo verá ahora.

Hervé entró en el dormitorio de Catherine con el sombrero todavía en la mano. Copper cerró la puerta tras él y fue a trabajar a la mesa del comedor. A lo largo de la siguiente hora, no escuchó nada en el cuarto de Catherine aparte de algún que otro murmullo, hasta que, al final, Hervé salió, se despidió de ella y salió solo del piso. Copper oyó sus rápidos pasos bajando la escalera del edificio.

Inquieta, entró en la habitación de Catherine y se le encontró de pie junto a la ventana, mirando hacia la calle. Se la veía febril, cosa que la alarmó, con los ojos anormalmente brillantes y el rostro ruborizado.

—Ahí lo tienes, querida Copper. Ha venido y se ha ido.

—¿Qué ha pasado? —quiso saber ella.

Catherine le apretó la mano.

—Todavía me quiere. No ha cambiado nada.

Copper le escrutó el rostro.

—¿Estás contenta?

—No ha cambiado nada —repitió Catherine—. Antes de que me detuvieran, teníamos un trato, y ese trato sigue inalterable… si decido aceptarlo.

—¿Cuál es el trato?

—Jamás se divorciará de su mujer. Es el barón Des Charbonneries, además de católico. Ambas circunstancias le impiden plantearse la posibilidad de un divorcio. Eso queda descartado. Puedo estar con él, pero no puedo ser su esposa, adoptar su apellido ni tener hijos suyos.

—Es muy duro.

—Pero puedo estar con él —dijo Catherine con su sonrisa torcida—. ¿Qué más da cualquier otra cosa? Si puedo estar con él, ¿qué más puedo pedir?

—Va a ser Catherine y una *catherinette* —comentó Dior con tristeza cuando Copper le trasladó la conversación.

–¿Qué es una *catherinette*?

–Es como llamamos en Francia a las mujeres de veinticinco años que aún no se han casado. El nombre viene de santa Catalina, martirizada por negarse a casarse con un pagano. El día de su festividad todas las solteronas parisinas se ponen sombreros de colores. Ojalá Catherine hubiera corrido una suerte más feliz.

–Tiene amor –señaló Copper–. Y, como bien dice ella, no quiere nada más.

–Los dos son personas fuertes y vivirán su vida como deseen –convino Dior–. Hervé dice que lo sometiste a un tercer gado y le preguntaste si sus intenciones eran respetables.

–Supongo que no era asunto mío. Solo quería proteger a Catherine.

–Dice que fuiste bastante dura.

–Será porque he sufrido a manos de un marido desconsiderado –observó ella.

Catherine estaba cada vez más fuerte y, al cabo de dos semanas, anunció que se marchaba de París para ir a la casa de la familia Dior en Callian, cerca de Grasse, en la Côte d'Azur. Allí, con la ayuda del sol y los campos de flores, se le levantaría el ánimo y su proceso de recuperación transcurriría plácidamente. Hervé des Charbonneries la acompañaría y juntos planearían su vida.

Copper y Dior fueron a despedirlos a la Gare de Lyon, donde Catherine abrazó con fuerza a Copper.

–Gracias, querida amiga. Ven a verme.

–Lo haré –prometió Copper.

Aunque seguía estando delgada y débil, Catherine ya no era la chica esquelética y demacrada, hasta el punto de dar miedo, que había llegado a la estación varias semanas atrás. En sus ojos volvía a brillar la esperanza. Hervé y ella subieron al tren y, tras encontrar su compartimento, se asomaron por la ventana para despedirse por última vez.

–Gracias por todo –gritó Catherine mientras el tren se alejaba de la estación, y saludó con la mano al tiempo que desaparecía tal como había llegado, entre nubes de vapor.

Ellos abandonaron el andén, Dior llorando con la cara enterrado en el pañuelo y Copper rodeándolo con el brazo.

–Pronto la volveremos a ver.

–Mi pobre Catherine –sollozó Dior–. Tendría que haber cuidado mejor de ella.

–No podrías haber hecho nada. Cada uno de nosotros camina por su propia cuerda floja y lo único que podemos hacer es escoger otra cuando nos caemos.

Mientras se abrían paso a contracorriente por la abarrotada estación, Copper vislumbró un perfil que le resultaba dolorosamente familiar. Al principio creyó estar soñando y luego se paró en seco y gritó por encima del estruendo:

–¿Amory? ¡Amory!

La figura se quedó inmóvil y, durante un instante, Copper tuvo la sensación de que no iba a darse la vuelta. Pero entonces él volvió la cabeza, la miró y ella se encontró sumergida en los hermosos ojos violetas de su exmarido. Aturdida, se alejó de Dior y se abrió camino a través de la multitud de viajeros para saludarlo.

–Hola, Copper.

–No sabía que estabas en París.

–Estoy solo de paso. –Amory miró por encima de su hombro–. Veo que sigues viendo a como se llame.

–Dior. Acabamos de despedirnos de su hermana. –Ver a su exmarido la había dejado sin aire en los pulmones y Copper se esforzó por recuperar el aliento. Estaba más delgado de lo que recordaba y llevaba el uniforme militar caqui, el pelo rubio alborotado y una bolsa de lona colgada del hombro–. ¿Tienes un rato para hablar?

Él se miró el reloj.

–Claro; mi tren no sale hasta dentro de media hora. Podemos tomarnos una copa de vino.

Copper se lo explicó a Dior, que asintió con ademán triste y regresó solo a casa para recobrarse de la emoción. Amory y ella se dirigieron a Le Train Bleu, la cafetería de la estación, decorada con profusos dorados y opulentos frescos. Encontraron un rincón tranquilo en el abarrotado local y Amory le pidió al agobiado camarero una botella de vino, no una copa.

–Tienes buen aspecto –comentó Amory con indolencia al tiempo que se encendía un cigarrillo.

Mientras paseaba la mirada por el salón, apenas mostró interés en ella, y Copper pensó con amargura que jamás le había prestado toda su atención y nunca lo haría.

–Tú también –contestó, aunque solo era una verdad a medias. Ahora que podía observarlo más de cerca, se dio cuenta de que Amory había perdido mucho peso desde la última vez que lo había visto y, aunque pocas cosas podían mermar su belleza física, tenía la cara chupada. Las mejillas se le hundieron como si fueran cuevas al darle una calada al cigarrillo–. ¿Dónde has estado? –quiso saber Copper.

Él soltó el humo.

–En un campo de concentración en Alemania.

Copper recordó las experiencias de Catherine.

–Me acuerdo de que me mandaste una carta desde allí. Debió ser horrible.

–De hecho, es fascinante. –En los ojos de Amory apareció un brillo extraño–. Estoy a punto de partir de nuevo hacia allí.

–¿Todavía cubres la noticia?

–Llevo semanas trabajando en ella. Por fin voy a conseguir el Pulitzer. –En ese momento les trajeron el vino y él lo sirvió en sus copas de balón. Copper le dio un sorbo, mientras que él le dio varios tragos–. Es una historia importantísima, con infinitas ramificaciones. No se acaba nunca.

–¿El qué?

—Todo el asunto. Después de dejarte, conseguí que me asignaran a una unidad de avanzada. Presenciamos batallas encarnizadas y había bajas cada día, muchas. Los oficiales nos obligaban a avanzar con rapidez para llegar a Berlín antes que los rusos. Yo estaba con el 157.º regimiento de infantería cuando liberamos el campo, que es inmenso, descomunal. Se olía desde kilómetros de distancia. —Se sirvió otra copa de vino—. Había cuerpos amontonados por todas partes: en los vagones, en las cabañas, en los hornos. Cuerpos no: esqueletos. Algunos incluso caminaban por el campo y hablaban como si nadie los hubiera informado de que estaban muertos.

—Creo que prefiero no saberlo —dijo Copper en voz baja.

Él le dedicó una sonrisa forzada.

—Nosotros tampoco queríamos verlo, pero lo vimos. No nos quedó más remedio. Nuestros chicos, veteranos curtidos en mil batallas, lloraban y vomitaban. Los alemanes todavía intentaban quemar los últimos cuerpos cuando llegamos. ¿Sabes lo que hicieron nuestros sargentos? Alinearon a los guardias de las SS delante de un muro y los fusilaron. Técnicamente, eran prisioneros de guerra. Los nazis suplicaban clemencia, pero nuestros hombres continuaron disparando, trayendo más cajas de munición y disparando de nuevo.

—Santo Dios.

—Los cadáveres de los alemanes se apilaban en montones. —Se encendió otro cigarrillo con la punta del primero—. Mientras lo miraba todo, me pregunté si éramos mejores que los nazis y si aquello era un acto de justicia o una salvajada.

—¿Y cuál es la respuesta?

—La respuesta es que la humanidad es así. Ni más ni menos. —Amory se rio. Aunque se comportaba con el mismo aplomo de siempre, su risa, igual que su rostro, parecía vacía, como si hubiera perdido algo. No un mero rasgo físico, sino algo interno, en lo más hondo de su ser—. Los prisioneros relevaron a los soldados. Como no les dimos armas, realizaron la tarea con piedras y barras de hierro, con sus propias manos. Llegaron incluso a matar a algunas de las guardias... después de hacerles otras cosas.

—¿Cómo fuiste capaz de presenciarlo? —preguntó Copper.

—Fue como si hubiéramos entrado en el infierno. Nuestros chicos tenían miedo de los prisioneros, que se paseaban famélicos y molidos, suplicando comida y aferrándose a nosotros para que los ayudáramos. Nuestros soldados se escabullían de ellos, como si no fueran seres humanos. Supongo que ya has visto las fotografías.

—Sí, las he visto.

—Se me metió dentro, en el alma, y empecé a entenderlo. Al final acabé quedándome cuando trasladaron a la unidad del Ejército con la que había ido. Me he convertido en un especialista en campos de concentración y estoy escribiendo el informe definitivo. —De pronto, se inclinó hacia delante y le agarró el antebrazo con dedos calientes y una mirada ardiente en sus ojos lilas—. Los campos son inmensos, Copper; te engullen. Puedes pasarte días andando sin salir de ellos, sin salir del infierno.

—Amory, todo esto ha tenido un efecto devastador en ti.

—No, me ha hecho un hombre. —Él dejó escapar de nuevo aquella risa crispada—. Ha sido la mejor medicina para curar todo lo que había de malo en mí.

—¿Y qué había de malo en ti?

—Muchas cosas —fue la escueta respuesta—. Antes bebía demasiado y me acostaba con cualquier chica que estuviera dispuesta a hacerlo. Tú eras el único factor de mi vida que me llevaba a contenerme y sin ti perdí el control.

—¿Y ahora lo has recuperado? —quiso saber ella, mirándolo con inquietud mientras él le descorchaba otra botella.

—Claro, por completo.

Se sirvió el vino con la mirada clavada en la copa.

—No me gusta lo que me estás contando. No pareces tú.

—Oh, soy yo, créeme.

—Estás bebiendo demasiado.

—En cuanto vuelva, lo dejaré. Allí no me hace falta el alcohol.

—No deberías volver. Necesitas un descanso.

—Tengo que seguir investigando para llegar al fondo del asunto, para averiguar por qué hacemos lo que hacemos. Siempre hay algo más. Ahorcamos al comandante del campo en su propia horca y le saqué una fotografía. Menudo subidón. —La expresión de ella pareció divertirle—. Estás conmocionada. Yo necesito que me conmocionen, Copper, necesito la descarga de adrenalina. Ahora mismo estoy entrevistando a un sacerdote que pasó tres años en el campo. ¡Tres! No quiere entrar en detalles, pero se los estoy extrayendo uno a uno. Es un material extraordinario. —Se terminó la botella de vino y cogió su bolsa de lona—. Mi tren está a punto de partir; tengo que ir al andén.

Su despedida fue brevísima. Mientras Copper lo veía salir de Le Train Bleu, abriéndose paso con los hombros, cayó en la cuenta de que él no le había hecho ni una sola pregunta sobre su vida: qué hacía, si era feliz, si estaba bien. En su día lo había amado con locura, pero ya no. Hacía tanto que aquella agua había pasado que el molino ya no se movía. Del mismo modo que Copper formaba parte del pasado de Amory, él formaba parte de su pasado, aunque al perderlo de vista se le hizo un nudo el estómago. Le había dado la impresión de que no estaba del todo en sus cabales y casi deseó no haberlo visto, no haber hablado con él.

Copper había dado el audaz paso de enviar a la revista *Life* su artículo sobre Catherine Dior y, aunque no había esperado recibir respuesta, esta llegó enseguida, con gran sorpresa para ella. La revista estaba dispuesta a publicar el artículo y las fotografías, con varios recortes y añadiendo imágenes de archivo de los campos en los que Catherine había estado presa, dentro de un conjunto de tres «historias desde detrás de la alambrada». También pensaban incluir su firma.

El editor que la llamó desde Estados Unidos se deshizo en elogios.

—El artículo es muy bueno. ¿Sabe cuál es el lema de *Life*? «Ver el mundo, afrontar peligros, traspasar muros, acercarse a los demás, encontrarse y sentir». Pues bien, señorita Reilly, puedo decir que lo ha hecho usted todo y que, si sigue haciéndolo, no la perderemos de vista.

Durante las últimas semanas, habían ocurrido numerosos cambios en Copper. La historia de Catherine Dior, en concreto, la había afectado profundamente, ya que gracias a ella había entendido lo frágil que podía ser la vida y lo efímera que podía ser la felicidad. Ver a Catherine marcharse de París con un hombre al que amaba pero con el que nunca podría casarse le había despertado sentimientos encontrados. La vida no era perfecta, pero todo el mundo merecía la posibilidad de ser feliz. Uno debía arriesgarse y, en ocasiones, llegar a acuerdos y el hecho de cometer un error no significaba que alguien estuviera condenado a repetirlo o vivir para siempre con sus consecuencias.

Ver a Amory también la había asustado. En aquel mundo, estar solo era aterrador y podía llevarte a las puertas del infierno.

Una noche, Copper estaba en la cama con Jacinthe, que roncaba como una damisela a sus pies, cuando sonó el teléfono. Lo contestó deseando contra toda esperanza que fuera Henry, y lo era. En cuanto escuchó su voz, se echó a llorar.

—No llores, querida, por favor —dijo él con dulzura.

—No sabía si estabas vivo o muerto.

—Estoy vivito y coleando, aunque me muero de ganas de verte.

—¿Vas a volver?

—Todavía no.

—¿Cuándo vendrás? —quiso saber—. Te echo muchísimo de menos y estoy preocupada por ti. Por favor, vuelve conmigo.

—En cuanto acabe, nada podrá impedírmelo —le prometió Henry—. Pero todavía tengo asuntos que resolver.

–¿Estás en peligro?

–En absoluto.

–Ten mucho cuidado –rogó, echándose a llorar de nuevo–. No quiero que te maten y quedarme aquí sin ti.

–Eso no va a pasar, te lo prometo.

–Vuelve –se oyó decir Copper– y me casaré contigo.

En el otro extremo de la línea se hizo el silencio y, por un instante, Copper pensó que la llamada se había cortado.

–¿Lo dices de verdad? –preguntó él al cabo, con la voz estrangulada.

Ella se tragó el nudo que se le había hecho en la garganta.

–Sí.

–Me acabas de hacer el hombre más feliz del mundo –dijo Henry, y ella percibió la felicidad en su voz–. Dentro de una semana estaré en París y organizaré la boda civil.

–Por favor, algo sencillo y modesto.

–No te preocupes. No te voy a dar oportunidad de cambiar de opinión.

«¿Qué acabo de decir? –se preguntó Copper mientras colgaba el teléfono con mano trémula–. ¿Qué acabo de hacer?». Lo había echado tanto de menos que habría dicho cualquier cosa para que volviera, pero ¿acaso no se había repetido a sí misma que no estaba preparada para casarse de nuevo? Ahora, sin embargo, ya no podía echarse atrás, a menos que quisiera partirle el corazón a Henry. Era ella quien había dicho las palabras y no las habría pronunciado de no estar convencida, ¿no? Se esforzó por relegar sus dudas y convencerse de que había llegado el momento de dar el paso. Llevaba ya demasiado tiempo deambulando sola por París, sin raíces ni ataduras, y era hora de sentar la cabeza, antes de acabar medio loca, como Amory. Era mucho lo que Henry tenía que ofrecer: seguridad, devoción, camaradería.

Se tumbó de nuevo en la cama, acunando a la soñolienta perrita. Amaba a Henry, no le cabía duda, y al final eso era lo único que importaba. Como Catherine Dior, si podía estar con su hombre, ¿qué más necesitaba? Se alegró de haber claudicado por fin.

Copper decidió que la primera persona a la que debía contárselo era Suzy. Fue a verla al día siguiente y, por primera vez, la encontró despierta antes de media tarde, envuelta en su bata. Al abrir la puerta de su piso, a la cantante se le iluminó el rostro.

—Has venido —dijo, y le tendió las manos—. Perdóname, *chérie*. Me porté fatal contigo.

La expresión de sus ojos oscuros conmovió a Copper.

—Estás perdonada. Faltaría más.

Suzy la besó en los labios.

—Tenía miedo de no volver a verte nunca más.

—Bueno, pues aquí estoy —contestó Copper con pesar—. Quiero hablar contigo.

—No me riñas. Fui vulgar y cruel contigo y te mostré mi parte más repulsiva. Tenías razón. Al menos ahora conoces mi peor cara y has visto mi horrible alma al desnudo.

Copper sonrió.

—No tienes nada de horrible.

—Qué guapa estás cuando sonríes —dijo Suzy, contemplando su rostro.

No tenía sentido posponer más el momento. Copper tomó aire con fuerza.

—He venido a decirte que voy a casarme con Henry.

Un viento gélido cortó de raíz la alegría de Suzy.

—¿Qué?

— Le he dicho que sí. Dentro de una semana volverá a París y nos casaremos en una ceremonia rápida.

—Me rompes el corazón.

—No quiero hacer nada tan violento, créeme.

—Pero lo has hecho; es inevitable. ¿Es por lo que pasó con Yvonne?

—No, claro que no.

—Sí que lo es. Quieres castigarme.

Copper meneó la cabeza.

—Es porque lo amo.

Suzy hundió la cara en las manos.

—Maldita seas. Nadie me ha torturado nunca como tú.

—¿Torturarte? Ay, Suzy.

—Me has sometido a una agonía mientras te esperaba. —Retiró las manos del rostro y Copper vio que estaba muy seria. Tenía el semblante pálido y los labios exangües—. Y ahora esto. No lo puedo soportar. No hay nada tan cruel como la crueldad de una mujer joven.

Copper se quedó consternada.

—Sabes que nunca he querido hacerte daño.

—He renunciado a muchas cosas por ti: a mis aventuras amorosas, a mis amistades, a todos mis pensamientos y deseos. Lo he sacrificado todo por ti y ahora tú te irás y todo habrá sido en vano.

—Siempre seremos amigas —dijo Copper con impotencia.

—Yo quiero ser algo más que tu amiga. —Como sin querer, Suzy dejó que se le abriera la bata. No llevaba nada debajo y el cálido aroma de su piel rubia resultaba embriagador. El cuerpo terso de aquella mujer era tan flexible como el de un hombre, pero con una suavidad y unas curvas muy femeninas—. Quiero ser tuya, quiero entregarme entera a ti. ¿No me has querido nunca, ni siquiera un poquito?

—Sabes que te quería… que te quiero.

—Entonces, ¿por qué me matas así?

Copper había sabido que aquello no sería fácil.

—Lo siento mucho. Eres muy importante para mí, pero no puedo vivir sola el resto de mi vida.

—No tienes por qué estar sola. —Suzy deslizó sus largos dedos sobre la nuca de Copper y tiró de ella, buscando sus labios con la boca—. Yo cuidaré de ti.

—Ay, Suzy —susurró Copper sobre su boca cálida y húmeda—. No puedo…

—No digas nada —la interrumpió la otra, silenciándola con sus besos—. No pienses nada, no seas nada… más que mía.

Se llevó a Copper al sofá, tiró de los botones de su vestido y deslizó la mano por debajo de la tela, recorriendo con las yemas de los dedos la curva de sus pechos y poniéndole la piel de gallina.

—Para, Suzy. Es demasiado tarde para esto.

—No digas que es demasiado tarde. Te lo estoy suplicando, *chérie*.

Se derramó sobre Copper como un puma y la sujetó sobre los cojines, rodeándola con sus cálidas piernas. El hecho de que aquella criatura, capaz de correr y nadar como una atleta, pudiera someterla con su fortaleza física resultaba excitante, sobre todo porque eso no mermaba su gracia femenina. Sus ojos se habían oscurecido mientras miraba a Copper.

—Solo intentabas hacerme daño, ¿no? Dime la verdad: en realidad no quieres casarte con ese hombre.

—La verdad es que lo quiero y él me quiere a mí. Lo siento mucho.

—Mentirosa. —Suzy continuó sujetándole las muñecas mientras acariciaba sus párpados con los labios—. Dices que no quieres que sufra —susurró— y sin embargo te recreas en mi dolor con esos crueles ojos grises tuyos. Te da vida.

—No, te juro que no.

—No me importa. Tortúrame, si eso es lo que quieres. Seré tu víctima, tu esclava, lo que tú quieras. Si lo deseas, puedes flagelarme con un látigo. Lo único que te pido es que no me abandones.

—Siempre seremos amigas.

—Que le den a tu amistad. —Suzy se puso a horcajadas sobre el pecho de Copper, apoyando todo su peso sobre su corazón. Para ser alguien que acababa de darle permiso para que la azotara con un látigo, a Suzy le encantaba adoptar posturas dominantes e imponer su poder–. No pienses más en él –siseó, mirando a la presa atrapada entre sus garras–. Nunca te amará como yo te amo.

Para Copper, esa fue la gota que colmó el vaso. Pensó que no debería haber ido allí y, tras forcejear con Suzy, se liberó de ella y se abrochó el vestido con manos trémulas.

–Tengo que irme.

–No me abandones.

Copper se dirigió a la puerta.

–Adiós, Suzy. Gracias por todo.

Mientras se alejaba, escuchó cómo la cantante la llamaba con voz dura y angustiada.

–Te odio, Copper.

Copper cerró de un portazo y bajó a la carrera la angosta escalera hasta llegar a la calle.

Seguía turbada cuando llegó al apartamento de Dior.

–Querida mía, ¿qué diablos ocurre? –preguntó él, haciéndola pasar.

–Me voy a casar con Henry –contestó ella, secándose los ojos.

–Qué maravilla –exclamó Dior. Le puso las manos sobre los hombros y le dio un beso en cada mejilla–. Enhorabuena. ¿Por qué lloras?

–Vengo de contárselo a Suzy.

A él se le demudó el semblante.

–Ah, ya entiendo. Será mejor que tomes una taza de té.

Copper se sorbió los mocos.

–Gracias a Dios que te tengo a ti. Siempre me das estabilidad.

–Por lo que veo, la noticia no la ha hecho muy feliz –comentó él mientras servía el té en su acogedor saloncito.

–Se lo ha tomado muy mal –reconoció Copper.

–La verdad es que es un poco repentino –señaló Dior con

su afabilidad habitual–. No habías avisado a nadie, querida. Hablando de eso, ¿cuándo es el gran día?

–Henry dice que va a organizar una ceremonia civil con una licencia matrimonial especial, así que igual el sábado 15.

Dior se puso en pie, horrorizado y con las manos en alto.

–¿El día 15? Qué traidora. ¿Cómo te voy a hacer un vestido de novia para el sábado?

Copper meneó la cabeza.

–No quiero que me hagas un vestido de novia –dijo con firmeza–. Va a ser algo muy discreto.

–¡No hay boda tan discreta como para prescindir del traje de novia!

–Esta lo será. Habrá una ceremonia rápida en el registro civil y un banquete lo más modesto posible. Es mi segunda boda, ¿recuerdas? No soy precisamente una novia virginal y candorosa y, además, a mi familia no le dará tiempo a venir. Ni siquiera voy a invitar a muchos amigos, aunque hay una cosa que sí puedes hacer por mí.

–¿El qué?

–Llevarme al altar, por así decirlo.

–Será un honor –dijo Dior, ruborizándose–. Gracias por pedírmelo; ya sabes que para mí eres como una hija.

Aquello pareció distraerlo de la idea de hacerle un traje de boda. Lo último que quería Copper era montar un gran espectáculo; tan solo deseaba cumplir el trámite y tener a Henry a su lado para empezar su nueva vida.

De hecho, Dior había centrado ahora su atención en su propio traje de boda.

–Me pondré el chaqué inglés gris claro –decidió con alegría–. Está casi nuevo. Y una corbata de seda azul de Charvet, y una flor de Lachaume para el ojal, por supuesto. También te harán el ramo.

–No quiero un ramo grande.

–Lirios de mayo –siguió él con decisión–. Es mi flor favorita, como bien sabes. Ay, ¡qué bien nos lo vamos a pasar! Bébé se pondrá contentísimo; esto lo animará.

—Espero que no se convierta en un circo, como el entierro del pobre George. No invitarás a un montón de gente, ¿verdad, Tian? Tienes que prometérmelo.

—Siempre soy la discreción personificada —declaró él con afectación, como si no fuera el mayor chismoso de París—. Pero, querida, sabes muy bien que todos tus amigos se sentirán muy ofendidos si los excluyes.

—*Amigos* es la palabra clave. No quiero a desconocidos con monociclos o tirando de jirafas.

—Igual Suzy se presenta para cantar el «Chant des adieux» —dijo él con una risita.

Copper, que todavía no se había recuperado de la reacción de la cantante, se estremeció.

—Ni se te ocurra.

Henry llegó a finales de semana y, aunque se negó a contarle dónde había estado o qué había hecho, era evidente que no cabía en sí de gozo por volver a verla.

—Apenas podía creer lo que escuchaban mis oídos —dijo, levantándola casi del suelo cuando ella abrió la puerta de su piso en la Place Victor Hugo—. Creía que había interferencias en la línea. ¡Por fin vas a ser mía!

Ella se agarró a él, feliz. Henry había perdido peso en el cuerpo y en la cara, pero tenía un aspecto magnífico.

—¿Cuándo has vuelto?

—Esta mañana a las seis, pero tenía cosas que hacer.

—¿Qué cosas? —quiso saber ella, celosa.

—Cosas importantes. —Él le dedicó una sonrisa—. He conseguido un cura… y una iglesia.

—¿Una iglesia?

—Espero que te parezca bien una ceremonia ortodoxa rusa.

—Al fin y al cabo, los católicos no me iban a dejar repetir.

¿Cómo diantres has conseguido que un cura nos case avisando con tan poca antelación?

—Me ha hecho falta mucha labia… y muchas promesas —contestó Henry en tono arrepentido—. Pero la iglesia te va a encantar; es la catedral de San Alexandre Nevski.

—Ay, Henry —exclamó ella, contrariada—. Acordamos que sería una boda sencilla.

—No tenemos nada de lo que avergonzarnos —repuso él.

—No se trata de avergonzarse; es solo que yo quería una ceremonia modesta. ¡Me lo prometiste!

—Pero, querida, es nuestra boda. Y puede ser tan corta y discreta como desees.

—No será ni corta ni discreta. Nos pasaremos dos días cantando, con mucho incienso y procesiones, y… ¿no tienen que llevar corona el novio y la novia?

—Bueno, antes la llevaban durante una semana —reconoció él—, pero ahora solo en una parte de la ceremonia.

—Cancélala.

—No puedo. Me he pasado el día entero convenciendo al cura.

—No es lo que quiero. —Copper conocía San Alexandre Nevski, una iglesia monumental en el 8.º *arrondissement*, rematada con imponentes agujas coronadas con bulbosas cúpulas doradas y decoradas con mosaicos. Todos los rusos blancos exiliados acudían allí—. Quiero algo íntimo. Si lo hacemos allí, se presentará medio París.

—A mí me gustaría casarme con una ceremonia ortodoxa; es mi religión —dijo él con delicadeza—. Una boda civil quedaría muy pobre y astrosa, querida. Quiero presumir de ti.

—No, Henry. Me niego.

Él la besó con ternura.

—No te niegues, por favor. Hazlo por mí, solo te pido eso. Después de casarnos, podrás tener todo lo que quieras.

—Permíteme que lo dude.

—¡Por favor, cariño!

–Acabo de decirle a Tian que no me haga un vestido de novia, cosa que le ha disgustado mucho. No tengo nada que ponerme para una ceremonia en una iglesia, Henry.

–Ah, no te preocupes por eso –repuso él, quitándole importancia–. Cualquier trapito servirá.

Ella lo fulminó con la mirada. La catedral estaría abarrotada debido a la fascinación de los franceses por los viejos condes, duques y príncipes emigrados que habían huido de sus haciendas en 1917, además de su pálida y altiva descendencia parisina, por no hablar de la policía secreta moscovita, ataviada con raídas gabardinas, que se dedicaría a anotar nombres en sus libertas grasientas.

–¿Cualquier trapito?

–Podemos ir a comprar algo apropiado –propuso él para apaciguarla al darse cuenta de que se había equivocado con la palabra.

–¿Adónde? La guerra todavía no ha terminado y los trajes de boda con cola de tres metros escasean. Tendré que suplicarle a Tian que se apiade de mí.

–Lo pagaré yo, por supuesto –le prometió él.

–Vaya si lo harás –dijo ella, muy seria–. No te quepa duda.

Capítulo 13

Copper y Dior decidieron que el azul celeste era apropiado para una segunda boda por un rito distinto a la primera. Además, como él señaló con alegría, iría a juego con su corbata. Ella llevaría un pequeño velo prendido en un sencillo sombrero y el vestido se confeccionaría con diez metros de chifón azul grisáceo que Dior tenía guardado en un armario y que recogería y fruncriría con detalle, mientras que los brazos irían cubiertos con mangas de tres cuartos de encaje. Copper accedió a llevar un pequeño ramo de lirios blancos de la floristería Lachaume, aunque, como Dior era el encargado de organizarlo todo, tendría que confiar en su concepto de «pequeño».

Él, por su parte, estaba encantado de que Copper hubiera cambiado de opinión y se lanzó de cabeza al proyecto, sin confiar en nadie más que en sí mismo para elaborar el patrón y cortar la tela. Apenas tenían dos semanas para terminar el vestido y gran parte de ese tiempo lo dedicaron a probar, comprar accesorios, organizar el banquete (que se celebraría en casa de Henry, en el 7.º *arrondissement*, preparada para la ocasión por un ejército de criados reunido por el señor de la casa) y aprender los detalles del complicado ritual matrimonial eslavo por el que había optado Henry.

La ceremonia, en su forma más compacta, duraba varias horas y un sacerdote ortodoxo solemne y barbudo, que olía a incienso y ajo, le explicó con gran detalle a Copper el significado espiritual de cada fase: los desposorios, durante los cuales los novios sostenían velas; el sacramento en sí, durante el que se les ponía la corona a los novios, y la ceremonia civil posterior, acompañada de pan y sal. A ella le resultó todo un poco abrumador, incluida la catedral, con su interior tenebroso y sus imponentes muros, parecidos a los de una cárcel, desde los que los iconos dorados de santos y ángeles la observaban con recelo.

Trató de contagiarse del espíritu de todo aquello y hasta llegó a aprenderse tantas frases en ruso como pudo, pero lo único que le apetecía de verdad era romper las copas de vino al final. Imaginaba que, para entonces, le apetecería arrojar una.

Aunque de mala gana, también avisó a la casera de la Place Victor Hugo de que se marchaba. Pearl tendría que buscarse otro sitio donde vivir, pues después de la boda Copper se mudaría con su nuevo marido.

—Me imagino que no quieres que sea tu dama de honor, ¿verdad? —le dijo Pearl en un tono como de súplica, mirándola con los ojos enrojecidos.

—En las bodas ortodoxas no hay damas de honor —le explicó Copper con tacto, algo que en parte era cierto: el sacerdote le había explicado que no era lo que dictaba la tradición, pero que, si insistía, podía tener una. Copper, sin embargo, no quería más complicaciones en algo que ya se estaba convirtiendo en un asunto engorroso—. Pero estarás ahí para darme tu apoyo.

—Me desengancharé para la ceremonia —le prometió Pearl, aunque ambas habían escuchado aquella promesa ya muchas veces.

Suzy no trató de ponerse en contacto con Copper, salvo por un ramo de violetas que llegó sin tarjeta al piso de la Place Victor Hugo y que tal vez fuera una disculpa por las últimas palabras que le había dedicado. El aroma dulce de las flores se disipó y Copper intentó no pensar en la mujer que se las había mandado.

Henry, por su parte, le hizo un regalo más duradero.

Un día llegó con una caja de cuero rectangular.

–Espero que te guste, querida. Es mi regalo de bodas.

Tras abrir la caja, Copper descubrió en su interior aterciopelado un collar de esmeraldas y diamantes y se quedó sobrecogida con el tamaño y el evidente valor de las gemas.

–Henry, es extraordinario.

–Es de Bucherer. Me encantaría que te lo pusieras el día de nuestra boda.

–Eres muy generoso. Estoy abrumada.

Él la ayudó a ponérselo y Copper se miró en el espejo: las piedras, de un verde intenso, relucían sobre su piel pálida y la cara de Henry asomaba por encima de su hombro.

–No te veo muy convencida –comentó él con delicadeza.

–Si es así, es solo porque mi madre decía que las esmeraldas traen mala suerte. –Al ver que a él le cambiaba la expresión, añadió–: Perdona. Menuda tontería acabo de decir.

–Para nada –contestó él con gravedad–. Si no quieres ponértelo, lo entenderé perfectamente.

–Claro que me lo pondré –dijo ella mientras se volvía para besarlo–. Será un orgullo llevarlo. Haces que me sienta como una reina.

Al día siguiente, Copper encontró tiempo para ir corriendo a la redacción de la Agence France-Presse a enviar un artículo. Allí encontró las ruidosas máquinas de télex, que vomitaban sin cesar una historia al mundo, algo que le pareció fascinante.

Al salir de la AFP, chocó con una figura que le resultaba conocida y se acercaba en sentido opuesto. Era Hemingway, con su habitual aspecto desaliñado y desafiando el frío con una camisa sin mangas; dejó la máquina de escribir que llevaba para abrazar a Copper con tanta fuerza que la dejó sin aire.

–¿Cómo diablos estás? –preguntó él.

–Estaré bien cuando se me curen las costillas rotas –dijo ella, dedicándole una sonrisa.

Era agradable ver a un compatriota estadounidense, aunque Hemingway siempre era arrollador en exceso.

–¿Dónde puedo llevar a reparar la máquina de escribir? –preguntó él–. Es muy urgente. A cambio, te invito a comer.

–No tengo tiempo de ir a comer. Tengo prisa.

–Ni se te ocurra pasar de mí.

Ella dejó escapar un suspiro.

–¿De qué marca es?

–Remington.

–Sé dónde tienen la sucursal. Está a diez minutos de aquí.

–Pues acompáñame.

–No vas a volver a tirarme los tejos, ¿no? –le preguntó Copper mientras caminaban hacia el Boulevard des Capucines,

–Ahora que no estoy borracho, no. –Le dedicó una sonrisa–. Te tengo mucho respeto. He visto tu artículo en la revista *Life* y no está mal para una novata. Eres una periodista nata.

A Copper le agradó el elogio.

–Lo intento.

–Sigo diciendo que es un oficio de putas, pero reconozco que tu puterío es de calidad.

En la sucursal de Remington, Hemingway dejó su máquina portátil para que se le repararan y, tras alquilar otra para usarla mientras tanto, la abrazó contra el pecho. Copper, que se imaginaba lo que debía sentir un periodista sin su máquina de escribir, se mostró comprensiva y él la llevó a comer a un bistró, tal como le había prometido. Entre platos de confit de pato y una botella de Borgoña, se pusieron al día.

–Me he enterado de que te vas a casar con ese ruso loco, Velikovsky.

–Supongo que tiene que estar loco para querer estar conmigo.

–Eso es verdad. Bueno, al menos ya no tendrás que preocuparte nunca más por el dinero.

–No me caso con él por su dinero, Ernest.

–Sí, ya, solo quieres tener cerca una figura paterna.

Copper tuvo que apuntarle con el cuchillo para que dejara de pincharla.

–Hace unas semanas vi a Amory –le dijo–. Estaba a punto de volver a Alemania y no he sabido más de él.

Él frunció el ceño.

–¿No te has enterado?

–¿De qué?

–Tuvo un colapso nervioso y lo han enviado a un hospital militar en Bélgica.

Copper se quedó estupefacta.

–Cuando lo vi estaba muy tenso, pero no me esperaba algo así.

–Bueno, los médicos dicen que ha sido agotamiento nervioso. Estaba escribiendo un artículo muy importante con el que iba a ganar ese Pulitzer, ¿lo sabías? Trabajaba día y noche para intentar reflejar la magnitud de los horrores que presenció, pero al final le superó. Se estaba tomando unas pastillas que le habían dado los médicos militares y acabó tragándose el frasco entero. Lo encontraron justo a tiempo; le hicieron un lavado de estómago y lo mandaron a Bruselas entre algodones.

–Pobre Amory. Me sabe fatal.

Hemingway levantó las manos.

–Oye, no empieces a martirizarte por si ha tenido algo que ver contigo, porque no es así, ¿vale? Amory es un tío al que siempre le ha gustado fingir que las cosas no le afectaban y, mira por dónde, esto le afectó. Por muchas batallas que hayas presenciado, no es algo que se pueda olvidar. Dicen que hasta Patton vomitó al llegar a Ohrdruf.

–Amory me dijo que era adicto al horror.

–Es posible. A algunas personas los sucesos espantosos les despiertan sentimientos de excitación, incluso de euforia. Es como si se tomaran una droga: al final el efecto se les pasa, tienen un bajón y se sienten deprimidas y desesperadas. Como necesitan un nuevo subidón, acaban recurriendo a lo que los alteró en un principio y acaban atrapadas en un círculo vicioso de subidones y bajones. Es algo que te succiona por completo, a ti y toda tu vida, y lo único que te importa ya es el subidón. Es una enfermedad peligrosa que, en última instancia, acaba devorándote por completo.

—Parece que sabes muy bien de lo que hablas.

—Tal vez sea así —dijo él con una sonrisa lúgubre—. Y tal vez por eso me dedico a escribir. La crueldad que se vivió en esos campos es brutal, Copper. Difícil de creer.

—Esta guerra ha sacado lo peor de la gente —comentó ella.

—No hace falta mucho para sacar lo peor de la gente. Desde luego, no hace falta una guerra —dijo Hemingway, cogiendo de nuevo el cuchillo y el tenedor—. Tienes la cabeza bien amueblada, chiquilla.

—¿Quieres decir para ser una mujer? —preguntó ella con dulzura.

Él sonrió entre los pelos de su barba.

—Para ser una «mujer periodista» que se dedica al mundo de los vestidos y los sombreros.

—Bueno, cubro más ámbitos que ese. Aunque, si te soy sincera, me gusta más escribir sobre el progreso que sobre la guerra.

Las noticias sobre Amory la habían dejado descompuesta, pero hablar con Hemingway siempre era estimulante, aunque sus comentarios sobre su matrimonio con Henry le habían dolido un poco.

Sin embargo, lo que de verdad la hizo estremecerse fue lo que él le dijo al despedirse en la calle:

—Dile adiós a tu vida de nómada, gitanilla.

El ritmo de los preparativos se aceleró hasta que a Copper se le echó encima la víspera de la boda. Extrañamente, se hallaba en el mismo estado que la noche que se había separado de Amory: acalorada y con escalofríos por todo el cuerpo, incapaz de conciliar el sueño. Se sentía enferma y, como en aquella ocasión, sabía que se enfrentaba a un punto de inflexión en su vida y se preguntaba si había tomado el camino correcto. Hasta entonces había disfrutado mucho de su independencia y estar sola y sentirse vulnerable formaba parte de esa independencia, aunque en ocasiones le costara.

La vida con Henry iba a ser, quizá, mucho más cómoda, pero ella tendría mucha menos libertad, por mucho que él le hubiera prometido que no le cortaría las alas. Los hombres siempre creían ser poco exigentes y acomodadizos, pero enseguida quedaba claro que solo era así cuando las cosas salían a su antojo.

Copper había conseguido mucho, había crecido y madurado como persona. ¿Continuaría aquel proceso cuando fuera la esposa de Henry o acabaría deseando no haberse casado con él? Tal vez se arrepintiera de su decisión de renunciar a su independencia, por la que tanto había luchado.

En la víspera de su segunda boda, había esperado sentirse mucho más feliz y deseó despertarse al día siguiente llena de júbilo, aunque no lo tenía claro.

Al final, no durmió mucho. Dior llegó a las nueve de la mañana para ayudarla con el vestido y acompañarla a la catedral. Llevaba su bata blanca de trabajo para entregarse a la importante tarea de vestirla, mientras que el chaqué inglés estaba guardado con cuidado en una funda con cremallera. Por alguna razón, eso desató en Copper un ataque de risa nerviosa.

Él se puso a revolotear a su alrededor con expresión grave. Cuando trabajaba, no había lugar para bromas o chismes, y la mínima risita o el más leve suspiro suscitaban una severa reprimenda. Ni siquiera permitió que Pearl lo ayudara y la obligó a sentarse en silencio en una esquina.

—Eres una visión –dijo al cabo con un suspiro mientras daba un paso atrás para admirar su obra–. Siempre he dicho que tenías una figura perfecta.

—Siempre has dicho que tenía el pecho demasiado pequeño.

—Los gustos cambian —contestó él en tono ecuánime–. Tienes

unas ojeras espantosas, querida, aunque el efecto no queda del todo mal.

—Ya haré algo para solucionarlo.

Tras maquillarse, Copper se observó en el espejo. Dior tenía razón: era una visión. La seda azul grisácea resaltaba a la perfección su pelo y su tez, por no hablar del diseño, que era impecable. Se puso el sombrerito con cuidado y se colocó el velo de encaje sobre los ojos. El ramo que él había escogido era, cómo no, enorme y barroco. Copper lo agarró como si fuera un escudo.

—Va a ser difícil entregarte a Henry —dijo Dior, con lágrimas en sus ojos color avellana—, pero es hora de irnos, querida.

Para llevarla a la catedral, había alquilado un Daimler-Benz que se decía que había pertenecido al general Dietrich von Choltitz, el último comandante nazi de París. Al entrar en el enorme coche de un negro reluciente, que todavía tenía un águila atornillada en el salpicadero, Copper se sintió como anestesiada.

—Este trasto parece un coche fúnebre.

—Antes de la guerra —contestó él—, fui a Venecia con un joven del que estaba muy enamorado y cogimos una góndola por el Gran Canal. Nos dijeron que los artesanos que hacían los féretros eran los mismos que hacían las góndolas y que por eso eran tan brillantes y negras.

—¿Os dio mala suerte?

—Por desgracia, sí. Yo lo adoraba, pero él se cansó de mí y me dejó en mi féretro para perseguir a un fauno veneciano.

—¡Pobre Tian!

—¿Cómo te sientes, *petite*?

Ella pasó los dedos por el pesado collar de esmeraldas que le rodeaba el cuello.

—Muy nerviosa.

—No te preocupes. Ya te irán indicando los pasos durante la ceremonia.

—Lo que me preocupa no es la ceremonia, sino lo que viene después

—¿Te refieres a... la *nuit de noces*? —preguntó él con delicadeza.

—No seas tonto. Me refiero a los próximos cincuenta años.

—Ah.

Con muy buen criterio, Dior se abstuvo de hacer ningún comentario. Copper sentía que se le iba a salir el corazón del pecho y le costaba respirar con tranquilidad y sosiego. Se puso a mirar las calles grises de París, que pasaban de manera irrevocable por delante de sus ojos. Era una mañana lluviosa y los adoquines relucían, mojados. Las chicas montaban en bicicleta, acurrucadas bajo sus capas, que ondeaban tras ellas mientras pedaleaban con sus piernas esbeltas y enfundadas en medias: la viva imagen de la libertad.

Copper recordó las palabras de despedida de Hemingway: «Dile adiós a tu vida de nómada, gitanilla».

La zona que rodeaba la catedral era una especie de pequeño Moscú, con numerosos restaurantes rusos y calles con nombres de rusos ilustres. Llegaron por la Rue Pierre-le-Grand y, al alcanzar el final de la calle, la catedral surgió ante sus ojos, con sus cúpulas como burbujas doradas recortadas sobre el cielo gris. Dior le indicó al conductor que se dirigiera a la fachada principal del templo y este siguió sus instrucciones con pausada majestuosidad.

—El suelo está mojado —le recordó el modisto a Copper—. Levántate el dobladillo, querida, o lo arrastrarás por el barro.

El Daimler se detuvo frente al pórtico de la iglesia, donde una multitud esperaba para ver a la novia. Copper distinguió a Bébé Bérard, al que habían dado el alta en el Pitié-Salpêtrière, pero que todavía estaba débil y se apoyaba en el hombro de Cocteau. Tenía la barba enmarañada y su rostro estaba pálido y cadavérico como la panza de un pescado. Al verla, la llamó con un vigor forzado que era evidente que no sentía y su chillido de bienvenida se pareció demasiado a los gritos de dolor que lanzaba cuando lo habían dejado en el hospital.

Los extravagantes atavíos de los bohemios y la anticuada austeridad de los *émigrés* rusos constituían una extraña combinación. Las enormes puertas de la catedral estaban abiertas y Copper vislumbró el atestado y sombrío interior, así como el altar, donde esperaban sus alianzas y los objetos sacramentales relucían a la escasa luz de las velas. Al escuchar el soniquete del coro masculino, Copper sintió una oleada de pánico en el pecho.

Mientras ella se recogía el vestido y sujetaba el ramo, Dior bajó del coche y lo rodeó para abrirle la puerta. Una ráfaga de aire frío y húmedo penetró en el cálido interior revestido de cuero, trayendo consigo el olor a olíbano y mirra de los incensarios. El aroma a mirra fue la gota que colmó el vaso y Copper sintió un chasquido en sus entrañas, como un hueso roto que se recolocara.

–No puedo hacerlo –dijo, mirando a Dior a los ojos.

Dior parpadeó, con la mano enguantada extendida.

–¿Cómo?

–No puedo. He cambiado de idea.

–¡Copper! ¿Qué quieres decir?

–Tendrás que ir a explicárselo a Henry.

Él tenía los ojos tan abiertos que se le veía todo el blanco alrededor del iris.

–¿Explicárselo? ¿Qué le voy a explicar exactamente?

–Que hoy no me voy a casar con él.

–¿Me tomas el pelo? –Sin embargo, al ver la expresión del rostro de Copper, le quedó claro que no bromeaba. Dior se llevó las manos a las mejillas–. *Oh, mon Dieu.*

Pearl, que había bajado del taxi que seguía al coche, se asomó por encima del hombro de Dior.

–¿Qué ocurre?

Copper sentía una extraña calma, casi como si se hubiera

desconectado de sí misma, y el pánico se había esfumado. Aunque le dolía el corazón, todo había quedado atrás y estaba convencida de lo que iba a hacer.

—Henry va a salir para intentar hablar conmigo —le dijo a Dior—, así que me voy con el Daimler a tu casa ahora mismo. Cuando se lo hayas contado, coge el taxi de Pearl para reunirte allí conmigo. —Tendió la mano—. Dame la llave.

En silencio, él se metió la mano en el bolsillo y sacó la llave de su apartamento.

—¿Qué le voy a decir a Henry? —preguntó con desconsuelo.

—Dile que he cambiado de opinión —contestó ella.

—Querrá saber por qué.

—Sí, supongo que sí.

—¿Y cómo se lo explico?

—Dile que en el entierro de mi padre quemaron mirra.

—Querida —dijo Dior, sin fuerzas—, no creo que eso sirva para aplacar a un novio al que han abandonado en el altar.

—Supongo que tienes razón. Dile que lo siento y que, si algún día decide volver a dirigirme la palabra, se lo intentaré explicar.

—No lo hagas, Copper —musitó Pearl en voz baja.

Pero ella se limitó a menear la cabeza y, tras recoger su magnífico vestido azul grisáceo, cerró la puerta del Daimler.

—A la Rue Royale, por favor —le indicó al conductor, que puso la primera sin inmutarse, dejando que el coche se deslizara hacia delante. Pero entonces Copper se acordó de algo—. Espere —dijo al tiempo que se quitaba el pesado collar de esmeraldas y se asomaba por la ventana para entregárselo a Dior, quien lo cogió con un gesto de perplejidad—. Por favor, dáselo y dile que lo quiero —le pidió.

Él se volvió sin mediar palabra y entró en la catedral con la cabeza calva agachada.

Copper se quedó sola en el piso de Dior durante casi dos horas. Tras quitarse el vestido de boda que le había hecho el modisto, se sentó junto a la ventana y se puso a mirar la calle, pensativa.

¿Por qué no le había hecho caso Henry respecto a su boda? Si se hubieran decantado por una sencilla y desaborida ceremonia civil, seguramente ella habría entrado en el registro sin dudarlo y habría salido media hora después convertida en la condesa Velikovsky. Aunque, a decir verdad, el problema no había sido la catedral, sino todo lo que esta simbolizaba: la inmensa edificación de expectativas y obligaciones que le impondría el matrimonio.

La primera vez Copper se había casado llena de júbilo, sin titubeos, pero en esta ocasión sus sentimientos eran distintos. Sabía que había tomado la decisión correcta, pero eso no impedía que le supiera fatal por Henry. Lo había humillado de la manera más pública posible y lo sucedido sería la comidilla de la comunidad de rusos blancos durante años. Él debía de estar furioso o, peor aún, profunda y amargamente dolido. Lo más seguro era que se sintiera tan decepcionado que jamás volviera a acercarse a ella.

No tenía ni el más mínimo atisbo de excusa, salvo que había cambiado de opinión, la poco convincente prerrogativa de las mujeres que optaban por ser frívolas, caprichosas y todas las cualidades que ella más despreciaba.

Cuando Dior regresó por fin, tenía la cara colorada y olía a alcohol. Copper le ayudó a quitarse el abrigo.

–¿Cómo se ha quedado Henry? –preguntó con aprensión.

–Ha estado magnífico –contestó Dior–. Ha pronunciado un breve discurso desde el altar y le ha dado las gracias a todo el mundo por venir. Luego ha invitado a la gente al banquete y no ha faltado casi nadie. La casa sigue llena de condesas con ropa del siglo XIX que no paran de comer, beber y mirar por encima del hombro. Y, querida mía –añadió, dándole unas palmaditas en el hombro–, Henry no ha tenido ni una sola palabra de reproche hacia ti. Ni una sola.

Copper no pudo evitar echarse a llorar.

–Le he roto el corazón.

–Sí, creo que sí –convino Dior–. Hay que conocerlo muy bien para darse cuenta, pero el dolor estaba ahí, en sus ojos.

–Ay, Dios.

–Me ha pedido que te traiga esto. –Le tendió una cajita decorada con cintas, sobre la que había escritos su nombre y el de Henry con letras cirílicas doradas. Dentro había un pedazo de pastel de bodas, hecho de mazapán y con rosas de azúcar rosas–. Ha dicho que tendrías hambre.

–¿Ha cortado el pastel? –exclamó ella entre lágrimas.

–Pues sí. No lo iba a guardar para la próxima condesa y estamos en tiempos de guerra. No es momento de tirar pasteles de tres pisos de Ladurée.

–¿Volverá a dirigirme la palabra?

–Eso no te lo puedo contestar, pero lo dudo mucho. Lo has dejado un poco en evidencia, ¿sabes?

–Eso es quedarse corto.

–Y un hombre orgulloso como Henry no se toma esas cosas a la ligera.

–Seguro que me odia.

–Es muy probable que te mande estrangular –contestó Dior–; creo que así es como solucionan estos asuntos en Moscú. Lo bueno es que ahora podré disfrutar de ti durante más tiempo, porque vas a tener que quedarte aquí. Iré a preparar tu cuarto.

La época de la Place Victor Hugo había llegado a su fin. Pearl se había mudado a Montmartre y, aunque no dijo adónde, Copper sabía que debía haber vuelto con Petrus. Todas las posesiones superfluas de Copper –tampoco era que se hubiera traído muchos muebles– acabaron en un guardamuebles y ella se fue a vivir de nuevo con Dior, con una maleta de ropa, su máquina de escribir y el equipo de fotografía, igual que cuando había llegado. De Henry no se sabía nada.

El Théâtre de la Mode abrió las puertas después de ser publicitado a bombo y platillo, lo cual le proporcionó a Copper una distracción inmediata. Durante los primeros días, decenas de miles de visitantes recorrieron en tropel la exposición, atestando el pabellón hasta que cerraba cada día a las nueve. De alguna manera, habían logrado terminar a tiempo todos los escenarios, dar las últimas puntadas a los vestidos y aplicar los toques finales a los dorados antes de que se abrieran las puertas para un público expectante.

Mientras se paseaba por los salones abarrotados, Copper percibió la emoción y la curiosidad que recorría todo París. La ingenuidad de la idea, el esfuerzo titánico con unos recursos liliputienses, la belleza hipnótica del resultado: el conjunto entero era deslumbrante. Es más, la promesa del resurgir de París, y de Francia, había llevado a las asombradas multitudes a acudir en masa a la exposición, donde se quedaban embobadas y celebraban el futuro. Copper llegó a ver a personas llorando de la emoción. Desde la marcha de los nazis, era la mayor expresión colectiva de júbilo que había vivido el país.

La exposición fue un triunfo personal para Christian Bérard, que había supervisado la decoración general, o lo habría sido de no ser por el espectáculo patético de su figura apoyada en un bastón o en el hombro de Dior, con aspecto agotado. Era propio de la bondad de Dior cuidar de su amigo con la delicadeza de una madre que atendiera a su hijo enfermo, acompañándolo en sus apariciones públicas, alejándolo de cualquier lugar en el que pudiera tener acceso a alcohol u opio y obligándolo a descansar cuando su sistema corría el riesgo de una recaída.

El hecho de que la luminosa primavera empezara a florecer en París no hacía más que añadir dramatismo al estado de Bébé Bérard. Los cerezos estaban en flor y el cielo relucía de azul; la vida bullía por todas partes, mientras que él tenía el aspecto de un hombre moribundo.

A Copper la inauguración de la exposición le proporcionó

una muy bienvenida distracción para no pensar en su boda fallida y el dolor y la humillación que le había causado a Henry. También señaló el final de su proyecto periodístico más ambicioso hasta el momento, que completó sacando fotos de las aglomeraciones de visitantes que recorrían el pabellón y escribiendo los últimos párrafos del artículo.

La escena más espectacular, de lejos, era un extraordinario retablo de un edificio en llamas con figuras vestidas de seda que se arrojaban desde las ventanas, obra del ingenio de Jean Cocteau.

–Mi pieza es un homenaje a la película *Me casé con una bruja*, de Vivian Lake –le dijo el artista–. Me imagino que la has visto.

–Claro –contestó Copper con entusiasmo–. Es una idea preciosa.

–Es la escena en la que se quema el hotel. Muy dramática, ¿no te parece?

–Así es. Y los vestidos son extraordinarios.

–Oh, ¿los vestidos? Los vestidos me dan igual –dijo él con altivez–. La moda no me interesa en lo más mínimo; solo estoy aquí para apoyar a mis amigos. –Hizo un gesto con una larga boquilla para abarcar todo el pabellón–. Esta idea es absurda y es su absurdez lo que me atrae.

–Bueno, tal vez sea mejor no contar eso a los lectores –señaló Copper mientras tomaba notas en su libreta.

Allí donde mirara, veía pequeños milagros fraguados con gran esfuerzo. Se habían cosido a las chaquetas botones diminutos hechos a mano y se habían calzado los pies minúsculos con minúsculos zapatos de cuero, hechos por un duende remendón. ¡Y los sombreros! Los sombreros más extravagantes que pudiera concebir la imaginación, con flores, velos y cintas. Las *poupées* lucían elaborados peinados, con cascadas de rizos o crepados imponentes, y sus caras de porcelana estaban minuciosamente pintadas para que parecieran vivas. De las capas exquisitas colgaban pequeñas borlas y los minúsculos bustos estaban envueltos en deslumbrantes sedas de todos los colores imaginables. El olor a sericina era mareante. Lazos, plumas, encajes y festones describían suntuosas ondulaciones y los opulentos volantes ocultaban el armazón de alambre. Las manos de alambre llevaban guantes minúsculos, cosidos milagrosamente, y de las muñecas de alambre colgaban pulseras hechas por Cartier o Van Cleef & Arpels y bolsitos de hada de Hermès y Louis Vuitton. Manos diestras habían cosido diminutas cuentas y lentejuelas en las telas y ojos expertos se habían encargado de que todos los diseños transmitieran la sensación de algo mayor, algo importante.

Con los escombros de un mundo arrasado por la guerra y saqueado por los conquistadores, se había creado una visión: la visión de un mundo nuevo en el que volvían a imperar la belleza y el estilo. Era como si una cuadrilla de elfos hubiera emergido entre las ruinas del horror y se hubiera puesto a coser las piezas desgarradas. Era una historia de cuento, pensó Copper, que la conmovía y la llenaba de admiración.

Aún sin noticias de Henry, Copper se sumergió de nuevo en el mundo de Dior y Bérard. Cuando Dior estaba demasiado cansado para hacer de niñera de Bérard, ella hacía de niñera de Dior. Al ser la única que sabía conducir, era la encargada del transporte y se dedicó a llevar a ambos hombres adonde fuera necesario durante la exposición. Gran parte de su artículo para la revista se había centrado en la genialidad de Bérard, sin cuya autoridad artística el Théâtre de la Mode habría sido impensable. En palabras de Dior: «Coordinar decenas de casas de moda parisinas no era tarea para un mero mortal».

Una semana después de la inauguración, sin embargo, mientras trabajaba en su cuarto con la máquina de escribir, sonó el timbre de la entrada y, poco después, Dior asomó la cabeza por la puerta.

—Es Henry —dijo, con las cejas tan arqueadas que casi le

llegaban a la coronilla–. Dice que quiere hablar contigo. ¿Le pido que se marche?

–No –contestó Copper, que sabía que había llegado el momento de dar la cara–. Ahora salgo.

Atándose los machos, se levantó, se alejó de la mesita de noche que le servía de escritorio y fue a enfrentarse a Henry. Se lo encontró de pie junto a la ventana, mirando la Rue Royale e impecablemente vestido, como siempre. Se volvió hacia ella con expresión grave.

–Voy a ir a dar un paseo –anunció Dior, nervioso, antes de coger su abrigo y desaparecer con sutileza.

Una vez se hubo marchado, Copper abrió la boca para pronunciar el discurso que tantas veces había ensayado.

–Henry, mi matrimonio con Amory terminó de una manera tan dolorosa que…

Pero él alzó la mano para interrumpirla.

–He venido a pedirte perdón.

Ella se quedó sin palabras.

–¿Por qué? –farfulló con torpeza.

–Por todo. Por insistir en casarnos en la catedral sabiendo que era lo último que deseabas y por esas funestas esmeraldas. Pero no solo por eso. También por empeñarme en que te casaras conmigo cuando no estabas preparada, por hacer caso omiso de tus dudas y obligarte a ignorar tus recelos, por olvidar que ya habías tenido una mala experiencia de la que todavía no te habías recuperado, por estar tan desesperado por casarme contigo como para aceptar una proposición que me hiciste en un momento en que te sentías asustada y sola. Debería haber actuado con mejor juicio y me avergüenzo de mí mismo. Por todo ello, te pido perdón. Solo espero que seas capaz de perdonarme y que este no sea el final de nuestra relación.

–¡Oh, Henry!

Por la expresión de su cara, se dio cuenta de todo el daño que le había causado. Tenía el aspecto de un hombre que llevaba días sin comer ni dormir.

—No tienes que contestarme ahora —dijo él—. Me voy unos días de viaje de negocios. Pero regresaré y, si tengo mucha más suerte de la que me merezco, tal vez podamos volver a ser amigos.

Copper tragó saliva para deshacer el nudo que tenía en la garganta.

—Siempre seremos amigos.

Él asintió.

—Si algo me ha enseñado la vida, es a no perder la esperanza. —Le puso una mano en el hombro y le dio un beso superficial en la mejilla—. Adiós, Copper.

Tras cerrar la puerta, Copper se acercó a la ventana para ver cómo su alta figura se alejaba calle abajo y, mucho antes de que se fundiera con la monótona multitud, la imagen se volvió borrosa por las lágrimas.

Al finalizar la segunda semana, más de doscientos mil visitantes habían acudido a ver el Théâtre de la Mode. Aunque los beneficios iban destinados a la Entraide Française, la organización nacional de ayuda creada durante la ocupación, las verdaderas beneficiarias eran las casas de moda, cuyos triunfales dioramas habían tenido un poderoso impacto. Los grandes diseñadores franceses, que se habían visto obligados a servir a los nazis durante años, por fin volvían a confeccionar ropa para los franceses, aunque fuera en miniatura.

Dior, sin embargo, no era uno de los nombres que todo el mundo celebraba y ni siquiera apareció en el catálogo. Su jefe, Lelong, se llevó todo el mérito de sus adorables creaciones.

—Las cosas son así —dijo él cuando Copper le manifestó su disgusto en el pabellón—. No te preocupes por mí, *ma petite*; ya sabes que no me gusta ser el centro de atención.

–Pues ojalá te gustara. ¿Por qué tiene que llevarse *monsieur* Lelong todos los elogios?

–Porque es mi jefe y le debo muchísimo.

–Un día habrá un cartel luminoso con tu nombre –le prometió Copper.

Dior se estremeció.

–A mi madre le daría un ataque. Siempre me prohibió que pusiera mi nombre sobre una puerta, como un tendero cualquiera.

A Copper la desconcertó el comentario.

–¿No se sentiría orgullosa de ti?

–Tú no la conociste –contestó él en tono sombrío–. Si ya le pareció mal que intentara dirigir una galería de arte, no quiero ni imaginar lo que habría pensado de que me hiciera modisto.

Cuando regresaron a la Rue Royale, se encontraron con una visión extraordinaria: una enorme nube de mariposas amarillas ocupaba la calle. Dior se quedó embelesado y, tras aparcar el coche, ambos echaron a andar entre las doradas nubes ondulantes. Había mariposas por todas partes, en las tiendas y las cafeterías, y las mujeres gritaban, en parte asustadas y en parte encantadas, mientras los camareros iban de un lado a otro tratando de espantar a los insectos con trapos, aunque lo único que conseguían era que más hordas aparecieran revoloteando para ocupar su lugar. Estaban evacuando los restaurantes y los comensales salían apresuradamente a la acera, con las servilletas todavía en la mano, al tiempo que las finas alas amarillas bloqueaban a veces el cielo primaveral.

Las oleadas oscilantes de millones de mariposas habían tomado la calle. Al principio resultaba imposible determinar de dónde habían salido y adónde iban, pero poco a poco quedó claro que se dirigían, con innumerables pausas y desvíos, desde la Place de la Concorde, por la Rue Royale, hasta la iglesia de la Madeleine. Copper y Dior siguieron a la masa flotante hasta la Madeleine, la imponente iglesia neoclásica que parecía ser su destino, y, mientras la contemplaban, pasmados, las mariposas empezaron a posarse en los altos pilares de piedra, amontonándose en cantidades cada vez mayores y mayores, hasta que todos los pilares quedaron ataviados con un traje amarillo resplandeciente hecho de millones de alas agitándose.

—Es una peregrinación —dijo Dior al tiempo que examinaba un espécimen que se había posado en su dedo—. No entiendo qué significado puede tener.

—Es una profecía. —Copper señaló las relucientes nubes de alas—. Son todas las mujeres que un día vestirán tu ropa y que gracias a ti serán aún más bellas.

—Nunca te rindes, ¿verdad? —comentó Dior.

—No. Y tú tampoco deberías.

Encontraron una cafetería en la plaza y, arrullados por la fragancia sedante de los tilos, se sentaron a tomar café mientras observaban el asombroso espectáculo. Cuando el sol se escondió detrás de la Madeleine y el frío se apoderó repentinamente del ocaso, se fueron juntos a cenar.

A la mañana siguiente, las mariposas habían desaparecido, alejándose por el aire hacia su ignoto destino. Un barrendero recogía con su escoba las que no habían sobrevivido y veteaban de dorado la calle adoquinada.

Al cabo de unos días, la revista *Harper's* le comunicó a Copper que al equipo editorial le había encantado su artículo sobre el Théâtre de la Mode y que se publicaría en el siguiente número. La excelente noticia llegó acompañada de un cheque sustancioso, en dólares, que Copper recogió en el «despachito polvoriento» de Henry en los Champs-Élysées. En realidad, el despachito era un elegante despacho en un elegante edificio, con las palabras VELIKOVSKY ET CIE grabadas con letras doradas en la puerta y una elegante secretaria tras el escritorio. Henry todavía no había regresado a París y su secretaria no soltó prenda sobre su paradero. Copper ya había tratado antes con ella y, aunque siempre se mostraba cortés, no podía evitar sentir que tenía estrictas órdenes de eludir cualquier pregunta curiosa acerca de su empleador, incluso si la planteaba Copper. En especial, tal vez, si la planteaba ella.

Copper echaba de menos a Henry y sentía que no había tenido oportunidad de explicarle por qué había hecho lo que había hecho. Aunque él parecía entenderlo, sentía la necesidad de hablar con él.

Cuando el nuevo número de *Harper's Bazaar* llegó a París, Copper descubrió que su artículo ocupaba un puesto de honor: le habían dedicado cuatro páginas y el emplazamiento estratégico de anuncios de algunos de los nombres más destacados de la moda estadounidense reflejaba la importancia que le habían dado a su trabajo. Su nombre, Oona Reilly, iba acompañado del rutilante epígrafe: «Nuestra corresponsal especial en París».

Aquel honor le dio un espaldarazo público y el teléfono empezó a sonar con ofertas de trabajo. Varios periódicos británicos y estadounidenses le pidieron con insistencia artículos cortos de opinión sobre el renacimiento de la moda francesa, un trabajo que podía completar en un par de días y que le reportaría una buena paga. El *Picture Post* también se puso en contacto con ella para cubrir la inauguración de Pierre Balmain con un artículo y fotos. Como la guerra seguía causando estragos, la revista no quería enviar a empleados estadounidenses a Europa y Copper se encontraba en el lugar perfecto para el trabajo, así que aceptó la oferta con celeridad. Ya no cabía duda: su carrera como periodista había despegado.

Las noticias sobre la guerra eran tan emocionantes como terribles. Los frentes oriental y occidental de los alemanes habían sucumbido y los aliados habían capturado a medio millón de soldados alemanes como prisioneros de guerra mientras decenas de miles de personas seguían muriendo en ambos bandos. Las tropas aliadas habían llegado a Berlín, donde se libraba una gran batalla mientras Hitler permanecía sitiado en su búnker. El Estado nazi daba sus últimos y aterradores coletazos. En Italia, los partisanos habían matado a tiros a Mussolini y habían colgado su cuerpo como el de un cerdo destripado junto al de su mujer, Clara Petacci. Después de seis años de un derramamiento de sangre sin precedentes, parecía que por fin la guerra llegaba a su fin.

Y entonces, una mañana, las campanas de París empezaron a repicar, primero aisladas y luego unidas en un clamor universal.

–Ha pasado algo –dijo Copper.

–Algo terrible, quizá –añadió Dior, alarmado.

Ambos se apresuraron a salir a la calle, desde donde se escuchaban las campanas, que tañían cada vez más alto por toda la ciudad. Mientras la gente vitoreaba, reía y se abrazaba, Dior y Copper se pararon delante de un quiosco en el que un hombre pegaba un titular en grandes letras negras que decía simplemente: «Hitler ha muerto».

Copper y Dior se agarraron de la mano y, aunque no se lo acababan de creer, allí estaba, negro sobre blanco. Compraron un periódico y leyeron juntos la portada: Doenitz había anunciado la muerte de Adolf Hitler y se había autoproclamado sucesor del Führer. El monstruo había muerto y el final de la guerra era inminente. Tras arrojar el periódico por los aires, ambos se cogieron de las manos y se pusieron a bailar en la calle, acompañados por miles de personas más.

Capítulo 14

La verdadera fiesta dio comienzo unos días después, con el anuncio de la rendición incondicional de los nazis y el final de la guerra, al menos en Europa. París entero estalló en una celebración compartida, mayor aún que la de la liberación. Las Tullerías y el resto de los espacios públicos se llenaron de multitudes de parisinos ataviados con sus mejores galas; sin embargo, incluso en aquel momento jubiloso se hicieron patentes las profundas divisiones políticas propias de la época. Así, mientras una inmensa muchedumbre se reunía en la Place de la Concorde para escuchar a Charles de Gaulle proclamar la victoria, los comunistas celebraron el triunfo a su manera, con discursos llenos de ondeantes banderas rojas. Como resultado, hubo inevitables peleas, enfrentamientos con la policía y detenciones.

Para Copper, fue un momento extraño. La guerra la había llevado a Francia y, ahora que había terminado, se planteó si tal vez había llegado el momento de volver a casa.

Mientras se emborrachaba en un bar con una ruidosa y variopinta colección de comunistas, soldados estadounidenses y periodistas, se preguntó dónde estaba su casa. ¿Se había convertido París en su hogar? ¿Había llegado a su fin su vida en Estados Unidos? Sumergida en un río de champán mientras cantaba «La marsellesa» a pleno pulmón, era fácil sentir un amor hondo y eterno por Francia. Por Francia y por Henry Velikovsky. Copper se puso a bailar en la calle, besó a todos los hombres en uniforme con los que se cruzaba, trepó a los monumentos y se subió a las mesas de los cafés mientras bebía el champán directamente de la botella hasta que acabó vomitando en el arroyo debido a las burbujas y el alcohol.

Tras veinticuatro horas seguidas de celebración, se obligó a abandonar la fiesta envuelta en una bandera francesa, como un personaje de un cuadro de Delacroix, para dormir la mona. En el camino de vuelta, pasó por delante de la casa de Henry, en el 7.° *arrondissement*. No había sabido nada de él desde su sombría visita después de la boda fallida y se había forzado a enterrarlo en el fondo de su mente, pero él se negaba a quedarse allí.

Consciente de la borrachera que llevaba, llamó al timbre. Si él abría la puerta, se arrojaría en sus brazos y le suplicaría que la perdonara. Le diría que se había comportado como una necia en la catedral; que, si algo le habían enseñado las últimas semanas, en caso de que le hubieran enseñado alguna cosa, era que lo amaba más de lo que creía; que había acabado amándolo casi sin darse cuenta y que no quería seguir viviendo sin él.

Pero nadie abrió la puerta. La vieja casa cubierta de enredaderas estaba silenciosa como una tumba y, como Henry no se hallaba allí, no pudo compartir con él todas aquellas palabras de remordimiento.

Se subió con un equilibro precario a la verja de hierro fundido para echar un vistazo. El sitio parecía estar desierto, con los postigos de las ventanas cerrados, incluso los del dormitorio en el que se habían tumbado juntos. Recordaba con detalle la dulzura y el júbilo de aquella tarde, el aperitivo de un festín que nunca llegaría a materializarse.

¿Fueron solo el alcohol y el mareo los que la llevaron a echarse a llorar en plena calle? Sentada en el arroyo y acurrucada bajo la bandera, nunca se había sentido tan sola. En su interior brotó un hondo deseo de estabilidad porque, por mucho que disfrutara de una vida llena de aventuras, quería un hogar, una familia. Era algo que jamás se había planteado con Amory;

aunque la norma general era que las parejas casadas tuvieran hijos, nunca había considerado que la norma se aplicara a ellos.

Copper amaba a un solo hombre y ni siquiera sabía si estaba vivo o muerto.

El día después de la celebración, con dolor de cabeza y los ojos legañosos protegidos por gafas de sol, llamó por teléfono al Ritz, donde la informaron de que, en aquel momento, él no estaba alojado en su habitación. Hacía tiempo que no sabían nada de él y no, no lo esperaban en breve, aunque su habitación, por supuesto, seguía a su disposición.

Decidida a obtener respuestas, Copper se dirigió a su «despachito polvoriento» en los Champs-Élysées para hablar con su secretaria, que la recibió con una sonrisa afable.

–*Bonjour, madame*. Qué noticias más estupendas, ¿verdad? ¿Qué puedo hacer por usted?

–Me preguntaba si últimamente ha sabido algo de Henry… de *monsieur* Velikovsky.

La secretaria, una mujer de mediana edad muy bien vestida, negó con la cabeza.

–*Désolée, madame*. No sé nada de mi jefe.

–Pero… ¿se encuentra bien?

–No tengo motivos para pensar lo contrario –fue la insípida respuesta.

–Entonces, ¿no lo espera pronto en París? Ahora que ha acabado la guerra, me refiero.

La mujer se encogió levemente de hombros.

–Como bien sabe, *monsieur* Velikovsky es un hombre muy ocupado y viene cuando viene. Si quiere, puede dejarle un mensaje.

La mujer cogió papel y lápiz, preparada para escribir lo que Copper quisiera dictarle.

–Dígale solo que me llame –decidió esta tras considerar y desechar varias alternativas.

–*Bien sûr, madame.*

Copper se marchó de allí sintiéndose vacía. En la catedral, casarse le había parecido imposible y no habría sido capaz de seguir adelante ni aunque la hubieran apuntado con una pistola. Ahora la perspectiva de casarse con un hombre al que estaba segura de amar era posible; más aún, era esencial para su felicidad.

Varios días después, al llegar al piso, Copper se encontró una nota de Suzy Solidor en la mesa del recibidor. Estaba escrita con tinta violeta y decía simplemente: «Me voy de París. ¿Vendrás a despedirte?».

No era una invitación que pudiera rechazar y decidió ir de inmediato a ver a Suzy, que abrió los ojos como platos al verla.

–Has venido. Tenía miedo de que no lo hicieras.

Al entrar en el apartamento, Copper lo encontró muy cambiado. Para empezar, estaba casi vacío y habían descolgado todos los cuadros de las paredes. Solo quedaban los muebles más grandes, mientras que los demás los habían retirado. O sea, que era cierto: Suzy se iba. Mientras contemplaba las estancias desiertas, en las que descansaban cajas de madera a medio llenar con las tapas apoyadas en un lado, Copper sintió una dolorosa punzada en el corazón.

–¿Adónde te vas?

–A Estados Unidos. Me han dicho que allí les gustan las rubias.

–¡Ay, Suzy! Pero ¿por qué?

–¿No te has enterado? En el juicio, me han declarado culpable de colaborar con el enemigo y me han prohibido actuar en Francia durante cinco años.

–Menuda panda de hipócritas –estalló Copper–. ¿Cómo se atreven?

–Así es la Francia de la posguerra –dijo Suzy al tiempo que encogía un hombro, como si no le importara–. Todo el mundo quiere reivindicarse como un héroe de la Resistencia y raparle la cabeza a su vecino.

–No me puedo creer que esto esté pasando.

–Como soy una figura pública, han querido convertirme en un ejemplo. El futuro pertenece a gente como tu Christian Dior, no a gente como yo.

–Lo siento mucho.

–Cinco años. –La cara de Suzy parecía una máscara, como siempre. Llevaba tan solo una blusa camisera blanca, bajo la cual su cuerpo escultural desnudo tenía el color dorado del verano. Mientras empaquetaba sus cosas, parecía una diosa griega de la Antigüedad–. A mi edad, es una sentencia de muerte. ¿Quién se acordará de mí dentro de cinco años?

–Nadie se va a olvidar de ti –dijo Copper en voz baja–. Es imposible.

–Pues a ti no te ha costado mucho lograr esa proeza supuestamente imposible.

–No me he olvidado de ti.

–Bueno, ahora me voy al exilio –respondió Suzy con una de sus enigmáticas sonrisas– y todo por «Lili Marlène». La muy zorra me hizo rica y ahora me ha arruinado. –Bajó la tapa de un baúl y se volvió hacia Copper–. Me alegro mucho de verte, *chérie*. ¿Te quieres tomar un vermut conmigo?

Abrió las puertas de la terraza, pero no salieron, sino que se sentaron en el sofá y disfrutaron de la fresca brisa, que hacía ondear las cortinas dibujando elegantes arabescos. Suzy había sacado una botella de Lillet, la bebida resinosa y cítrica que era una de sus favoritas.

–Veo que te has hecho famosa –le dijo a Copper con su voz ronca–. Ya no puedo abrir una revista sin encontrar tu nombre.

–No seas exagerada. Tardé lo mío en averiguar qué quería hacer con mi vida, pero ahora que lo sé soy feliz.

–Me alegro mucho por ti, *chérie*. Las cosas te van bien.

–No me quejo. Tengo mucho trabajo y estoy ahorrando para

comprarme una cámara nueva, una Leica de treinta y cinco milímetros, más ligera y práctica.

—Más ligera y práctica —repitió Suzy—. Eres una joven en ascenso, querida. Me haces sentir muy vieja.

—Estás estupenda, como siempre, Suzy.

—Gracias. —A decir verdad, Suzy no parecía envejecer. Su rostro seguía inmaculado y tenía el cuerpo de una mujer de la mitad de su edad—. Yo podría decir lo mismo de ti. Me he enterado de que abandonaste a tu conde ruso en el altar.

—Sí, aunque ahora sé que me equivoqué.

Suzy hizo una mueca.

—Ya veo. Entonces, ¿al final has decidido convertirte en una condesa rusa?

—Si él me acepta, sí. Hace semanas que no sé nada de él.

—¿Porque te ha hecho la cruz o porque los comunistas lo han linchado?

—Eso me pregunto yo —señaló Copper, tratando de parecer despreocupada, aunque en realidad estuviera preocupadísima.

—Lo siento. Te deseo la mejor de las suertes.

Levantó la copa y Copper se fijó en la suave piel del hueco de su axila.

—Te has depilado.

—Me han dicho que para los estadounidenses es imprescindible. —Se levantó el borde del blusón—. Y aquí abajo también, por si alguien quiere mirar. ¿Te has ruborizado, *chérie*? —preguntó al ver la expresión de Copper.

—Siempre me coges por sorpresa.

—No me digas. Será porque estoy cómoda con mi cuerpo, porque me gusta y no me avergüenzo lo más mínimo de él. —Dejó los largos dedos entre sus piernas—. Creo que esto te da miedo, aunque tú tengas uno igual. Podríamos haber disfrutado con ellos, habernos besado y haber hecho que la otra tocara el cielo. Me moría de ganas de ti, solo de ti, pero tú huiste como un conejo. ¿Por qué te escapaste?

–No podía dar ese paso. No me lo eches en cara.

–¿Te genero rechazo?

–Al contrario. Si hui fue porque me pareces demasiado atractiva.

–Me lo tomaré como un cumplido. –Suzy vació su copa y alargó la mano hacia la botella–. ¿Sabes? De pequeña cantaba en el coro de niñas de la iglesia de Saint-Malo –dijo mientras servía Lillet a las dos–. ¿Te lo imaginas? Una chica espigada con aspecto de muchacho, coletas y el pecho plano.

Copper sonrió.

–Me cuesta imaginármelo.

–Pues así era. Nadie me prestaba atención, aunque yo siempre he pensado que tenía buena voz, hasta que un día el cura interrumpió la canción y preguntó: «¿Quién es el niño que canta con las niñas?», y descubrieron que era yo. *La fille qui chante comme un garçon.* Todas se volvieron para mirarme y yo estaba emocionada; emocionada y avergonzada al mismo tiempo. En aquel momento, tomé conciencia de mi poder. Me llamaban *la garçonne*, así que me convertí en esa criatura; como una sirena, que no llega a ser ni una cosa ni la otra. Estuve diez años con Yvonne, y luego con otras y también con otros. Me he pasado la vida encarnando las fantasías y los deseos de los demás, pero no me arrepiento de nada. En conjunto, he tenido una buena vida. Lo único que quería era hacer felices a los demás. Seguro que piensas que soy una *putain*, como Lili Marlène, ¿verdad?

Copper observó el rostro de Suzy. Por debajo de su fuerza y su belleza, había algo gélido, un dolor que jamás sería expresado.

–No, no lo pienso. A mí me hiciste muy feliz.

–Podría haberte hecho más feliz aún.

–No lo creo. Lo que sí sé es que yo podrá haberte hecho mucho más feliz a ti. No has sido más que encantadora y generosa conmigo y no me lo merecía.

–Claro que te lo merecías.

Suzy se inclinó hacia delante y la besó en los labios. Copper cerró los ojos, triste por aquella chica que cantaba como un chico, por aquella mujer que la deseaba como un hombre, y luego rodeó el robusto cuello de Suzy con sus brazos y la estrechó con fuerza.

–Lo siento. Perdona el daño que te he hecho.

–¿No puedes quererme, ni siquiera ahora? –preguntó Suzy con pasión y los labios pegados al cuello de Copper.

–Claro que te quiero –susurró Copper, dándose cuenta de que estaba llorando–. Te voy a echar muchísimo de menos, Suzy. Quiero darte las gracias por todo lo que has hecho por mí, por todo lo que me has enseñado, por el amor que me has dado. –Se puso en pie para marcharse–. Nunca te olvidaré.

El hecho de encontrarse un coche de caballos esperando delante del número 10 de la Rue Royale no era del todo insólito, pese a que, ahora que en Francia había más gasolina disponible gracias al ejército estadounidense, los coches de caballos de alquiler habían empezado a desaparecer de nuevo de las calles. Durante los difíciles años de la ocupación, habían abandonado la jubilación como fantasmas de una época gloriosa del pasado, pero, ahora que se retiraban a las cocheras destartaladas de las que habían salido, cada vez se veían menos.

Copper se acercó al carruaje y se asomó al interior, pensando que encontraría a Dior, pero en ese momento la puerta se abrió y, sentado en el asiento de cuero rojo, sujetándola, vio a Henry. Se había dejado barba. Por un instante, Copper tuvo la sensación de que se le había parado el corazón, dejándola sin aliento, pero luego volvió a latir, aunque fuera con fragilidad.

–Vas a tener que afeitarte esa barba –se escuchó decir.

–Había pensado que podrías ayudarme a hacerlo.

–Por mí, cuanto antes, mejor.

–En ese caso, sube.

Copper entró en el coche y se sentó en su regazo, como una niña.

—Creía que no ibas a volver —dijo con la voz estrangulada.

—En más de una ocasión, yo también. —Henry la estrujó entre sus brazos—. Mi secretaria me llamó para decirme que me buscabas y eso me dio esperanzas. Perdóname; tenía que mantenerme alejado de ti y no dar señales de vida.

Se fundieron en un estrecho abrazo durante un largo rato, meciéndose adelante y atrás. Al final, ella se apartó y tomó aire, temblorosa. Seguía teniendo el corazón desbocado y le costaba hablar con coherencia.

—¡Estás irreconocible! —exclamó mientras le tocaba la barba tupida y oscura.

—He tenido que transformarme en un proletario para poder acceder a los sitios que necesitaba. Si hubieran tenido la mínima sospecha de quién era en realidad, te garantizo que estaría más muerto que vivo.

—¡Henry!

—¿Cenamos en el Ritz?

—No voy vestida para el Ritz.

—Estás espléndida, como siempre.

—Bueno, ya me empolvaré la nariz cuando lleguemos. —El carruaje se puso en marcha con una sacudida y, mientras avanzaban traqueteando, envueltos en olor a caballo y arneses de cuero, Copper trató de recuperar el aliento—. ¿Cuánto tiempo te quedarás en París?

—No pienso moverme de aquí.

Ella se volvió hacia él, sin acabar de creerse lo que acababa de oír.

—¿Me lo prometes? —preguntó con voz entrecortada.

—Sí. He venido por ti… si me quieres.

Copper aceptó el pañuelo que él le tendía.

—En cuanto tome una decisión, te la haré saber. ¿A qué viene el coche de caballos?

Él sonrió.

–No quedan muchas ciudades en las que puedas recoger al amor de tu vida en un carruaje. No me he podido resistir.

–Siempre has sido un romántico empedernido.

–Supongo que sí.

–Estaba preocupadísima por ti. ¿Te estás riendo? Con esa mata de pelo no veo qué cara pones.

–Pongo cara de felicidad, créeme.

–¿Me perdonas por abandonarte en el altar?

–Si tú me perdonas por comportarme como Barba Azul.

–Hecho. Hablando de barbas, tenemos que deshacernos de la tuya. ¿Podemos pasar por tu casa?

–Claro.

Cuando el coche se detuvo, ambos bajaron y entraron en casa de Henry, que estaba limpia y reluciente, con olor a cera y pintura fresca.

–Está preciosa.

–Poco a poco, vuelve a ser la que era –convino él–. Está esperando a su nueva señora.

El dormitorio estaba lleno de flores, como el primer día que Copper había estado allí. En el baño de mármol de blanco, él le dio unas tijeras, una navaja y los demás artículos necesarios para afeitarle la barba y luego se desnudó de cintura para arriba para que Copper se pusiera a ello. Ella lo hizo sentarse en el borde de la bañera y empezó a cortarle la barba con las tijeras para dejarla a la altura de la mandíbula.

–Leí tu artículo en el *Picture Post* –comentó él–. Balmain debe estarte agradecido; le diste una proyección extraordinaria.

–Tiene muchísimo talento.

–¿Y cuándo harás lo mismo por tu amigo Dior?

Copper se concentró en cortar los poblados rizos sin hacerle una herida en la piel.

–Supongo que cualquier día de estos. No paro de insistirle en que haga algo y se vaya de Lelong, pero a veces puede ser desesperadamente timorato. O perezoso. O ambas cosas.

Le enjabonó la cara con abundante espuma de afeitar y se puso a trabajar con la navaja.

—¿Lo has hecho antes? —quiso saber él.

—Dos veces a la semana hasta que me marché de casa. Era yo quien afeitaba a mi padre, los lunes y los miércoles. Deja de intentar besarme o no me hago responsable de los cortes que te pueda hacer. —Lo cierto era que las manos le temblaban tanto que suponían una amenaza para la vida de Henry, pero se las apañó para mantenerlas bajo control. Si en lugar de mirarlo a los ojos se concentraba en retirar la espuma para dejar al descubierto el conocido contorno de su rostro, le era más fácil—. ¿Dónde has estado? Dime la verdad.

—Se ha librado una guerra por el alma de Francia. Los comunistas han echado mano de todos sus recursos para desestabilizar el país y anexionarlo a la Rusia soviética, pero al final las tornas han cambiado y su movimiento ha empezado a perder fuerza. Por extraño que parezca, se debe menos a mí y a mi barba que a la brutalidad del propio Stalin.

—¿A qué te refieres?

—El glorioso Ejército Rojo ha sido la principal arma de propaganda de los comunistas, que llevan años contándoles a los obreros franceses historias de cómo vendría a liberarlos de la esclavitud. Pero ahora todos hemos visto lo que en realidad significa la liberación para el Ejército Rojo. Hemos visto las violaciones y los saqueos que han dejado a su paso, los hemos visto convertir Polonia, Hungría, Checoslovaquia y demás en naciones carcelarias y ahora vemos cómo están transformando Berlín en una ciudad carcelaria. Y Berlín, cariño, no está tan lejos de París. En última instancia, mi trabajo consistía meramente en subrayar esos detalles a las personas adecuadas y dejar que ellas sacaran sus propias conclusiones.

–Tiene que haber algo más. Me has dicho que me contarías la verdad.

–Bueno, no siempre es fácil acceder a las personas adecuadas y enfrentar a dos bandos siempre resulta complicado. Los rojos quieren llevarse todo el mérito por la derrota de los nazis; según ellos, todos los héroes de la Resistencia son estalinistas. Refutar ese mito era esencial. –Sus ojos negros y rasgados la miraron con voracidad–. Qué hermosa eres. He soñado contigo, pero mis sueños no estaban a la altura de la realidad.

–Has adelgazado –señaló ella, pasando la mirada por su enjuto torso.

–No he comido muy bien. Me muero de ganas de ir a comer carne a la parrilla en el Ritz.

–No puedes seguir viviendo en el Ritz –se oyó decir Copper– con esta magnífica casa vacía. Es un gasto innecesario. –Retiró el último resto de espuma–. Y tampoco podemos seguir comiendo en restaurantes, porque no es bueno. Necesitamos platos caseros y sanos.

–No podría estar más de acuerdo. –Henry la cogió de la muñeca–. Copper, ¿cuánto más me vas a hacer esperar?

Ella se quedó callada un momento, para luego soltarse con suavidad y aclarar la navaja bajo el grifo plateado.

–Si de verdad me quieres, soy tuya.

–¡Mi amor! –Henry la rodeó con los brazos–. Doy gracias a Dios por tenerte.

Ella se rio, un poco insegura.

–Henry, eres el único hombre que conozco que dice esas cosas.

–Las digo porque las siento.

–Lo sé. –Copper dejó los utensilios y se dio la vuelta entre sus brazos, alzando la mirada hacia su rostro recién afeitado–. Así mejor. Ahora vuelves a ser tú.

–Intentaré ser mejor marido que el anterior titular –dijo él, mirándola con adoración–. No volverás a huir, ¿verdad?

–No, te lo prometo. E intentaré ser una buena esposa para ti, mi vida –contestó ella–. Y te prometo...

Pero el resto de la frase quedó en el aire cuando los labios de Henry sellaron los suyos.

La segunda ceremonia, tal como ella había pedido, tuvo lugar en la *office des marriages* en el *mairie* local y fue muy discreta. No asistieron ni duquesas rusas ni bohemios parisinos; tan solo Christian, Pierre Balmain, Hervé y Catherine en calidad de testigos.

La sala no era muy glamurosa: una pared estaba cubierta de archivadores, mientras que en la otra había enormes ventanales desde los que se veía el Arco del Triunfo. La notaria era una encantadora mujer que los besó a todos con vigor tras la ceremonia. Copper llevaba un fino vestido rosa con cuello de solapa que le había hecho Tian y su ramo era de pimpollos, como ella había querido. Todos los hombres llevaban chaqué y sombrero de copa. Henry y Copper intercambiaron unas sencillas alianzas de oro y disfrutaron de su plácida felicidad.

Después de la ceremonia, fueron a comer con los invitados a una *suite* privada en el Ritz. La mesa estaba engalanada con lirios color crema y la comida fue igual de elegante y bella, empezando por unas ostras y terminando con langosta y salmón, todo acompañado por un champán *vintage*.

Tanto Hervé como Tian hicieron un brindis. El de Hervé fue muy solemne, pero a Tian se le rompió la voz y tuvieron que darle un pañuelo para que se secara los ojos antes de poder continuar.

Catherine estaba ya en proceso de recuperar sus fuerzas. Hervé y ella vivían cerca de Grasse, en el sur de Francia, y era ella la que le había hecho el ramo con pimpollos recogidos en su propio jardín. Copper se fijó en las curvas de su cuerpo, que antes no estaban allí, y en que le había crecido el pelo, aunque sospechaba que nada podría hacer desaparecer la turbación de sus ojos. Durante la comida, la descubrió varias veces mirando al infinito con los puños apretados y, aunque bastaba un toquecito en el brazo para romper el hechizo de lo que sin duda eran recuerdos espantosos, Copper sabía que aún le quedaba un largo camino por recorrer. A Catherine todavía le costaba ingerir más que unos pocos bocados, a pesar de que Copper la instó a que comiera más.

—Cuando llegamos a Ravensbrück —dijo la hermana de Dior—, por las noches, en el barracón, nos hacía tanto ruido el estómago que nos echábamos a reír. La verdad es que la escena era cómica. Competíamos por ver a quién le sonaba más fuerte, pero, al cabo de un tiempo, el estómago se nos encogió y dejó de hacer ruidos. —Al ver que todo el mundo guardaba silencio, adoptó una expresión de disculpa—. No debería hablar de estas cosas.

—Claro que sí —dijo Copper.

—Lo siento —le susurró ella cuando se reanudó la conversación—. Lo último que quiero es estropear tu día.

—Gracias a ti, este día es mejor. Pero me he dado cuenta de que todavía sufres.

Catherine meneó la cabeza.

—Cuando estaba en los campos, solo podía pensar en Francia, y, ahora que he vuelto a casa, la cabeza se me va constantemente a los campos. Mi mente es como un mono que nunca hace lo que le pido.

—Te entiendo —la consoló Copper con pesar.

Catherine le dio un apretón en la mano.

—Estoy bien. Disfruta de tu día; no sabes lo feliz que me hace verte casada.

—Catherine se merece ser feliz —comentó Copper esa noche mientras se acurrucaba entre los brazos de Henry en la vieja casa cubierta de enredaderas.

—Así es. Y tú también.

–No podría ser más feliz –contestó ella, acariciándole la mejilla.

–Yo tampoco. Todavía no me creo que seas mi mujer.

–Tenías razón en una cosa.

–¿Cuál?

–La ceremonia civil ha sido de lo más sosa. La catedral habría sido mucho más bonita.

Él ahogó un gruñido al tiempo que ponía los ojos en blanco.

–Me vas a volver loco.

–Seguramente –reconoció ella.

–Todavía podemos organizar una ceremonia en la catedral, si quieres.

–No, gracias. Ya me he casado suficientes veces. –Le dio un beso en los labios–. Y ahora creo que ha llegado el momento de que me hagas tuya.

Capítulo 15

—Vas a ser mi esposa —le dijo Dior a Copper.

—Tengo un marido en perfectas condiciones —señaló ella—. Quizá te hayas dado cuenta de que ya ha pasado nuestro primer aniversario de bodas.

—A él no le importará. Solo te voy a tomar prestada por esta tarde.

—¿Para qué?

—Vamos a ir a comprarte un vestido.

—Qué divertido. ¿A Chanel? ¿A Schiaparelli?

—A un sitio mucho más discreto: la Maison Gaston. Al fin y al cabo, somos una pareja de ancianos formales, no jóvenes trotacalles.

—Habla por ti —resopló Copper.

Dior le había pedido que se reuniera con él en la Rue Saint-Florentin, aunque no le había explicado por qué, y ahora la llevaba a la Maison Gaston, cogido de su brazo como si fueran un matrimonio respetable.

Al entrar en la tienda, que desprendía un encanto parisino de la vieja escuela, el bullicio de la Rue Saint-Florentin pareció apagarse a su espalda. La ropa era austera y casi todas las prendas tenían ribetes de piel de marta o visón, poco indicados para el verano, aunque, como bien señaló Tian, el otoño estaba al caer. Las *vendeuses*, de mediana edad y vestidas de negro, se deslizaban a su alrededor, con una mezcla de gélida cortesía y un aire de superioridad inexpugnable.

—¿Qué te parecen los diseños? —le preguntó Dior.

—Bastante sobrios —murmuró Copper—. Y espantosamente conservadores.

Incluso si hubiera estado comprando para ella, le habría resultado difícil escoger una prenda que no le pareciera pasada de moda. Extrañamente, sin embargo, a Tian parecía interesarlo todo. Pidió que le mostraran los últimos modelos, el inventario viejo, los accesorios; en resumen, todo. Estudió los vestidos de prueba, husmeó detrás de los mostradores e interrogó a las *vendeuses*. No parecía haber aspecto del establecimiento que no despertara su curiosidad insaciable e incluso echó un vistazo mientras ella se probaba un vestido.

—Un lugar precioso para que te embalsen —fue su veredicto sobre el probador.

Como siempre que se encontraba en un entorno relacionado con su profesión, su actitud había sufrido un cambio sutil y el tímido y retraído Christian Dior se volvió un poco autoritario. Su expresión, normalmente apacible, se transformó en un ceño fruncido de concentración y adoptó un tono imperioso. Cuando se marcharon de la tienda sin haber comprado nada, las *vendeuses* estaban ya a punto de echarlos.

Habían pasado casi dos horas en Gaston y el viento del final de la tarde era suave y cálido. Uno de los últimos coches de caballos que quedaban en la ciudad bajó por la calle acompañado del sonido de cascos y dispersó a un grupo de jóvenes novicias.

—¿Qué te ha parecido? —preguntó Dior.

—Es una tienda muy bonita, Tian. ¿Para qué me has llevado allí?

—Quería saber tu opinión.

—¿Por qué te importa mi opinión?

—Porque, *ma petite* —contestó él, deslizando su brazo en el de ella—, Marcel Boussac me ha ofrecido el puesto de director.

—¿Y quién es Marcel Boussac?

—El rey del algodón. Al terminar la Primera Guerra Mundial, compró todo el lino que en esa época se usaba para los aviones, lo convirtió en camisas y se hizo rico. Antes la gente decía: «Rico como Midas», pero ahora dicen: «Rico como Boussac».

—¿Y es el dueño de Gaston?

—Sí. Te pido que seas discreta, *ma petite*; nadie debe saberlo.

Copper le estrechó el brazo, emocionada.

—¡Tian! ¡Por fin tendrás libertad creativa!

Él se separó de ella, riendo.

—Vamos a buscar a tu marido y os prepararé la cena a los dos en mi casa. Tengo un cangrejo enorme de Granville y un Muscadet muy bueno para acompañarlo.

Los tres se reunieron en el apartamento de Dior, que estaba a la vuelta de la esquina de Gaston, una ventaja que Henry señaló enseguida.

—Podrás ir caminando cada día, agitando tu bastón con el puño dorado y saludando con el sombrero a las clientas con las que te cruces. No podría ser mejor.

—Cuando yo era joven, Gaston era tan famoso como Chanel —dijo Dior mientras se ataba un delantal blanco como la nieve y se ponía a trabajar en su pequeña cocina—. Pero hace ya años que está en declive y la guerra le propinó el *coup de grâce*. Como has visto, ahora es deprimente y pasado de moda y Boussac quiere que le devuelva su viejo esplendor.

—¡Es una oportunidad única!

—Yo no diría tanto, querida.

—Tian, a caballo regalado no le mires el dentado.

—Siempre es importante mirar el dentado de cualquier caballo, *mes amis*. Marcel Boussac no se ha convertido en el hombre más rico de Francia regalando su dinero. —Introdujo con cuidado el cangrejo en el agua hirviendo—. Debe ser muy halagador que te pongan en un museo, pero no estoy seguro de estar preparado todavía para que me embalsen y me coloquen en una vitrina.

—¿Quieres decir que… vas a rechazar la oferta?

–Sí. Voy a decir que no.

Copper alzó las manos.

–¡Tian, por el amor de Dios!

El modisto estaba concentrado en su libro de cocina y ella sabía que no era una buena idea interrumpirlo cuando se metía en el papel de chef, porque se tomaba muy en serio la preparación de la comida. Sin embargo, también sabía que Balmain ya estaba preparando su segunda colección y eso significaba que Tian iba perdiendo cada vez más terreno respecto a sus contemporáneos.

–No puedes rechazarlo –dijo Copper cuando por fin se sentaron a la mesa.

–Gaston es un mausoleo –contestó él, repartiendo el cangrejo– y huele como los mausoleos: a polillas, telarañas y polvo. Puede que mi superstición raye lo absurdo, pero mi oficio no es levantar a los muertos de su tumba.

–Gaston todavía no está muerto –señaló Henry.

–Se está muriendo, que viene a ser lo mismo. ¿Te imaginas tener que decirles a esas viejas brujas lo que deben hacer? Y, en cuanto al atelier, tendría que empezar por despedir a todos los empleados y no me veo capaz. Tengo un buen puesto en Lelong y sería una locura dejarlo por algo tan incierto. Prefiero ser el primer oficial de un crucero de lujo que el capitán de una nave que se hunde.

–Siempre buscas excusas para no hacer algo –observó Copper con severidad–. Lo que te pasa es que no quieres decirle a Lelong que te vas.

–La verdad es que no es una conversación que me apetezca mucho tener.

–¡Lo sabía!

Él se mostró inflexible, cosa que no hizo más que exasperar a Copper.

–La Maison Gaston está moribunda y ha sido desacertado por parte de Boussac, o tal vez incluso *méchant*, haberme ofrecido el puesto. He quedado mañana con él y pienso rechazarlo con educación.

Cuando se despidieron de él, pasada la medianoche, Copper lo agarró de la solapa.

– Mira que eres terco, ¿eh? Espero que mañana al despertarte cambies de opinión.

–Créeme: no pasará.

–Es incapaz de dar el paso –le comentó Copper a Henry mientras volvían a casa dando un paseo–. A veces pienso que Tian se va a quedar anquilosado para siempre, aunque tal vez sea lo que él quiere. Igual es feliz atrapado en su rutina mientras se hace viejo en la trastienda de Lelong, con su vida de fiestas y cenas, sin correr nunca ningún riesgo.

–Acabas de describir a un hombre satisfecho con su vida.

–Si alguien no aprueba la desidia, eres tú, querido Henry.

Después de doce meses de matrimonio, Copper tenía que reconocer que su marido la hacía más feliz de lo que había creído posible. No parecía existir un hombre más atento y cariñoso que Henry Velikovsky ni una casa más preciosa que la que habían construido juntos. A diferencia de su matrimonio con Amory, que había comenzado con un torbellino de pasión y no había tardado en sumirse primero en la apatía y luego en el desencanto, el matrimonio con Henry no paraba de mejorar.

Copper disfrutaba muchísimo de su compañía, volvía a casa con impaciencia siempre que se separaba de él y había descubierto que, aun a su pesar, lo extrañaba cuando él se veía obligado a viajar. En cuanto a la pasión, había ido creciendo de manera gradual. Copper se sentía amada y deseada y a su vez amaba y deseaba a Henry, que le demostraba de todas las maneras posibles que estaba loco por ella. Que él la apoyara y la valorara, que la estimara y la adorara, le resultaba extremadamente atractivo.

Su vida rebosaba romance y belleza. Para mantener la vieja casa cubierta de enredaderas eran necesarias cinco personas, entre ellas una doncella, el complemento imprescindible de cualquier parisina que se preciara, incluso de aquellas a las que habían detenido por intentar derrocar el Estado. La fortuna de Henry permitía cubrir con holgura los gastos y era sorprendente lo rápido que se acostumbraba una a aquel estilo de vida. Había habido una sorpresa maravillosa: la colección de muebles antiguos y cuadros impresionistas robados por los nazis había sido recuperada y traída de vuelta desde Alemania y ahora volvía a decorar la casa.

Cuando Copper pensaba en su dura infancia en Brooklyn y su vida bohemia con Amory, lo hacía con nostalgia. ¿De verdad era esa Copper la misma mujer que la condesa Velikovsky, que tenía reservado un asiento en primera fila en todos los *défilés de mode haute couture*, que conocía a todos los diseñadores de París y cuyas críticas se publicaban en las revistas de moda más relevantes?

Había conservado su nombre de soltera, Oona Reilly, para firmar sus artículos. Ejercer de condesa era como interpretar un papel que la gente le reclamaba, algo que tanto a ella como a Henry les hacía gracia. Como le había dicho él la noche en que se conocieron, la gente era muy esnob y le encantaba relacionarse con la aristocracia, aunque esta ya solo existiera en los libros de historia.

—Mi vida, he recibido noticias sobre tu exmarido —comentó Henry.

Copper experimentó un desagradable vuelco al corazón.

—Espero que no sea nada malo.

—No lo tengo claro. Está aquí, en París, y quiere verte.

—¿A qué te refieres cuando dices «aquí, en París»?

—Está en un sanatorio. El director me ha transmitido el mensaje.

—¿En un sanatorio? Entonces, ¿todavía está enfermo?

–No me han dicho nada sobre su estado de salud, pero me imagino que no se encuentra bien.

–Entiendo –contestó Copper con pesar.

–Mi vida, quiero que sepas que eres tú quien debe decidirlo. Si optas por no ir a verlo, no te lo reprocharé, y, si vas, no te montaré una escena.

–¿Seguro?

Él le dio un firme apretón en el brazo.

–Segurísimo. La decisión es toda tuya.

–Gracias, Henry. Me lo pensaré.

A Copper le costó tomar la decisión de ir a ver a Amory, pero de alguna manera se sentía obligada a hacerlo; no en vano había sido su esposa durante dieciocho meses. No le parecía justo darle la espalda en aquel momento, aunque su matrimonio no hubiera sido feliz.

El sanatorio Marie-Thérèse se hallaba en un frondoso parque en la orilla del Sena. Allí era adonde enviaban a los estadounidenses que enfermaban en París y, cómo no, la robusta monja enfermera que la recibió, ataviada con un uniforme a rayas azules, hablaba con un inconfundible acento del Medio Oeste.

–Soy la hermana Gibson y la familia del señor Heathcote me ha contratado para proporcionarle cuidados adicionales. Gracias por venir a verlo.

–¿Qué le ocurre?

–Lo ingresaron después de que intentara suicidarse.

–¿Otra vez? –De pronto, Copper sintió frío en todo el cuerpo–. ¿Cuándo fue?

–Hace un mes. Todavía se está recuperando de las heridas que se hizo, pero ya no corre peligro, al menos por las heridas. El peligro está en su cabeza y es por eso por lo que la familia me propuso que me pusiera en contacto con usted. Está en el salón de día.

El salón de día era una estancia soleada en la que hacía demasiado calor, con hileras de ventanales desde los que se apreciaba una extensa vista del río a través de los árboles. Pacientes y visitantes estaban sentados en grupos aquí y allá. Amory se hallaba sentado solo a una mesa en el extremo más alejado de la habitación, garabateando en una libreta alrededor de la cual había colocado su brazo libre, como si quisiera proteger de miradas ajenas lo que estaba escribiendo.

Por alguna razón, Copper había dado por hecho que Amory se había cortado las venas de las muñecas, pero se quedó consternada al ver que tenía un gran vendaje en un lado de la cabeza y, cuando él la levantó para mirarla, se fijó en el oscuro moratón que se extendía por la mitad derecha de su rostro. El ojo de ese lado parecía haberse desplazado, como si se hubiera vuelto bizco, y el blanco estaba teñido de rojo carmesí.

Tuvo que hacer acopio de todo su valor para saludarlo con una expresión serena.

—Hola, Amory.

—Hola Copper —dijo él mientras cerraba la libreta—. Supongo que sería mucho pedir que hubieras traído a escondidas una botella de *whisky* de centeno —añadió una vez se hubo marchado la enfermera.

—Solo tengo esto. —Le dio el libro que le había comprado en Shakespeare and Company, la librería inglesa de París—. Es el último de Steinbeck.

—*Cannery Row*. ¿Otra saga de vagabundos e idiotas?

—A mí me ha parecido muy bueno.

Él lo dejó a un lado.

—Le daré una oportunidad.

—Amory, ¿qué te has hecho?

—Intenté volarme la cabeza, pero supongo que la mano me temblaba demasiado, así que solo conseguí levantarme la tapa de los sesos. Me han hecho un parche con una placa metálica.

—Santo cielo.

—Lo normal habría sido que la operación dejara entrar un

poco de luz –continuó él–, pero parece que no ha sido el caso y por eso te han hecho venir, porque se supone que me vas a hacer recapacitar. Por favor, acepta mis disculpas por arruinarte la mañana del domingo.

–No digas esas cosas. Ojalá pudiera ayudarte.

Se miraron el uno al otro. La mirada de aquellos ojos violetas era ahora más desconcertante que embriagadora y el ojo izquierdo, el sano, la observaba fijamente, mientras que el derecho, inyectado en sangre, estaba perdido en el horizonte. Copper se preguntó si veía algo con él.

–Nunca debería haberme casado contigo –dijo Amory.

Copper hizo una mueca.

–¿Crees que lo que te ha pasado es culpa mía?

–En última instancia, sí.

–¿No tuya?

–También, por supuesto, y he intentado imponerme un castigo adecuado, aunque no me ha salido muy bien. Pero no te preocupes, la próxima vez lo haré mejor. Dicen que a la tercera va a la vencida.

Copper se levantó.

–Si me has pedido que venga solo para decirme que tienes intención de matarte, tengo cosas mejores que hacer.

De improviso, él le dedicó una sonrisa torcida.

–¿Ves? A eso es a lo que me refiero. Siempre me haces lo mismo.

–¿Qué te hago, Amory?

–Me haces sentir idiota, como si fuera un niño pequeño con un berrinche. Siéntate, cariño.

–Lo último que quiero es hacerte sentir idiota –dijo Copper, sentándose de nuevo.

–Pero lo hiciste desde el principio. Siempre fuiste más madura que yo, más adulta, mejor en todos los sentidos.

–Yo nunca he dicho que fuera mejor que tú.

–No hacía falta, porque siempre estuvo más que claro. Yo

era un impostor, mientras que tú eras auténtica. Joder, si hasta escribes mejor que yo.

–Eso no es verdad.

Él tamborileó con los dedos sobre la liberta.

–¿Sabes lo que me sacaba de quicio? Cómo te hacías cargo del trabajo de George. Él te lo delegaba todo y tú terminabas las piezas sin esfuerzo, como si no te costara nada. Y eso sin tener educación superior.

–Sabes que tenía que salvarle el pellejo.

–Pero no tenías por qué hacerlo tan bien, maldita sea. No podía soportar que me demostraras una y otra vez que eras mejor que yo.

–No sabía que era una competición.

–No lo era. Me llevabas mucha ventaja desde el principio.

–¿Por qué me dices todo esto?

–Porque he decidido comprometerme a una cosa en mi vida y es a ser sincero. Tú me hiciste darme cuenta de que era un fraude y por eso tenía que hacerte daño.

–¿Sigues buscando excusas para tus infidelidades? Porque ya no hace falta. Son intrascendentes.

–No busco excusas: es la verdad. Mi intención era doblegar tu espíritu.

–Pues casi lo conseguiste.

–Me halagas –contestó él en tono irónico–, pero no fue así ni de lejos. Me acosté con todas las mujeres que se me acercaban y logré que dejaras de amarme, pero nunca te doblegué. ¿Sabes cuál era el problema? Que yo te amaba. –Hizo una pausa antes de añadir–: Todavía te amo.

Copper quería evitar por todos los medios que la conversación siguiera por esos derroteros.

–Ha pasado mucho tiempo, Amory.

–Mucho –convino él, afirmando pausadamente con la cabeza vendada–. Después de estar en Bruselas, me puse a trabajar de nuevo en mi artículo. Seguía convencido de que los horrores que había presenciado eran el motivo de mi crisis nerviosa, pero, en realidad, fue el hecho de darme cuenta de que no era lo bastante bueno y no estaba a la altura del trabajo. Me venía grande y me faltaban la fuerza y el talento necesarios para escribirlo.

—Yo siempre tuve fe en tu talento.

—Ah, el peso de la fe —repuso él con sarcasmo—. No deberíamos haber venido a Francia. Mi padre me ofreció un puesto en el banco, pero yo quería volar solo. Mientras estudiaba en la universidad, todo el mundo me decía lo extraordinario que era: las chicas, los profesores, tú. Tuve que casarme contigo para darme cuenta de que no era un genio.

—¿Porque, según tú, te hacía sentir inferior?

—La palabra que emplean los psiquiatras es *castrado*.

A pesar de la compasión que le inspiraba, Copper sintió que le hervía la sangre.

—Nunca intenté castrarte, al revés: hice todo lo posible por apoyarte y animarte.

El semblante demacrado de Amory volvió a deformarse con aquella sonrisa torcida.

—Siempre has tenido un mal genio a juego con tu melena llameante.

—Y tú siempre has tenido una excusa para todos tus errores —repuso ella con crudeza—. No pienso quedarme aquí sentada mientras me echas la culpa de todo lo que te ha ido mal en la vida. Me hiciste muy infeliz y no es culpa mía que, en el proceso, tú acabaras sintiéndote desgraciado. ¿Quieres un consejo, Amory? Vuelve a Estados Unidos y acepta ese puesto en el banco. Aún estás a tiempo.

Él se señaló las vendas.

—¿Crees que los inversores se quedarán impresionados con un tipo con un agujero en la cabeza?

—Ponte una peluca —dijo ella con brusquedad—. O un sombrero. Usa la imaginación.

Él asintió pausadamente.

–Háblame de ese marido tuyo.

Copper sintió cómo los engranajes de su cabeza se ponían en funcionamiento en contra de la idea de exponer su felicidad con Henry al desdén nihilista de Amory.

–No quiero hablar de él.

–Vaya, entonces es que es muy bueno. O muy malo.

Copper recogió sus cosas.

–Será mejor que me vaya.

La risa de él se cortó en seco.

–No te vayas. Te prometo que dejaré de portarme como un capullo.

–No te creo.

–Tal vez tengas razón. De todas formas, tengo que seguir trabajando en mi novela. –Abrió la liberta y, a medida que pasaba las hojas, Copper se fijó en que estaban llenas de garabatos hechos con tinta roja. No había líneas de texto; solo caras y garrapatos sin sentido–. Es mi mejor obra hasta la fecha –añadió él con una sonrisa tortuosa.

Mientras abandonaba el salón de día, Copper caviló que Amory tenía razón en al menos una cosa: en esencia, él era un niño, mientras que ella era una adulta. Si dos años atrás ya había tenido aquella sensación, esta no había hecho más que reforzarse. Copper había madurado y se había casado con otro adulto, que se comportaba como un adulto y la trataba como un adulto.

–¿Qué tal ha ido la visita? –le preguntó la hermana Gibson en la puerta.

–No sé si ha tenido el efecto que usted esperaba –contestó Copper.

–Tal vez sí. Tiene muchas cosas dentro y necesitaba desahogarse.

–Espero que se recupere de la herida.

–¿No le parece que tiene más de una herida? –Copper miró

los ojos color cian de la enfermera, preguntándose qué cuentos le habría contado Amory sobre su crueldad. La hermana Gibson sonrió–. Le haré saber cómo evoluciona e informaré a la familia de que ha venido a verlo. Estoy segura de que se alegrarán mucho. Que tenga un buen día, señora Velikovsky.

Capítulo 16

—He hecho una tontería —dijo Dior.

Henry le sirvió una copa de vino.

—¿Qué ha pasado?

Dior cogió la copa, aunque estaba demasiado inquieto para beber, y se puso a andar de un lado a otro sobre la alfombra, angustiado y con el rostro blanco.

—He ido a ver a Boussac para hablarle de Gaston. Estaba decidido a rechazar su oferta, pero…

—¡La has aceptado! —exclamó Henry.

—Mucho peor: le he dicho que quería mi propia casa de moda, con mi nombre.

—¡Tian!

—Me ha salido, sin más. Le he dicho que había llegado el momento de cambiar y que las viejas tendencias estaban más muertas que mi abuela. Que no tenía sentido intentar devolverle la vida a un cadáver y que teníamos que recuperar la mejor tradición de la alta costura francesa o irnos a pique para siempre.

—¿Y qué ha dicho él?

—Me ha preguntado qué más quería, en un tono muy irónico. Mi respuesta ha sido que quería los mejores trabajadores de París para que hicieran la mejor ropa de lujo para las mujeres mejor vestidas de Francia.

Copper lo escuchaba con el alma en vilo.

—¿Y qué ha pasado?

—Me ha dicho que eso no era en absoluto lo que tenía en

mente, que mi plan era demasiado ambicioso, y luego me ha acompañado a la puerta.

Henry volvió a llenar su copa.

—Al menos le has dicho lo que querías.

—¿Qué pasa si se lo piensa... y está de acuerdo?

—En ese caso... Dios mío, en ese caso estoy acabado.

—Después de trabajar tantos años a las órdenes de Lucien Lelong, debe haber llegado a su límite —le dijo a Henry cuando Dior se marchó.

Se hallaban en su cuarto y Copper se quitaba lentamente las medias, dejando al descubierto sus esbeltas piernas. Henry la miraba con ojos seductores mientras ella se desnudaba.

—Para —le pidió.

Copper alzó la vista.

—¿Que pare el qué?

—No te muevas. Estás preciosa.

—¿Con las medias a la mitad?

—Quiero grabar este momento en mi memoria.

Copper sonrió y dejó de desvestirse.

—¿Qué tiene de especial este momento?

—Contigo todos los momentos son especiales, pero a veces me doy cuenta...

—¿De qué, mi vida?

—De lo hermosa que eres; de que estás aquí, conmigo; de que por fin eres mía, lo cual es casi un milagro. Me parece increíble y, cuando tomo conciencia de todo ello, quiero aislar ese momento del tiempo y guardarlo para siempre, para que no se pierda. —Se acercó a ella y se arrodilló en el suelo—. Apenas me puedo creer que seas mi esposa.

—Pues lo soy. Te prometí que jamás volvería a huir.

—¿Eres feliz conmigo? —preguntó él mientras deslizaba las medias hasta sus tobillos con dedos diestros.

—No podría ser más feliz, Henry. Y lo sabes.

Él le quitó las diáfanas medias de nailon de los esbeltos pies.

–¿No se te ocurre algo que pueda mejorar?

–No dejas de superar expectativas. –Copper le pasó los dedos por el pelo–. No te preocupa nada… ni nadie, ¿verdad?

Él le besó las delicadas venas de los tobillos con los labios calientes.

–Quiero hacerte feliz.

–Ningún hombre ni mujer me ha hecho sentir como tú –dijo ella con ternura–. Si es Suzy quien te preocupa, ella nunca me hizo tan feliz como tú. Contigo tengo la sensación de estar en el paraíso. Si hubiera sabido lo feliz que me harías, jamás te habría abandonado en el altar; habría gritado: «Sí, sí, sí», y te habría traído a rastras hasta nuestra cama.

–Habría sido una manera mucho más dichosa de terminar el día –reconoció él.

–Nunca me has dicho cómo te sentiste cuándo te dejé plantado en la catedral.

La mirada de él se ensombreció.

–Me sentí como un hombre al que le acaban de cerrar en las narices las puertas del paraíso.

Ella dejó escapar un gemido.

–¿Me odiaste mucho?

–En absoluto. Me odié a mí, porque sabía que era culpa mía, y también sabía que tenía que recuperarte como fuese o nunca volvería ser feliz.

–Siento haberte hecho daño. Estaba muy asustada.

–Y yo estaba demasiado seguro de mí mismo. Jamás volveré a cometer ese error.

–¿Entiendes el motivo por el que hui?

–Creías que iba a robarte tu libertad.

–Sí. No me di cuenta de que ibas a dármela, a darme la libertad de vivir mi vida como yo quisiera, la libertad de expresarme. Henry, si haces eso no me puedo concentrar –susurró.

–No hace falta que te concentres –contestó él, besándole los muslos–. Vamos a robarle este momento al tiempo; es nuestro para siempre.

–Pero, si quieres terminar esta conversación, tendrás que parar.

Él alzó la cabeza y le dedicó una sonrisa.

–¿Queda algo por decir?

–Quiero saber si de verdad me perdonas.

–¿Crees que estaría aquí, haciendo esto, si no te hubiera perdonado?

–Ven aquí. –Copper se tendió en la cama y él se deslizó sobre su cuerpo–. Te quiero, Henry.

–Y yo a ti –contestó él, rodeándola con los brazos–. Siempre y para siempre.

Ambos se miraron a los ojos en el mágico momento en el que él entró en ella y las palabras o los pensamientos dejaron de importar.

La siguiente vez que Copper vio a Dior, se lo encontró preso del pánico.

–Boussac ha consultado con su junta y están interesados. Quieren conocer los detalles de mi propuesta.

–Pues cuéntasela enseguida –dijo Copper.

–¿Por qué tuve que abrir la boca? Yo no quería nada de esto.

–Henry te ayudará a elaborar un plan de negocio –le prometió Copper.

Y, en efecto, Henry dejó de lado su propio trabajo para dedicar gran parte de los días siguientes a sentarse con Dior en su estudio para hacer números y elaborar proyecciones que poder enseñarle al equipo de Boussac.

–Tian conoce el negocio de la moda de pe a pa –le dijo Henry a Copper tras una de estas sesiones de planificación–. El problema es su estado de ánimo: está muy nervioso y frágil y tiene poca confianza en sí mismo. Está explicando una idea ambiciosa y de pronto le asaltan todas las dudas, entierra la cabeza en las manos y se echa a llorar mientras dice que es imposible y que nunca funcionará. Tengo que engatusarlo como a un niño para que vuelva al escritorio.

–En ciertos aspectos, es un niño –contestó Copper mientras rodeaba el cuello de su marido con el brazo–. Un niño talentoso y delicado. Trátalo con cuidado, mi amor.

–Lo trato con todo el cuidado posible, pero Boussac no lo hará.

Al cabo de unos días, sin embargo, Dior se dio por vencido.

–No lo soporto más. Le he mandado un telegrama a Boussac para cancelarlo todo.

Copper ahogó un grito.

–Dime que no es verdad, Tian.

–Lo es. Le he dicho que es imposible, inviable. Me voy a quedar en Lelong. –Enterró la cara entre las manos–. No sé cómo se me ocurrió embarcarme en esto. Gracias a Dios que ha terminado.

–Tian –dijo Henry con brusquedad–, has cometido un error. Si rechazas esta oportunidad, nunca volverá a presentarse y, peor aún, te habrás ganado una fama de voluble que nunca podrás quitarte de encima. Nadie volverá a hacerte una oferta y te quedarás estancado durante el resto de tu vida.

Pero Copper sabía que aquel tipo de razonamientos no funcionarían con Tian.

–Vamos a ver a *madame* Delahaye –decidió con determinación.

Copper salió apresuradamente al pasillo para efectuar la llamada.

–*Madame* Delahaye –dijo en voz baja–, voy a llevar a *monsieur* Christian para que le haga una tirada. Se encuentra en un momento crucial de su carrera y, hablando mal y pronto, está a punto de tirar por la borda la mejor oportunidad de triunfar que ha tenido jamás. Espero que entienda lo que quiero decir.

–Tráigalo de inmediato –fue la respuesta–. No le quepa duda de que le daré el consejo adecuado.

Esa tarde Copper se encontró una vez más en el pequeño y ordenado piso de *madame* Delahaye, con las macetas y los tapetes de ganchillo. Sumida en un silencio absoluto, la adivina fue sacando cartas que dispuso en hileras. Dior, sentado frente a ella con expresión lúgubre, jugueteaba con los dedos mientras seguía sus movimientos con la mirada.

–El cuatro de copas –exclamó de repente *madame* Delahaye, que sostuvo la carta en alto para que Dior la viera–. ¡Mire! Está sentado con los brazos cruzados sobre el pecho, rechazando el increíble regalo que le ofrecen.

–¿Ese soy yo? –preguntó Dior en tono dubitativo.

–Por supuesto. Las cartas dicen que, mientras sus grandes oportunidades pasan por delante de sus ojos, usted se dedica a soñar.

Dior estudió la carta con ansiedad mientras se tiraba del lóbulo de la oreja.

–¿Está segura de que significa eso?

–¿Alguna vez me he equivocado?

–Nunca –reconoció Dior.

–Tiene que aceptar la oferta, sin importar las condiciones. Nadie le hará una mejor –le ordenó la mujer con severidad–. Debe ignorar sus miedos y crear la casa Christian Dior; es su destino.

–¿Está segura?

–*Monsieur* Dior, ¡le espera un futuro glorioso! Está en su nombre: *Di-Or*, el dios de oro.

Antes de que abandonaran el piso, *madame* Delahaye apoyó una mano rolliza sobre el brazo de Copper.

–Dígame –le pidió con gentileza–. Esa mujer de pelo dorado que vi en su última tirada, ¿proyectó su sombra sobre usted, tal como predije?

Copper se quedó sin habla.

–¡Se me había olvidado! Tenía usted razón, creo.

–En cuanto a la mano del este que coloca una corona sobre su cabeza... creo que las dos sabemos lo que quería decir, condesa. –*Madame* Delahaye se rio con regocijo–. Nunca me olvido de mis tiradas y recuerdo que ese día tenía usted las manos manchadas de hollín, *mademoiselle*. Ahora, en cambio, están limpias. No hacía falta que me indicara lo que tenía que decir hoy; salía todo en las cartas.

La palabra de la mujer que había predicho el retorno, sana y salva, de su amada hermana era sagrada para Dior. En cuanto llegaron a casa, llamó a Boussac hecho un manojo de nervios y se puso a balbucear explicaciones y disculpas. Tras escuchar la respuesta, se reunió de nuevo con Copper, mucho más calmado.

–Ya está hecho.

–¿Qué te ha dicho? –quiso saber ella.

–Alguien interceptó mi telegrama, así que Boussac nunca lo recibió.

–Maravilloso. ¿Qué más?

Dior se sentó con aspecto pensativo.

–Están dispuestos a ofrecerme el cargo de director de mi propio establecimiento, Christian Dior, sociedad limitada, con un capital inicial de seis millones de francos y crédito ilimitado.

Copper se quedó atónita.

–Balmain empezó con una décima parte.

Ahora que había tomado la decisión, Dior parecía otro. La mariposa palpitante y sin aliento había desaparecido.

–Bastará para comenzar. ¿Qué día es hoy?

–Estamos a mediados de mayo –contestó ella, asombrada por su repentino aplomo.

–Ven conmigo. Quiero enseñarte algo.

Copper acompañó a la sobria e impecable figura de Dior por la Avenue Montaigne.

–Desde el momento en que te conocí, *petite*, supe que había algo en ti que me encantaba.

–¿Mi *foie gras*?

–Tu inocencia.

–Bueno, gracias a tus amigos y a ti, la he perdido.

–Nunca la perderás –repuso él con delicadeza.

–Has sido muy bueno conmigo, Tian. Nunca olvidaré lo mucho que me has ayudado.

–Lo que me has dado tú a cambio de una pequeña ayuda es muy valioso para mí. –Hizo una pausa antes de continuar–: Hace muchos años, soñaba con tener mi propia casa de alta costura. Sabía exactamente lo que quería e incluso sabía el sitio exacto donde estaría. Pasaba por delante del local a menudo, muy a menudo, y las ansias se me comían por dentro, pero, por supuesto, no tenía medios para adquirirlo y ni siquiera estaba a la venta. Sin embargo, justo ayer me enteré de que en este momento está vacío y disponible para alquilarlo. –Le dio la vuelta a Copper para que contemplara el edificio que tenían a su espalda–. Aquí está.

Era un gran caserón, construido con piedra del color de la miel pálida. La entrada estaba protegida por una arcada neoclásica con la cabeza de una diosa tallada y una serie de ménsulas de piedra sostenían un balcón. Toda la edificación tenía un aspecto compacto y un refinamiento contenido.

–Es precioso –exclamó ella.

Él señaló el *bel étage*.

–El salón estará ahí, con esos ventanales para que entre mucha luz, mientras que los estudios irán en el piso superior. ¿Y ves esas ventanas de ahí arriba, en el tejado? Allí, en el ático, pondremos los talleres. Es sencillo y elegante, como me gustan las cosas a mí.

Ella sacó su cámara.

–Tenemos que hacerle una foto.

–¿No crees que nos puede dar mala suerte?

–Nada puede gafarlo –le prometió ella–. Deja de fruncir el ceño.

Lo llevó casi a rastras a la puerta del número 30 de la Avenue Montaigne para que posara y, aunque él consiguió esbozar una sonrisa, en sus ojos se percibía cierta melancolía. Al pulsar el obturador, Copper pensó en todos los cambios que iba a afrontar su amigo. El despreocupado asiduo de clubes de dudosa reputación al que le encantaba hervir langostas, dar fiestas bohemias y rescatar a los desamparados se encontraba en el umbral de un mundo nuevo.

Copper bajó la cámara, acongojada.

–Ay, Tian. No quiero perderte.

–Ni yo a ti. Pero ¿no sois tu marido y tú los que me habéis animado a dar el paso?

–Sí, y seguimos queriendo lo mismo para ti, pero tu vida está a punto de cambiar.

Él le rodeó la cintura.

–Siempre seremos amigos.

Tras lanzar una última y prolongada mirada a la casa clásica y dorada, ambos se alejaron caminando.

En medio de la excitación que rodeó las negociaciones de Dior con Marcel Boussac, habían sucedido otras cosas en la vieja casa cubierta de enredaderas. Para ser más precisos, determinadas cosas habituales habían dejado de suceder al tiempo que se habían observado otras nuevas. Para obtener una opinión acreditada sobre aquellos fenómenos, Copper y Henry fueron a ver al médico de familia, que exploró a Copper mientras Henry esperaba, bastante ansioso, al otro lado del biombo.

–Enhorabuena, *madame la comtesse* –dijo el doctor cuando ella estuvo de nuevo vestida y presentable mientras le estrechaba la mano–. Está esperando un bebé y me alegra informarla de que goza usted de una excelente salud. Me gustaría, no obstante, verla cada mes para controlar su evolución.

Henry se quedó aturdido con la noticia. En el fondo de su alma, Copper ya sabía que estaba embarazada, pero había querido confirmarlo. Sin embargo, Henry estuvo tan callado durante el trayecto de vuelta a casa que ella temió que no le alegrara la noticia, de modo que dejó de hablar de cunas y del cuarto del bebé y se sumió en un silencio tan hondo como el de él.

Pero, en cuanto entraron en su casa y cerraron la puerta a su espalda, Henry la cogió entre sus brazos y le cubrió el rostro de besos.

—Mi vida —dijo, con lágrimas en los ojos—. Una vez más, me has hecho el hombre más feliz del mundo.

—Gracias a Dios —suspiró ella—. Creía que estabas enfadado.

—Era la emoción, que no me dejaba hablar. Nunca me había atrevido a soñar que un día sería padre.

—Tienes que reconocer que has hecho todo lo que estaba en tu mano para serlo —contestó ella con seriedad.

Él se echó a reír a carcajadas.

—Y tú lo has puesto todo de tu parte, mi amor.

—Claro. No había nada que deseara más que tener nuestro primer hijo. Ya no soy tan joven como antes; cuando nazca el bebé tendré veintiocho años.

—La edad perfecta. Sin lugar a duda, es un regalo del cielo.

Esa misma semana, recibieron la noticia de que iban a otorgarle a Henry la Légion d'Honneur por su servicio a Francia. Charles de Gaulle, el presidente provisional, le haría entrega de tal honor y, por una feliz casualidad, otras de las personas que recibirían el galardón ese mismo día eran Catherine Dior y Hervé des Charbonneries. Iba a ser una reunión de amigos y familiares.

La ceremonia se celebró en el Élysée Palace y Christian Dior fue uno de los invitados, acompañado de su padre y de su hermano Raymond. La figura del general De Gaulle, tremendamente alta y vestida de uniforme, sobresalía entre todos los demás para presidir el acto. Durante los dos últimos años de duras luchas políticas, había envejecido a ojos vistas y en su breve discurso manifestó su esperanza de que la Francia de la IV República estuviera entrando en un periodo de progreso y estabilidad. Después de que él colgara las medallas en las solapas de los galardonados, Copper recibió una grata sorpresa cuando le regalaron una caja de exquisitos fulares de seda de ocho de las casas de moda parisinas más famosas.

Tras la ceremonia, mientras bebían champán en el dorado esplendor del salón del presidente, todos se pusieron al día. Copper se alegró mucho de ver de nuevo a Catherine, que tenía la piel bronceada y se había convertido en una *mandataire en fleurs coupées* oficial, que enviaba ramos de flores francesas recién cortadas al mundo entero.

—Las autoridades nos ofrecieron el trabajo como recompensa por nuestro servicio durante la guerra —le explicó a Copper—. Nos preguntaron qué queríamos hacer y eso fue lo que elegí. Nos levantamos cada mañana a las cuatro para enviar nuestras flores al mercado de Les Halles, pero ¿qué podría ser mejor que trabajar rodeada de flores?

—O sea, que, al final, has seguido los pasos de tu madre —comentó Copper.

—Así es. No pasa un día sin que piense en ella. —Se quedó mirando a Copper y hubo un cambio sutil en su expresión—. No quiero ser entrometida, pero... ¿estás embarazada?

De manera instintiva, Copper se llevó una mano a la barriga.

—Creía que todavía no se notaba.

—No se nota, al menos no en la barriga, pero sí en tu mirada.

—Eres muy perspicaz, Catherine.

—Tú y yo somos amigas y nos conocemos bien. Desprendes una luz especial; estás radiante. Debes de ser muy feliz.

—Más de lo que me merezco.

—Entonces, ¿he acertado?

—Has acertado.

—Enhorabuena, cielo. —Le dio un beso a Copper en las mejillas, pero, al separarse, su expresión se había vuelto melancólica, triste—. Qué suerte tienes. Me pregunto si eres consciente de lo afortunada que eres.

—Ay, Catherine, ¿hay algo que te impida tener hijos?

—Hervé ya tiene tres y no quiere más, sobre todo ilegítimos. Aunque, después de lo que vi en Ravensbrück, tampoco creo que fuera una buena madre. Es algo que cambia tu perspectiva sobre la vida.

Copper tocó la pequeña cruz esmaltada que colgaba de la solapa de Catherine.

—Estamos muy orgullosos de ti, de cómo lo has afrontado todo.

Catherine hizo una mueca.

—Es agradable ser *chevaliére* de la Légion d'Honneur, ¿verdad? Están deteniendo a la gente que me traicionó y me torturó y que mató a mis amigos. La van a llevar a juicio y esos hombres se presentarán con sus abogados para defenderse y explicar que se limitaban a cumplir órdenes y a hacer lo mejor por Francia. A mí, en cambio, me acribillarán a preguntas una vez más, me pedirán que justifique mis pruebas, me humillarán y querrán dejarme de deshonesta. A decir verdad, no es algo que me apetezca mucho.

—¡Es injusto! —exclamó Copper.

Catherine se encogió de hombros.

—Tenemos que respetar las reglas, aunque ellos no lo hicieran.

Esa noche hubo una cena de gala a la que asistieron el embajador estadounidense y el británico. La escena era rutilante: hombres en frac con todas sus condecoraciones y mujeres vestidas por los grandes diseñadores: Rochas, Schiaparelli y Balmain. Copper, ataviada con un espectacular vestido carmesí que le había hecho Dior y que le valió numerosos elogios, no cabía en sí de orgullo por su marido, espléndido con su frac, con la Légion d'Honneur y todas sus otras condecoraciones.

Al llegar el momento de la cena, Copper acabó sentada junto a Gertrude McCarthy Caffery, la esposa del embajador estadounidense, una mujer de cincuenta y pocos años vestida con más sobriedad que estilo. Había escuchado rumores de que Marcel Boussac estaba a punto de invertir en un diseñador de moda desconocido y empezó a hacerle preguntas a Copper con experimentada diplomacia.

–¿Es tan bueno como Molyneux, Rochas y los demás? –quiso saber–. Parece un hombrecillo muy tímido.

Copper miró al otro lado de la deslumbrante mesa del banquete, donde Dior estaba sentado con una gran sonrisa en su rostro sonrosado.

–No se limita a imitar lo que hacen los demás, sino que empieza de cero y crea algo nuevo cada vez que se sienta a diseñar. Y el resultado siempre es único.

La mujer del embajador estudió con atención el vestido de Copper.

–Me imagino que este es un ejemplo de su trabajo.

–Así es.

–Sin lugar a duda, es original y, si me lo permite, perfecto para usted. –Gertrude Caffery se puso las gafas y dedicó una significativa mirada al estómago de Copper–. Después de tantos años de sacrificios y horror, ¿no es maravilloso tener todo tipo de cosas que celebrar?

Copper se ruborizó. Era evidente que al servicio de inteligencia de la embajada estadounidense no se le escapaba nada.

Capítulo 17

En cuestión de meses, la austera tranquilidad del número 30 de la Avenue Montaigne había dado paso a algo muy distinto.

Los obreros chocaban unos con otros en la puerta, cargados con tuberías, escaleras, tablones, cajas de herramientas, cubos de pintura, rollos de cable eléctrico, sacos de yeso y tableros de madera. Mientras intentaba entrar en el edificio, Copper tuvo que pararse en seco y apartarse, al tiempo que se sujetaba la barriga, para dejar pasar a cuatro hombres que transportaban una inmensa lámpara de araña envuelta en una sábana blanca. Los siguió al interior de la casa y por la escalera de caracol, que subieron entre gritos y gruñidos, tratando de maniobrar el pesado bulto en las curvas, para luego pasar bajo el ventanal y llegar al *bel étage*, donde estaban decorando el salón.

Vestido con una bata blanca, Dior miraba con preocupación e inquietud los altos techos.

—¿Y si el techo no aguanta el peso? —dijo a modo de saludo.

—Si se desprende, la caída será espectacular —contestó Copper, casi sin aliento después de subir por la escalera.

—A mí no me hace gracia.

—Tian, esta gente sabe lo que se hace. No tienes que preocuparte por estas cosas.

—Me preocupo por todo —contestó él en tono lúgubre—, sobre todo por ti. ¿Cuándo va a nacer ese bebé vuestro?

—Dentro de unas semanas.

—Pues ojalá se diera prisa —dijo él mientras retiraba una silla para ella–. Estoy atacado de los nervios. He tenido que poner anuncios para contratar maniquíes, pero todavía me faltan un montón. Mañana tenemos un desfile para elegir. ¿Quieres venir a ayudarme?

–Claro.

En ese momento metieron una escalera de tijera y la colocaron sobre el suelo. En muy poco tiempo, Dior había logrado reunir una plantilla impresionante y se había portado especialmente bien con aquellos que habían perdido su trabajo durante la guerra y se encontraban desempleados, entre ellos muchas de sus *vendeuses*, que se distinguían por su lealtad a él y su fe en su talento.

Los operarios subieron la lámpara y, entre crujidos de la vacilante escalera de tijera, la fijaron en su gancho y la dejaron colgar con cautela. Dior cogió a Copper de la mano, pero, a pesar de sus miedos, el techo no cedió. Uno de los hombres empezó a enroscar las bombillas en los casquillos mientras, agarrado a su cintura, otro colgaba las lágrimas de cristal. Cuando por fin se colocó la última pantalla de pergamino y se acopló debajo la última bola de cristal, una réplica de las que usaba *madame* Delahaye, el electricista pulsó el interruptor y la oscuridad invernal se esfumó. Una luz dorada se derramó desde la lámpara de araña, provocando exclamaciones de admiración y aplausos.

–¿Puedo sacar unas fotos antes de que se lleven la escalera? –preguntó Copper.

–¿Fotos de la escalera? –dijo Dior.

–De ti, con el pie en el primer escalón, mirando hacia arriba.

A Dior, un apasionado del simbolismo, le encantó la idea.

–Genial.

Aunque por lo general le daba vergüenza que le hicieran fotografías, posó alegremente para ella, quien sacó varias instantáneas con la Leica en las que la luz dorada de la araña alumbraba con luz venturosa el rostro de Dior vuelto hacia arriba.

A regañadientes, las mugrientas calles de Montmartre empezaban a adoptar destellos navideños. En las ventanas de los desvencijados apartamentos brillaban las bombillas de colores y en las esquinas de las calles se vendían coronas de muérdago mientras veteranos de guerra mutilados vendían castañas y boniatos asados y una charanga tocaba en la Place Pigalle, desafiando la nieve sucia. Un pequeño grupo de gente escuchaba la música con aire taciturno, moviendo los pies para entrar en calor, y arrojaba unos cuantos céntimos en el sombrero del líder de la banda entre un número y otro.

En una taberna cercana, Copper se reunió con Pearl, que la estaba esperando en un rincón oscuro.

—Hola, Copper Pot. Madre mía, ¡qué barrigón! —la saludó—. ¿Cuántos bebés tienes ahí dentro?

—Según el médico, solo uno —le aseguró Copper.

Tras intercambiar besos, Pearl, que ya había pedido y empezado una botella de vino, le sirvió un trago a Copper antes de brindar con las copas.

—¿Cómo estás, cielo?

—Mejor que nunca.

Copper miró a Pearl y, en la penumbra del atestado local, se dio cuenta de lo pálida que estaba y de las manchas oscuras que tenía alrededor de los ojos.

—¿Petrus te ha vuelto a pegar? —preguntó.

Pearl vació su copa y se sirvió otra.

—Petrus ya no va a pegar a nadie más.

—¿Se ha muerto?

—No, pero casi. Lo han mandado de vuelta a África.

—Ay, Pearl.

—La policía lo paró y no llevaba documentación, al menos no una válida. Hace años que estaba en el país de manera ilegal, así que lo deportaron y no volverá jamás.

—No puedo decir que lo sienta por él —comentó Copper—, pero sé que, para ti, debe ser duro. ¿Qué vas a hacer?

—Me he hecho cargo del negocio —fue la escueta respuesta de Pearl.

—¿Qué negocio?

—Ya sabes, el de las chicas, el de las postales. Todo.

—¿Me tomas el pelo?

—Es curioso, ¿verdad? Las cosas me van bien y ahora tengo mi propio harén.

—¿Harén?

—Un puñado de furcias estúpidas, como lo era yo antes. Les parece divertido. ¿Y quién soy yo para desengañarlas?

—¿De dónde son?

—La mayoría son chicas del East End londinense, como yo, deslumbradas por las luces brillantes y la buena vida, que no han tomado una chocolatina o una copa de champán en su vida. Las traigo con el *ferry*, jugosas y frescas, sin que sepan ni una palabra de francés.

—¿Cómo puedes hacerles eso a otras mujeres? —exclamó Copper, consternada.

—Es fácil. Al fin y al cabo, me conozco el paño. —En ese momento, la puerta del bar se abrió, dejando entrar un rayo de luz invernal que alumbró por un instante a Pearl, y Copper vio que su bello semblante tenía ahora una expresión dura y pétrea. Una gruesa capa de maquillaje era la que le daba el brillo pálido, pero su ropa era ostentosa y elegante y llevaba anillos relucientes en los dedos. La puerta se cerró de nuevo y la imagen se retiró de nuevo a las sombras—. Esas chicas son imbéciles. ¿Por qué iba a sentirme mal por ellas?

—Porque son inocentes, igual que tú en su momento.

—Nadie es inocente —replicó Pearl—. Vienen aquí a pasárselo bien y yo me aseguro de que así sea.

—Pero eso es cruel. Sabes muy bien lo que les va a pasar.

—Si tienen dos dedos de frente, podrían acabar como yo, dirigiendo su propio negocio.

—O acabar muertas en el arroyo.

–¿No puedes alegrarte por mí? Al menos ya no consumo cocaína.

–No me digas –contestó Copper con escepticismo.

–Bueno, al menos ahora me puedo permitir comprármela y ya no tengo que arrodillarme ante Petrus.

–No. Ahora tienes a otras mujeres que lo hacen por ti.

–No me sermonees, Copper. Tú vives tu vida y yo la mía, ¿vale?

–Vale –dijo Copper con tristeza.

–Y ahora dime: ¿qué tal le va a tu *monsieur* Dior?

–Está gastando dinero a espuertas: lámparas de araña, espejos de tres metros. Ese sitio parece un palacio.

–Y, cuando lo haya acabado, ¿crees que va a vender ropa?

–Es increíblemente extravagante, cosa que a veces me asusta. Antes era muy frugal, pero ahora nada le parece suficiente.

–No me extraña, con seis millones de francos en el bolsillo que no son suyos –comentó Pearl con sarcasmo–. Espero que Boussac siga firmando los cheques.

–No me malinterpretes, tengo una gran fe en Tian, pero, cuando digo que es extravagante, no me refiero solo a lo que está haciendo en la Avenue Montaigne, sino también a la ropa que está diseñando. Para algunos de los modelos hacen falta veinte o treinta metros de seda y necesitan cientos de tablas para poder llevarlos. Es maravilloso y romántico, pero… ¿quién va a pagar lo que cuestan? ¡Y con el racionamiento todavía en marcha!

Pearl meneó la cabeza.

–Puedes encerrar un conejo en una jaula, pero, cuando lo sueltas, se pondrá a brincar sin parar. Tal vez por eso Lelong lo tuvo encerrado durante tantos años. ¿Cómo va la vida de casada con Henry?

–Es un ángel. Soy muy feliz.

–¿Eso quiere decir que todavía no te has aburrido?

–Estoy casada, no muerta.

–No lo dejes escapar. –Los ojos de Pearl centellearon en la oscuridad–. Siempre es útil tener cerca a un hombre como él.

–No pienso alejarme.

Pearl sacó un pintalabios del bolso y empezó a aplicárselo en grandes cantidades.

–Por mucho que me apetezca, no puedo pasarme el día aquí charlando –dijo mientras cerraba el bolso con un chasquido–. Debo ocuparme de mi negocio. Chao, Copper Pot.

Se separaron en la fría plaza y Copper contempló a Pearl mientras esta se alejaba con el paso decidido y arrogante de una mujer adinerada. Supuso que, al final, las cosas le habían sido bien, aunque no de la manera que Copper había imaginado.

En el camino de vuelta, empezó a sentirse muy cansada y, al llegar a casa, se encontró a Henry hecho un manojo de nervios.

–Estaba preocupadísimo por ti –exclamó él, ayudándole a quitarse el abrigo–. ¿Qué hacías paseándote por las calles con este tiempo? ¡En tu estado!

–Es posible que esta vez me haya pasado –dijo ella con un suspiro, dejando que la acomodara en el sofá, delante de la chimenea encendida–. Estoy un poco cansada. ¿Me haces un masaje en la espalda, cariño?

Él obedeció, solícito, y le alivió los dolores con delicadeza.

–¿Dónde has estado? –quiso saber.

–He quedado con Pearl en la Place Pigalle. No te lo vas a creer: han deportado a Petrus y ella se ha hecho cargo del negocio.

Las manos de él se quedaron inmóviles un momento.

–¿De verdad?

–Va cubierta de diamantes y ahora es la dueña de su destino. ¿Quién lo iba a decir?

–La vida está llena de sorpresas –dijo él, retomando el masaje.

Algo en la voz de él despertó la suspicacia de Copper.

–No estás nada sorprendido –dijo, dándose la vuelta–. ¡Lo sabías!

—Bueno, siempre estoy al tanto de todo lo que pasa —contestó él débilmente.

—¿Por qué no me lo contaste?

Él enarcó sus exóticas cejas.

—Al final lo habría hecho, cuando hubiera sabido cómo acababa la historia. Pero ya me lo acabas de explicar.

—¿«Cómo acababa la historia»? —repitió ella—. Espera un momento: ¿has tenido algo que ver?

—Es posible que haya dejado caer un comentario aquí y allí —repuso él con soltura.

—¡Henry!

—Tú misma me dijiste que era la *bête noir* de Pearl.

—Así que decidiste convertirte en san Jorge.

—Pearl vino a pedirme ayuda —dijo él, separando las manos—. Petrus se estaba volviendo cada vez más violento. El abuso de cocaína provoca un tipo de psicosis y tenía miedo de que acabara matándola. Todavía tengo amigos en ciertas esferas y me aseguré de que Petrus... desapareciera de escena.

—Qué retorcido eres —comentó ella, sin saber si le hacía gracia o le horrorizaba lo que había hecho.

—Para nada. Soy un hombre honesto a carta cabal. —Se quitó los gemelos de los puños de su camisa de seda y se arremangó las mangas, dejando al descubierto sus antebrazos fuertes y morenos—. Y ahora date la vuelta para que pueda seguir masajeando tu deliciosa espalda.

—Madre mía —dijo ella, volviéndose de nuevo—. Estoy casada con un ogro.

—Qué cosas más bonitas me dices. ¿Cómo van las cosas en la Avenue Montaigne?

Ella le dejó cambiar de tema.

—No te imaginas el jaleo que hay montado. Creo que los seis millones de francos de Boussac no van a durar mucho. Sin duda, Tian sabe cómo gastarse el dinero.

–¿Crees que ha cometido un error irreparable?

–Solo el tiempo lo dirá. ¡Santo cielo! –exclamó ella–. Creo que reconoce tus manos. –Llevó la mano de Henry a su barriga para que sintiera las vigorosas pataditas que daba el bebé dentro. Le encantaba la expresión que adoptaba su marido en esos momentos–. ¿Lo notas?

–Sí –murmuró Henry–. Nuestro pequeño ogrito.

–¿Crees que tiene colmillos y garras, como su padre?

–Eso espero.

Ella hizo una mueca.

–Uy, ya los noto. Creo que empieza a sentirse atrapado aquí dentro.

–Se acabó. No vas a volver a salir de casa.

–No puedo quedarme aquí confinada –rio Copper –. Puede tardar semanas en nacer.

–Debería encerrarte bajo llave y guardármela en el bolsillo del chaleco –dijo él con seriedad.

–Mi querido Barba Azul –contestó Copper con una sonrisa, acurrucándose entre sus brazos–. Tú nunca me harías algo tan cruel.

–No pongas la mano en el fuego. ¿Y si te pones de parto en la calle?

–Si es una calle elegante con montones de tiendas de ropa bonita, no me importaría en absoluto.

–Eres de lo que no hay –dijo él, besándola con ternura.

–Pero mañana he quedado con Tian. Quiere que lo ayude a elegir a las modelos para el desfile de moda.

–Me parece estupendo, pero ¿y si resbalas en la nieve? ¿Y si pillas un resfriado?

–Ya basta de regañarme.

–Como si fuera capaz de regañarte –suspiró él mientras la acunaba entre sus brazos y la miraba con adoración–. Sé que era la cronista de nuestros tiempos, pero los tiempos son resbaladizos. No voy a dejar que sigas trotando por la nieve como la huérfana Annie. Por favor, dime que a partir de ahora no irás a ninguna parte sin el coche.

—De acuerdo —aceptó ella, y lo besó en los labios—. Trato hecho.

El anuncio en el que Dior pedía maniquíes parecía haber tenido una buena acogida. Varias decenas de mujeres hacían cola en la acera, delante del número 30, cuando llegó Copper, que pasó junto a ellas y entró para reunirse con Dior. La acompañaron con cuidado a la silla más grande y le dieron una libreta y un lápiz para anotar sus observaciones. Habían dejado despejada una pasarela para que las candidatas caminaran por ella.

Llamaron a la primera aspirante.

—*Numéro un! Entrez, s'il vous plâit.*

La mujer entró en el salón, balanceando un paraguas con actitud despreocupada. Iba muy maquillada, demasiado para ser de día, y miró con descaro al público mientras recorría el circuito. Una de las personas del séquito de Dior chasqueó la lengua en señal de desaprobación: que una modelo estableciera contacto visual con los asistentes a un desfile se consideraba fuera de lugar; lo adecuado era una indiferencia altiva. Copper escribió dos palabras: «Poco idónea».

—Es suficiente, *mademoiselle* —dijo Dior—. ¡Siguiente!

La siguiente tenía un busto demasiado prominente, cosa que habría bastado para descalificarla, pero había que sumarle su pelo rojo como el fuego y su tez áspera, por no hablar de que sus andares eran provocativos, con un balanceo de caderas que todos conocían muy bien de las aceras de París. Se escucharon murmullos de consternación.

La tercera entraba en la misma categoría: una mujer guapa y segura de sí misma que había dejado atrás su juventud y que se echaba el pelo a un lado y a otro mientras se contoneaba con una mano en la cadera.

–Dios mío –dijo alguien cuando se hubo marchado–, son prostitutas. ¿Qué demonios hacemos aquí?

–Es imposible que todas sean prostitutas –observó Dior–. Vamos a ver a la siguiente.

Pero la siguiente compartía a todas luces el oficio de las anteriores. Dior alzó ambas manos y pidió que se interrumpiera el proceso.

–Necesitamos una explicación.

Enviaron a una de las *vendeuses* a conseguirla y esta regresó, horrorizada.

–La policía ha clausurado todos los burdeles y, como las señoras se han quedado sin trabajo, al ver el anuncio de *monsieur* Dior…

Hicieron pasar a una de las candidatas para que corroborara la historia y ella les contó con orgullo que venía de Le Chabanais, el burdel más famoso y lujoso de París, frecuentado en su día por Eduardo VII y Henri de Toulouse-Lautrec.

–Tenemos que poner fin de inmediato a esta farsa –comentó alguien.

–No podemos –contestó Dior–. Estas mujeres no tienen trabajo y todas han venido en respuesta a mi anuncio. Cuando menos, debemos tratarlas con cortesía, así que vamos a verlas.

–¿A todas?

–Sí, a todas.

–Pero, *monsieur* Dior…

–Adelante, por favor.

El desfile prosiguió y, aunque las mujeres del séquito de Dior se quedaron con cara larga y expresión ofendida, él mostró una cortesía exquisita y tuvo buenas palabras para todas las candidatas, aunque la tarea parecía baldía. Era como si todas las prostitutas de París hubieran leído el inoportuno anuncio y no dejaran de llegar al sobrio portal del número 30 de la Avenue Montaigne. Detrás del sofá, Copper hizo varias fotografías con la intención de captar el contraste entre el opulento decorado y la cruda vitalidad de las mujeres de la calle, algunas de las cuales eran muy guapas, aunque ni remotamente válidas para los propósitos de Dior, salvo una candidata «respetable», una joven y tímida secretaria llamada Marie-Thérèse, a la que se le cogió el nombre y se le pidió que volviera en un momento más propicio.

–No volveré a poner anuncios para buscar modelos –dijo Dior en tono cansado tras una mañana con las prostitutas de la ciudad–. Menudo desastre.

Copper, en cambio, se había quedado fascinada con aquella absurda confluencia de los dos estratos de París: el público y el oculto. Sus antenas de periodista se habían activado, porque sabía que podía sacar un artículo de todo aquello, uno que sería arriesgado e interesante, de modo que se apresuró a salir para entrevistar a alguna de las desengañadas prostitutas antes de que volvieran a dispersarse por las calles de París.

Sabedora de que no tardaría en verse confinada en casa, Copper decidió hacer acopio de lecturas. En los últimos tiempos había trabajado tan duro que la idea de hundirse entre cojines mullidos y pasar las hojas de un libro entretenido le resultaba muy atractiva.

Se encontraba en la librería Shakespeare and Company llevando a cabo esta tarea cuando rompió aguas. Sintió que un chorro cálido le bajaba por las piernas y se encontró con las medias y los zapatos de hebilla empapados, con un ejemplar en la mano de *El amante de Lady Chatterley* (que en aquel momento estaba prohibido en todas partes menos en Francia), de pie en medio de un charco cada vez mayor de líquido amniótico.

–¿La puedo ayudar, *madame*? –le preguntó con discreción un dependiente.

–Madre mía, no sabe cuánto lo siento. Creo que...

–No se preocupe, *madame*. Si me permite...

El encantador joven la rescató de detrás de las bruñidas estanterías de madera, fregó el suelo, llamó a su marido y la ayudó a entrar en el coche. El bochorno que sentía Copper enseguida dio paso a la alarma cuando tomó conciencia de que se había puesto de parto y de que el dolor no tenía nada que ver con los aguijonazos que había sentido durante el embarazo. Aterrorizada, se agarró el cuerpo hinchado y notó cómo los músculos de la matriz se contraían sin piedad mientras el conductor, encorvado sobre el volante, conducía lo más rápido posible entre el tráfico matinal. Las contracciones venían a intervalos regulares y su intensidad aumentaba de manera perceptible, y Copper solo pudo rezar para no dar a luz sobre el reluciente asiento de cuero.

Al llegar al hospital, sudada y asustada, se encontró a Henry esperándola.

—Maravilloso, maravilloso —dijo él, cogiéndola de la mano mientras la llevaban en silla de ruedas por los pasillos—. Ha llegado el gran día.

—Nadie me había dicho que sería así.

—No te preocupes. No podrías estar en mejores manos.

Siguiendo las indiciaciones que le daban, Copper subió a la cama con dificultad. En las últimas semanas, su cuerpo se había vuelto tan voluminoso que los pechos y la barriga se interponían en su camino cada vez que trataba de moverse.

—¿Dónde está la comadrona?

—Ahora viene —le aseguró Henry, dirigiéndose a la puerta—. La he avisado en cuanto me han llamado de la librería. Ah, y dicen que les debes treinta francos por el libro.

Copper seguía aferrando el ejemplar de *El amante de Lady Chatterley*.

Las enfermeras la prepararon. Las contracciones, que le venían cada cinco minutos o menos, duraban un agonizante minuto, según el gran reloj que colgaba del uniforme de la enfermera jefe. Cada vez que se le retorcía el útero, Copper se hacía un ovillo y se sujetaba la barriga y las enfermeras procedían a tenderla de nuevo sobre las almohadas.

Percibió vagamente que Henry volvía a entrar en la habitación acompañado del obstetra, quien llevaba sus guantes y su delantal quirúrgico, y de la comadrona, Angelique. Todos desprendían una extraordinaria sensación de calma, teniendo en cuenta el lamentable estado en que se encontraba Copper, y no parecían percatarse de lo horrible de su situación.

—Está dilatando muy bien —dijo el ginecólogo tras explorarla.

—Tengo miedo, Henry —jadeó ella, agarrándolo de la mano.

—No hay nada de qué preocuparse —la tranquilizó él, que, después de haberse mostrado tan solícito y haberse desvivido por su seguridad durante el embarazo, ahora estaba más fresco que una lechuga—. Tú solo concéntrate en lo que Angelique te diga que hagas, mi vida.

Copper lanzó un grito mientras su útero se retorcía.

—¡Quiero gas y aire!

—Dicen que todavía no lo necesitas.

—¿Y ellos qué saben? ¡Soy yo la que voy a tener el puñetero bebé!

Nada de aquello era como había esperado. Nadie le había contado que iba a ser tan… aterrador, y no quería chillar delante de todo el mundo, pero el proceso había empezado a apropiarse de ella y sus inhibiciones se estaban disipando. Solo le quedaba seguir adelante, igual que hacían todas las madres. Mientras jadeaba y hacía fuerza cuando Angelique se lo indicaba, se agarró a la barandilla de hierro de la cama y empujó a aquel ser que tenía en su interior y que estaba decidido a sacar su gran cuerpo a través de la pequeña puerta de Copper. Le parecía imposible dar a luz sin causarse graves e irreparables heridas en las entrañas, mientras a su alrededor reinaba un ambiente generalizado de bullicio: personas que hablaban entre ellas, que salían y entraban de la habitación y se comportaban, en general, como espectadoras de un combate de boxeo.

La obstinada criatura pareció tomarse un respiro y, durante un rato, las cosas mejoraron, pero luego se despertó con fuerzas renovadas y todo empeoró aún más. Al final, a fuerza de gritarle a su marido los peores insultos que conocía, Copper consiguió que le trajeran la máquina de gas y aire y la colocaran a su lado. Cogió la mascarilla con ambas manos y, tras aspirar la mezcla hasta llenarse los pulmones, la embargó una sensación de aturdimiento, como si estuviera flotando. Las contracciones seguían allí, pero descubrió que ya no le importaban tanto, y, cuanto más aspiraba la mezcla, más se alejaba flotando, pero entonces le retiraron la máscara y la desagradable realidad se abrió paso con rapidez. Por mucho que expresara su furia a gritos, a nadie parecía importarle.

Perdió la noción del tiempo, aunque la tarde parecía decaer. ¿Cuánto tiempo llevaba así? ¿Una hora, seis? Se dio cuenta de que Pearl se hallaba en la habitación.

—Pearl, pídeles… que me devuelvan… el gas –le suplicó.

—Dicen que en un minuto te lo darán, Copper Pot.

—No puedo… esperar… un minuto. Lo necesito… ¡ya!

—Ya casi estás. Dicen que el bebé ya ha coronado.

Era el momento de la verdad, la culminación de todo su sudor y sufrimiento. Con un último y descomunal esfuerzo, empujó al bebé fuera de su cuerpo y entonces escuchó el inconfundible llanto. Abrió los ojos de par en par y se apoyó en los codos para incorporarse. Henry tenía a la pequeña criatura en brazos, envuelta en un chal y con la cara descompuesta, como si las últimas horas le hubieran resultado tan agotadoras como a la propia Copper. Sin embargo, una sensación de dicha indescriptible se apoderó de ella y aquellas extenuantes horas quedaron relegadas al olvido al tiempo que el peso del parto se alejaba rodando como una piedrecilla. Alargó las manos hacia su bebé con lágrimas de felicidad rodándole por las mejillas.

—Es un niño –dijo Henry, que se sentó a su lado y le acarició el pelo sudado–. Tiene todos los dedos de las manos y de los pies y es perfecto de pies a cabeza.

Copper contempló la carita del bebé, cuyos ojos adormilados parpadearon bajo su ceño fruncido. La boquita se abrió como si fuera a llorar de nuevo, pero acabó dejando escapar un enorme bostezo, dejando al descubierto las encías rosadas.

–Henry, es precioso –le susurró Copper a su marido, incapaz de apartar la mirada de su bebé.

–Lo es. Bien hecho, mi vida –contestó él, secándose los ojos de manera subrepticia.

Pearl se sentó al otro lado de Copper y observó al pequeño.

–Buen trabajo, guapa. Ya se ha acabado. Dicen que el primero es siempre el peor.

La habitación era un hervidero de personal que se llevaba las máquinas y lo recogía todo, incluida una joven enfermera que empezó a cambiar las sábanas mojadas de la cama donde estaba tendida Copper. Pero nada de aquello importaba, nada la afectaba, nada podía traspasar las paredes del huevo de Fabergé dorado en el que ella estaba encerrada con su hijo y su marido.

Copper se despertó con una sensación de inmensa paz y felicidad y, al abrir los ojos, vio a Christian Dior junto a su cama.

–¡Tian! ¿Has visto al bebé?

Él se agachó y le dio un beso en la frente.

–Sí, *ma petite*. Es exquisito.

Ella le pasó al diminuto bebé, que estaba dormido, y Dior lo cogió en brazos y lo besó con ternura.

–Es una obra de arte. Me han dicho que el parto fue difícil.

–Ya casi ni me acuerdo. Gracias por venir, Tian; sé lo liado que estás.

–Te he traído algo. –Le tendió un paquete envuelto en papel dorado y atado con un lazo de satén, dentro del cual había un mantón bautismal de delicado encaje–. Fue el que me pusieron para mi bautizo y quiero que sea de tu pequeño.

—Ay, Tian, es precioso. —Lo sostuvo en alto para que le diera la luz y vio que en el delicado encaje *chantilly* había bordados capullos de rosa—. Pero no me lo puedo quedar; es una reliquia familiar.

—Yo nunca tendré hijo al que poder dejárselo y me hace feliz saber que ahora es tuyo.

—No sabes cuánto me emociona.

—Querida —dijo él, acariciándole la frente—, hay tantos ramos de flores en el pasillo que las enfermeras casi no pueden pasar. ¿Qué te parece si los repartimos entre las demás madres?

La siguiente vez que Copper se despertó era noche entrada y la habitación estaba a oscuras, salvo por un charco de luz en una esquina, donde Pearl estaba sentada leyendo un libro.

—¿Pearl?

—Por fin te has despertado. —Pearl se acercó a su cama—. ¿Cómo te encuentras?

—Cansada, pero feliz.

Pearl sacó una petaca de plata del bolso.

—Tengo un poco de coñac.

—No, gracias. Me alegro mucho de que hayas venido. ¿Dónde está el bebé?

Pearl le dio un trago a la petaca.

—Ha estado durmiendo, como tú, pero enseguida lo traerán. Es precioso. ¿Cómo lo vais a llamar?

—Habíamos pensado Pierre Henri.

—No se me ocurre un nombre mejor.

La puerta se abrió y apareció una enfermera vestida con un uniforme blanco almidonado y empujando una cuna, dentro de la cual había un bebé totalmente despierto cuyo rostro estaba cada vez menos arrugado. La arrolladora y cálida dicha que inundó a Copper al verlo era inenarrable, el sentimiento más puro que había experimentado nunca. La enfermera le puso al niño entre los brazos.

–Creo que tiene hambre.

Copper se abrió la bata, dejando al descubierto uno de sus hinchados senos, que había empezado a responder al primer vistazo del bebé, y le puso el gran pezón marrón en la boca. Tras un momento de vacilación, él se agarró y empezó a succionar con avidez y Copper hizo una mueca. Pearl lo miraba todo con una expresión de curiosidad en su semblante maquillado.

–¿Qué se siente?

–No sé cómo explicarlo. Es como estar en el cielo.

–Bueno, supongo que yo nunca lo sabré –contestó la otra con sequedad–. Te dejo a lo tuyo.

–No te vayas –le pidió Copper al tiempo que Pearl se levantaba.

–No pinto nada aquí –contestó Pearl, alisándose el vestido con dedos que relucían llenos de diamantes.

–Eso no es verdad.

Pearl meneó la cabeza.

–Alguien como yo no debería estar cerca un bebé. Me paso la mayor parte del tiempo deshaciéndome de ellos. –Le dedicó a Copper una sonrisa agridulce–. Hablando de eso, tengo que ir a cuidar de mis chicas. Chao, Copper Pot.

Henry llegó al cabo de unos minutos y se sentó en la cama, mirándola con un brillo especial en sus ojos oscuros.

–El pasillo entero está lleno de flores; parece una selva de Rousseau. ¡Todos los modistos de París han enviado un ramo!

Los días posteriores al nacimiento de Pierre Henri transcurrieron en medio de un torbellino acelerado. En lugar de reclinarse sobre cojines y leer un libro entretenido, Copper se encontró más ocupada que nunca en su vida. A la visita de Dior la siguieron las de Balenciaga y Pierre Balmain, y luego las de varios más. Al cabo de dos o tres días, prácticamente todos los modistos de París habían ido a verla o bien le habían mandado flores o regalos, algo que conmovió a Copper, que no era consciente de lo vinculada que estaba a este extraño mundo del que había decidido formar parte.

Una visita mucho más esperada fue la de su familia, o al menos parte de ella: su hermano Mike y su hermana Rosie, sus favoritos, viajaron en avión desde Estados Unidos para asistir al bautizo. Hacía tres años que no los veía y se quedaron a pasar la Navidad y el Año Nuevo.

A principios de 1947, Copper se sentó de nuevo frente a su máquina de escribir, para espanto y consternación de mucha gente que la instó a pensar en el bebé y en ella misma.

–No creo que a mi bebé le haga ningún daño que yo siga escribiendo artículos –fue la respuesta de Copper–. Y, sin duda, a mí no me lo hará.

Lo que le resultó más difícil, no obstante, fue salir de casa y dejar al niño al cuidado de una niñera. La primera vez que lo intentó tuvo que regresar apresuradamente al cabo de veinte minutos con un ataque de pánico, pero, de la misma manera que quería disfrutar tanto de su matrimonio como de su profesión, también estaba decidida a que la maternidad no supusiera el fin de su carrera. No veía por qué no podía estructurar su vida laboral alrededor del hecho de ser madre y esposa; al fin y al cabo, no estaba atada a un horario ni una ubicación, pues no trabajaba en una oficina o en una fábrica. Así pues, se organizó para poder pasar tiempo fuera de casa y retomó su trabajo en la medida de lo posible.

Su primera visita obligada fue a la Avenue Montaigne.

Capítulo 18

Después de que el portero la hiciera pasar, Copper entró en un mundo de caos organizado, lleno por todas partes de obreros dando martillazos y pintando. No le costó mucho encontrar a Dior, sentado en un escalón en mitad de la escalera y rodeado de ríos de seda que caían a su alrededor como una cascada multicolor mientras él lanzaba improperios con elocuencia.

—Tian —lo llamó—. ¿Qué demonios haces?

—Este sitio es demasiado pequeño, ¡maldita sea! —contestó él a gritos—. Voy a tener que construir otra ala; necesito al menos tres pisos.

Copper subió hasta donde él se encontraba, sorteando los rollos desparramados de tela.

—¿Puedes hacerlo con los seis millones que te dio Boussac?

—¿Seis millones? —Él la miró con los ojos hundidos en las cuencas—. Hace mucho que me los gasté, y casi me he fundido los segundos seis millones.

Copper no daba crédito: el dinero se había escurrido como arena entre los dedos de Dior. Aquella era una apuesta arriesgada incluso para el hombre más rico de Francia. Subió hasta el *bel étage*, que todavía no estaba terminado y donde una docena de operarios a gatas, con los traseros en pompa cubiertos de sarga azul, instalaban la moqueta gris pálido, y siguió escalera arriba.

El tercer piso era una zona de guerra poblada de máquinas de coser a pleno rendimiento y costureras con los codos abiertos.

Hacía un calor abrasador y en el ambiente flotaba el penetrante olor de las veinte muchachas que trabajaban (queja que transmitió a Copper una de las *premières*) dieciocho horas al día y que no tenían tiempo de comer y mucho menos de lavarse.

Aquello era algo que pocos amantes de la moda tenían ocasión de ver: las largas horas de trabajo duro y tremendamente cualificado necesarias para producir cada prenda de alta costura. La belleza se lograba a expensas de vistas cansadas, hombros doloridos y dedos consumidos.

–Nuestra encargada ha tenido un ataque de nervios –le contó una de las chicas a Copper–. Tenemos tanta presión que ha perdido la cabeza.

Las otras se sumaron a la conversación con un coro de agravios.

–Antes *monsieur* Dior era muy amable.

–¡Pero ya no!

–Es imposible seguirle el ritmo con sus exigencias y a la mínima se pone como un energúmeno.

Todas las *premières* coincidían en su opinión. Christian Dior, que había pasado de ser un hombrecillo tímido a un tirano napoleónico, daba órdenes a sus tropas que estas apenas entendían, porque el modisto estaba resucitando técnicas de confección largo tiempo olvidadas y que no se usaban desde el siglo XIX, además de reclamar un nivel de perfección que sobrepasaba con creces todo lo conocido en la era moderna.

Abriéndose paso a empujones entre operarios, *premières* y modelos, Copper regresó abajo, al despacho de Dior, que en un principio se había proyectado como un espacio amplio donde él pudiera trabajar ante un gran escritorio estilo Imperio. Con el tiempo, sin embargo, el espacio se había visto invadido por las patronistas, quienes habían desplazado el escritorio hacia una esquina para acomodar la gran mesa en la que cortaban los patrones con tijeras curtidas en la batalla. Dior, por su parte, se había instalado en un minúsculo almacén sin ventanas al que llamaban «el cubículo», donde apenas había espacio para los montones de bocetos que producía a un ritmo frenético, dibujando y volviendo a dibujar docenas de veces los diseños, en ocasiones para acabar descartando el proyecto entero. Copper lo encontró allí, en medio de la oscuridad y desgañitándose para cambiar la bombilla de la lamparilla del escritorio, que se había fundido.

–*Merde*. Esta lámpara está mal hecha.

–Deja que pruebe yo.

Copper se encargó de la tarea mientras él se dejaba caer sobre su silla, jadeando.

–Hay demasiadas esperanzas puestas en mí, *ma petite*. ¿Cómo me las voy a apañar para estar a la altura de sus expectativas?

–Las vas a sobrepasar –le garantizó–. Cree en ti mismo.

Él se dio una palmada en la frente.

–Si llego a saber en qué se iba a convertir este proyecto, nunca lo habría aceptado.

–Las chicas dicen que te has vuelto un tirano –comentó ella mientras terminaba de colocar la bombilla y la luz se derramaba sobre el escritorio–. Que están desesperadas contigo.

Sin dignarse a contestar, él cogió un fajo de dibujos y empezó a pasar las hojas.

–¿Dónde está el modelo Bourbon? ¡Alguien me ha mezclado los diseños!

Copper lo ayudó a localizar los dibujos que buscaba y luego lo siguió a la habitación de al lado, donde había un paciente grupo de maniquíes de costura, figuras de madera sin brazos conocidas como «maniquíes de Stockman», sobre los que se hilvanaban las piezas antes de coserlas definitivamente. Dior ahuyentó a una de las *premières* y estudió el vestido con ojo crítico. Era el modelo de prueba, hecho con tela de *jouy* blanca para probar el patrón.

–Aquí está Bourbon, pero todo está mal –refunfuñó él–. Las caderas deberían ser más amplias. ¡Lo habéis arruinado!

–El corte es exactamente el que usted diseñó, *monsieur* Dior.

–¡No me lleves la contraria! Es una abominación. Quiero más volumen.

–Pero, *monsieur* Dior –se permitió observar la costurera con timidez–, las proporciones del maniquí no permiten…

–¿Qué no permiten? ¿Qué no permiten, dices? –La tez habitualmente rosada de Dior había adoptado una peligrosa tonalidad roja–. ¿Quién me dice a mí lo que se me permite hacer?

–Nadie, *monsieur* –susurró la chica.

–Quítaselo –le ordenó él con una voz aterradora.

–S-sí, *monsieur*.

Con manos trémulas, la *première* desprendió el modelo de prueba y dejó al descubierto el desnudo torso de madera del maniquí, que Dior se quedó mirando.

–Aquí está el problema. Las proporciones están mal.

Los maniquíes Stockman eran ajustables y Dior se puso manos a la obra, peleándose con el sistema de tornillos y palancas que alteraba las medidas fundamentales, pero este maniquí en concreto era viejo y rígido y no respondía a las manipulaciones del maestro. Con el rostro de un rojo más oscuro todavía, Dior metió la mano en la caja de herramientas y sacó un gran mazo de madera. Todo el mundo dejó de trabajar y la atestada habitación se sumió en un silencio estupefacto mientras él golpeaba con rabia el maniquí para encajar las palancas por aquí y desencajarlas por allá. Sin que nadie le prestara atención, Copper fotografió la extraordinaria escena.

Al final, Dior arrojó al suelo el mazo entre jadeos y estudió el maniquí con mirada crítica.

–Ahí está –dijo en tono triunfal–. Esa sí es la mujer perfecta. –Se volvió hacia la *première*, que seguía con el modelo de tela de *jouy* agarrado contra el pecho–. Ahora sí que puedes proceder.

Y, sin más, salió apresuradamente y dejó a todo el mundo mirando el Stockman alterado, con una cintura de abeja, amplias caderas y un busto generoso.

–*Mon Dieu* –murmuró alguien–. Se ha vuelto loco.

–Ninguna mujer tiene ese aspecto.

–Vamos a tener que volver a ponerles corsés a las chicas.

–No bastará con eso –señaló otra–. También les hará falta relleno en el busto y el trasero.

Copper observó a aquellas expertas en su oficio, las mejores de París, mientras se esforzaban por resolver el dilema que les había propuesto su maestro. Dior había cogido un martillo y había transformado la feminidad, literalmente a golpes, en la figura de reloj de arena que él deseaba.

Copper lo siguió al cubículo.

–¿Cuántos conjuntos vas a presentar? –le preguntó.

–Un centenar.

Copper se quedó horrorizada. Ahora entendía el tumulto que reinaba en la Maison Dior.

–Son muchísimos para una primera colección –se atrevió a observar.

Jacques Fath había lanzado su colección el año anterior con veinte modelos.

–Un centenar –repuso él con firmeza–. Con menos no puedo reflejar mi visión. Tengo que dejarlos boquiabiertos. –Copper se alarmó al ver su mirada enajenada–. Con una decena de vestidos, dos decenas, nadie entenderá el concepto. Dirán: «Christian y sus manías», pero con un centenar la gente se quedará pasmada. Nadie podrá ignorar un centenar de modelos.

–Pero los gastos…

–Boussac tendrá que darme más dinero –dijo él con rotundidad–. Y voy a necesitar las telas, los accesorios y los zapatos.

A Copper se le cayó el alma a los pies.

–Pero… ¿cómo vas a encontrar compradoras para tantos modelos?

Él se la quedó mirando como si ella hubiera perdido el juicio.

–La cola recorrerá toda la Avenue Montaigne. Me suplicarán de rodillas que les venda un vestido. –Separó mucho las manos–. Estamos a punto de entrar en la era de Dior, *ma petite*.

Diez minutos atrás, el modisto se preguntaba cómo iba a poder estar a la altura de las expectativas de todo el mundo y se arrepentía de haberse embarcado en el proyecto, y ahora anunciaba la era de Dior. Parecía pasar de una inseguridad paralizante a la megalomanía y de nuevo a la inseguridad.

Copper tenía que prepararse para la inminente llegada de Carmel Snow, la editora jefa de *Harper's Bazaar* que había publicado muchos de sus artículos durante los dos últimos años y que iba a ir a Francia para su primera gira desde el comienzo de la guerra en 1939. Dentro del mundo de la moda, su presencia en París era tan importante como una visita de Estado. Sus valoraciones sobre las nuevas colecciones de 1947 se leerían con voracidad de costa a costa y su aprobación o rechazo podían tanto hacer fracasar a un diseñador como asegurar su éxito.

Había dejado muy claro que esperaba hacer y ver el máximo de cosas posibles durante los diez días que iba a permanecer allí, todos los que se podía permitir estar alejada de la dirección de la revista.

La víspera de la llegada de la señora Snow, Copper recibió una llamada telefónica de la hermana Gibson, del sanatorio Marie-Thérèse, para hablar sobre Amory.

–He pensado que le gustaría saber que el señor Heathcote se ha recuperado. Creo que su visita fue un punto de inflexión.

–Me alegro mucho. ¿Sigue en París?

–Embarcó en el SS America en dirección a Nueva York y, cuando llegue, empezará a trabajar en la sociedad bancaria familiar.

–Me parece una buena decisión.

–Dijo que lo hacía siguiendo su consejo.

–Sí, supongo que se lo aconsejé.

–Hay una cosa que quería comentarle sobre la herida que se

hizo. Los cirujanos le colocaron una placa de acero sobre el hueco del cráneo, pero, como es de esperar, el pelo no le volverá a crecer en esa zona y tendrá siempre una cicatriz visible. Y, a pesar de su recomendación –añadió la hermana Gibson con sequedad–, no podrá llevar sombrero cuando no esté en la calle.

Así que Amory también le había trasladado aquel comentario.

–¿Adónde quiere ir a parar, hermana?

–Todos estamos de acuerdo en que sería mejor que el señor Heathcote encubriera el origen de la herida.

–¿Que lo encubriera?

–En estos momentos, muchos hombres jóvenes vuelven de Europa con heridas que han sufrido en la guerra. A la vista de sus futuros tratos con clientes de la firma y para facilitar el progreso de su carrera, creemos que es preferible que el señor Heathcote explique que la herida se la ocasionó la metralla y no que se la hizo él mismo.

–¿Una herida de guerra?

–Exacto. Como exmujer del señor Heathcote, queríamos asegurarnos de que...

–¿Voy a respaldar la mentira? –preguntó Copper mientras la hermana vacilaba.

–Lo apoya en su nueva carrera.

–Me lo podría haber pedido él.

–Pensó que se lo tomaría mejor si se lo proponía alguien que fuera neutral. En cualquier caso, el señor Heathcote no debería cargar durante el resto de su vida con el peso de un momento de locura transitoria.

–No se preocupe –dijo Copper con frialdad–, no descubriré el pastel. Si quiere hacerse pasar por un héroe de guerra, no seré yo quien le arruine la ilusión.

–Gracias. Escribiré a la familia para confirmarle lo que me ha dicho; estoy segura de que se alegrarán. Que tenga un buen día, señora Velikovsky.

–¿A qué venía la llamada? –preguntó Henry mientras Copper colgaba el auricular, riéndose un poco.

–Vanidad y fingimiento, mi vida. Amory quiere hacer creer a todo el mundo que lo hirieron en combate.

–Supongo que, en el sentido amplio de la palabra –reflexionó Henry, acunando a su bebé entre brazos–, la mayoría de nosotros hemos sido heridos en el combate de la vida.

–Espero que a él no le pase –dijo ella, rodeándolos a ambos con el brazo y mirando la carita adormilada de Pierre Henri–. Espero que sea tan afortunado como yo, que, a pesar de estar rodeada de tanta destrucción e infelicidad, he tenido una vida de cuento de hadas.

Carmel Snow no se parecía en nada a lo que Copper había esperado. Resultó ser una mujer menuda y vivaracha de sesenta años, con reflejos azules en el pelo y perlas alrededor del cuello. Tenía un estrecho y arrugado semblante irlandés, con la nariz respingona, y un resto de acento de Dalkey cuando hablaba, a pesar de haberse marchado de Irlanda siendo niña.

Sin embargo, tal y como Copper descubriría enseguida, no era en absoluto una dulce ancianita. Carmel Snow estaba decidida a no malgastar ni un segundo. Daba la sensación de no necesitar dormir y tenía la misma vivacidad a las cuatro de la madrugada que al mediodía. Tampoco parecía padecer nunca hambre o cansancio, de modo que seguirle el ritmo era un reto constante. Lo único que reclamaba, y que nunca se saltaba, era el almuerzo y, como descubrió Copper en sus propias carnes, para la señora Snow el almuerzo equivalía a varios Martini generosos.

–Ya sabes lo que me pasa con el alcohol –le dijo Copper a Henry con un suspiro mientras se masajeaba las sienes–. Un Martini y veo estrellitas, y con dos ya estoy comatosa. Deberías haberme advertido.

–Échalos a una maceta cuando no mire –le aconsejó Henry–;

es lo que hago yo. Hace veinte años que conozco a Carmel y nunca he podido seguir el ritmo de sus almuerzos de tres Martini.

Carmel tenía toda la energía de una mujer que había transformado *Harper's Bazaar*, una anticuada publicación periódica, en la revista femenina más estimulante de la época en solo diez años y estaba decidida a contratar a Copper como corresponsal en plantilla.

—Tu artículo sobre las prostitutas era extraordinario —le dijo.

—¿Lo ha leído?

—Es entretenido, pero, al mismo tiempo, contundente. Planteas preguntas fascinantes, como si el oficio de ofrecer servicios sexuales distara tanto del oficio de estar a la moda, el oficio de ser una mujer en un mundo que no nos da tregua. Es una pieza de periodismo revolucionario.

—Me alegro de que le gustara.

—Tiene un único fallo palmario.

—¿Cuál?

—Lo escribiste para *Vogue*. No quiero que sigas escribiendo para *Vogue* —declaró Carmel Snow con vehemencia. Ella misma había empezado trabajando en *Vogue*, pero se había marchado en circunstancias hostiles, algo que la otra parte nunca había olvidado—. Necesito alguien en plantilla bien relacionado en París. El sueldo es bueno.

—Me siento halagada de que quiera contratarme, señora Snow, pero valoro demasiado mi libertad —contestó Copper con cautela.

Estaban almorzando un *croque monsieur* y una jarra de Martini cubierta de vaho en el Harry's Bar antes de ir a ver a Balenciaga, uno de los diseñadores preferidos de Snow.

—Sé muy bien lo que significa la libertad, pero hay más cosas en la vida, como formar parte de un movimiento. *Harper's* no es solo para las mujeres bien vestidas, sino también para las mujeres con la cabeza amueblada. Como tú, querida. Tienes cosas que decir y yo quiero que las digas en *Harper's*, no en la competencia.

—Deje que me lo piense.

—Puedes lograr muchas más cosas como parte de un equipo, el mejor del negocio, que sola. —Les sirvió a las dos el tercer Martini del almuerzo. A Copper ya le daba vueltas la cabeza y en Harry's no había maceta a mano en la que arrojar la bebida—. Quiero que mis lectoras aprendan cómo vivir, no solo cómo vestirse. Quiero que se arriesguen, que hagan cosas que no han hecho nunca, que amplíen sus horizontes. Tienes que trabajar con nosotros. —Asintió, con sus ojos pálidos tan brillantes y fríos como el cóctel helado—. Y ahora háblame de Christian Dior. No estaría aquí de no ser por tu entusiasmo por él. En 1937, antes de la guerra, cuando estaba en Piguet, vi un vestido suyo que me gustó, pero no creo que sea capaz de diseñar una colección entera.

—En mi opinión, es el diseñador más soberbio de París en este momento.

—¿Mejor que Balenciaga? —preguntó la señora Snow en tono burlón.

—Distinto. Más espontáneo, más *pizzazz*.

El término *pizzazz*, acuñado por la propia Snow en un número anterior de *Harper's*, le dibujó a la editora una sonrisa en el rostro.

—Entonces, ¿qué me voy a encontrar el miércoles?

De alguna manera, Dior había logrado mantener un estricto manto de silencio sobre lo que ocurría en el número 30 de la Avenue Montaigne y pocas personas ajenas a la casa tenían una idea de los diseños que se confeccionaban febrilmente en su interior.

—No puedo darle detalles. Tian me mataría.

—¿Cuál es el gran secreto? —Carmel, con su figura menuda vestida con un traje de Balenciaga de corte impecable, cruzó las piernas huesudas con un frufrú de las medias de nailon—.

Ya lo he visto todo, créeme. ¿Dobladillos a la altura de los muslos? ¿Escotes hasta el ombligo?

–No es una cuestión de dobladillos o escotes. –Copper vaciló antes de añadir–: Es un nuevo *look*.

Carmel llevaba a todas partes su «bolsa de retales», un archivador con recortes de revista, muestras de tejidos y anotaciones. Tras quitarle la tapa al bolígrafo, escribió: «Un nuevo *look*. Es una promesa muy ambiciosa. Espero que no me defraude».

Capítulo 19

Y por fin llegó el día más esperado, el miércoles 12 de febrero de 1947. Cuando Copper llegó al amanecer a la Avenue Montaigne, el sitio era ya un hervidero de actividad. En la calle, delante de la tienda, había una multitud de espectadores curiosos que se habían enterado de que ese día iba a pasar algo especial y que esperaban atisbar a través de los escaparates lo que tenía lugar en el interior. Que París entero pareciera saber del desfile de Dior era el reflejo de una exitosa campaña de boca a boca, ya que los periódicos de la ciudad llevaban casi un mes de huelga. Parte de la multitud reclamaba a voces entradas a los porteros, pero hacía mucho tiempo que todos los asientos se habían vendido y no se admitía a nadie sin entrada.

Copper se escabulló al interior, donde el aroma floral del nuevo perfume que había diseñado Dior –y que iba a llamarse Miss Dior, en un honor a su hermana Catherine– flotaba en el aire, mientras una chica subía y bajaba a la carrera por la escalera con un vaporizador, distribuyendo la fragancia en un despliegue de extravagancia. Dior había confiado los arreglos florales a Lachaume, la gran floristería de la Rue Royale, cuyos hombres habían traído enormes ramos de flores de invernadero y los estaban disponiendo en jarrones allí donde hubiera espacio. Lo cierto era que no había mucho donde elegir: el lugar estaba atestado de pequeñas sillas blancas y duras, colocadas muy juntas y cada una con su número correspondiente. Entre ellas se habían puesto ceniceros de pie, una medida imprescindible, dado que, en la industria de la moda, todo el mundo fumaba compulsivamente. Se había utilizado hasta el último centímetro de espacio disponible. La pasarela por la que iban a desfilar las modelos había quedado reducida a un estrecho circuito, con una zona de poco más de metro y medio de diámetro para dar la vuelta, de modo que los vestidos iban a revolotear en la cara de los espectadores. Comparado con la serena dignidad de la mayoría de los desfiles de moda parisinos, aquello se había convertido ya en un circo. Tal como había predicho Dior, seguía habiendo operarios que, aquí y allá, clavaban con martillos las últimas tachuelas para sujetar la moqueta y colocaban las últimas molduras. Se respiraba un ambiente de excitación, dinero, glamur y, a pesar de la predilección de Dior por la exclusividad, cierta vulgaridad.

El propio Dior, vestido con chaqué y con un lirio de mayo en el ojal, tenía el semblante blanco por los nervios. Copper lo encontró en el probador, dando los últimos toques a los noventa y cuatro modelos que había allí colgados: trajes de gala, vestidos y trajes de chaqueta, divididos en grupos.

—Estoy muerto de miedo —fue el saludo del diseñador, que parecía desesperado.

—No te preocupes, Tian; va a ser un éxito sonado. La calle está llena de gente intentando ver algo a través de los cristales.

Él se tapó los oídos con las manos.

—No me digas nada, no quiero saberlo.

Saltaba a la vista que no había dormido y estaba hecho un manojo de nervios.

Copper se acercó a una esquina de la *cabine*, donde dos modelos se hallaban frente al tocador, dando los últimos toques a su maquillaje, mientras el resto esperaba de pie. En total eran tan solo seis, una cifra muy reducida para la cantidad de conjuntos que había y que las iba a obligar a trabajar con rapidez, pero Dior no había logrado encontrar más mujeres con las cualidades de elegancia y vivacidad que buscaba. Copper contempló cómo estiraban sus largos cuellos mientras se aplicaban rímel en las pestañas para que quedaran más densas, cómo delineaban sus labios con carmín haciendo pucheros y cómo sombreaban sus maravillosos pómulos con colorete. La peluquera revoloteaba a su espalda, con varios tipos de peines sujetos entre los dientes para ultimar sus peinados. Todas las chicas tenían el pelo recogido, con rizos que se amontonaban en lo alto de su cabeza.

Tras semanas siendo utilizadas como meros maniquíes de costura y soportando largas horas de pruebas, ahora se habían convertido en los miembros más importantes del equipo. La manera en la que se iba a percibir la ropa dependía de su carisma y su apasionamiento y por ello tenían que resaltar las cualidades de cada modelo sin hacerle sombra. Debían cautivar al público y al mismo tiempo permanecer neutrales para no desviar la atención de los conjuntos que lucían.

Las agujas del reloj avanzaban de manera inexorable y en la puerta se había formado una larga cola de gente con su entrada que esperaba con impaciencia el momento de acceder al desfile. Eran casi las nueve y media y no podían retrasar más el comienzo del acto, así que echaron con prisas a los últimos operarios y barrieron con rapidez los últimos restos diseminados de serrín antes de abrir las puertas del número 30 de la Avenue Montaigne y dejar que los invitados entraran en tropel. Al instante, el ambiente se cargó de más energía todavía y el edificio se llenó de un barullo de voces chillonas y risas animadas. Tras saludar a los primeros asistentes, Dior huyó escalera arriba y se negó a volver a hacer acto de presencia.

Las disputas por los números de los asientos empezaron casi de inmediato. Era asombroso lo implacables que podían tornarse aquellas mujeres en apariencia civilizadas, que se abrían paso a codazos sin vergüenza para ocupar asientos destinados a otras y protestaban enérgicamente cuando les pedían que se sentaran donde les correspondía.

Carmel Snow fue una de las primeras en llegar y Copper la recibió en el vestíbulo.

—Ha llegado la hora de la verdad —dijo la editora. Alzó su respingona nariz irlandesa y olfateó el aire como una entendida—. Vaya, huele a pánico. ¿Dónde está *monsieur* Dior?

—Vendrá en un minuto —mintió Copper, que sabía que él se había refugiado en su cubículo con los nervios destrozados por el esfuerzo de los últimos días—. Déjeme que la acompañe a su asiento.

El flujo de invitados creció y, a las diez y media, los salones estaban llenos hasta los topes. Las *premières* y demás empleadas estaban asomadas a la balaustrada del piso superior, observando la multitud a través del humo de decenas de cigarrillos que flotaba en el ambiente.

Las primeras filas estaban ocupadas por rostros conocidos: Carmel Snow se sentaba junto a Bettina Ballard, de *Vogue*, que llevaba tiempo prediciendo que la moda francesa estaba muerta y lucía una expresión de jovial desdén, mientras que Marlene Dietrich ocupaba el asiento contiguo al de Jean Cocteau, y Christian Bérard, con su habitual barba enmarañada y Jacinthe en brazos, como siempre, estaba despatarrado en su silla, con unas pupilas del tamaño de un alfiler que indicaban que ya se había tomado su dosis matinal de opio. Cerca de él se hallaban la condesa de La Rochefoucauld, considerada la mujer más elegante de París, y Lady Diana Duff Cooper, la mujer del embajador británico, así como (para sorpresa y deleite de Copper) la señora Caffery, la mujer del embajador estadounidense. Actrices, damas de la alta sociedad y mujeres conocidas por aparecer en los periódicos y los noticieros se agolpaban en las sillas, en apariencia felices de estar allí.

A Copper, que llevaba la cámara colgada del cuello, la habían ubicado junto a la puerta del salón principal, desde donde podía fotografiar tanto a las modelos que entraban y salían como al público. Dior estaba obsesionado con el miedo de que alguien le robara sus diseños y había prohibido la entrada en el edificio a cualquier cámara que no fuera la Leica de Copper, que, con su ligereza y rapidez a la hora de tomar instantáneas, estaba demostrando tener un valor incalculable. Copper llevaba el primer vestido que le había hecho Dior con la esperanza de que le trajera buena suerte y el bolso que le colgaba del hombro estaba lleno de carretes adicionales de película de treinta y cinco milímetros.

El desfile estaba a punto de comenzar.

El azar había querido que la primera modelo fuera Marie-Thérèse, la joven e inexperta secretaria que, a pesar de estar vestida y lista para salir, se hallaba en un estado de agitación nerviosa que hacía que le temblara todo el cuerpo.

—No puedo hacerlo —le susurró entre lágrimas al director al tiempo que el presentador gritaba: «*Numéro un!* ¡Número uno!».

—Claro que puedes. Y lo vas a hacer.

El director le dio a Marie-Thérèse la clase de empujón que daban los sargentos mayores a los paracaidistas reticentes y la joven salió disparada hacia el salón con el rostro blanco como el papel. Tras recorrer a duras penas el estrecho pasillo, tropezó de manera calamitosa en el momento de dar la vuelta y se derrumbó de cabeza sobre el público con gran estruendo. A Copper le dio un vuelco el corazón. ¡Menudo desastre de comienzo! Gracias a Dios, Tian no lo había presenciado. Mientras la modelo recuperaba la compostura y recorría el camino hasta la salida tambaleándose y entre lágrimas, se escucharon exclamaciones y risitas. Nadie se había fijado siquiera en la ropa, que ahora tenía una quemadura de cigarrillo.

No cabía duda de que esa mañana la joven secretaria no iba a poder desfilar con otro modelo, así que su puesto lo ocupó Tania, cuyos rasgos dulces y francos resultaban engañosos, pues tenía una gran experiencia. Con una seguridad apabullante y paso altivo, avanzó entre la gente doblando las rodillas como una gacela y alguien del público reaccionó con un grito de indignación. El vestido que llevaba, de un rojo intenso, con su falda de doble vuelo, no se parecía a nada que se hubiera visto antes, al menos desde que las cartillas de racionamiento, los cupones para ropa, los uniformes varoniles y la sarga caqui habían acabado por dominar el estilo de la ropa que llevaban las mujeres. Aquel vestido era una flor fucsia andante, con cintura de avispa y busto generoso, y las dos capas de la amplia falda entallaban todavía más la cintura.

Tania se paró y paseó la mirada por el salón mientras todos los ojos se clavaban en ella, y luego, con una leve sonrisa, se dio la vuelta con una pirueta e hizo que empezara a levantarse la falda, cuya multitud de tablillas exquisitamente planchadas habían ocultado el hecho de que estaba confeccionada con veinticinco metros de tela carmesí. Ante la mirada incrédula del público, el vestido rojo brotó, floreció y llenó la habitación de vida y color, desplegándose y ondeando con una fastuosidad asombrosa, poniendo fin a años de privaciones y pesadumbre.

Varias personas ahogaron un grito y el público estalló en un aplauso espontáneo y excitado. Copper vio cómo se sacaban libretas, se escribían anotaciones y se intercambiaban elocuentes susurros. Estaba a punto de suceder algo extraordinario. El ambiente, cargado ya de expectativas, se había vuelto electrizante. El aire había empezado a chisporrotear.

La siguiente modelo ya había salido, estilizada y felina, con un traje de noche llamado Selva, con un atrevido estampado de leopardo, la cintura ceñida con un amplio cinturón de cuero y un sombrero de ala ancha sobre la cabeza. La osadía y el descaro del conjunto provocó más gritos ahogados. ¿Era aquello un bofetón a la moderación y la frugalidad?

El cuarto diseño era una de las estrellas de la colección, el traje Bar, un clásico de Dior del que Carmel Snow había visto una versión en 1937. La austera chaqueta de *shantung* de color crema estaba muy entallada a la altura del busto y las caderas, lo que generaba una sensación casi de erotismo oriental, mientras que la gruesa falda negra ondeaba con descaro a medida que la modelo caminaba. De hecho, las modelos –ya fuera a instancia de Dior o por acuerdo– habían adoptado todas unos andares rápidos y cimbreantes muy distintos del majestuoso paso habitual. Aquellas chicas se pavoneaban y danzaban y parecían vivaces; más que vivaces, parecían estar vivas. Eran mujeres modernas, de éxito, que andaban tan deprisa que casi no había tiempo de asimilar el diseño, a menos que estuvieras ojo avizor y muy atento.

Se pavoneaban con los zapatos más delicados y ligeros que nadie había visto en años, con la punta afilada, tiras finas y tacones de aguja. Copper observó con regocijo cómo las mujeres de la primera fila miraban con pesar sus propios zapatos, resistentes y pesados, y trataban de ocultarlos para que no se vieran.

Tres vestidos de noche de relucientes tonos azules hicieron entonces su aparición gracias a los veloces y milagrosos cambios de ropa de las modelos en la *cabine*, sobre todo ahora que solo había cinco para llevar el peso del desfile, ya que la desventurada Marie-Thérèse estaba *hors de combat* y sus conjuntos se habían repartido entre las supervivientes.

Ahora, cada vez que salía una nueva modelo, era recibida con un aplauso entusiasta y los lápices se deslizaban con rapidez sobre las libretas mientras las compradoras miraban absortas y confabulaban en susurros. Con gran alegría, Copper vio que las ayudantes empezaban a levantarse con discreción de sus asientos y se dirigían apresuradamente a la *cabine*, algo que solo podía tener una explicación: estaban abriendo las chequeras para asegurarse los primeros encargos y eliminar a las competidoras. Las *vendeuses* iban a estar muy ocupadas entre bambalinas y, el ocasional ruido de voces elevadas procedentes de ahí, indicó que las compradoras ya habían empezado a pelearse por los diseños.

Las modelos desfilaban tan deprisa y con tanto garbo que, de vez en cuando, un volante barría un cenicero o golpeaba en la mejilla a un observador incauto. El presentador pronunciaba los nombres deliberadamente provocativos –Soirée, Amoureuse, Pompon, Caprice, Amour– en un tono cada vez más excitado.

–Que Dios se apiade de los compradores que compraron antes de ver este desfile –escuchó Copper decir a una de las mujeres de Bloomingdale's–. Esto lo cambia todo.

–¡Dior ha salvado la temporada! –dijo también un hombre en francés.

Copper miró a Carmel Snow, que se encontraba en el otro extremo del salón, y, cuando sus miradas se cruzaron durante un instante, la editora asintió con su cabeza de rizos azules y articuló las palabras: «Tenías razón».

A las once y media ya habían salido las primeras cuatro decenas de diseños, cada uno recibido con más entusiasmo que el anterior. La visión de Dior había dejado pasmado al público. El modisto no había escatimado medios y, a pesar de que después de años de racionamiento era casi imposible conseguir tejidos tradicionales de la mejor calidad, de alguna manera él había conseguido hacerse con ellos. Su deseo había sido trabajar con sedas con los hilos teñidos, un proceso que ya prácticamente nadie se molestaba en hacer porque la tela se teñía una vez tejida, pero eso implicaba que el color perdiera intensidad y Dior no estaba dispuesto a aceptarlo.

También había pedido tafetán, faya y raso duquesa auténticos, materiales caros y refinados que hacía mucho que ya no se elaboraban y que se habían sustituido por otros más baratos y toscos. Los compradores de Dior habían recorrido Francia de una punta a otra para encontrar las telas.

El modisto había insistido en confeccionar los accesorios con oro de veinticuatro quilates, nada de dorados, y, ahora que el mineral era casi imposible de obtener, había supuesto un gasto descomunal. El cuero más suave, el encaje más fino, las manos más habilidosas: todo se había conseguido para que hasta el más mínimo detalle fuera impecable.

El resultado era deslumbrante y, sin duda, había valido la pena. A la mirada le costaba asimilar el arcoíris de colores: de los ricos amarillos sulfúreos al carmesí más intenso, del azul ultramarino más reluciente al color perla más pálido. Desde que se había efectuado el primer disparo en 1939, nadie había visto colores como aquellos.

Y la cantidad de tela –la pura, extravagante y gloriosa abundancia de tela en cada modelo– bastaba para marear a cualquiera. Con sus cinturas ceñidas y sus faldas de campana, que imitaban la forma de una flor, los conjuntos resaltaban todo aquello que era femenino en una mujer. Tras casi una década de prendas ajustadas, lisas e insulsas para las que se escatimaba en todos los materiales, aquello era un festín que superaba cualquier expectativa. Para las mujeres aficionadas a la moda, era como pasar de estar famélica a disfrutar de un banquete, y Copper sabía que ese era exactamente el efecto que había buscado Dior. Su genio era innegable. Se había atrevido a declarar que la guerra había terminado y que, aunque el racionamiento siguiera existiendo, en el reino mágico de Christian Dior ya no se aplicaba.

Ciertas personas que ocupaban cargos relevantes iban a tener un ataque al corazón colectivo. Era poco probable que a los diseñadores consolidados les hiciera mucha gracia la explosiva aparición en escena de aquel nuevo rival y era posible que hubiera incluso repercusiones legales por parte de las autoridades; al fin y al cabo, Dior había transgredido todos los principios de Utility, que aún seguían vigentes. Copper tuvo una visión vertiginosa de una policía de la moda llevándose a Tian y encerrándolo en una mazmorra gris para que se arrepintiera del crimen de su extravagancia. Pero eso no importaba; nada importaba más allá de la efusión de color, formas e ingenio puro que se había desatado sobre el mundo.

Tian, sin embargo, no estaba disfrutando de su triunfo. Copper atravesó la multitud y es escabulló hasta la *cabine*, que estaba atestada de compradoras que increpaban, pedían y suplicaban en un ambiente muy caldeado.

–¿Dónde está el Soirée? ¡Hace un momento lo tenía en la mano y alguien me lo ha robado!

–¡Necesito el Corolle! ¡Tiene que ser mío!

–¿Cómo que no me lo pueden mandar hasta dentro de tres meses? ¡Necesito cuatro decenas ahora mismo!

Copper vio incluso a dos mujeres vestidas con elegancia que tiraban ambas del mismo vestido, cuya seda plisada corría el peligro de desgarrarse.

–No podemos con ellas –le dijo sin aliento una de las *vendeuses* a Copper–. Se han vuelto locas.

Tras abandonar la estancia, Copper subió por la abarrotada escalera hasta el cubículo de Dior y llamó con los nudillos a la puerta, pero nadie contestó, así que se asomó a mirar. Dior estaba encorvado en su silla; tenía los ojos cerrados con fuerza y los dedos metidos en los oídos, como un niño asustado. Copper le puso una mano en el hombro con delicadeza y él alzó la vista hacia ella, alarmado.

–Tienes que escuchar esto, Tian.

Le hizo un gesto para que retirara las manos y él se quitó los dedos de los oídos, tembloroso.

–Me están abucheando –dijo con voz trémula y los ojos llenos de lágrimas.

–No, Tian. Escucha bien.

Desde el salón del piso de abajo se elevó el sonido de aplausos y ovaciones, que se apagó mientras escuchaban, y, al cabo de muy poco, cuando salió la siguiente modelo, volvió a estallar.

–Te están vitoreando. Dicen que es la colección más importante desde antes de la guerra –le dijo Copper–, tal vez incluso la mejor que se ha visto nunca. Dicen que lo has revolucionado todo, que has creado un nuevo *look*, que ya nada volverá a ser lo mismo. No tienes que seguir tapándote los oídos, querido. Lo has hecho, lo has logrado.

–¿Qué quieres decir? –balbuceó él, aturdido.

–Ya puedes salir del cuartito.

Lo sacó al descansillo y ambos echaron un vistazo a la emocionada multitud de la planta baja al tiempo que escuchaban los aplausos. Él le dio un apretón en la mano con las mejillas húmedas.

–¿Es de verdad? –susurró.

–Es un triunfo, Tian.

Desde abajo, alguien alzó la vista hacia ellos.

–¡Ahí está Dior! –exclamó, y un mar de rostros se volvió hacia arriba.

Él trató de retroceder para que nadie lo viera, pero Copper lo persuadió para que se mostrara ante la multitud, que le aplaudía con «bravos» y le lanzaba besos, sin que él se lo acabara de creer. Una cálida ráfaga de vítores y amor subió como una oleada por la escalera, impregnada de humo de cigarrillo, Miss Dior y olor a seda.

–Dios mío, ¿qué he hecho? –preguntó él.

–¿No te das cuenta? –contestó Copper–. Has conquistado el mundo.

Nota del autor

Es posible que un mundo hubiera sido conquistado, pero los mundos llegan a su fin y uno, el de Dior, había empezado ya a apagarse.

Pocos días después de aquel tumultuoso primer desfile, *L'Aurore*, el periódico de Marcel Boussac, organizó una sesión fotográfica de los modelos de Dior para hacer alarde de los diseños del New Look que todo el mundo se moría de ganas de ver. Por irónico que parezca, debido a la escasez de tela y la premura para presentar la colección, los modelos que se habían presentado eran los únicos que existían, aunque habían tenido ya una existencia muy emocionante: habían viajado de noche y de incógnito hasta distinguidos hoteles, donde los editores de moda los habían fotografiado y los compradores de las tiendas estadounidenses los habían inspeccionado, antes de regresar apresuradamente, a primera hora de la mañana, a la Avenue Montaigne, donde las *vendeuses* los necesitaban en el salón. Esta era la primera ocasión en la que los diseños verían la luz del día fuera de los muros de la Maison Dior.

El mercado callejero de la Rue Lepic, en Montmartre, debía servir de fondo para las fotografías de la ropa. La intención era que el pintoresco, por no decir ligeramente sórdido, decorado del mercado, con sus calles cubiertas de hojas de col podridas, proporcionara un interesante contraste con las exquisitas (y caras) creaciones de *monsieur* Dior.

La ropa llegó en una gran caja de madera en la parte trasera de una *camionette* y se trasladó con discreción, junto con las jóvenes modelos que se la iban a poner, a un bar en el extremo de la calle. El mercado estaba muy animado. Habían llegado jarras de vino barato de Beaujolais que se habían ganado una gran popularidad entre la gente, que, después de las privaciones de los años de guerra, tenía un gran interés por la comida y la bebida. Aquello era Montmartre, donde durante cuatro años la gente había recogido aquellas hojas de col pisoteadas para comer mientras los nazis se quedaban con todo lo demás.

La primera modelo salió y se contoneó por delante de los puestos para las lentes de los fotógrafos. La gente dejó de chillar y regatear para mirar qué pasaba y se hizo el silencio antes de que una mujer con expresión furiosa, parada en la puerta de la casquería, se pusiera a gritar improperios y a blandir el puño. La modelo se quedó quieta y su sonrisa se esfumó.

Otra mujer cruzó la calle a la carrera con una palangana de agua sucia, que arrojó sobre la modelo. Estupefacta, la pobre chica corrió a buscar refugio en el portal de una tienda mientras trataba de sacudirse la suciedad del vestido, pero allí la esperaban otras dos mujeres. Entre insultos, una la agarró del pelo mientras la otra la agredía por la espalda y trataba de arrancarle la ropa.

Más mujeres, casi todas andrajosas y de mediana edad, se unieron a la reyerta. Una fornida matrona con un abultado peinado *zazou* desgarró el cuerpo del vestido amarillo antes de huir y dejar a la pobre modelo sujetándose la escasa ropa que cubría sus pechos mientras una cascada de epítetos infames caía sobre ella.

La segunda modelo, que con muy poco sentido común había acudido a socorrer a su compañera, corrió la misma suerte. Las mujeres del mercado tenían puños poderosos y los usaron para atacar a los intrusos del 7.º *arrondissement*.

—*Salaude! Putain!*

—¡Largaos de aquí, zorras!

376 • EL SASTRE DE PARÍS

–Mira a esta fulana. ¡Se ha gastado cuarenta francos en un vestido mientras mis hijos no tienen ni leche!

Los hombres se reían, pero las mujeres no se andaban con chiquitas: persiguieron a las chicas, les tiraron del pelo y de la ropa, les arrojaron tomates y las persiguieron hasta la puerta del bar, donde un corpulento camarero con un delantal blanco repelió sus ataques. Las modelos, con la ropa hecha jirones y salpicada de mugre, desaparecieron en el intérior del local y las puertas se cerraron en las narices de sus escandalosas perseguidoras.

–Y no volváis por aquí –gritó una mientras lanzaba a la puerta su proyectil, una patata podrida–. La próxima vez os recibiremos con cócteles molotov.

En Francia, las siguientes décadas estuvieron marcadas por la lucha entre la izquierda y la derecha. Nombres como el de Dior, que a pesar de ser sinónimo de la cultura francesa era también un símbolo de exceso, se convirtieron en el blanco del odio de clases.

Era prácticamente inevitable que un éxito tan rápido y fulminante como el de Dior generara controversia. La hostilidad provenía de todo tipo de ámbitos muy alejados de las calles de Montmartre y los modistos que habían intentado sin éxito recuperar una parte del mercado estadounidense se mostraron especialmente resentidos con la conquista de los compradores norteamericanos que Dior había logrado de la noche a la mañana. Su animosidad se materializó en mordaces acusaciones contra sus diseños, señalando que eran un despilfarro de valiosas telas, que no estaban al alcance de las mujeres corrientes y que eran terriblemente retrógrados en una época en la que la moda femenina necesitaba mirar al futuro. Dior había hecho trampa, había seducido a todo el mundo aprovechándose de la injusta ventaja del dinero de Boussac, había infringido las normas y, a cambio, estaba recibiendo una generosa compensación.

Al otro lado del Atlántico también había detractores estadounidenses, molestos al descubrir que, después de todo y a pesar de todas las predicciones, la moda francesa no había muerto. Los modistos norteamericanos, que habían esperado que la capital de la moda se trasladara a Nueva York, no pudieron evitar sentirse decepcionados al percatarse de que las mujeres estadounidenses seguían adorando el estilo parisino y de que los dólares estadounidenses estaban llenando los bolsillos de un hombre que encarnaba todos sus prejuicios acerca de los hombres franceses, con sus aires de superioridad y su actitud taimada y afeminada.

(A pesar de todo, las imitaciones del New Look no habían tardado en ocupar los escaparates de todas las tiendas de las calles mayores a un precio muy inferior que los Dior auténticos, confeccionadas con materiales de menos calidad, escatimando gastos, pero emulando las líneas de la Avenue Montaigne, y que predicaban el evangelio del regreso a la feminidad fastuosa).

Estas envidias y rivalidades tuvieron muy poco impacto en la locomotora de Dior, que siguió avanzando a toda máquina. El papel que iba a jugar la alta costura en la economía francesa estaba clarísimo: una botella de perfume generaba más ingresos extranjeros que un barril de petróleo y un vestido parisino valía más que diez toneladas de carbón. Sin embargo, a ojos de algunas personas, estas mismas ecuaciones eran la prueba irrefutable de la indefendible extravagancia de la alta costura.

En 1947 Dior representó en solitario tres cuartos de todas las exportaciones de moda. Era un fenómeno imparable. Puede que no hubiera recibido la Croix de Guerre ni la Légion d'Honneur, pero, aun así, era uno de los salvadores de Francia o, incluso más, el salvador de la propia moda, porque había conseguido él solito que estar a la moda volviera a estar de moda. Irónicamente, ya había empezado a abandonar los extravagantes diseños que le habían valido una fama fulgurante en favor de líneas más comedidas y modernas.

Por fácil que parezca entender cómo y por qué cosechó Dior aquel extraordinario éxito, lo cierto es que los motivos son ambiguos, porque siempre habrá un elemento de misterio. En una vida marcada en gran medida por la tristeza y el fracaso, las nubes se habían retirado durante un tiempo y un dios dorado había derramado su sonrisa sobre el diseñador.

Su buena estrella había despegado de manera incontestable. El modesto ocupante de la trastienda había desaparecido y en su lugar había surgido Christian Dior, el modisto, un hombre cuyo rostro jamás abandonaba las páginas de los periódicos, cuyo nombre se pronunciaba con fascinación, cuyas palabras tenían peso de ley y cuyo genio había quedado meridianamente claro tanto para sus amigos como para sus detractores.

Como en muchas de mis novelas, en esta también aparecen personajes que fueron figuras históricas y que he intentado reflejar de la manera más fidedigna posible gracias a una meticulosa documentación. Sin embargo, este libro es una obra de ficción, no una biografía, e incluso las personas «reales» que la protagonizan son producto de mi imaginación en la misma medida que las que he creado yo. Los pensamientos, las palabras y los actos de todos los personajes de este libro son invención del autor.

Los lectores más perspicaces se darán cuenta de que me he tomado ciertas libertades con la secuencia histórica de los acontecimientos, de modo que parte de los sucesos que se desarrollaron entre 1944 y 1947 se han combinado y condensado en la cronología del libro para facilitar su comprensión. Pido a los historiadores de verdad que me perdonen y repito que esta es una obra diseñada para entretener, no una crónica histórica.

La inauguración del Théâtre de la Mode tuvo lugar el 28 de marzo de 1945 y, posteriormente. la exposición viajó a diversos países para terminar en San Francisco, donde las muñecas, ya en muy malas condiciones, quedaron abandonadas. Tanto ellas como sus ropajes se han restaurado y en la actualidad se pueden contemplar en el Maryhill Museum of Art, en el estado de Washington.

Christian Bérard murió en 1949 a los cuarenta y siete años tras sucumbir a las drogas, el alcohol, el exceso de trabajo y la obesidad.

Tras su condena, Suzy Solidor abrió otro club lejos de París, en Cagnes-sur-Mer, en la Costa Azul, donde continuó actuando durante muchos años. Al final de su vida recuperó en parte el favor del público, lo que le valió diversas apariciones televisivas y la aclamación de las nuevas generaciones como icono LGTBI. Murió en 1983 a los ochenta y dos años.

Catherine Dior recibió numerosos galardones por su valentía, entre ellos la Légion d'Honneur. Hervé des Charbonneries recibió un número similar de condecoraciones y, aunque nunca se divorció de su mujer, vivió y trabajó con Catherine hasta su muerte en 1989 a los ochenta y cuatro años. Ella murió en 2008, con noventa y un años, y ambos están enterrados juntos en Callian.

Marcel Boussac amasó una inmensa fortuna gracias a la casa de moda Dior. Sin embargo, poco a poco fue perdiendo el control del negocio y empezó a tener pérdidas económicas. Poco antes de su muerte en 1980, se declaró en bancarrota y la Maison Dior pasó a nuevas manos.

A Carmel Snow la despidieron de *Harper's Bazaar* en 1958, momento desde el cual vivió una jubilación parcial. La sucedió su carismática protegida, Diana Vreeland.

Christian Dior tan solo pudo disfrutar de su monumental éxito durante diez años. Tuvo su primer ataque al corazón semanas después de su desfile inaugural.

Siguió consultando con frecuencia a *madame* Delahaye y, hasta el día de hoy, sus amuletos de la suerte forman parte de la mística de Dior. El hombre tímido que quería una tienda exclusiva en una calle tranquila se convirtió en uno de los gigantes de la industria de la moda. Disfrutó de su fortuna comprándose un molino del siglo XV en Fontainebleau y un castillo en Grasse, que reformó con todos los lujos.

Pero los viajes, el trabajo y sus excesos alimentarios acabaron pasándole factura. Tuvo un segundo ataque al corazón pocos años después y luego un tercero, en 1957, que acabó con su vida a los cincuenta y dos años. Murió sentado a la mesa de juego del Grand Hotel de la glamurosa ciudad balneario de Montecatini Terme, en la Toscana, en compañía de un apuesto joven al que había descrito a sus amigos como el amor de su vida. La suya fue una muerte que él mismo podría haber diseñado para sí.

A su entierro en París asistieron grandes multitudes y su féretro se cubrió con treinta mil ramos de lirios de mayo, su flor preferida. Su sucesor fue su joven pupilo, Yves Saint Laurent. Junto con Chanel y Fath, Dior es considerado uno de los diseñadores más influyentes de la moda moderna.

Lo mejor que pueden hacer los lectores interesados en profundizar en la personalidad de Christian Dior es leer sus propios libros: *The Little Dictionary of Fashion* (1954), *Talking About Fashion* (1954) y *Christian Dior y yo* (1957).

Agradecimientos

Mi más sincero agradecimiento a las numerosas personas que han hecho posible este libro, en especial a Sammia Hamer y también a Emilie Marneur y Sana Chebaro por la inspiración que me proporcionaron desde el principio, así como a Mike Jones, Gillian Holmes y Gemma Wain, que se dejaron la piel con el manuscrito.

Índice